TOD IN FRANKEN

Katharina Drüppel wurde 1974 in Heilbronn geboren und studierte Biologie. Neben ihrer Leidenschaft für alles, was den menschlichen Körper betrifft, verbringt sie ihre Zeit mit Schreiben, Lesen und Nähen. Sie ist glücklich verheiratet und Mutter von drei Kindern.
www.katharina-drueppel-autorin.de

KATHARINA DRÜPPEL

TOD IN FRANKEN

Kriminalroman

emons:

Bibliografische Information der Deutschen Nationalbibliothek
Die Deutsche Nationalbibliothek verzeichnet diese Publikation
in der Deutschen Nationalbibliografie; detaillierte bibliografische
Daten sind im Internet über http://dnb.d-nb.de abrufbar.

© Emons Verlag GmbH
Alle Rechte vorbehalten
Umschlagmotiv: lookphotos/Andreas Strauß
Umschlaggestaltung: Nina Schäfer, nach einem Konzept
von Leonardo Magrelli und Nina Schäfer
Umsetzung: Tobias Doetsch
Gestaltung Innenteil: DÜDE Satz und Grafik, Odenthal
Lektorat: Christiane Geldmacher, Textsyndikat.de, Bremberg
Druck und Bindung: CPI – Clausen & Bosse, Leck
Printed in Germany 2022
ISBN 978-3-7408-1473-1
Originalausgabe

Unser Newsletter informiert Sie
regelmäßig über Neues von emons:
Kostenlos bestellen unter
www.emons-verlag.de

Dieser Roman wurde vermittelt durch die Literaturagentur Scripta,
München (info@scripta-literaturagentur.de).

Für meinen Papa

Mit zittrigen Fingern schloss Clemens die Haustür auf. Schweiß lief ihm von der Stirn in die Augen, der Sommer beherrschte mit den heißesten Temperaturen des letzten Jahrzehnts die mittelfränkische Stadt Erlangen. Er hatte über eine Stunde zu Fuß von der Innenstadt bis zu seinem Bungalow am Burgberg gebraucht, ein Weg, den er normalerweise in lockeren dreißig Minuten bewältigte, durchtrainiert, wie er war. Vielleicht hätte er in dem kleinen Café am Bohlenplatz nicht so tief in die Whiskeyflasche schauen sollen. Aber dafür war es jetzt auch zu spät. Die Magensäure war ihm bereits in die Speiseröhre gestiegen, doch alles, was ihn interessierte, war, sich endgültig den Rest zu geben.

Geräuschvoll zog er die Nase hoch. Suspendiert! Er, der Erste Kriminalhauptkommissar der Dienststelle Erlangen, war tatsächlich vom Dienst freigestellt worden. Weil eine Zivilperson durch eine angeblich falsche Entscheidung seinerseits nicht nur in Gefahr geraten war, sondern fast ums Leben gekommen wäre. Sicher, er musste einräumen, dass die Aktion nicht im Mindesten so verlaufen war, wie er sich das erhofft hatte, aber am Ende zählte doch das Ergebnis: Die Täterin war verhaftet, die Zivilistin gerettet worden. Von ihm höchstpersönlich. Es hatte nicht einmal eine Anzeige gegeben. Doch sein Chef Hans Dieter Beil, genannt Hackebeil, hatte nur auf so eine Gelegenheit gewartet, um ihn als potenziellen Anwärter auf seine Stelle loszuwerden. Da machte sich die Freundschaft seines Chefs mit dem Staatsanwalt doch gleich bezahlt.

Clemens knallte die Tür hinter sich zu, sodass die Rigipswände des Flurs in ihren Grundfesten erschüttert wurden. Seiner Freundin Delphine würde das sicher nicht gefallen, aber das interessierte ihn nicht. Ihre Beziehung, oder das, was nach all den Diskussionen noch davon übrig geblieben war, stand momentan sowieso auf dem Prüfstand.

Eine Sisyphusarbeit: Kaum löste er ein Problem, tauchte schon das nächste am Horizont auf. Die lang ersehnte Familienplanung war weit in den Hintergrund gerückt, seitdem ihm bewusst geworden war, dass Delphine, sein süßes Schneewittchen mit der blassen Haut, den tiefschwarzen, langen Haaren und der Vorliebe für roten Lippenstift, auch gerne einmal anderweitig flirtete. Manchmal ertappte er sich bei dem Gedanken, dass sie vielleicht doch nur wegen des Geldes mit ihm zusammen war. Seine Eltern waren Diplomaten, seine Großeltern mütterlicherseits adelig. Er würde in seinem Leben nie am Hungertuch nagen müssen, im Gegenteil. Eigentlich hatte er es nicht nötig, zu arbeiten, aber er liebte seinen Job. Es erfüllte ihn mit Genugtuung, Verbrecher hinter Gitter und den Angehörigen von Ermordeten die Gewissheit zu bringen, dass der Täter oder die Täterin gefasst worden war.

Vor vierundzwanzig Jahren, als er selbst neunzehn Jahre alt gewesen war, war seine damals siebzehnjährige Schwester Hannah Opfer eines Gewaltverbrechens geworden, und der Mörder war bis heute nicht gefasst. Seine Eltern und auch er hatten nie mit dem Fall abschließen können. Wie eine dunkle Wolke begleitete er ihn jeden Tag seines Lebens. Nur die Tatsache, dass er es nie so weit kommen lassen würde, dass ein Verbrechen ungesühnt blieb, gab seinem Leben einen Sinn.

Clemens schüttelte den Kopf. Warum machte er sich ausgerechnet jetzt darüber Gedanken? Er schwankte vor dem Spiegel im Flur, unfähig, sein Bild festzuhalten, versuchte, seinen teuren Sommermantel auf einen Bügel zu hängen, was ihm nicht gelang. Ernüchtert ließ er ihn zu Boden fallen. Ein Betonmeißel hämmerte wirre Muster in seine Großhirnrinde und hinderte ihn am Denken. Wo war er gerade gewesen? Er schüttelte erneut den Kopf, doch es wollte ihm nicht mehr einfallen.

Clemens seufzte. Delphine arbeitete noch bis sechs Uhr in ihrer Physiotherapiepraxis, und bis sie zu ihm käme, würde er mit Sicherheit tief und fest schlafen. Mit etwas Glück wachte er einfach nicht mehr auf, dann könnte ihm das Elend dieser Welt egal sein. Er suhlte sich in Selbstmitleid, und er genoss es. Wie eine Welle überschwemmte es ihn und wiegte ihn hin und her, lullte ihn ein wie eine Mutter ihr Kind. Er schlurfte Richtung Küche, griff nach dem Teeling, einem äußerst milden irischen Whiskey, nahm ein Wasserglas aus dem Küchenschrank und goss es fast randvoll.

Hoch konzentriert balancierte er es samt Flasche ins Wohnzimmer und schaffte es tatsächlich, nur eine kurze Tröpfchenspur auf dem Weg dorthin zu hinterlassen. Dann setzte er an und trank, bis es leer war. Er leckte sich den letzten Tropfen von den Lippen und ließ sich auf das Sofa sinken, die Flasche immer noch in der Hand. Mühsam versuchte Clemens, das Etikett zu lesen, aber er schaffte es nicht. Auch egal. Allmählich verspürte er ein angenehmes Gefühl der Schwere, das von seinem Körper Besitz ergriff. Sein Kopf sank auf die Lehne, die Flasche neben ihm auf das Kissen, und er dämmerte in wenigen Sekunden weg.

Clemens erwachte, sein Kopf schmerzte, und sein Mund fühlte sich pelzig an. Ein schaler Geschmack lag auf seiner Zunge, und kurz fehlte ihm jegliches Gefühl für Zeit und Raum. Umständlich drehte er den Kopf aus der seitlichen Liegeposition Richtung Wand. Die Uhr zeigte halb acht. Gut zwei Stunden war er weg gewesen. Er lauschte, doch nichts rührte sich. Seltsam. Sollte Delphine nicht schon längst hier sein? Oder war sie geflüchtet, als sie ihn auf dem Sofa schlafend vorgefunden hatte? Wenigstens war der Whiskey nicht ausgelaufen, sonst läge er jetzt im Nassen. Umständlich zog er die Flasche hinter seinem Rücken hervor und stellte fest, dass der Verschluss wider Erwarten fest zugedreht war. Da hatte er wohl doch noch mehr geschaltet, als er es sich zugetraut hätte. Wenigstens etwas. Vorsichtig erhob er sich, und Blitze flackerten vor seinen Augen auf. Clemens verzog das Gesicht zu einer Grimasse und stützte sich auf der Lehne ab, bis sich sein Sichtfeld wieder klärte. Ein melodischer Klingelton riss ihn aus seiner Trance. Das Smartphone. Doch wo zum Teufel hatte er es hingelegt? Mit aller Konzentration befahl er seinen Beinen, sich in

Bewegung zu setzen. Er fühlte sich, als würden ihn schwere Betonklötze an den Füßen nach unten in die Tiefe ziehen. Es war ihm fast unmöglich, einen Schritt nach vorn zu machen. Doch es half nichts, das Telefon klingelte unbarmherzig weiter, und der Ton quälte sein vernebeltes Hirn. Er wollte nur, dass es aufhörte.

Endlich ortete er die tönende Heulboje in der Innentasche seines Mantels, der immer noch am Boden lag. Jetzt musste er sich auch noch bücken. Ächzend richtete er sich mitsamt Mantel und dem Smartphone in der Hand wieder auf und blickte darauf: Delphine! Schnell hängte er den Mantel an die Garderobe, wischte auf dem Display nach rechts und nahm das Gespräch an, während er wieder zurück zum Sofa torkelte.

»Clemens?«, nuschelte er mehr, als er es wollte.

»Der Herr Kommissar, wie schön. Haben Sie es doch noch geschafft, sich von Ihrem Sofa zu erheben?«, fragte eine tiefe männliche Stimme.

Das war auf jeden Fall nicht Delphine. Aber wer dann? Und woher wusste der Kerl, dass er sich gerade aus den Polstern geschält hatte, um das Handy zu suchen? Clemens kratzte sich am Kopf und drehte sich ruckartig herum. Sein Blick fiel durch die Fensterfront des Wohn- und Essraums in den Garten. Er kniff die Augen zusammen, doch da war niemand zu sehen. Was sollte das?

»Wer sind Sie?«, fragte er mit heiserer Stimme. Jetzt verwünschte er sich und sein Trinkgelage, er hatte Mühe, sich zu konzentrieren.

Der Mann am anderen Ende lachte kehlig. »Ist es nicht Ihre Aufgabe, das herauszufinden? Sie haben doch jetzt genug Zeit dafür, oder?«

Sollte das ein schlechter Scherz sein? Dieser Mann wusste besser über ihn Bescheid, als ihm lieb war. Clemens atmete tief durch. Er spürte, wie ein Vulkan in seinem Inneren zu brodeln begann.

»Was wollen Sie von mir?«, fragte er so deutlich wie möglich.

»Haben Sie sich noch nicht gefragt, wo Ihre hübsche Freundin heute geblieben ist?«

Etwas griff um das Herz des Kommissars und quetschte es zusammen wie in einer Saftpresse. Sein Puls raste. »Was ist mit ihr? Haben Sie ihr etwas angetan?« Er konnte seinen Herzschlag im Hals spüren.

Wieder dieses Lachen, tief und dunkel. »Sie wollten doch immer den Mord an Ihrer Schwester aufklären. Jetzt haben Sie die Gelegenheit dazu.« Der Anrufer räusperte sich. »Aber ich warne Sie. Lassen Sie sich nicht zu viel Zeit.«

Es klickte, und die Leitung war tot. Clemens keuchte wie eine Dampfmaschine, die unter Höchstbelastung lief. Er war nicht einmal mehr im Dienst. Wo war Delphine? Was war mit ihr geschehen? Und was sollte diese Anspielung auf seine Schwester?

Wieder sah er Hannah mit dem Kopf nach unten, nackt, die schwarzen Haare wie einen Kranz um ihren Kopf gebreitet, im Tegernsee treiben. Zu dem Zeitpunkt war sie bereits mehrere Tage vermisst worden. Nie wieder würde er dieses Bild aus seinem Gedächtnis vertreiben können.

Dienstag, 20:00 Uhr

Übelkeit übermannte Clemens, und er rannte, so schnell ihn seine Beine trugen, ins Badezimmer. Mit letzter Kraft kniete er sich vor die Toilette und übergab sich geräuschvoll, bis er nur noch bittere Galle hochwürgte. Doch sobald er das grüngelbliche Zeug roch, hob es seinen Brustkorb erneut, und alles ging von vorne los. Selbst auf seinem edlen Hemd prangte ein hässlicher Fleck von was auch immer. Er wollte gar nicht so genau wissen, was es war.

Schluss damit, er konnte doch nicht den Abend mit Kotzen verbringen, er hatte schließlich etwas Wichtigeres zu tun! Er drückte auf die Spültaste und vernichtete den restlichen Schleim in einem Wasserstrudel. Mit der verbliebenen Kraft zog er sich am Waschbeckenrand hoch und füllte einen Zahnputzbecher mit Wasser, gab ein paar Tropfen Mundwasser hinein und gurgelte ausgiebig. Jetzt schmeckte es zumindest nicht mehr nach Mageninhalt, sondern eher nach Pfefferminz. Ob das allerdings besser wäre, würde sich erst noch zeigen.

Clemens stellte das Glas auf der Ablage ab, ließ sich an der gekachelten Wand neben der Toilette nach unten rutschen und lehnte den Kopf an die kühlen Fliesen. Nur kurz die Augen schließen, zwei-, dreimal durchatmen, immer und immer wieder, bis das Bewusstsein sich wieder einschaltete und auf Betriebstemperatur kam.

Einen Moment später zuckte er zusammen und schaute auf die Uhr: Er war doch tatsächlich eine Viertelstunde weggedöst. Sofort überschwemmte ihn seine Erinnerung wie die Regnitz den Wiesengrund bei Starkregen. Er ließ die Luft aus seiner Lunge strömen. Ganz ruhig, befahl er sich, überlege, was als Nächstes zu tun ist. Immer eins nach dem anderen. Das Display seines Smartphones war dunkel. Er wählte Delphines Nummer. Vielleicht war alles nur ein böser Traum gewesen, und er machte sich völlig umsonst Sorgen. Gleich würde Delphine das Gespräch annehmen und sich vermutlich wieder furchtbar über ihn aufregen.

Doch es klingelte, bis die Mailbox ansprang: »Hallo, Sie sprechen mit der Mailbox von Delphine Otto. Leider bin ich gerade nicht persönlich zu sprechen, aber hinterlassen Sie mir gern eine Nachricht nach dem Signalton. Ich rufe Sie dann baldmöglichst zurück.«

Er wartete auf das hohe »Piep« und sprach eine kurze Nachricht auf das Band: »Delphine, hier ist Clemens. Wenn du das hörst, ruf mich doch bitte gleich zurück. Danke.«

Verdammt, das konnte doch nicht wahr sein! Am liebsten hätte er sein Smartphone durch das Bad geschleudert, aber eine innere Stimme hielt ihn davon ab. Vermutlich die der Vernunft. Schließlich brauchte er es noch.

Cora! Natürlich, warum hatte er nicht gleich daran gedacht, sie anzurufen? Vermutlich, weil er zu sehr damit beschäftigt gewesen war, sich alles noch einmal durch den Kopf gehen zu lassen. Er seufzte, suchte im Adressbuch seines Handys nach Coras Nummer, klickte darauf und wartete auf das Freizeichen.

»Eisenstein«, meldete sich die Kriminaloberkommissarin und ständige Partnerin im Dienst. Wobei das momentan nicht ganz stimmte, denn er selbst war nicht mehr im Dienst. Zumindest bis auf Weiteres. »Hallo? Clemens? Bist du das? Sag doch was?«

»Ja, ich bin es«, murmelte er leise und schüttelte den Kopf. War er tatsächlich schon wieder kurz weggetreten gewesen? Teufel noch eins, der Alkohol tat ihm wirklich nicht gut.

»Was ist denn mit dir los? Du klingst, als hättest du ein Reibeisen verschluckt.«

Clemens glaubte, einen stillen Vorwurf hinter ihren Worten zu hören.

»Delphine ist verschwunden«, antwortete er so deutlich wie möglich.

»Wie meinst du das?«

Er erzählte ihr von dem seltsamen Anruf, brauchte dafür mehrere Anläufe, um sein Anliegen möglichst schlüssig zu formulieren. Allerdings unterschlug er die Anspielung auf Hannah, da keiner seiner Kollegen diese Geschichte kannte. Am Ende war er sich trotzdem nicht sicher, ob sie verstanden hatte, worum es ging.

»Sag mal, Clemens, hast du etwa getrunken?«, fragte sie auch prompt.

»Was soll denn jetzt diese Frage, Cora? Ich erzähle dir hier, dass ein Unbekannter womöglich Delphine in seiner Gewalt hat, und du unterstellst mir, dass ich betrunken wäre?« Seine Stimme klang lauter als beabsichtigt.

»Schön, dass du es selbst sagst, Darling.« Sie kicherte. »Du hast auf jeden Fall zu viel erwischt. Vielleicht hast du den Typen auch nur falsch verstanden. Das kann schon mal vorkommen in so einem Zustand. Vielleicht war das nur irgendein Scherzkeks, der von Delphine einen Korb bekommen hat und sich jetzt so an ihr rächen will, indem er dir eine Horrorgeschichte auftischt. Wahrscheinlich will er ihr so die Tour vermasseln, indem er Zwietracht zwischen euch sät.«

»So ein Unsinn! Erstens, was hätte der Typ denn davon? Und zweitens, woher wusste er, dass ich auf dem Sofa liege?« Er hielt kurz inne, fuhr sich durch die Haare. War die Ecke dahinten schon immer so staubig gewesen, oder saß da etwas, irgendwas Tierisches, Ekliges? »Nein, ich sage dir, der hat mich beobachtet, der muss irgendwo in meinem Garten Posten bezogen haben.«

»Klar«, antwortete sie nur.

»Was heißt hier ›Klar‹? Delphine ist vielleicht entführt worden, und du wischst das einfach so weg.«

»Moooment«, holte Cora aus. »Hat der potenzielle Entführer denn Lösegeld gefordert oder Ähnliches? Immerhin gäbe es bei dir ja einiges zu holen«, spielte sie auf sein gut gefülltes Konto an.

»Nein«, gab Clemens zähneknirschend zu. »Er hat keinerlei Forderungen gestellt, aber irgendwas erzählt von wegen, *ob ich mir keine Gedanken machen würde, wo sie bliebe.* Ich meine, das schreit doch geradezu nach einem Verbrechen. Glaub mir, das hat etwas zu bedeuten!« Mittlerweile hatte er sich in Rage geredet.

»Hast du sie denn einmal angerufen?«

»Ja, und ich habe auch eine Nachricht auf ihrer Mailbox hinterlassen.«

»Hast du in der Praxis nachgefragt?«

»Nein, natürlich nicht. Es ist doch schon weit nach acht, da ist die Praxis doch längst geschlossen.«

»Okay«, pflichtete Cora ihm bei. »Dann lass uns doch einmal überlegen. Vielleicht ist sie ja auch mit einer Freundin unterwegs. Oder einem Freund«, fügte sie nach einer Pause hinzu. »Und hat einfach keine Lust, ans Handy zu gehen. Vielleicht ist sie auch im Kino oder Theater. Es gibt viele Gründe, weswegen sie gerade nicht telefonieren will oder kann.«

Clemens seufzte. Cora hatte recht, es gab wirklich mehrere plausible Gründe, die Delphine davon abhielten, ihr Smartphone zu benutzen. Trotzdem, er glaubte nicht daran, dass einer davon zutraf.

»Was würdest du denn jemandem erzählen, der mit so einem Anliegen an uns herantritt?«, fragte Cora.

Clemens schnaubte, er wusste ganz genau, worauf Cora hinauswollte, aber er war nicht gewillt, es ihr so einfach zu machen.

»Genau, mein Lieber.« Er hörte sie durch das Telefon schmunzeln. »Du würdest ihm mitteilen, dass jeder das Recht hat, auch einmal nicht erreichbar zu sein oder mal von der Bildfläche zu verschwinden. Und dass das nicht automatisch bedeutet, dass etwas Schlimmes passiert ist. Aber wenn es dich beruhigt, kann ich eine Vermisstenanzeige aufgeben. Allerdings stelle ich mir gerade ihr Gesicht vor, wenn ein Kollege sie nach einem gemeinsamen Kinobesuch mit einer Freundin in der Kneipe abpasst.« Sie kicherte. »Eigentlich ganz witzig, die Vorstellung.«

»Ja, sehr komisch.« Clemens konnte darüber nicht lachen. »Aber vermutlich hast du recht. Wahrscheinlich mache ich mir nur unnötig Sorgen. Aber wenn sie sich bis zehn nicht gemeldet hat, dann gehe ich sie suchen.«

Fragte sich nur, wie. Mit dem Auto bestimmt nicht. Sein Alkoholpegel sprengte vermutlich jegliche Grenzen des Erlaubten. Fahrrad? Auch da kannten die Erlanger Beamten kein Pardon, auch nicht bei Kollegen. Und bei ehemaligen wahrscheinlich erst recht nicht.

»Tu, was du nicht lassen kannst. Aber denk dran, Delphine ist eine erwachsene Frau, die auch einmal, ohne sich abzumelden, einen Abend allein verbringen darf«, warf seine Kollegin ein. »Vor allem, wenn ihr beide im Moment sowieso nicht das beste Verhältnis habt.«

Er hätte ihr doch nicht so viel von seinen Problemen mit Delphine erzählen sollen. Das hatte er nun davon, sie nahm ihn nicht ernst. Aber wie so oft im Leben eines Kriminalbeamten redete man mit seinem Partner oder seiner Partnerin im Laufe eines Tages mehr als mit der eigenen Herzensdame oder auch dem Herzensmann.

Immer diese gendergerechten Bezeichnungen, sie verfolgten ihn schon in seinen Gedanken.

»Bist du noch da, Clemens?«

»Ja«, knurrte er. Er verspürte keine Lust, weiter auf das Thema einzugehen.

»Dann rate ich dir jetzt mal als Freundin, Delphine in Ruhe ihren Abend genießen zu lassen und deinen wohlgeformten Hintern ins Bett zu bewegen.« Wieder kicherte sie. »Du wirst sehen, morgen sieht die Welt schon ganz anders aus, vor allem, wenn dich ein heftiger Kater verfolgt.« Das Lachen wurde lauter.

»Ja, lach du nur, hoffentlich vergeht es dir nicht. Ich werde trotzdem nach Delphine suchen.« Clemens griff sich mit der Hand an die rechte Schläfe und massierte sie vorsichtig.

»Wenn du dich unbedingt vor deiner Freundin lächerlich machen willst, bitte schön.« Cora wirkte eingeschnappt. »Aber ich an deiner Stelle würde erst einmal wieder nüchtern werden. Dann relativiert sich nämlich einiges, vermutlich hast du nicht einmal korrekt verstanden, was der Kerl da von sich gegeben hat. Und jetzt entschuldige mich bitte, ich habe noch zu tun.«

Es klickte im Lautsprecher, und die Verbindung war beendet.

Mit einem unterdrückten Schrei pfefferte Clemens sein Handy in eine Ecke des Badezimmers. Es landete mit einem dumpfen Klonk auf dem Duschvorleger. Wieso nahm Cora ihn nicht ernst? Er vertraute ihr blind, genau wie sie ihm – und das nicht nur im Dienst. Doch jetzt ließ sie ihn im Stich. Wenn Delphine etwas zustieße, würde er sich das nie verzeihen, so viel war sicher. Aber auf diese Weise kam er nicht weiter. Er brauchte dringend Hilfe.

Schwankend erhob sich Clemens, wankte Richtung Duschvorleger und hob das Smartphone auf. Dann ließ er sich im Wohnzimmer auf die Couch sinken und rieb sich mit der Hand über die Stirn. Es war zwanzig nach neun. Bis um zehn Uhr wollte er Delphine Zeit geben, aber bis dahin sollte er wieder einen halbwegs klaren Kopf haben. Und jemand, der ihn bei Bedarf durch die Gegend kutschierte.

Klaus! Klar, wer sonst? Er war nicht nur sein bester Freund, sondern auch Internist und Vater seines Patenkindes. Clemens beneidete ihn darum, dass er neben einem zehnjährigen Sohn eine Tochter im Teenageralter und mit Cordula eine wirklich bezaubernde Frau an seiner Seite hatte. Die beiden besaßen alles, was Clemens sich wünschte: eine harmonische, langlebige Beziehung und eine Familie. Jemanden, der auf den anderen wartete, wenn er heimkehrte. Der sich freute, wenn sie Zeit miteinander verbrachten. Ein Paar, das seine Probleme gemeinsam statt einsam löste. Noch vor einiger Zeit hatte Clemens gedacht, Delphine könnte diese Frau für ihn sein, aber im Laufe der Zeit kristallisierte sich immer mehr heraus, dass sein Schneewittchen mehr an seinem Geld und seinem Ruf in der Gesellschaft interessiert war als an der Möglichkeit, sesshaft zu werden. Oder anders ausgedrückt: Das war das Letzte, was Delphine wollte. Zumindest, wenn er ihre Worte ernst nehmen konnte. Als er dann noch mitbekommen hatte, dass sie hinter seinem Rücken fremdflirtete, hatte Clemens die Nerven verloren und sie zur Rede gestellt. Es hatte einen heftigen Streit gegeben, bei dem nicht nur nette Worte gefallen waren, aber wie so oft hatte Delphine es am Ende geschafft, ihn mit fadenscheinigen

Ausreden zu beruhigen und ins Bett zu zerren, sodass er ihr nicht mehr böse sein konnte. Vermutlich war das sein größter Fehler, seine dringende Sehnsucht nach einer festen Beziehung verleitete ihn zu einer Gutgläubigkeit, die er sich im Job nie erlauben würde.

»Brock?«, meldete sich eine weibliche Stimme am Telefon, als Clemens es endlich geschafft hatte, die Nummer anzuwählen.

»Clemens hier, ist Klaus da?«, brachte er krächzend hervor. Er räusperte sich sofort, was allerdings keine Besserung brachte.

»Um Himmels willen, was ist denn mit dir passiert?«, fragte Cordula. »Du hörst dich ja furchtbar an.«

Clemens verspürte keinerlei Lust, Cordula jetzt auch noch alles zu erzählen, so gern er sie hatte, daher fragte er erneut nach Klaus, nicht ohne sich bei Cordula für seine Unhöflichkeit zu entschuldigen. Seine guten Manieren vergaß er selten.

Cordula fragte glücklicherweise nicht weiter nach, sondern rief nach Klaus. Allerdings in einer Lautstärke, der sich Clemens gerade nicht gewachsen fühlte. Kurze Zeit später hatte er seinen Freund endlich am Apparat.

»Was gibt's denn, Clemens? Willst du unser Lauftraining morgen etwa absagen?«

»Nein«, winkte Clemens ab, »oder vielleicht doch.« Verdammt noch mal, er musste bei der Sache bleiben. »Darum geht es jetzt nicht, Klaus.« Dann begann er in aller Kürze, die Ereignisse der letzten Stunden zusammenzufassen, so weit sein Zustand es ihm erlaubte. Wenigstens war seinem besten Freund die Geschichte um Hannahs Tod bekannt. Nachdem er fertig war, seufzte Klaus.

»Okay, ich sehe schon, spezielle Ereignisse erfordern spezielles Vorgehen. Ich bin in zehn Minuten da.«

»Aber bring dein Auto mit, hörst du?«, forderte Clemens ihn auf, was Klaus mit einem kurzen »Jawoll!« quittierte, bevor er auflegte.

Clemens lehnte sich in die Kissen zurück und legte sein

Handy neben sich. Alles würde gut werden, gleich war Klaus da und würde ihm helfen. Sie würden Delphine finden, ganz bestimmt.

Nachdem er Klaus eingelassen hatte, wedelte dieser erst einmal mit den Händen vor seiner Nase herum. »Junge, du hast eine Fahne, die bis nach Nepal reicht«, begrüßte er ihn und riss als Erstes einige Fenster auf, um zu lüften. In der Küche programmierte er den Kaffeevollautomaten mit dem stärksten Gebräu, das die Maschine hergab. Wie in Trance reichte ihm Clemens automatisch eine Tasse aus dem Schrank, bevor die heiße Flüssigkeit auf den Tresen fließen würde. Klaus grinste nur und begann, den Inhalt der einzelnen Schränke zu untersuchen.

»Kann ich dir irgendwie helfen?«, fragte Clemens, der das Schauspiel beobachtete.

»Ich suche etwas zu essen, Salzstangen, Zwieback oder so. Meinetwegen auch Knäckebrot.«

Wortlos öffnete Clemens den Vorratsschrank in Klaus' Rücken und angelte eine Packung Salzstangen daraus hervor. Klaus riss sie auf und packte einige davon in ein Glas, das er Clemens in die Hand drückte. Dann schob er ihn Richtung Küchentresen und parkte ihn auf einem der Stühle.

»Hinsetzen, Klappe halten, essen und trinken!«, befahl er Clemens und stellte die volle Tasse Kaffee vor ihm ab. »Und Achtung, heiß!«

Clemens lächelte schwach. »Ja, Papa.« Vorsichtig pustete er über den Rand der Tasse, um den Inhalt abzukühlen. Nachdem er den ersten Schluck getrunken hatte, wagte er einen Vorstoß. »Fährst du mich gleich bei Delphine vorbei?«

Klaus seufzte. »Glaubst du wirklich, dass das eine gute Idee ist? Ich meine, in deinem Zustand? Willst du nicht erst einmal duschen? Du riechst wie eine Szenekneipe auf Malle kurz vor Ladenschluss.«

Jetzt war es an Clemens, zu seufzen. Vielleicht hatte Klaus ja recht. Zumindest Zähne putzen war eine gute Idee. Er zwang sich den Rest Kaffee hinunter und würgte ein paar Salzstangen hinterher. Hoffentlich vertrugen die sich mit seinem Magen. Dann nickte er, schlurfte ins Bad und bemühte sich, seinem Äußeren wieder etwas Schliff zu verleihen.

Kurz darauf stieg er neben Klaus in dessen Kombi, und die beiden fuhren zu Delphines Wohnung in einem Mehrparteienhaus im Röthelheimpark. Nirgendwo in ihren Fenstern brannte Licht, es war augenscheinlich niemand zu Hause. Clemens stieg aus und klingelte mehrmals, aber keiner öffnete. Einen Schlüssel besaß er nicht, weil Delphine darauf bestand, dass sie einen Freiraum für sich bräuchte. Etwas, was Clemens nie wirklich verstanden hatte. Jetzt rächte sich das. Kurzerhand drückte er wahllos auf die anderen Knöpfe, woraufhin mehrfach die Sprechanlage ertönte, bis einer der Bewohner endlich den Türsummer betätigte. Clemens stemmte sich gegen die Tür und eilte nach oben zur Dachgeschosswohnung.

Unterwegs begegnete er einem älteren Herrn, der sich über das Treppengeländer beugte. Offenbar hatte er ihn herausgeklingelt. Clemens entschuldigte sich mit der Ausrede, dass er auf den falschen Knopf gekommen sei, was dem Anwohner glücklicherweise genügte. Unverständliches vor sich hin murmelnd schlurfte er zurück in seine Wohnung. Oben angekommen fuhr sich Clemens über die Wange, was sollte er jetzt unternehmen? Probeweise drückte er auf die Klinke, aber es geschah nichts. Delphine war allerdings eine dieser Kandidatinnen, die ständig nur die Tür ins Schloss fallen ließen, weil sie es so eilig hatte. Genau deswegen besaß ihre Haustür eines dieser modernen Schlösser, die automatisch verriegelten, nachdem sie ins Schloss gefallen waren. Schlecht für Clemens, aber gut gegen Einbrecher. Hier kam er nicht hinein, nicht ohne Schlüssel. Er trat den Rückzug an.

»Lass uns noch bei ihrer Praxis vorbeifahren«, schlug er Klaus im Auto ernüchtert vor. Delphines Physiotherapiepraxis lag am Zollhaus.

»Was willst du denn dort?« Klaus kratzte sich an seinem

kahlen Schädel. »Da ist sie bestimmt nicht, die ist doch längst zu. Ich denke, sie ist vermutlich wirklich irgendwo im Kino oder Theater, wie deine Kollegin gesagt hat. Das Handy ist auf stumm geschaltet, und sie hört es deswegen nicht.« Er starrte seinen Freund an. »Ich fahre dich jetzt nach Hause, mein Lieber, dann schläfst du erst einmal deinen Rausch aus, und morgen sehen wir weiter. In Ordnung?«

»Nein, ich will nicht nach Hause! Fahr mich bitte zur Praxis!«, wehrte er Klaus' Angebot vehement ab, bis dieser schließlich klein beigab.

Doch als sie am Zollhaus ankamen, lagen die Praxisräume im Dunkeln.

»Siehst du, was hab ich gesagt? Niemand da. Reicht es jetzt?«, fragte Klaus genervt.

Clemens überlegte. Was, wenn Delphine irgendwo da drinnen lag, vielleicht im Bad? Wenn sie bereits gehen wollte, schon alle Lichter ausgeschaltet, aber etwas vergessen hatte? Nein, er musste da jetzt rein.

»Ich komm gleich wieder«, meinte er und war schon zur Tür raus.

»Clemens! Was soll das? Du hast doch gar keinen Schlüssel!«

Doch das war Clemens egal. Er warf einen Blick durch die Fenster, wieder war nichts zu sehen. Aber das war ohne Licht auch etwas schwierig. Die Praxis lag ebenfalls in einem Mehrparteienhaus, der eigentliche Eingang war hinter der Haustür. Er könnte einfach wieder alle Klingelknöpfe drücken, um einen Anwohner dazu zu bewegen, ihm zu öffnen. Allerdings war das um diese Uhrzeit, es war bereits nach zehn Uhr, vielleicht nicht mehr ratsam, am Ende rief noch jemand die Polizei. Als hätte ihn eine höhere Macht gehört, öffnete sich in diesem Moment die schwere Tür, und ein Mann verließ das Haus. Er beachtete Clemens gar nicht, sondern lief rasch zu den Parkplätzen gegenüber. Clemens schaffte es gerade noch, die Tür festzuhalten, bevor sie ins Schloss fiel.

Einen Daumen nach oben Richtung Klaus zeigend, huschte er durch den Spalt, und das automatische Licht im Flur sprang an. Als er vor der Praxistür stand, rüttelte er an ihr. Hatte Delphine abgeschlossen? Sah nicht so aus. Er könnte versuchen, das herkömmliche Schloss mit Hilfe einer Kreditkarte oder Ähnlichem zu knacken. Einen Versuch war es allemal wert. Er wühlte seine Geldbörse hervor und griff sich eine Werbekarte daraus. Weshalb er sie überhaupt aufgehoben hatte, war ihm schleierhaft, aber jetzt konnte er sie gut gebrauchen. Er setzte sie in den Türspalt und hebelte den Verschluss mit einem geübten Griff auf. Die Tür schwang auf, und er schlich sich hinein, rief leise Delphines Namen. Niemand antwortete.

Er marschierte zu ihrem Schreibtisch, schaltete die kleine Lampe an und wischte kurz durch ihren Terminkalender, aber da stand auch nichts Weltbewegendes. Der letzte Termin heute war um siebzehn Uhr dreißig gewesen, eine Frau Weigand. Auf dem Anrufbeantworter berichtete nur eine Frau Meisner, dass sie den Termin morgen um zehn leider nicht wahrnehmen könne. Angerufen hatte sie laut Anzeige um neunzehn Uhr sieben. Da war Delphine offensichtlich schon weg gewesen. Clemens warf noch einen Blick ins Bad, aber auch dort war nichts Auffälliges zu sehen. Alles aufgeräumt und sauber. Er seufzte, dann machte er sich wieder auf den Weg zu Klaus, zog dabei die Praxistür leise hinter sich zu. Im Treppenhaus begegnete er einer alten Dame mit Hund. Sie sah ihn mit gerunzelter Stirn an, sagte aber nichts, sondern dackelte an ihm vorbei zur Hintertür hinaus. Clemens wusste nicht so recht, was er davon halten sollte, aber es lohnte nicht, sich darüber Gedanken zu machen.

Als er sich wieder in das Auto setzte, schaute Klaus ihn vorwurfsvoll an.

»Ich will gar nicht wissen, wie du in die Praxis gekommen bist.« Offenbar hatte er ihn durch das Fenster gesehen.

»Ich werde es dir auch nicht erzählen.«

»Können wir jetzt endlich nach Hause? Oder willst du noch irgendwo anders hin?«

Clemens schüttelte langsam den Kopf. Momentan waren auch ihm die Ideen ausgegangen. Wahrscheinlich machte er sich einfach nur zu viele Gedanken und Sorgen, dem Alkohol geschuldet. Und seinem schlechten Gewissen, weil Delphine und er sich heute früh erst wieder gestritten hatten. Wie üblich über seine Arbeit. Sie hatte gar nicht verstanden, weswegen er so am Boden zerstört war, dass er suspendiert wurde. Jetzt könnte er doch endlich einmal seine Freizeit genießen, mit ihr wegfahren, auf Partys gehen. Dabei hasste er Partys, genauso wie nichtssagenden Small Talk.

Mittlerweile hatte Klaus den Wagen gestartet und fuhr über den Lorlebergplatz Richtung Burgberg. An Clemens' Bungalow angekommen, ließ er ihn aussteigen und verabschiedete sich. Müde hob Clemens eine Hand zum Abschied, zu mehr fühlte er sich nicht in der Lage. Die Rücklichter des Kombis waren schon längst verschwunden, als er sich endlich Richtung Haustür umdrehte und sie aufschloss. Die Luft war selbst um diese späte Uhrzeit noch aufgeheizt und angenehm warm. Der Duft der weißen Kletterrose neben der Garage wehte zu ihm herüber, aber er konnte ihn nicht genießen. Zu sehr quälten ihn seine Gedanken.

Im Wohnzimmer ließ er sich auf die Couch plumpsen und legte seinen Kopf auf der Lehne ab, schloss die Augen. Was hatte der Typ gemeint mit seiner Schwester? Was hatte das alles mit Delphine zu tun? Er sah sie vor seinem inneren Auge, nur dass jetzt sie im See trieb, nicht seine Schwester. Er zuckte zusammen, wurde aber nicht mehr richtig wach, und die Gestalt in seinem Kopf verwandelte sich wieder in Hannah. Seine kleine Hannah. Mit einer Träne im Augenwinkel fiel er in einen tiefen Schlaf, der ihn endlich von seinen Gedanken erlöste.

Mittwoch, 6:00 Uhr

Etwas kitzelte Clemens' Nase, und er musste niesen. Mühsam schlug er die Augen auf und fühlte die ersten Sonnenstrahlen auf seinem Gesicht tanzen. Hatte er etwa auf dem Sofa übernachtet? So etwas war ihm bisher noch nie passiert. Sein Mund fühlte sich immer noch pelzig an, der Rachen rau. Von seinem Kopf ganz zu schweigen. Mehrere ICE-Züge schienen sich gegenseitig einen Bremswettbewerb zu liefern, die schrillen Töne jaulten in seinen Ohren, und er spürte, wie sich seine Schläfen in Schraubstöcke verwandelten, die sich immer enger zudrehten. Er schloss kurz die Augen und holte tief Luft, doch es änderte nichts. Kopfschmerztablette, ich brauche eine Tablette, dachte er und stemmte sich aus den Kissen hoch. Sofort erfasste ihn ein Schwindel, der seinen Magen zum Flattern brachte. Er atmete tief aus und hielt sich an der Lehne fest. Nach einer Weile legte sich das Gefühl, und er schlich in die Küche, griff nach einem Glas, füllte es mit Wasser, angelte die Schmerztabletten aus dem Regal, drückte zwei heraus und schluckte sie hinunter. Danach bereitete er sich eine Tasse starken Kaffee zu und setzte sich an den Küchentisch, den Kopf in den Händen vergraben. Das helle Licht war Gift für seine Augen, und er brauchte sein Gehirn, um sich über die letzten Stunden klar zu werden.

Langsam kehrten die Erinnerungen zurück. Delphine, der Anruf. Schnell wollte er sein Handy aus der Hosentasche fischen, als ihm einfiel, dass er es auf die Couch gelegt hatte. Also rappelte er sich wieder hoch und schlurfte über einen kleinen Umweg durch den Hausflur ins Wohnzimmer. Er erinnerte sich dunkel, dass er am gestrigen Abend seine Sonnenbrille auf der Kommode im Eingangsbereich liegen gelassen hatte. Tatsächlich, da lag das teure Stück. Er setzte sie auf, und schon beruhigten sich die Blitze vor seinen Augen. Das Smartphone war zwischen die Ritzen zweier Sofakissen gerutscht und der

Akku fast leer. Er schloss es an das Ladekabel an, entsicherte es und scrollte durch seine Nachrichten. Eine von Klaus, eine von Cora, keine von Delphine. Sie musste doch gestern Abend noch bemerkt haben, dass er angerufen und auf die Mailbox gesprochen hatte. Clemens fuhr sich durch die Haare. Erneut rief er bei ihr an. Keine Reaktion. Was sollte er jetzt tun? Falsch: Wie würde er in diesem Fall als Kommissar vorgehen? Mal abgesehen davon, dass Delphine noch keine vierundzwanzig Stunden, geschweige denn zwölf Stunden vermisst wurde. Und sie natürlich einen Grund gehabt hatte, sich nicht bei ihm zu melden, ihn vielleicht sogar mit Absicht mied. Nein, diese Gedanken musste er beiseiteschieben, sie halfen ihm nicht weiter. Ob er noch Restalkohol intus hatte? Bestimmt, denn wenn er das richtig im Gedächtnis hatte, baute der Körper etwa null Komma eins Gramm Alkohol pro Kilogramm Körpergewicht in einer Stunde ab. Aber wie viel hatte er eigentlich getrunken? Die Whiskeyflasche auf dem Fußboden war zugeschraubt und noch halb voll. Das hieß, es fehlten ungefähr dreihundert Milliliter. Dazu noch die Whiskeyshots aus dem Café gestern Nachmittag, vielleicht vier oder fünf. Puh. Das waren bestimmt fast zwei Promille gewesen. Aber er hatte sich doch übergeben. Da musste doch auch schon wieder etwas Alkohol verschwunden sein. Egal. Wie er es drehte und wendete, gute vierhundert Milliliter Whiskey mit sechsundvierzig Volumenprozent, das war schon eine Hausnummer. Und damit war er vermutlich noch nicht in der Lage, Auto zu fahren. Klaus brauchte er nicht zu fragen, der hatte genug damit zu tun, seine Kinder aus dem Haus in die Schule zu scheuchen und danach in seine Praxis zu fahren. Cora fiel ebenso flach. Blieb nur ein Taxi. Bis es hier war, blieb ihm noch genügend Zeit, um sich frisch zu machen.

Eine halbe Stunde später läutete es an der Tür, und Clemens griff gewohnheitsmäßig zu dem leichten Mantel, den er aber sofort wieder an die Garderobe hängte, nachdem er dem Taxifahrer die Tür geöffnet hatte. Bereits so früh am Morgen umhüllte ihn schwülwarme Luft wie ein feuchtes Handtuch, sodass er sich mit der langen grauen Chinohose und dem weißen Kurzarmhemd schon falsch angezogen fühlte. Er packte die Geldbörse in die Hosentasche, steckte das halbwegs aufgeladene Smartphone in die Brusttasche seines Hemdes und schloss die Haustür ab.

Das Taxi fuhr zu Delphines Wohnung, und Clemens bat den Fahrer, kurz zu warten, während er zur Tür eilte und klingelte. Selbst nach mehrmaligem Wiederholen tat sich nichts, außer dass sich ein Nachbar aus dem geöffneten Fenster heraus beschwerte über den Terror am frühen Morgen und dass er die Polizei hole, wenn Clemens nicht gleich verdufte. Clemens winkte entschuldigend und stieg langsam die wenigen Stufen zur Straße hinab. Was nun? Er zwang sich, ruhig zu bleiben, setzte sich wieder auf den Beifahrersitz des Taxis, während der Fahrer ihn von der Seite beobachtete.

Delphine hatte gestern bis achtzehn Uhr gearbeitet, eventuell noch kurz aufgeräumt, telefoniert, Mails beantwortet, was auch immer. Doch was war danach geschehen?

»Suchen Sie jemanden?«, fragte ihn der Taxifahrer, der sich wahrscheinlich bereits fragte, was Clemens da wollte. Das Taxameter zeigte mittlerweile fünfundvierzig Euro an.

Clemens nickte. »Das klingt jetzt vielleicht seltsam, aber ich suche meine Freundin. Sie ist gestern Abend nicht zu mir gekommen, und ich habe so einen blöden Anruf erhalten, der auf sie anspielte. Außerdem haben wir uns gestritten. Jetzt mache ich mir Sorgen.« Er seufzte. Warum erzählte er diesem Jungspund von vermutlich Mitte zwanzig das alles?

Der Mann spitzte die Lippen. »Ist sie vielleicht bei einer Freundin?«

»Ich weiß es nicht.«

»Meine Freundin, wenn die sauer ist mit mir, dann will die mich net sehen. Dann geht sie ins Fitnessstudio und fährt auf dem Spinningbike, bis sie fast vom Rad fällt. Dann ist sie wieder ansprechbar. Zumindest manchmal.« Er lächelte und zuckte mit den Schultern.

Clemens hieb sich mit der flachen Hand auf die Stirn. Dass

ihm das nicht früher eingefallen war! Klar, Delphine war laufen gegangen! Wie jeden Dienstagabend. Und am Mittwochmorgen gleich noch mal, um im Training zu bleiben. Wie hieß nur dieser See, an dem sie immer entlanglief? Erst ein Stück über den Wiesengrund Richtung Alterlangen und dann ... Alterlanger See, so hieß er.

»Hast du die Lösung, mein Freund?« Der Taxifahrer klopfte ihm grinsend auf die Schulter und war ganz selbstverständlich zum Du übergegangen, was Clemens normalerweise mehr als nur gestört hätte, aber momentan war es ihm nicht wichtig. Immerhin hatte ihn der Kerl auf eine Spur gebracht, hoffentlich auf die richtige.

Er nickte. »Zum Alterlanger See«, orderte er, und los ging die Fahrt. Unter der A 73 durch, über den Dechsendorfer Damm immer weiter geradeaus bis zur Möhrendorfer Straße und einmal quer durch die Wohnsiedlung links bis zur Alterlanger Straße, an deren Ende der See lag. Hier parkte das Taxi, siebenundsiebzig Euro dreißig leuchteten auf. Clemens drückte dem Fahrer einen Hunderter in die Hand und bedankte sich.

»Soll ich nicht noch warten?«, fragte der junge Kerl, den Hunderter anstrahlend.

»Nein, alles gut. Wenn ich sie hier nicht finde, kann ich auch einen Spaziergang nach Hause machen. Vielen Dank.«

Clemens meinte es ehrlich. Er stieg aus und versetzte der Beifahrertür einen leichten Stoß, sodass sie ins Schloss fiel. Der Fahrer nickte noch einmal kurz zum Abschied, dann gab er Gas.

Er sah sich auf dem Parkplatz um. Wo sollte er Delphine suchen? Wenn sie wirklich laufen war, musste sie zumindest irgendwann hier ankommen. Er lief ein Stück am See entlang, am Spielplatz vorbei. Weiter vorne entdeckte er ein Fahrrad. Es kam ihm bekannt vor, ein dunkelblaues Damenrad mit hellen Reifen und einem Korb, der mit einer weißen Blütengirlande geschmückt war. Das war Delphines Rad. Clemens atmete erleichtert auf. Sie war tatsächlich hier, wollte wahrscheinlich einfach nur eine Runde laufen gehen, bevor sie wieder in ihre

Physiopraxis fuhr. Und er hatte sich so viele Sorgen gemacht. Sollte er auf sie warten? Wie würde sie reagieren, wenn sie ihn hier anträfe? Am Ende fühlte sie sich noch von ihm kontrolliert. Vielleicht ging er lieber wieder, solange sie ihn noch nicht entdeckt hatte. Clemens beschloss, am Seeufer entlang über den Wiesengrund Richtung Burgberg zu laufen. Das dauerte gut eine Stunde, aber schließlich hatte er es nicht eilig. Und ein bisschen Bewegung tat ihm bestimmt gut, auch wenn die Temperaturen vermutlich schon über zwanzig Grad lagen. Morgens um halb acht! Es würde wieder ein heißer Tag werden.

Er wanderte am Ufer entlang, die Sonne glitzerte im Wasser, und er war froh über seine getönte Brille. Sein Gehirn weigerte sich immer noch, sich mit hellem Licht auseinanderzusetzen. Weiter hinten am Ufer bewegte sich das Schilfgras im Wind, eine Entenfamilie setzte sich in Bewegung und eroberte die Mitte des Sees. Mit leuchtenden Augen beobachtete Clemens die kleinen Puschelknäule, die sich wie aufgedrehte Spielfiguren durchs Wasser schraubten. Dass die nicht untergingen? Waren das überhaupt echte Federn?

Etwas anderes weckte seine Aufmerksamkeit, etwas helles, direkt am flachen Seeufer ihm gegenüber, wo der See eine kleine Biegung machte, versteckt im Schilfgras. Da lag etwas. Bestimmt wieder Müll, den irgendein Depp heimlich entsorgt hatte. Clemens seufzte. So etwas kam leider häufiger vor. Im Grunde genommen konnte es ihm ja egal sein, schließlich war er nicht im Dienst. Aber wie so oft machte ihm sein schlechtes Gewissen einen Strich durch die Rechnung. Er konnte nicht einfach so tun, als hätte er es nicht gesehen, und so bewegte er sich in Richtung der möglichen Müllhalde. Doch je näher er der Stelle kam, desto mehr beschlich ihn eine dunkle Ahnung.

Das wirkte nicht wie Dreck, auch nicht wie eine Plane, die im Wasser trieb, was er zuerst vermutet hatte. Es war nicht nur hell, sondern auch ziemlich groß, wirkte aber nicht wie Kunststoff. Eher wie … Nein, das konnte nicht sein. Es durfte nicht sein. So schnell ihn seine Füße trugen, schlug er sich durch das Schilf zu der Stelle durch, sein Herz einer Dampfmaschine gleich, die auf Höchstlast fuhr. Er spürte den Puls bis hoch in den Hals.

Endlich hatte er sich durch das Gestrüpp durchgearbeitet, die blutenden Handflächen, die durch die scharfkantigen Blätter zerschnitten wurden, fielen ihm gar nicht auf, ebenso wenig wie seine bereits bis zum Knie durchnässte Kleidung. Er watete durch das seichte Ufer, teilte die letzten Halme vor sich und wünschte sich im selben Moment, er hätte es nicht getan.

Vor ihm im Wasser lag Delphine mit dem Kopf nach unten, ihr nackter Körper hatte sich an einem im See liegenden Ast verfangen, die schwarzen Haare schwammen wie eine Krone um ihren Schädel herum.

Clemens entfuhr ein schriller Schrei, und er schlug die Hände vor dem Mund zusammen. Tränen stiegen ihm in die Augen. Was passierte hier? Ohne auch nur einmal darüber nachzudenken, griff er nach ihr und drehte sie zu sich herum. Vielleicht lebte sie noch, vielleicht konnte er sie retten, sie wiederbeleben, irgendetwas tun. Irgendwas.

Erst nach mehrmaligem Bemühen gelang es ihm, ihren Arm aus dem Geäst zu befreien und ihren Körper zu drehen. Eigentlich hätte es ihm bereits zu diesem Zeitpunkt klar sein müssen, dass seine Bemühungen vergeblich waren, denn die Leichenstarre war schon komplett ausgebildet. Als er ihr Gesicht sah, wurde ihm bewusst, dass er nichts mehr für sie tun konnte. Die ehemals strahlend grünen Augen waren weit aufgerissen und eingetrübt, der Mund leicht geöffnet und die Haut so blass, wie es nur bei Schneewittchen sein konnte. Trotzdem schleppte er sie mit letzter Kraft an Land. Dann brach er schluchzend neben ihr zusammen, den Kopf an ihrer Wange. Von irgendwoher näherten sich lauter werdende Sirenen, doch er strich nur weinend über ihre Haare, immer und immer wieder.

Mittwoch, 8:00 Uhr

Zwei Streifenpolizisten näherten sich Clemens, aber erst als sich eine Stimme direkt an ihn richtete, nahm er sie bewusst wahr. »Nehmen Sie die Hände hoch, erheben Sie sich und entfernen Sie sich von der Frau!«, forderte ihn eine weibliche Stimme auf, die ihm vage bekannt vorkam. Clemens hob langsam den Kopf, und die beiden Beamten fuhren zurück, wirkten zutiefst erschrocken.

»Sofort weg von der Frau!« Der männliche Polizist deutete mit einer Bewegung seiner Waffe weg von Delphine, die Augen weit aufgerissen. Täuschte sich Clemens, oder zitterte der Beamte?

»Ich gehe hier nicht weg. Das hier ist meine Freundin, Delphine Otto. Ich habe sie gerade hier gefunden. Und mein Name ist –« Weiter kam er nicht.

»Clemens!«, rief die blond gelockte Beamtin und verzog ungläubig das Gesicht. »Clemens Sartorius, bist du das wirklich?«

Ihr Kollege starrte sie verständnislos an. »Meinst du etwa Kriminalhauptkommissar Clemens Sartorius?« Der Adamsapfel in seiner Kehle hüpfte deutlich.

Sie nickte, und mit einem Mal wusste Clemens auch wieder, wer sie war. Sabine hieß sie, doch wie lautete ihr Nachname? Er wusste noch, dass sie einen Bruder hatte, der Tom hieß. Und dass er kurz mit ihr liiert gewesen war, damals, nach Hannahs Tod. Und jetzt war Delphine tot. Wie Hannah. Wie einzelne Murmeln klackerten die Gedanken durch sein Hirn, zwängten sich durch eine enge Öffnung, um dann eine schier endlos lange Bahn hinabzurollen, bevor sie in der Unendlichkeit verschwanden.

Dann wurde Clemens bewusst, dass die beiden immer noch auf eine Antwort von ihm warteten. »Ja, ich bin es wirklich. Und du bist Sabine ...«

»Ulrich«, half sie ihm sofort aus. »Ich heiße immer noch

Ulrich. Der passende Mann zum Heiraten ist mir noch nicht begegnet.« Als sie den fassungslosen Blick ihres Kollegen wahrnahm, schlug sie sich rasch mit der Hand vor den Mund. »Es tut mir leid, wirklich, also … in Anbetracht dessen, dass deine Freundin –« Ihre Stimme brach ab.

Ihr Kollege schüttelte augenrollend den Kopf, bevor er sich an Clemens wandte.

»Herr Sartorius, es tut mir leid, dass ich Sie net gleich erkannt habe, aber trotzdem muss ich Sie bitten, von … Ihrer Freundin wegzutreten, bis die Kollegen anwesend sind. Sie verstehen doch sicher …« Er verstummte.

Natürlich verstand Clemens. Die Pflicht, die Vorgaben, die Regeln. Alles hatte nach einem bestimmten Muster abzulaufen. Wie immer. Dennoch fühlte er sich außerstande, dieser Aufforderung, die im Grunde genommen ein Befehl war, nachzukommen. Er konnte Delphine hier nicht einfach so nackt und bloß liegen lassen. Vor den Augen aller. Das war schlicht unmöglich. Sein Blick fiel auf seine Hände, und er nahm die blutigen Schlieren darauf wahr, entdeckte die gleichen Spuren auf Delphines Körper und entsann sich, dass er sich vorhin mit ebendiesen Händen ins Gesicht gefasst hatte. Er musste einen schrecklichen Anblick bieten, kein Wunder, dass die Beamten vor ihm zurückgewichen waren. Wahrscheinlich wirkte er wie ein Irrer. Am Ende glaubten die beiden noch, er hätte etwas mit Delphines Tod zu tun. Er musste aufstehen, ihnen alles erklären. Aber Clemens wusste nicht, wie er seine Beine dazu bewegen sollte.

»Ich weiß, wie das hier aussieht, aber ich kann alles erklären.« Clemens hob entschuldigend die Hände und wusste im selben Moment, wie bescheuert sich das anhörte. Diesen Satz hatte er so oft von Verdächtigen gehört, dass er ihm bereits die Ohren ausleierte. Und in den seltensten Fällen hatte sich der Inhalt des Satzes als wahr erwiesen.

»Na, da bin ich aber gespannt«, erwiderte der junge Polizist prompt. Clemens konnte es ihm nicht verdenken. Sabine blickte ihn müde lächelnd an.

»Sie können uns gerne alles in Ruhe erklären, meinetwegen auch mehrfach, aber wenn Sie jetzt net gleich von dem Körper verschwinden, werde ich Sie festnehmen, ob Kommissar oder net.« Die Ruhe war aus der Stimme des Beamten verschwunden.

Clemens erhob sich mühsam. Der Polizist tat nur seine Arbeit, und Clemens konnte ihm das nicht übel nehmen.

Sobald er sich ein paar Schritte von Delphine entfernt hatte, trat der junge Beamte auf ihn zu und forderte ihn auf, die Hände zu heben. Clemens tat wie ihm geheißen, und der Polizist tastete mit geübten Griffen seinen Körper ab. Als er sich sicher war, dass Clemens keine Waffen bei sich trug, nickte er Sabine zu, und sie näherte sich Clemens.

»Komm mit zum Wagen und setz dich hierhin.« Sie wies auf den Rücksitz des auf dem Parkplatz stehenden Streifenwagens, dessen Tür bereits offen stand. Dankbar nahm Clemens das Angebot an und setzte sich hinten in den Wagen. Seine Knie schlotterten, und das rasche Aufstehen hatte Blitze auf seiner Netzhaut erzeugt. Er beobachtete, wie der Polizist, jetzt mit Handschuhen, sich Delphine näherte und nach dem Puls tastete – ohne Erfolg. Das hätte er ihm auch gleich sagen können. Plötzlich kam Clemens ein Gedanke.

»Warum seid ihr eigentlich hier?«, fragte er Sabine, die neben ihm am Wagen Posten bezogen hatte.

Sie wand sich kurz, antwortete dann aber doch. »Wir haben einen anonymen Hinweis bekommen, dass hier ein Mann mit einer Leiche am Ufer sitzt.«

»Einen anonymen Hinweis?« Clemens hatte niemanden wahrgenommen bei seinem Streifzug rund um das Seeufer. Und der Taxifahrer war längst weg gewesen. Hatte ihn ein Hundebesitzer auf Gassitour beobachtet?

»Er wollte seinen Namen nicht sagen, und die Nummer war unterdrückt.«

»Ein Mann also?«

»Ja, ziemlich sicher. Klang nicht nach einer Frau.«

Mittlerweile war der andere Beamte wieder zu den beiden

zurückgekehrt. »Warum erzählst du dem alles?«, fragte er mürrisch.

»Er ist doch Kriminalkommissar, Martin.«

Doch Martin war da anderer Meinung. »Im Moment ist er nur jemand, den wir mit einer Leiche am See entdeckt haben. Du weißt, wonach das aussieht. Ich denke, es ist besser, wenn wir uns bedeckt halten, bis seine Kollegen kommen. Ich habe sie gerade eben informiert, die sollten gleich da sein.« Dann wandte er sich an Clemens. »Erzählen Sie uns doch solange mal, was Sie hier gemacht haben.« Er hielt inne, ihm schien wieder einzufallen, dass es sich bei der Toten um Clemens' Freundin handelte. »Also, falls Sie sich dazu in der Lage fühlen, meine ich.« Seine Wangen röteten sich.

Jetzt war es Sabine, die mit den Augen rollte. Dieser Martin schien noch nicht allzu viele Einsätze dieser Art erlebt zu haben.

Clemens schätzte ihn auf Mitte zwanzig. Ob das seine erste Leiche war? Nein, dafür wirkte er dann doch zu abgeklärt. Er holte tief Luft und erzählte, warum er an diesen Ort gefahren und seit wann er hier war, wie er Delphine gefunden und sie schließlich ans Ufer gezogen hatte. Rechtsmediziner Professor Dr. Konrad Mengler würde ihn dafür bestimmt lynchen, weil er dadurch unter Umständen Spuren vernichtet hatte und, was noch schlimmer war, von sich selbst einige auf Delphine verteilt hatte. Clemens weigerte sich immer noch, in seinem Hirn von der Leiche statt von Delphine zu sprechen. Das konnte er einfach nicht.

»Du hast sie also so im Wasser aufgefunden?«, fragte Sabine nach. Clemens nickte und wollte sich durch die Haare fahren, hielt sich aber in letzter Sekunde davon ab, als er seine Handinnenflächen sah. Er versuchte, einen Blick in den Rückspiegel des Wagens zu werfen, aber der Winkel passte nicht, sodass er nur einen Teil seines Oberkörpers erkannte. Was nicht unbedingt ein besseres Bild abgab, denn auch sein Hemd schien mit Schlieren übersät. Er schaute an sich herunter und erschrak: Er sah aus wie ein Massenmörder. Clemens wusste zwar, dass schon geringe Mengen Blut zu einem furchterregenden Anblick führen konnten, aber so schlimm hatte er sich das nicht vorgestellt. Zum Glück war es nur sein eigenes. Aber allein der mittlerweile deutlich wahrnehmbare metallische Geruch brachte seine Lider zum Flattern. Sein Magen rebellierte verdächtig und ließ ein Knurren vernehmen, das für alle deutlich hörbar war. Clemens schämte sich dafür.

»Hunger?«, fragte Martin, und Sabine sah ihn vorwurfsvoll an.

»Wie kannst du eigentlich so unsensibel sein, Martin? Der Mann hat gerade seine Freundin tot aufgefunden, da hat man keinen Hunger. Das ist Übelkeit. Das sprichwörtliche ›Ich fühle mich zum Kotzen‹, falls dir das was sagt.« Sie redete sich in Rage, doch der junge Beamte ließ sich davon nicht aus dem Konzept bringen.

»Oder ein schlechtes Gewissen.« Er blickte auf Clemens herab. »Nichts für ungut, aber auch wenn Sie Kriminalhauptkommissar sind, sind Sie nicht automatisch von jedem Verdacht befreit.«

Clemens winkte ab. Das war ihm alles so was von egal, er konnte gar nicht sagen, wie sehr.

»Möchtest du etwas Wasser? Ich habe noch eine ungeöffnete Flasche im Kofferraum«, meinte Sabine, beugte sich zu ihm herab und strich ihm über die Schulter.

Etwas daran irritierte Clemens. Sicher, vor vielen Jahren, fast einem Vierteljahrhundert, hatten sie einmal etwas miteinander gehabt, aber seit diesem verhängnisvollen Urlaub am Tegernsee hatten sie sich nie wiedergesehen. Sabine hatte ihn getröstet, damals, als Hannah tot aufgefunden worden war. Und er hatte dringend Trost gebraucht. Ein Teenager war er gewesen, eigentlich bereit, die Welt zu erobern. Doch dieses Ereignis erstickte jeglichen Impuls dazu. Seine Eltern waren zu der Zeit nicht in der Lage gewesen, ihm zu helfen, zu sehr waren sie mit ihrer eigenen Trauer beschäftigt gewesen. Sabine hatte ihm zugehört, seinen Klagen und Fragen, hatte Tränen getrocknet und ihm die Liebe gegeben, die er gebraucht hatte, um nicht durchzudrehen. Hatte er sich überhaupt jemals bei ihr dafür bedankt? Er wusste es nicht mehr. Aber es käme schon sehr seltsam an, wenn er sie das jetzt, nach so vielen Jahren, fragen würde. Warum hatten sie sich eigentlich nie wiedergesehen danach? Die Antwort war simpel: Es war eine Urlaubsbekanntschaft gewesen. Ihr älterer Bruder Tom war zusammen mit einigen anderen Jungs mit Clemens in einer Clique gewesen, die sich jedes Jahr in den Sommerferien dort getroffen hatte, weil ihre Eltern am Tegernsee ein Ferienhaus besaßen. Nach den Sommerferien waren alle wieder ihrer Wege gegangen. Doch nach diesen Ferien damals war alles anders gewesen. Hannah war nicht wieder mit ihnen zurückgekehrt, und seine Eltern hatten das Ferienhaus verkauft. Sie wollten nie wieder an den Ort erinnert werden, der ihnen so viel Leid bescherte. So kam es, dass Clemens und Sabine sich nach dieser Zeit nie mehr gesehen hatten. Clemens erinnerte sich, dass noch ein paarmal Briefe von ihr gekommen waren, aber er hatte sie gar nicht erst geöffnet. Er wollte mit allem abschließen, was mit Hannah zu tun hatte. Sabine war eine Freundin von Hannah gewesen, beide damals siebzehn Jahre alt, sie hatten mit den älteren Jungs geflirtet, und Clemens hatte sich des Öfteren bemüht, Hannah von interessierten Jungs fernzuhalten. Was sie ihm oft übel genommen hatte. Er seufzte.

Als er aufsah, begegnete er Sabines immer noch fragendem Blick, und er lehnte schnell ab. Er wollte nichts trinken. Am liebsten wollte er weg von hier, in Ruhe seinen Schmerz ertränken, allenfalls bei Klaus vorbeischauen und ihm die ganze Geschichte erzählen. Aber er verspürte absolut kein Bedürfnis, sich Sabine anzuvertrauen. Das war Vergangenheit, und er hatte nicht vor, diese jetzt wieder aufleben zu lassen. Wahrscheinlich hatte Sabine nur ein Déjà-vu-Erlebnis, genau wie er, und fühlte sich verpflichtet, ihn zu trösten. Denn im Grunde genommen kannten sie sich nicht und hatten auch nichts mehr miteinander zu tun.

Mehrere Autos und ein Transporter fuhren fast gleichzeitig auf den Parkplatz, darunter auch das weiße 911er Coupé des

Rechtsmediziners Mengler. Aus dem Transporter stieg Max Gimmler, der Leiter des Erkennungsdienstes, dahinter sein Gefolge, alle schon in weißen Ganzkörperoveralls und mit ihren Koffern und Kameras. Als Gimmler Clemens entdeckte, stutzte er.

»Der Herr Kommissar, was machen Sie denn hier?« Er begutachtete ihn kritisch. »So wie Sie aussehen, sind Sie selbst ein reines Spurenparadies.« Er hielt kurz inne und fragte dann die beiden Beamten nach der Leiche. Martin wies mit dem Finger auf Delphine. Gimmler warf einen Blick auf sie und erstarrte. Schaute zurück auf Clemens.

»Des is etz aber net des, was ich denk, oder?« Wie immer, wenn er aufgeregt war, fränkelte er stark. Clemens zuckte nur müde mit den Schultern. Was sollte er denn darauf antworten? Er war zu müde, um schlagfertig zu sein.

»Clemens, was um Himmels willen ist passiert?« Cora rannte auf ihn zu, nachdem sie eilig aus dem Auto gesprungen war, und blieb wie angewurzelt stehen, als sie ihn erblickte. »Wie siehst du denn aus? Hast du jemanden abgeschlachtet?«

Gimmler räusperte sich lautstark, und Cora starrte ihn an. Ihr Blick senkte sich, und sie entdeckte Delphine. Ihr blieb der Mund offen stehen. Clemens schloss müde die Augen. Jemand rüttelte ihn an den Schultern, und er riss sie wieder auf.

»Sag, dass das nicht wahr ist!«, schrie Cora ihn an, die Augen geweitet.

Sabine und Martin waren beide mehrere Schritte zurückgetreten, als wären sie eingeschüchtert von Coras Verhalten.

Clemens ergriff Coras Hände, ungeachtet der Blutspuren darauf. Mittlerweile mussten die Wunden sowieso verkrustet sein, so tief waren sie nicht gewesen.

»Cora, beruhig dich! Ich war das nicht. Du weißt doch, ich hätte Delphine nie etwas antun können.« Wieder erzählte er seine Geschichte, die ihm mittlerweile fast selbst wie ein Märchen vorkam.

»Oh nein«, flüsterte Cora, und Tränen stiegen ihr in die Augen. »Und ich hab dir nicht geglaubt, dass ihr etwas passiert sein könnte.« Sie schüttelte den Kopf.»Vielleicht hätten wir sie retten können.«

Jetzt war es Clemens, der den Kopf schüttelte.»Hör auf damit, Cora. Mach dir keine Vorwürfe. Was hätten wir denn tun sollen? Ich wusste doch selbst nicht, wo ich sie hätte suchen sollen. Wir wissen ja noch nicht einmal, wie lange sie schon tot ist.« Am liebsten hätte er sie in den Arm genommen, erinnerte sich aber im letzten Moment daran, wie er aussah.

Mengler, der im Hintergrund zusammen mit Gimmler still zugehört und gewartet hatte, mischte sich in das Gespräch ein. »Das werden wir aber sicher bald erfahren. Wenn auch nur ungefähr, weil Sie wissen ja, die Außentemperaturen sind ziemlich hoch, das Wasser dafür wieder etwas kühler, da kann ich erst Genaueres sagen, wenn ich sie auf dem Tisch hatte. Falls das jetzt nicht zu pietätlos ist.« Er trat nach vorne zum Wagen und klopfte Clemens auf die Schulter, wie als stummes Zeichen des Verständnisses.

Sofort rückte Gimmler nach, sichtlich peinlich berührt. »Herr Sartorius, es tut mir leid, aber angesichts der Sachlage muss ich Ihnen etz a paar Spuren abnehmen und Bilder machen.« Clemens nickte, erhob sich vom Rücksitz, stieg aus dem Wagen und folgte dem Erkennungsdienstleiter zum Transporter, während Cora beiseitetrat.

»Ich kümmere mich mal um den Rest«, meinte sie und blickte sich nach Michael Cento um, einem weiteren Kriminalkommissar aus Clemens' ehemaligem Team, der mit ihr zusammen hergekommen war. Vorher verabschiedete sie die beiden Polizeibeamten. Während Martin offensichtlich nicht schnell genug das Feld räumen konnte, versuchte Sabine, die bereits die Beifahrertür des Streifenwagens geöffnet hatte, noch kurz einen Blick auf Clemens zu erhaschen. Sie winkte ihm zu, und er tat es ihr gleich. Dann stieg sie in den Wagen, und Martin fuhr mit ihr davon. Erst jetzt fragte sich Clemens, warum sie ihm noch nie zuvor bei der Polizei aufgefallen war. Wie lange arbeitete sie eigentlich schon in Erlangen? Hatte er sie bisher immer übersehen?

»Ich bräuchte amol Ihre Hände, Herr Sartorius«, unterbrach Gimmler seine Gedanken, und Clemens verwarf sie wieder. Als der Erkennungsdienstleiter seine Handflächen sah, atmete er tief aus.

»Da haben Sie sich aber ordentlich geschnitten. Wie haben Sie denn das geschafft?« Er fingerte ein Wattestäbchen aus einem Röhrchen, befeuchtete es mit destilliertem Wasser und strich über eine der Wunden.

Clemens deutete stumm auf das Schilf am Uferrand des Sees, und Gimmler nickte wissend.

»Des Zeug ist schon biestig. Machen Sie da a weng Zinksalbe drauf, wenn Sie daheim sind, net dass sich des entzündet.« Dann packte er das inzwischen wieder verschlossene Röhrchen weg und holte ein weiteres. Die Prozedur wiederholte er ein paarmal, bis er alle Spuren auf den Händen gesichert hatte.

»Ich bräuchte noch Ihr Hemd, Herr Kommissar.« Selten hatte Clemens Gimmler so unsicher gesehen wie heute, aber er wollte es ihm nicht schwerer machen, als es ohnehin schon war. Schnell schlüpfte er aus dem Hemd und stopfte es in den vorbereiteten Beutel. Gimmler bedankte sich und tippte sich kurz an seinen spärlichen Haarkranz. Während er seine Asservate in den Transporter packte, wuselten rund um Delphine und den See ein halbes Dutzend Menschen in weißen Ganzkörperanzügen herum, die mögliche Spuren sammelten. Delphines Körper war für Mengler freigegeben worden, sodass er sich nun um Todeszeichen, Totenflecken, Leichenstarre wie auch Körpertemperatur kümmerte. Schnell wandte Clemens den Kopf ab. Das konnte er jetzt nicht auch noch ertragen.

Cora und Cento traten auf ihn zu. Clemens' nackter Oberkörper zog ihre Blicke auf sich, was bei Clemens nur ein weiteres müdes Schulterzucken hervorrief.

»Ich glaub, ich hab noch ein sauberes T-Shirt im Auto«, meinte Cento und ging zum Wagen.

»Es tut mir so unendlich leid, Clemens.«

Coras Stimme klang heiser. Sie hob die Hand, als wollte sie ihm über den Arm streicheln, ließ sie aber sofort wieder sinken.

Vielleicht erschien ihr das unpassend, wenn er so halb nackt vor ihr stand. Und wahrscheinlich war es das auch. Schließlich hatte Clemens gerade erst seine Freundin verloren.

Cento kam mit dem Shirt zurück, und Clemens zog es rasch über. Es saß etwas stramm, immerhin war Cento einen halben Kopf kleiner als Clemens, und das Pink-Floyd-Logo auf der Vorderseite stand auch im krassen Gegensatz zu der immer noch leicht feuchten Anzughose.

»Komm, großer Krieger, wir nehmen dich mal mit in die Dienststelle, dann kannst du dich waschen, erst mal einen Espresso trinken und das Protokoll erstellen wie auch unterschreiben. Außerdem wartet es sich dort sicher angenehmer auf Menglers Ergebnisse als hier in der Hitze«, sagte Cora, und Clemens fügte in Gedanken hinzu, dass er dann auch nicht mitverfolgen musste, wie sie Delphines Körper untersuchten und für die Rechtsmedizin vorbereiteten. Diesen Anblick wollte er sich gerne ersparen. Also drehte er sich ohne ein Wort des Widerspruchs um und nahm auf der Rückbank des Autos Platz.

»Kanntest du die Polizeibeamtin eigentlich persönlich, weil die dir so zugewunken hat?«, fragte Cora vom Steuer aus und blickte ihn über den Rückspiegel an.

Clemens schnaubte und musste unwillkürlich lächeln.

»Das hast du natürlich wieder gemerkt, Cora, was? Wieso interessiert dich das eigentlich?«

Sie zog die Nase kraus, was Clemens deutlich im Spiegel erkennen konnte. »Nur so. Ich bin halt ein interessierter Mensch. Weißt du doch.«

»Neugierig, wolltest du doch wohl eher sagen.«

Aus Centos Ecke kam ein leises Glucksen.

»Pfff«, entgegnete Cora.

»Ich nehm das mal als ein Ja«, antwortete Clemens, lehnte sich zurück und schloss die Augen. Für heute hatte er definitiv genug erlebt. Doch er ahnte bereits, dass das noch nicht alles sein würde.

»Mengler hat gerade angerufen, er hat erste vorläufige Ergebnisse«, verkündete Cora und wedelte mit ihrem Handy in der Luft herum, als sie alle gemeinsam mit einem weiteren Kollegen seines alten Teams, Frank Wiesner, in Clemens' ehemaligem, mittlerweile Coras Büro in der Sitzgruppe saßen. Es kam Clemens befremdlich vor, dass nicht mehr er hier das Sagen hatte, sondern seine Kollegin Cora, nach ihm die ranghöchste Ermittlerin. Immer noch steckte er in dem viel zu kleinen Shirt, was die Abteilungssekretärin, Frau Gerber, sofort bemängelt hatte. So könne man doch einen Mann wie ihn nicht herumlaufen lassen, sie werde sich sofort darum kümmern, aber erst, wenn sie dem Herrn Kommissar seinen Espresso gebracht habe. Selbstverständlich in der vorgewärmten Tasse. Und am besten gleich einen doppelten, so wie er aussah.

»So ein Brimborium veranstaltet die nur bei dir«, hatte Cora ihm auf dem Weg ins Büro ins Ohr gezischt, und Clemens seufzte. Ihm war nicht nach Scherzen zumute. Das kurze Einnicken während der Autofahrt hatte ihm die Tragweite des Geschehens nur umso deutlicher gemacht. Er fühlte sich müde und ausgelaugt. Seltsamerweise verspürte er momentan keinerlei Traurigkeit. Als wäre sein Herz stumpf geworden und seine Seele blind für den Schmerz, der ihr zugefügt worden war. Auf der einen Seite war er dankbar dafür, auf der anderen befürchtete er, dass das nur die Ruhe vor dem Sturm war und dass die Woge der Trauer ihn noch mit einer Wucht überrollen würde, die einem Orkan bei Windstärke zehn in nichts nachstünde.

Cora wollte gerade anfangen, als Frau Gerber mit einem frischen Hemd für Clemens in der Tür stand.

»Das hatten Sie das letzte Mal in der Reinigung vergessen, ich habe es für Sie abgeholt, weil die Chefin der Reinigung hier angerufen hat. Daher hängt es noch hier.« Sie reichte ihm das

Hemd, und Clemens nickte dankbar. Rasch schlüpfte er aus dem Shirt und streifte sich das gebügelte Hemd über. Es roch nach Reinigung und Bügelstärke, und er fühlte sich sofort etwas besser.

»Noch einmal zurück zu Menglers Ergebnissen –« Cora wurde erneut von Frau Gerber unterbrochen und verdrehte die Augen. Die Sekretärin stellte in aller Ruhe das Tablett mit den Kaffeetassen auf den Tisch. Clemens bekam seinen doppelten Espresso und Cora eine extragroße Tasse mit Milchkaffee. Der Duft der frisch gebrühten Bohnen sorgte bei ihm meist für bessere Laune, doch jetzt verursachte er eher ein leises Magengrummeln.

Nachdem Frau Gerber das Büro verlassen hatte und alle Beamten sich mit ihren Kaffeetassen in den Sesseln zurücklehnten, setzte Cora erneut an.

»Können wir jetzt anfangen?«, fragte Cora in die Runde.

Als ihr alle, auch Clemens, zunickten, stellte sie ihren Becher ab und nestelte erneut an ihrem Smartphone herum, auf dem sich die Mail mit Menglers Informationen befand.

»Der ungefähre Todeszeitpunkt liegt bei neunzehn Uhr plus/minus zwei Stunden, an dem Körper des Opfers sind keine Abwehrverletzungen zu finden, aber DNS-Reste unter den Fingernägeln. Der Fundort ist nicht der Tatort aufgrund der Verlagerung der Livores, also der Totenflecken. Die Todesursache ist noch unklar, Näheres nach der Obduktion. Allerdings konnte Mengler mit Sicherheit ausschließen, dass die Blutflecken auf deinen Händen«, sie warf einen Blick zu Clemens, »etwas mit der Todesursache zu tun haben. Dazu fanden sich keine passenden äußeren Verletzungen auf dem Körper von … der Toten. So weit Mengler.« Sie blickte in die Runde. »Dann habe ich noch ein paar Sachen von Gimmler, allerdings nicht wirklich viel. Sein Team hat Reifenspuren auf dem hinteren Kiesweg gefunden, dort, wo man normalerweise nicht mit dem Auto entlangfahren darf. Eventuell wurde ein Fahrzeug verwendet, um D… ähm, das Opfer dort abzuladen.« Coras Wangen leuchteten rot auf.

Clemens zog es vor, nicht näher darauf einzugehen, schließlich war klar, dass es sich bei dem Opfer um seine Freundin handelte. Dennoch rechnete er es Cora hoch an, dass sie sich zumindest Mühe gab, den Fall vor Clemens so neutral wie möglich zu behandeln.

»Außerdem natürlich noch jede Menge weiterer Spuren, die aber erst noch ausgewertet werden müssen. Allerdings haben sie weder Kleidung noch Handtasche oder Handy der Toten gefunden. Entweder hat der Mörder die Sachen mitgenommen oder weggeworfen.« Cora pausierte kurz und wandte sich dann direkt an Clemens.

»Die Leute von der Technik haben versucht, das Handy zu orten, aber seitdem du darauf angerufen hast, ist es wohl ausgestellt worden. Wir werden auf jeden Fall das Rufnummernprotokoll anfordern, vielleicht bringt uns das weiter.«

Clemens nickte. Das war wohl zu erwarten gewesen. Jemand, der so etwas initiierte, ließ sich nicht mit Hilfe eines leicht zu ortenden Handys überführen. Der ging gerissener vor. So wie sich das hier präsentierte, war das von langer Hand geplant. Als er seine Vermutung laut äußerte, wurde Cora hellhörig.

»Wie meinst du das?«, fragte sie.

Clemens räusperte sich. Das, was er seinen Kollegen jetzt erzählen musste, gehörte zu dem Schwersten in seinem Leben. Keiner hier wusste von seiner Vergangenheit. Dass er einmal eine Schwester gehabt hatte, geschweige denn, wie sie gestorben war. Aber es half nichts, die beiden Morde hingen irgendwie zusammen, denn es konnte kein Zufall sein, dass Delphine genau wie Hannah in einem See abgelegt worden war. Darüber hinaus hatte ihn der vermeintliche Mörder ja auch noch selbst im Vorfeld informiert. Nur war Clemens nicht schlau genug gewesen, diese Information richtig zu deuten. Wie auch. Trotzdem wurmte es ihn gewaltig. Hier versuchte jemand, ihn reinzulegen, das spürte er ganz deutlich. Und dann noch auf so eine drastische Art und Weise, bei der geliebte Menschen geopfert wurden, weil er nicht rechtzeitig geschaltet hatte. Er schluckte hart, aber der Kloß in seinem Hals wollte nicht weichen. War er mit schuld am Tod von Delphine?

»Clemens?« Coras Stimme riss ihn aus seinen Gedanken, und er fuhr wie angestochen mit dem Oberkörper nach oben. »Alles in Ordnung?«, fragte Cora sanft. »Brauchst du eine Pause?«

»Nein, nein. Alles gut«, murmelte er. »Aber es gibt etwas, was ich euch erzählen muss.« Er holte einmal tief Luft und berichtete ihnen dann von Hannah, dem Tegernsee, wie sie darin aufgefunden worden war und dass der Mord nie aufgeklärt wurde.

Coras Augen wurden kugelrund, und auch Wiesner und Cento rutschten unruhig auf ihren Sesseln hin und her. »Meinen Sie, das ist der gleiche Mörder wie bei Ihrer Schwester?«, fragte Cento und runzelte die Stirn. »Aber warum mordet er dann erst jetzt wieder, nach so langer Zeit? Das ist doch ungewöhnlich für einen Serienmörder.«

»Moment«, unterbrach ihn Cora. »Es ist doch überhaupt noch nicht gesagt, dass es sich hier um einen Serienmörder handelt. Es muss doch nur jemand gewesen sein, der die Details von damals kennt. Also quasi eine Art Trittbrettfahrer.«

»Ein Trittbrettfahrer, der etwas gegen Sartorius hat«, warf Wiesner ein. »Und zwar eine ganze Menge, wenn er aus lauter Hass seine Freundin um die Ecke bringt.« Im selben Moment warf er einen Blick auf Clemens. »Sorry, Chef, war nicht so gemeint.«

Clemens winkte ab. »Schon in Ordnung. Sie haben ja recht.« Dann hielt er inne. »Abgesehen davon, was halten Sie davon, wenn wir uns in Zukunft alle duzen? Ich weiß, ich hätte das als Dienstältester schon längst vorschlagen müssen, aber es hat sich nie ergeben. Jetzt kommt es mir irgendwie falsch vor, Sie weiterhin zu siezen. Ich bin Clemens.« Er nickte Cento und Wiesner aufmunternd zu.

»Gerne, Chef! Ich bin der Frank.« Wiesner schien sich ehrlich zu freuen und reichte ihm die Hand.

Cento tat es ihm gleich. »Michael.« Kurz war es still, und jeder hing seinen eigenen Gedanken nach.

Dann ergriff Clemens erneut das Wort. »Wer auch immer das gewesen ist, er muss genau gewusst haben, was Delphine zu welcher Zeit macht, er muss ihr gefolgt sein und sie beobachtet haben. Und er war in meinem Garten, weil er mir erzählte, dass ich auf der Couch saß und was ich gemacht habe. Das konnte er nicht einfach so erraten. Und zu diesem Zeitpunkt muss er Delphine bereits in seiner Gewalt gehabt haben.«

»Aber wir haben doch ihr Fahrrad am See gefunden«, erwiderte Cento.

»Das hätte man auch dahin transportieren können«, mutmaßte Cora. »Damit es so wirkte, als wäre sie selbst dorthin gefahren. Wobei der Trick sowieso nicht funktioniert, denn getötet wurde sie offensichtlich bereits gestern, jedenfalls laut Mengler. Das heißt, egal wie, das Fahrrad war nur eine Finte. Fragt sich nur, für wen.«

»Für mich«, murmelte Clemens. »Ich sollte das Fahrrad entdecken und glauben, dass Delphine dort tatsächlich laufen ist. Und ich gehe davon aus, dass ich von Anfang an Delphine an diesem Ort finden sollte.«

»Aber was, wenn dir nicht mehr eingefallen wäre, dass Delphine jeden Dienstagabend und Mittwochmorgen laufen geht?«, fragte Wiesner. »Das macht doch gar keinen Sinn, alles so genau zu planen und dann auf gut Glück darauf zu hoffen, dass dir das wieder einfällt. Vor allem, wenn du in einem solch miserablen Zustand warst.« Wiesner schüttelte den Kopf.

»Wahrscheinlich hätte er mich mehr oder weniger dezent auf die richtige Fährte gebracht, wenn ich nicht von alleine darauf gekommen wäre. Abgesehen davon, die Polizei wurde doch just in dem Moment anonym informiert, als ich Delphine im See entdeckt habe, war es nicht so?«

»Du meinst, der Mörder ist dir die ganze Zeit gefolgt, damit er dich dann verpfeifen konnte?« Cora pfiff durch die Zähne. »Das wäre schon arg dreist.«

»Aber durchaus vorstellbar«, meinte Clemens.

»Du glaubst also, da will dich jemand als Mörder deiner Freundin hinstellen?«, folgerte Cento und rieb sich das Kinn.

»Wenn man jetzt mal rein von der Faktenlage ausgeht, dann passt das doch alles«, erwiderte Clemens. »Ich werde am See gefunden, wie ich gerade Delphine aus dem Wasser zerre, die Hände voller Blut, die Spuren davon auf ihrem Körper. Wir hatten viel Streit die letzten Tage, für den es bestimmt Zeugen gibt. Meine Schwester wurde auf dieselbe Art im Wasser abgelegt wie Delphine, das heißt, ich habe auch noch einen direkten Bezug dazu. Wie würdet ihr das denn erklären?«

Die drei zuckten mit den Schultern.

»Wie genau wurde deine Schwester getötet, und was war darüber in der Öffentlichkeit bekannt?«, fragte Cora.

»Die Todesursache wurde nie an die Öffentlichkeit weitergegeben, weil die Polizei hoffte, dass der wahre Täter sich dadurch verraten würde. Aber die Todesursache war eine Überdosis Insulin. Sie ist nicht ertrunken, sondern war bereits tot, als sie ins Wasser gelegt wurde. Der Unterschied zu Delphine ist, dass Hannah erst einige Tage nach ihrem Tod entdeckt wurde, da ihr Körper erst untergegangen war und später durch die sich bildenden Gase wieder auftrieb. Delphine wurde meiner Ansicht nach ganz bewusst ins niedrige Wasser gelegt und an einem Ast fixiert, damit sie nicht untergehen konnte und gleich gefunden würde.« Clemens gähnte. Allmählich verließen ihn seine Kräfte.

»Ich werde mir mal die Unterlagen des Falls über die Datenbank anfordern. Mal sehen, was da drinsteht, vielleicht hilft uns das weiter. Bis dahin möchte ich, dass ihr …«, Cora blickte Cento und Wiesner an, »… die umliegenden Anwohner befragt, ob sie etwas mitbekommen haben. Außerdem müssen wir noch herausfinden, ob Delphine sich in letzter Zeit irgendwie anders verhalten hat, Angst hatte, glaubte, verfolgt zu werden, Streit mit jemanden hatte und so weiter. Das möchte ich übrigens auch noch von dir wissen, Clemens«, wandte sie sich an ihn.

Cento und Wiesner verabschiedeten sich schon einmal und klopften Clemens im Vorübergehen auf die Schulter. Als die beiden draußen waren, rieb sich Clemens die Augen. Der Espresso hatte nicht geholfen.

»Noch einen Kaffee?«, fragte Cora und sah ihn an, als würde er gerade zur Schlachtbank geführt werden. »Gerne. Meinst du, es gibt noch irgendetwas zu essen hier? Mein Kreislauf verlässt mich gerade«, antwortete Clemens. Cora erhob sich aus ihrem Sessel. »Klar. Weißt du was? Wir beide gehen jetzt erst einmal etwas frühstücken im Ebl-Café, da können wir uns auch noch über den Fall unterhalten. Um die Uhrzeit ist da eh kaum was los. Und danach bringe ich dich nach Hause.« Sie hielt Clemens die Hand hin. Dankbar ergriff er sie und zog sich hoch. Das war bestimmt eine gute Idee.

Knappe zehn Minuten später saßen sie jeweils mit einem frischen Kaffee und diversen Plunderteilchen vor sich an dem abgelegensten Tisch im Außenbereich des Cafés, sodass den Markt besuchende Leute sie nicht belauschen konnten. Clemens biss in eine Mohnschnecke, aber irgendwie wollte sie ihm nicht so recht schmecken. Er hätte auch auf einem Stück Teppich herumkauen können. Trotzdem zwang er sich, das Teilchen aufzuessen, da sein Magen sich sonst bestimmt demnächst selbst verdaut hätte. Er hatte gelesen, dass das angeblich möglich sei. Zumindest, wenn man bereits vorbelastet war und mit einer chronischen Magenschleimhautentzündung kämpfte. Und woher sollte er wissen, ob das bei ihm nicht der Fall war? Schließlich hatte er des Öfteren Magenprobleme. Und Klaus hatte noch nie eine Magenspiegelung bei ihm veranlasst. Vielleicht saß ja dieses seltsame Bakterium in seinen Magenfalten und vernichtete die Schleimhaut. Dummerweise hatte er vergessen, wie es hieß, irgendwas mit »pylori« oder so ähnlich, was auch immer das heißen sollte. War »pylorus« nicht der Pförtner, also der Ausgang des Magens Richtung Zwölffingerdarm? Manchmal fragte sich Clemens, weshalb er sich ständig solche Halbwissenkleinigkeiten merkte. Im Endeffekt bereiteten sie ihm mehr Sorgen, als dass sie ihn beruhigten. Er seufzte.

»Alles klar bei dir?«, fragte Cora besorgt und strich ihm über die Schulter.

Das war gar nicht Coras Art. Normalerweise war sie das sprühende Leben, gerne auch mal sarkastisch und immer bereit zu einem harmlosen Flirt. Den richtigen Mann hatte sie bisher noch nicht gefunden, trotz ihrer durchtrainierten Figur dank Kickboxen. Aber vielleicht war auch gerade das das Problem, sie präsentierte ihren definierten Körper gerne, ließ sich nicht einschüchtern, war schlagfertig, und darüber hinaus trug sie eine Waffe. Mehr Respekt konnte man Männern nicht einflößen, das war vielleicht eine Nummer zu groß für die meisten. Außerdem legte Cora bei einem Mann Wert auf ein gepflegtes Äußeres. Mehr noch, er sollte ihr darüber hinaus etwas bieten können. Anders ausgedrückt, wenn Clemens gemein war, würde er behaupten, Cora sei ein Luxusweibchen. Würde er das jemals laut äußern, könnte er vermutlich die nächsten drei Tage seine Schulter nicht mehr bewegen und müsste mehrmals täglich, am besten auf Knien, vor ihr antreten, um sich zu entschuldigen. Tatsächlich passte er selbst perfekt in ihr Beuteschema, aber er zog es vor, Beruf und Privatleben streng voneinander zu trennen. Das war besser für alle.

Trotzdem versuchte es Cora immer wieder in regelmäßigen Abständen, was er bisher gekonnt abgewehrt hatte. Als er Delphine kennengelernt hatte, war Cora nicht begeistert gewesen. Mehrmals hatte sie versucht, ihn mehr oder weniger deutlich darauf hinzuweisen, dass Delphine ihn nur ausnehmen würde und auf und davon wäre, sobald sich ein besserer Kandidat am Horizont blicken ließe. Clemens hatte ihr nie geglaubt und es auf Coras Eifersucht geschoben. Er hatte sich so gewünscht, mit Delphine die richtige Frau fürs Leben gefunden zu haben, dass er bereit war, mehr als nur ein Auge zuzudrücken, um Delphines Oberflächlichkeit und teilweise laxe Moral zu ignorieren. Jetzt war er sich nicht mehr sicher, ob das die richtige Entscheidung gewesen war. In letzter Zeit war sie häufig später von der Arbeit gekommen, immer mit irgendeiner Ausrede, dass sie noch einen späten Kunden, Anrufe, Büroarbeit zu erledigen gehabt habe. Das war in der Anfangszeit ihrer Beziehung nie der Fall gewesen. War sie ihm gegenüber doch nicht ehrlich gewesen? Hatte er zu oft weggeschaut? Und wenn ja, hatte das jetzt etwas mit ihrem Tod zu tun? Wieder seufzte er.

Was sollten eigentlich all diese Fragen, die meisten würden sowieso nie geklärt werden, denn Delphine lebte nicht mehr. Jetzt würde sie tatsächlich nie wieder nach Hause kommen. Nicht mehr trällernd durch die Küche tanzen, während sie darauf wartete, dass der Espresso zischend aus der Maschine tropfte. Sich nie mehr an seinen Körper pressen und in sein Ohr schnurren, um dann seine Schultern mit ihren geübten Fingern so lange zu traktieren, bis er ebenso wohlig vor sich hin stöhnte. Ihr Lachen, das Strahlen in ihren Augen, wenn er sie im Kreis herumwirbelte, wie sie den Kopf in den Nacken warf. Nie wieder. Tränen stiegen in seinen Augen hoch, und er drehte sich schnell von Cora weg.

»Clemens?«

Sie reichte ihm eine Serviette. Offensichtlich war er zu langsam gewesen. Er schnäuzte sich kurz, aber heftig und atmete tief durch. Jetzt war nicht die Zeit zusammenzubrechen, vor allem nicht hier und vor Cora.

»Du brauchst dich vor mir nicht zu schämen«, meinte sie auch prompt und trank von ihrem Milchkaffee. »Ich bin schließlich nicht nur deine Partnerin, sondern auch deine Freundin und verbringe mehr Zeit mit dir, als Delphine es jemals getan hat.«

»Du hast Zeit mit mir verbracht«, korrigierte er sie. »Ich bin suspendiert, schon vergessen?«

»Jetzt sei nicht so eine Mimose. Das ist doch nur eine Frage der Zeit, dann hat sich das alles geklärt, und du kommst wieder zurück.«

»Wenn du meinst.« Clemens war sich da ganz und gar nicht so sicher. Zwar hatte die Erlanger Buchhändlerin aus seinem letzten Fall ihn nicht angezeigt, im Gegenteil, sie hatte sogar versucht, ein gutes Wort für ihn bei Hackebeil einzulegen, aber sein Chef wartete doch nur darauf, dass Clemens endlich ein

Fehler unterlief. Dann könnte er ihn auf ganz legalem Weg abschieben. Da half es auch nichts, dass Clemens in seiner Funktion als Kriminalhauptkommissar eine beachtliche Erfolgsquote vorweisen konnte. Dementsprechend war er nur verhalten optimistisch, was seine Rehabilitation anging. Aber darüber wollte er jetzt nicht nachdenken.

»Was wolltest du noch einmal von mir wissen?«, lenkte er das Gespräch wieder in eine professionellere Richtung.

Cora verschluckte sich prompt an ihrem Croissant, als sie antworten wollte. Hustend ruderte sie mit ihren Armen, und Clemens klopfte ihr mehrmals auf den Rücken, bis sie ihm mit einer Handbewegung klarmachte, dass er aufhören sollte.

»Du brichst mir ja noch die Rippen«, krächzte sie und griff nach ihrem Kaffeebecher. Doch er war viel zu heiß, um schnelle Linderung zu versprechen. Clemens erhob sich und marschierte hinein zur Theke, orderte ein Glas Leitungswasser und stellte es kurz darauf vor Cora ab. Sie nahm es dankbar entgegen und trank hastig.

»Wie lief es in deiner Beziehung mit Delphine?«, fragte sie nach mehrmaligem Räuspern, die Stimme immer noch etwas angeschlagen.

Clemens biss sich auf die Lippen. Darauf hatte er wirklich keine Lust, aber er wusste, dass er nicht darum herumkam.

»Nicht so gut.«

Cora machte eine auffordernde Handbewegung.

»Wir haben uns ziemlich viel gestritten in letzter Zeit.«

Sie rollte mit den Augen. »Geht das auch etwas genauer? Muss ich dir jetzt jedes Fitzelchen aus der Nase ziehen?«

»Nein, aber du weißt doch selbst, wie das gemeint ist.«

»Wir sind hier aber nicht beim privaten Kaffeeklatsch, sondern in einer beruflichen Vernehmung. Bloß weil du nicht im Verhörraum sitzt, heißt das nicht, dass für dich andere Regeln gelten als für den Rest.« Das war natürlich gelogen, und das wusste sie auch, schließlich saßen sie eben nicht im Verhörraum, sondern sehr wohl im Café, aber Clemens verkniff sich den Kommentar.

»Erst vor Kurzem hat mir Klaus erzählt, dass seine Frau beobachtet hat, wie Delphine mit einem fremden Mann mehr als nur harmlos geflirtet hat«, leistete er ihrer Aufforderung Folge. »Ich habe sie dann zur Rede gestellt, aber sie hat mich gar nicht ernst genommen, sondern meinte nur, es sei doch meine eigene Schuld, wenn sie mit anderen Männer flirte.«

»Deine Schuld?« Cora bekam große Augen, und sie beugte sich ein Stück weiter in Clemens' Richtung.

»Ja, so in etwa habe ich auch geschaut.« Unwillkürlich musste Clemens grinsen, wurde aber sofort wieder ernst. »Ich würde sie zu oft allein lassen, Verabredungen nicht einhalten, mein Job wäre immer wichtiger als sie. Das waren ihre Worte.«

»Damit hatte sie wohl nicht ganz unrecht. Aber das ist noch lange kein Grund, sich anderweitig zu orientieren, vor allem, wenn man sich noch in einer festen Beziehung befindet. Sie hätte ja Schluss machen können, wenn es ihr nicht passt.«

Clemens schnaubte. »So ähnlich habe ich das auch gesehen. Aber sie nicht.«

»Und dann? Was ist dann passiert?«

»Was wohl.« Clemens schüttelte den Kopf. »Ich Depp hab mich wieder überreden lassen. Wie immer. So was nennt man wohl blind vor Liebe.«

Mitfühlend strich ihm Cora über den Rücken. »Du hast dir immer eine kleine Familie gewünscht. Und ja, auch Männer haben Midlife-Crisis, nicht nur Frauen. Und da gehört Torschlusspanik eben auch dazu.«

Jetzt traten Clemens doch die Tränen in die Augen. »Weißt du, ich will nicht, dass die Freunde meiner Kinder eines Tages fragen, warum sie mit ihrem Opa unterwegs sind. Aber deswegen hätte ich ihr nie den Tod gewünscht. Ich meine, ich hab doch immer gehofft, dass sie sich eines Tages ändert. Ich hab sie doch trotzdem geliebt.« Er schniefte und griff nach einer weiteren Serviette. Dann hatte er sich wieder im Griff.

»Ich weiß.« Mehr sagte Cora nicht, und Clemens war ihr dankbar dafür.

Eine ganze Weile schwiegen sie beide, nippten an ihren

Kaffeetassen, während die Teilchen vor ihnen liegen blieben. Offenbar verspürten beide momentan keinen Appetit. »Hatte sich Delphine außer diesen Vorfällen verändert in letzter Zeit? Hatte sie Angst, irgendwelche Telefonanrufe? Fühlte sie sich vielleicht verfolgt?«, griff Cora das Gespräch wieder auf.

Clemens zuckte mit den Schultern. »Wenn ja, dann hat sie es mir nicht erzählt. Ich habe selbst auch nicht bemerkt, ob uns oder mir jemand gefolgt ist. Wenn, dann hat dieser Jemand das sehr geschickt angestellt. Oder ist dir was aufgefallen?«

»Nein«, entgegnete Cora. »Aber das hat nichts zu sagen. Denn normalerweise geht es solchen Leuten ja darum, die Gewohnheiten ihrer Opfer herauszufinden. Dass du jeden Tag in die Dienststelle fährst, ist schließlich nichts Besonderes. Genauso wenig, wie ich glaube, dass jemand den ganzen Tag hinter Delphine hergefahren ist.« Cora strich sich die Haare aus der Stirn. »Sie hatte feste Arbeitszeiten, interessant sind die Hobbys wie bei ihr das Laufen. Und da ist es natürlich ein Vorteil, wenn man weiß, dass sie regelmäßig zu festen Zeiten an bestimmten Orten läuft. Das macht sie angreifbar.«

Cora hatte recht. Für einen geplanten Mord waren solche Ereignisse ein Fest. Damit konnte man rechnen, sich darauf verlassen wie auf ein gut geöltes Uhrwerk.

»Aber wer hätte Delphine töten sollen?«, fragte er mehr sich selbst.

»Einer ihrer verschmähten Liebhaber vielleicht?«

»Und warum informiert mich der Mörder dann darüber? Und vor allem, woher wusste er das mit meiner Schwester? Und weshalb die ähnliche Inszenierung?« Die Fragen schwirrten in seinem Kopf herum wie ein aufgescheuchter Bienenschwarm. Er verstand es einfach nicht.

»Das weiß ich auch nicht, Clemens. Aber wir werden es herausfinden, ganz bestimmt. Dieses Mal wird der Fall nicht ungelöst bleiben.«

»Hoffentlich«, murmelte er.

Eine halbe Stunde später tigerte er in seinem Bungalow auf und ab. Als er angekommen war, wäre er fast im Stehen eingeschlafen, aber sobald er sich hinlegte, verfolgten ihn erneut die Bilder von Delphines Leiche, und er schrak hoch. Also war er wieder aufgestanden, zu unruhig zum Schlafen, zu müde zum Denken. Zu aufgewühlt, um sich abzulenken.

Der Klingelton des Smartphones holte ihn aus seinen Gedankenschleifen heraus. Delphines Nummer. War das etwa wieder ...?

»Sartorius?«, meldete er sich.

»Ist doch erstaunlich, wie schnell Sie Delphine gefunden haben, das hätte ich Ihnen gar nicht zugetraut, in dem Zustand, in dem Sie sich befanden. Ich dachte schon, ich müsste Ihnen noch die Koordinaten zukommen lassen. Aber das hat sich dann ja erübrigt.«

Der Mörder, schoss es Clemens durch den Kopf, ich muss ihn am Telefon halten, so lange es geht. Er stellte den Lautsprecher ein und tippte schnell eine Nachricht an Cora, damit sie eine Fahndung einleiten konnte.

»Wer sind Sie, und warum haben Sie Delphine das angetan?«, fragte er. Immer den Namen des Opfers nennen, gib dem Opfer ein Gesicht, meldete sich eine Stimme in seinem Hirn.

»Das erfahren Sie noch früh genug, ein bisschen Vorfreude muss schließlich sein. Aber glauben Sie mir, so läuft das, wenn man im Begriff ist, alles zu verlieren.« Der Mann lachte und legte auf.

Wie hypnotisiert starrte Clemens auf sein Handy. Das war zu kurz gewesen! Verdammt!

Im selben Moment klingelte sein Handy erneut. Es war Cora.

»Sorry, Clemens, da war nix zu machen, einzig den Sendemasten konnten wir ausfindig machen. Er hat von irgendwo bei dir um die Ecke angerufen.«

»Der Kerl ist gerissen«, zischte Clemens. »Der wusste ganz genau, dass wir ihn orten.«

»Ist ja auch kein Wunder. Jeder Depp weiß doch heutzutage über diverse Krimis im Fernsehen, dass Handys geortet werden, wenn man eine Leiche gefunden hat. Dazu braucht man nicht einmal einen Schulabschluss.« Sie seufzte. »Was hat er denn gesagt?«

»Er meinte, ich würde schon noch früh genug erfahren, wer er sei und warum er das getan habe. Der will mich quälen. Dem ging es gar nicht um Delphine. Die musste nur als Opfer für mich herhalten. Wenn ich nur wüsste, was der vorhat, dann –«

»Nix ›dann‹«, unterbrach ihn Cora. »Du hältst dich da mal ganz sorgfältig zurück und überlässt anderen die Arbeit. Das will der doch nur, dass du dich noch mehr in die Scheiße reinreitest. Tu ihm nicht den Gefallen!« Cora schien wirklich aufgebracht zu sein.

»Was meinst du mit ›anderen‹?« Ihm war dieses eine Wort sehr wohl aufgefallen, sie hatte nicht gesagt »überlass das uns«, sondern »anderen«.

Es wurde still am anderen Ende der Leitung, aber sie war noch dran. Er konnte sie atmen hören.

»Die haben mir den Fall abgenommen«, murmelte Cora leise.

»Wie, die haben dir den Fall abgenommen?« Obwohl er sich bereits denken konnte, warum.

»Hackebeil hat das BLKA, das Bayerische Landeskriminalamt, eingeschaltet. Wegen Beteiligung eines Polizeibeamten in einem laufenden Kriminalfall«, antwortete Cora. Ihre Stimme klang müde.

Clemens seufzte. »Das war vorherzusehen. Du und auch die anderen sind viel zu sehr persönlich involviert.«

»Aber richtig blöd für die weiteren Ermittlungen. Die schließen uns doch voll aus!«

»Versuch, die Nerven zu behalten. Flirte ein bisschen mit den Beamten, das kannst du doch so gut. Wenn das ein älterer Kollege ist, rückt der bestimmt mit ein paar Insiderinfos heraus.«

»Macho!«, schimpfte Cora. »Und was, wenn da zwei Beamtinnen antanzen?«

»Dann schickst du Cento vor, der lässt seinen Charme wirken. Das schafft der schon.« Clemens spielte gedankenverloren mit einem Kugelschreiber.

Jetzt war es an Cora, zu seufzen. »Ich bleib auf jeden Fall dran. Und du hältst dich trotzdem raus, hörst du?«

»Das kann ich dir nicht versprechen«, sagte Clemens.

Einen Moment lang war es still in der Leitung. »Was anderes: Mengler hat die Obduktion abgeschlossen. Das Ergebnis wird dir nicht gefallen.« Coras Stimme wurde immer leiser.

»Du weißt ganz genau, wie sehr ich diesen Satz hasse, Cora. Ich kann selbst entscheiden, was mir gefällt und was nicht. Aber dazu muss ich erst einmal wissen, um was es geht«, fauchte Clemens heftiger als geplant.

»Schon gut. Delphine ist tatsächlich gegen neunzehn Uhr plus/minus eine Viertelstunde gestorben. Aber viel wichtiger ist, sie wurde mit einer Überdosis Insulin getötet und dann später erst, vermutlich in der Nacht, im Wasser abgelegt. Mengler hat festgestellt, dass sie kein Wasser in der Lunge hatte; kein Schaumpilz oder ähnliche Anzeichen, die für ein Ertrinken sprechen würden. Dafür aber frühe Totenflecke, die später umgelagert wurden und sich zunächst am Rücken befanden. Das spricht dafür, dass sie erst einmal einige Zeit auf dem Rücken gelegen hatte und nicht auf dem Bauch, wie du sie aufgefunden hast.«

Clemens' Puls raste. Insulin. Das war nicht möglich, diese Information hatten nur er, seine Familie, die Beamten am Tegernsee und Hannahs Mörder. Zumindest war er bis heute davon ausgegangen, dass es sich so verhielt. Weder er noch seine Eltern hatten jemals wieder ein Wort darüber verloren. Einzig Klaus hatte er damals im Internat davon erzählt – unter dem Siegel der strikten Verschwiegenheit! Aus weiter Ferne drang Coras Stimme an sein Ohr.

»Gimmler hat noch angemerkt, dass sie nirgendwo am See Schleifspuren gefunden haben, was nahelegt, dass der Mörder sein Opfer getragen haben muss. Das grenzt die Suche etwas ein, denn Delphine war mit ihren ein Meter fünfundsiebzig und rund sechzig Kilogramm nicht gerade ein leichtes und kleines Opfer. Der Mörder muss ziemlich kräftig gewesen sein und vermutlich größer als Delphine.«

Ein stechender Schmerz bohrte sich in Clemens' Schläfen und lähmte sein Denkvermögen. Er fühlte sich außerstande, darauf zu antworten.

»Bist du noch dran?«

»Mmh«, murmelte er.

»Cento und Wiesner haben in Delphines Freundeskreis herumgefragt und auch bei dir in der Nachbarschaft. Einige Zeugen haben berichtet, euch des Öfteren streiten gehört zu haben. Wie du es prophezeit hast. Und eine Freundin meinte, dass Delphine eine Affäre gehabt habe, schon seit einigen Tagen.«

»Was?« Clemens glaubte sich verhört zu haben.

»Ja, mit einem gewissen Wolf von Norden, einem aufstrebenden Immobilienmakler. Wiesner hat dementsprechend auch in ihrer Praxis nach Hinweisen gesucht und Einträge in ihrem Terminkalender gefunden, die mit WN gekennzeichnet waren. Daraufhin haben die beiden Herren von Norden aufgesucht und zur Rede gestellt.«

»Und?«

»Er hat es nicht abgestritten.«

Clemens wurde schwindlig, und er musste sich setzen. »Was, wenn er der Täter war?«, brachte er mühsam hervor.

»Nein, er hat ein Alibi, er war den ganzen Abend mit Freunden in der Osteria La Napoli, außerdem war er in Tränen aufgelöst, weil er meinte …« Sie hielt inne und seufzte.

»WAS hat er gemeint?« Clemens' Ton hätte Glas schneiden können.

»Er meinte, Delphine wollte mit dir nächste Woche Schluss machen und dann zu ihm ziehen.«

Die Stille, die folgte, war fast greifbar. Clemens wusste nicht mehr, was er denken, geschweige denn glauben sollte. Er schüttelte nur noch den Kopf.

»Hast du davon gewusst, Clemens?«, fragte Cora nach einer Weile. Clemens sprang von seinem Stuhl auf.

»Nein. Verdammt noch mal, nein!«

»Es wäre schön, wenn du mein Trommelfell ganz lassen würdest.«

»Warum willst du das wissen?« Im Hinterkopf wusste Clemens ganz genau, weshalb sie das fragte. Das älteste Motiv der Welt.

»Das ist ein Eins-a-Mordmotiv. Abgesehen davon wissen wir, dass du in der Praxis warst, sogar am Schreibtisch. Deine Fingerabdrücke wurden dort gefunden. Du hättest genau wie wir herausfinden können, dass sie ein Verhältnis hat. Oder sie zufälligerweise irgendwo mit ihrem Lover sehen können.« Sie machte eine kurze Pause. »Außerdem ist vor Kurzem in der Praxis eingebrochen worden. Die Spuren sind noch deutlich an der Tür erkennbar. Eine Anwohnerin hat beschrieben, dass sie einen Mann am Dienstagabend im Treppenhaus beobachtet habe, der sich verdächtig verhalten habe. Kannst du mir dazu irgendwas sagen?«

Clemens druckste herum. »Das war ich«, nuschelte er.

»Bitte was?«

»Ich musste doch wissen, ob sie da drinnen irgendwo auf dem Boden liegt, verletzt ist oder so was in der Art. Ich war nicht zurechnungsfähig!«

»Du weißt, was das BLKA und der Staatsanwalt daraus machen werden.« Ihre Stimme klang leise, aber bestimmt.

»Ich war es aber nicht!«

»Ich weiß. Aber ich muss dich vorwarnen. Die Ermittlungslage spricht im Moment gegen dich. Und es ist nicht mehr mein Fall. Dem BLKA ist das alles völlig egal, die gehen nur den Beweisen nach.«

Als ob er das nicht wüsste. Trotzdem bedankte sich Clemens bei seiner Kollegin für die Informationen und beendete das Gespräch. Er fuhr sich mit beiden Händen durch die Haare. Mit zusammengebissenen Zähnen wanderte er von einem Raum in den nächsten. Delphine hatte ihn tatsächlich betrogen. Und er hatte nichts bemerkt. War er so blind? Im Flur fiel sein Blick auf eine Vase aus Meißner Porzellan, ein Stück, das Delphine ihm zu seinem letzten Geburtstag geschenkt hatte. Ohne darüber nachzudenken, griff er danach und zerschmetterte sie am Boden. Dann sank er auf die Knie, verbarg den Kopf in den Armen und schluchzte hemmungslos.

Etwas surrte an seinem Kopf. Eine Fliege? Clemens wedelte sie weg, doch das Surren wollte nicht aufhören. Langsam schlug er die Augen auf. Nahm den abgestandenen Geschmack auf seiner Zunge wahr und hauchte vorsichtig in seine Hand. Ekelhaft. Gleich einer Abrissbirne, die mit Wucht auf sein Gedächtnis traf, erinnerte er sich an die Vorkommnisse des Tages und wäre lieber weiter im seligen Land der Träume geblieben. Er lag auf der Couch, und das, was da so surrte, war sein Handy neben seinem Kopf.

»Sartorius«, meldete er sich mit belegter Stimme. Siedend heiß fiel ihm ein, dass er gar nicht darauf geachtet hatte, wer anrief. Was, wenn es wieder der Mörder war?

»Clemens, hör mir genau zu. Ich hab nicht viel Zeit.« Nein, das war nicht der Mörder, sondern Cora. Allerdings gefiel ihm der Ton in ihrer Stimme nicht, sie klang so dringlich, fast schon gehetzt. Mit einem Schlag war er hellwach.

»Was ist los?« Im Hintergrund hörte er laute Verkehrsgeräusche. »Wo bist du denn?«

»Ich laufe hier gerade die Paul-Gossen-Straße entlang, direkt an der Dienststelle. Hab mich kurz rausgeschlichen.«

»Ihr seid immer noch am Arbeiten?« Clemens warf einen Blick auf die Uhr und zog die Augenbrauen zusammen.

»Wie man es nimmt.« Cora atmete tief durch. »Ich ruf an, um dich zu warnen.«

»Wie, mich warnen?« Was war denn jetzt los?

»Pass auf, so wie es im Moment aussieht, ergibt sich folgendes Bild: Delphine ist gegen neunzehn Uhr getötet worden. Für diese Zeit hast du kein Alibi, weil du allein zu Hause warst. Darüber hinaus hattest du zuvor Streit mit Delphine wegen eurer Beziehung, und sie hatte erwiesenermaßen eine Affäre, wollte dich sogar verlassen. Noch dazu wurde sie mit Insulin umgebracht, ein Detail, von dem du ja bereits selbst gesagt hast, dass es nie an die Öffentlichkeit herausging. Aber das Schlimmste kommt erst noch: Mengler hat den Forensikern Dampf gemacht, damit sie die DNS-Probe unter Delphines Nägeln schneller analysieren, in der Hoffnung, dass du damit entlastet wirst.« Sie atmete aus.

»Ja, und?« Clemens' Magen krampfte sich zusammen. Er ahnte bereits, was jetzt kommen würde.

»Die DNS ist deine.« Trotz der Vorahnung trafen ihn die Worte wie ein Schlag mitten ins Gesicht. Langsam dämmerte es ihm. Delphine hatte ihn in der Nacht vor ihrem Tod nach ihrem heftigen Streit verführt, so wie sie es immer getan hatte, wenn es eng wurde. Sex war ihr probates Druckmittel gewesen. Und sie war auch wirklich sehr überzeugend darin. In ihrer Ekstase hatte sie ihn am Rücken gekratzt, die Spuren waren noch sichtbar. Hätte er sie Cora heute doch gleich gezeigt! Aber wer hätte denn schon vorhersehen können, dass das wichtig werden würde? In dem kurzen Moment, wo er sich oben ohne gezeigt hatte, war er mit dem Rücken zum Transporter gestanden beziehungsweise im Sessel des Büros gesessen. Niemand hatte die Kratzer gesehen. Ein guter Anwalt würde behaupten, er hätte sie sich selbst beigebracht. Als Ermittler hätte er sich darüber vorher im Klaren sein müssen.

»Ich kann das erklären«, murmelte er und wusste selbst, wie bescheuert das klang.

»Ich weiß. Und ich glaube dir auch. Aber du weißt, wie das aussieht. Und du weißt, was das BLKA daraus machen wird. Die Beamten werden sofort einen Haftbefehl gegen dich erlassen, sobald sie davon erfahren.« Im Hintergrund fuhr gerade ein Bus an, und ein Radfahrer klingelte sich seinen Weg frei.

»Sie wissen noch nichts davon?« Offensichtlich nicht, rügte sich Clemens.

»Mengler hat mir die Ergebnisse zukommen lassen mit dem Hinweis, ich möge sie freundlicherweise an das BLKA-Team weiterreichen. Wahrscheinlich hatte er keine Lust, sich erst die Telefonnummern der Kollegen zu erfragen. Ich kann die Ergebnisse noch für mich behalten, immerhin brauchen DNS-

Nachweise ihre Zeit, und keiner weiß momentan davon, dass Mengler das Labor zur Eile getrieben hat. Die Daten müssen offiziell erst morgen Abend geliefert werden, das heißt, du hast noch einen Tag Schonfrist.« Ihre Stimme klang hastig, als hätte sie es eilig.

»Was meinst du damit, ich habe einen Tag Schonfrist?« Clemens kratzte sich am Kopf.

»Hör mir genau zu. Ich bin jetzt extra raus und lauf hier am Bahnübergang auf und ab, um heimlich mit dir zu telefonieren. Die BLKA-Leute sind bereits da, haben alle Akten samt meinem Büro in Beschlag genommen und uns alle offiziell von dem Fall entbunden. Ich denke, noch wird sich keiner an mein Handy wagen, aber sobald die das mit der DNS herausbekommen, werden die kontrollieren, ob du mich kontaktierst.« Sie holte tief Luft. »Ich hab zu Hause noch ein altes Handy mit einer alten SIM-Karte, das werd ich wieder aktivieren, dann kannst du mich darüber erreichen.« Sie diktierte ihm die Nummer, und er schrieb sie wie betäubt mit dem Kugelschreiber, mit dem er vorhin noch so achtlos gespielt hatte, auf einen Zettel. Das war doch alles nicht wahr, oder?

»Ich muss jetzt zurück, sonst fällt es auf. Versprich mir, dass du vorerst nicht hier auftauchst. Besser noch: Tauch ab! Und nur für den Fall der Fälle: Ich habe das hier gerade nie zu dir gesagt, verstanden? Das könnte mich in Teufels Küche bringen.«

Er nickte, dann wurde ihm bewusst, dass sie das gar nicht sehen konnte.

»Ja, ja. Mach ich. Danke.« Dann war das Gespräch beendet.

Clemens ließ sich wieder auf das Sofa sinken und versuchte, seine Gedanken zu ordnen. War das gerade tatsächlich passiert? Doch je länger er darüber nachdachte, desto klarer wurde die Situation in seinem Kopf. Es war mehr als ernst. Sie würden ihn verhaften und in U-Haft stecken. Ein ehemaliger Kriminalhauptkommissar im Gefängnis. Seine Chancen, da heil wieder rauszukommen, stünden mehr als schlecht. Im dümmsten Fall

würde er es nicht überleben. Polizisten waren keine gern gese-
henen Gäste in der Haftanstalt. Zu viele, die sich an ihm rächen
wollten für angeblich ungerechtfertigtes Einbuchten ihrerseits.
Es blieb ihm gar nichts anderes übrig, als unterzutauchen und
selbst nach dem Mörder zu suchen, wenn er überleben wollte.
Nur wohin? Er zwang sich, die Nerven zu behalten. Erhob sich
endlich von seiner Couch und stapfte ins Bad, betrachtete sein
Gesicht im Spiegel. Er sah müde aus, abgekämpft. Die letzten
Tage hatten ihre Spuren hinterlassen, aber so wie es aussah,
war der Gipfel der Widrigkeiten in seinem Leben noch längst
nicht erreicht. Er schöpfte sich einige Handvoll kaltes Wasser
ins Gesicht, bis er das Gefühl hatte, wieder klar denken zu
können. Danach putzte er sich die Zähne, überlegte, ob er sich
rasieren sollte, was er heute Morgen schon vergessen hatte.
Aber vielleicht wäre es besser, in nächster Zeit darauf zu verzichten, wenn er untertauchte. Die Chancen standen besser,
wenn er sein Aussehen veränderte. Doch wohin sollte er gehen?
Das war doch alles Wahnsinn!

Er warf einen letzten Blick in den Spiegel, danach fasste
er einen Entschluss. Er überprüfte vorsichtshalber, ob die
Ortungsfunktion in seinem Handy deaktiviert war, entfernte
das Häkchen bei GPS und Bluetooth, unterband den WLAN-
Zugang und die Cloud. Dann entnahm er die SIM-Karte samt
Akku aus dem Smartphone. Jetzt war das Handy praktisch
funktionsuntüchtig. Danach holte er von seinem Kleiderschrank im Schlafzimmer die kleine Reisetasche, packte Wasch-
zeug, etwas Unterwäsche und Kleidung für die nächsten fünf
Tage ein. Um weniger aufzufallen, schlüpfte er aus seiner Anzughose und dem Hemd, wechselte in ein Paar Jeans, dazu ein
schlichtes Shirt und Sneakers. So angezogen, ging er allenfalls
zum Wandern, aber jetzt erschien es ihm praktischer. Mit der
Sonnenbrille auf der Nase und einem alten Basecap auf dem
Kopf wurde er sich selbst fremd. In einem Geheimfach seines
Sekretärs, einem Erbstück seiner Großmutter, befanden sich
noch gut fünfhundert Euro, die er sich in die Hosentasche
steckte. Smartphone, SIM-Karte, Akku und Geldbörse mit

seinen EC- und Kreditkarten wie auch Ausweis und Führerschein steckte er in die Schublade der Kommode im Flur, in der Hoffnung, er würde alles dort wohlbehalten wieder vorfinden, wenn der Spuk zu Ende war. Es dämmerte bereits, als er sich über den Kellerausgang nach draußen schlich. Die Luft war drückend und feucht, und die Färbung des Himmels hatte ein fahles Gelb angenommen, eine Stimmung wie kurz vor einem Inferno. Clemens sah sich immer wieder in alle Richtungen um, kam sich selbst vor wie ein Einbrecher, der aus seinem eigenen Haus flüchtete. Hoffentlich beobachtete ihn jetzt kein Nachbar. Doch niemand war zu sehen. Zu eindeutig war die Botschaft des drohenden Gewitters, da bemühte sich keiner mehr, noch schnell den Vorgarten zu wässern. Clemens warf einen letzten wehmütigen Blick auf seinen Tesla Model S, sein Herzstück, der eigentlich kommende Woche in die Werkstatt gebracht werden sollte, damit ein Schaden an der vorderen Stoßstange gerichtet würde. Eine Zeugin aus seinem letzten Fall hatte ihn dort beim Ausparken touchiert. Doch nun stand es in den Sternen, ob und wann diese Reparatur überhaupt ausgeführt werden konnte.

Allein der Weg aus seiner Wohnsiedlung kostete ihn etliche Minuten, weil er sich von Schatten zu Schatten, von Versteck zu Versteck entlanghangelte. Vermutlich war das auffälliger, als wenn er sich normal verhielt. Nach kurzer Zeit gab Clemens sein Gebaren auf und beschloss, in normaler Geschwindigkeit wie jeder andere Mensch den Gehweg entlangzulaufen.

Sein erster Weg führte zu Eddys Garage, einem Handel für so ziemlich alles, was angeblich vom Laster gefallen war. Wenn ihm jetzt einer weiterhelfen konnte, dann er. Eddy war einer von Clemens' Informanten und ihm noch etwas schuldig, weil Clemens das letzte Mal beide Augen zugedrückt hatte, als er gerade noch verhindern konnte, dass Eddy sich illegal von einem Transporter bediente. Da Eddy ihm alles Mögliche dafür versprochen hatte, ließ Clemens ihn laufen. Das widersprach zwar seinem Moralkodex, aber manchmal war es besser, in der Not jemanden zu haben, der mit wenig Aufwand Informationen springen ließ, an die Clemens sonst nicht so einfach herangekommen wäre. Und wenn das jetzt kein Notfall war, dann wusste Clemens auch nicht weiter.

»Eddy?«, rief er in das Dunkel der Garage hinein.

Weiter hinten zwischen den Regalen regte sich etwas, und der hünenhafte Händler kam in einem vor Dreck stehenden Blaumann zum Vorschein, die schmutzigen Hände an den Hosenbeinen abstreifend. Was sie nicht wirklich sauberer machte. »Das ist Privatgrund, Mann!«, bellte ihn Eddy an. »Fremde haben hier nichts zu suchen.«

Offenbar funktionierte Clemens' Verkleidung, Eddy hatte ihn nicht erkannt.

»Immer mit der Ruhe, Eddy. Ich bin's, Clemens Sartorius.« Beide Hände in einer offenen Geste nach oben weisend, näherte sich Clemens dem Händler.

Dieser stutzte kurz und kniff die Augen zusammen, dann strahlte ein breites Lächeln über sein Gesicht.

»Der Kommissar, sieh mal einer an, ganz ohne Anzug. Hätt dich fast nicht wiedererkannt.«

Eddy duzte ausnahmslos alle. Clemens hatte es längst aufgegeben, das zu korrigieren.

»Was verschafft mir denn die Ehre?« Eddy lehnte sich an einen Pfosten und steckte sich eine Zigarette an. »Magst auch eine?« Er streckte Clemens die Packung hin. Irgendein rumänisches Kraut, garantiert auch nur vom Laster gefallen. Clemens lehnte ab.

»Ich bin hier, um einen Gefallen einzufordern.«

Eddys Augen verengten sich. »Was willst du?«, fragte er wie eine Katze, die kurz vor dem Sprung auf eine Maus lauerte.

»Smartphone, Akku, SIM-Karte ohne Kennung und nicht nachverfolgbar, ohne Vertrag und anonym. Hast du so was?« Clemens schob die Sonnenbrille auf seine Haare. Mittlerweile hatte sich der Himmel zusehends verdüstert.

Eddy überlegte kurz, dann nickte er und verschwand hinter einer Wand. Kurz darauf erschien er wieder mit den gewünschten Dingen und drückte sie Clemens in einem Pappkarton in die Hand.

»Hab dir noch ein Ladekabel und eine Plastiktüte dazugelegt, mein Freund.« Dann musterte er ihn eingehend. »Bist du in Schwierigkeiten, Mann? Brauchst du Geld, EC-Karte oder so? Kann ich dir alles besorgen, auch andere Papiere, wenn du brauchst. Kein Thema, dauert nur ein paar Stunden.«

Clemens winkte ab. »Danke, das hier passt schon. Mehr brauche ich gerade nicht. Was bekommst du dafür?«

Eddy hob abwehrend beide Hände. »Hey, für gute Freunde: geschenkt. Eines Tages finden wir bestimmt eine passende Lösung für uns beide.« Er grinste.

Clemens lächelte schwach. Er wusste schon, was das hieß. Eine Hand wusch die andere, und früher oder später würde sich diese Gelegenheit ergeben, zu der Eddy ihn dezent darauf hinweisen würde. Aber im Moment war ihm das egal, wichtiger war, dass er bekommen hatte, was er brauchte. Also bedankte er sich und suchte sich eine halbwegs geschützte Ecke, um das neue Handy zusammenzubauen. Als er damit fertig war, schaltete er das Gerät ein, der Akku lief glücklicherweise noch auf zehn Prozent. Dann kramte er aus seiner Hosentasche den Zettel hervor, auf dem er neben Coras Handynummer noch einige andere notiert hatte, die er sich nicht merken konnte. Darunter auch Klaus' Nummer. Nach kurzem Läuten meldete sich sein Freund, und Clemens umriss ihm kurz die Lage, in der er sich befand. Klaus schaltete sofort und bat ihn zu sich, er hätte da schon eine Idee, aber besser nicht am Telefon.

Sobald Clemens das Handy in die Tüte gewickelt und in seine Tasche gesteckt hatte, schoss der erste Blitz über den schwarzen Himmel, dicht gefolgt von einem Donnerschlag, der Thor alle Ehre machte. Das Gewitter hatte Erlangen erreicht. Es roch bereits nach Regen, und wenn er auch nur halbwegs eine Chance haben wollte, trocken bei Klaus anzukommen, sollte er sich beeilen. Während der nächste Blitz die Wolken erleuchtete, spurtete Clemens los. Kaum jemand war noch auf den Straßen unterwegs. Der nächste Donner folgte ihm dicht auf den Fersen, und der Himmel öffnete seine Schleusen. Nach der langen Dürreperiode prasselten jetzt wahre Sturzbäche auf die Stadt nieder. Innerhalb einer Minute war Clemens durchnässt bis auf die Haut. Wenigstens war die Reisetasche angeblich aus wasserresistentem Material. Er rannte durch den immer dichter werdenden Regenvorhang, der ihm die Sicht nahm. Dazu kam die Dunkelheit, die immer nur kurz durchbrochen wurde, wenn ein weiterer Blitz den Himmel erhellte. Zumindest bemerkte ihn so niemand auf seiner Flucht. Wieder tauchte ein weißer Lichtstrahl die Straße in grelles Licht, und Clemens glaubte, in einem Hauseingang eine Person zu sehen, aber so schnell der Blitz die Umgebung erhellte, so schnell verdunkelte sie sich auch wieder. Und wenn schon, schalt er sich selbst, vermutlich nur jemand, der vor dem Regen ins Trockene geflüchtet war. Wahrscheinlich litt er schon unter Verfolgungswahn und sah Gespenster.

Wenige Minuten später erreichte er Klaus' Haus, der ihn bereits mit einem Handtuch begrüßte.

»Komm rein, trockne dich erst einmal ab, du holst dir ja noch den Tod.«

Dankbar nahm Clemens das Angebot an. Er schlotterte am ganzen Körper, woraufhin Klaus ihn ins Bad bugsierte und zu einer heißen Dusche nötigte. Einen Teil der trockenen Klamotten, die er Clemens kurz darauf hereinreichte, kannte Clemens bereits: Das karierte Berghemd hatte er schon einmal getragen, als er bei einem seiner letzten Fälle ein unfreiwilliges Bad im Brunnen des Schlossgartens genommen und Klaus ihm ebenfalls mit Kleidung ausgeholfen hatte. Klaus fing Clemens' Blick auf und grinste.

»Ja, ich dachte, das Berghemd freut sich bestimmt, dich wiederzusehen. Und ich brauche es schließlich bis nächste Pfingsten nicht mehr.« Damit spielte er auf »den Berg« an, die Bergkirchweih, das größte Volksfest in Erlangen, das jedes Jahr zehn Tage um Pfingsten herum stattfand. Clemens verzog das Gesicht, er hielt weder etwas von karierten Hemden noch von der Bergkirchweih. Ihm war es dort zu laut und zu voll, außerdem trank er kein Bier, sondern eher Wein. Dennoch schlüpfte er in das Hemd und in ein Paar Jeans, die ihm zwar zu kurz an den Knöcheln waren, dafür im Bund etwas zu weit, aber immerhin waren sie trocken. Nur mit den Schuhen würde es problematisch werden, weil Klaus zwei Größen kleiner trug als er. Aber auch dafür hatte Klaus eine Lösung.

»Ich hab schon den Kamin angeworfen, ist zwar noch etwas früh im Jahr dafür, aber egal. Zumindest können wir dann die Schuhe davor trocknen und deine Klamotten ebenfalls.« Als Clemens in Strümpfen das Wohnzimmer betrat, erwartete ihn bereits Cordula, Klaus' Frau.

»Meine Güte, Clemens, Klaus hat mir gerade erzählt, was passiert ist. Ich bin völlig fassungslos. Ist das wirklich wahr?« Ihre Augen waren gerötet, dunkle Schlieren ihres Mascaras zogen sich zu den Rändern der Wangen hin, als hätte sie noch versucht, diese notdürftig mit einem Taschentuch zu entfernen. »Wir waren doch gerade erst noch zusammen im Markgrafentheater, haben Sekt getrunken und uns königlich über das Stück amüsiert. Es kommt mir vor, als wäre es erst gestern gewesen.« Delphine war eine gute Freundin von Cordula gewesen, letzten Endes hatten Clemens und sie sich auch über sie kennengelernt.

Als Clemens nickte, fiel Cordula ihm schluchzend um den Hals. Er wusste erst gar nicht, wie er sich verhalten sollte, das war er von ihr nicht gewöhnt. Doch dann umarmte er sie und strich ihr sanft über den Rücken. Klaus erschien im Zimmer und erkannte sofort Clemens' Dilemma. Er übernahm Cordula aus seinen Armen und führte sie zur Couch, wo er ihr ein Taschentuch reichte.

»Bevor du fragst, die Kinder sind heute außer Haus, beide bei Freunden zum Übernachten«, erklärte Klaus, als er Clemens' suchenden Blick bemerkte. So gern Clemens sein Patenkind Oliver wieder einmal gesehen hätte, heute war es besser, wenn er nicht hier war. Klaus verschwand in der Küche und kehrte mit einem Tablett voller dampfender Teetassen zurück, die er vor seiner Frau, Clemens und sich verteilte. Cordula hatte sich mittlerweile wieder etwas beruhigt und griff zu einem Becher. Klaus kümmerte sich noch einmal um das Feuer im Kamin, regulierte die Luftzufuhr und hängte Clemens' Wäsche auf einem Wäscheständer auf. Die Schuhe stopfte er mit Zeitungspapier aus und stellte sie auf einen Hocker vor das Sichtfenster des Holzofens. Dann setzte er sich Clemens gegenüber auf einen Sessel und fuhr sich mit beiden Händen über den kahlen Schädel.

»Ich kann das noch immer nicht fassen.« Klaus ließ offen, ob er Delphines Tod meinte oder die Tatsache, dass Clemens verdächtigt wurde. Eine Weile sagte keiner etwas. Dann ergriff Cordula das Wort.

»Und die verdächtigen wirklich dich, Delphine ermordet zu haben?« Sie schluckte schwer. Es fiel ihr sichtlich nicht leicht, die beiden Worte »Delphine« und »ermordet« auszusprechen.

»Ja, momentan spricht alles gegen mich.« Clemens schnaubte.

»Aber du hast doch nicht –«

»Natürlich hat er nicht!« Klaus sah seine Frau entsetzt an. »Du glaubst doch nicht im Ernst, dass Clemens auch nur einer Fliege was zuleide tun könnte. Du kennst ihn doch, er ist Olivers Patenonkel und mein Trauzeuge, ich kenne ihn seit meiner Schulzeit!«

Seine Frau fuhr zusammen.

»Ich glaube das doch auch nicht, aber ich musste einfach sichergehen …« Sie schluchzte wieder auf. »Schließlich war Delphine meine Freundin!«

»Es tut mir leid«, murmelte Klaus, erhob sich, setzte sich neben seine Frau und nahm sie in die Arme.

Clemens beobachtete die Situation. Es war ihm unangenehm, zu sehen, dass die beiden sich seinetwegen stritten. Er hatte sie immer um ihre wunderbare Beziehung beneidet, etwas, was er selbst nie zustande gebracht hatte. Um nichts in der Welt wollte er Unfrieden stiften.

»Vielleicht gehe ich besser wieder«, meinte er daraufhin und stand auf, doch Cordula hielt ihn zurück.

»Nein, Clemens, bleib. Es ist völlig in Ordnung, und ich beruhige mich auch schon wieder.«

Clemens setzte sich wieder.

Klaus nickte. »Und du bist jetzt auf der Flucht vor der Polizei, so richtig mit Untertauchen und allem?«

»Bei dir klingt das wie ein spannendes Abenteuer, als wäre ich Harrison Ford alias Richard Kimble.« Clemens schüttelte den Kopf.

»Ein bisschen ist das doch auch so, oder? Der ist schließlich auch des Mordes an seiner Frau verdächtigt worden.« Klaus lächelte schräg, winkte aber sofort ab. »Vergiss es, das war blöd von mir. Daran ist absolut nichts Komisches oder Spannendes. Es ist einfach nur beschissen.« Seine Frau boxte ihn in die Seite.

»Stimmt doch!«, verteidigte er sich ihr gegenüber und rieb sich die Rippen.

»Du hast recht«, erwiderte Clemens. »Schlimmer kann es eigentlich fast nicht mehr kommen. Nach dem jetzigen Stand der Dinge wandere ich sofort in U-Haft.«

»Wie können wir helfen?«, fragte Cordula und war jetzt wieder völlig bei sich, so wie Clemens sie kannte.

»Ich habe ehrlicherweise keine Ahnung, aber ich will euch nicht zur Last fallen. Ich weiß nur eines: Ich muss untertauchen. Der Mörder hat mich angerufen, das heißt, er will mich persönlich drankriegen. Dem muss ich zuvorkommen, indem ich ihn finde, bevor er mich findet. Dazu muss ich irgendwo unterkommen, aber bei euch geht das nicht. Freunde und Familie werden zuerst befragt. Außerdem ist das Risiko zu groß, dass die Kinder sich verplappern, und ich will ihnen auch nicht zumuten, dass sie so ein Geheimnis mit sich herumtragen müssen. Besser, sie wissen nichts davon.« Clemens seufzte und trank einen Schluck Tee. Er roch nach Lavendel und Salbei, war wahrscheinlich ziemlich gesund.

»Oh, ich wüsste da schon was, mein Lieber.«

Klaus grinste, genau wie Cordula, als die beiden einen Blick tauschten. Clemens war irritiert.

»Klaus' Cousin besitzt eine Zwei-Zimmer-Wohnung in der

Nürnberger Südstadt, ein Erbe von seiner Großtante. Eigentlich wollte er sie längst verkaufen, aber sie war bis vor zwei Wochen noch vermietet«, erklärte Cordula. »Der letzte Mieter ist mit seinem Studium fertig und fängt jetzt bei einer Firma in Göttingen an. Das heißt, die Wohnung steht leer, und du kannst sie übernehmen.« Klaus klatschte in die Hände.

Clemens war sprachlos. Erst als ihn seine Freunde beifallheischend anstarrten, fand er seine Stimme wieder. »Das ist ja …«

»Phantastisch, ich weiß!« Klaus jubelte. »Ich werde dich gleich rausfahren, sobald deine Sachen halbwegs trocken sind. Den Schlüssel hatte ich sowieso hier, weil ich ihn der Maklerin aushändigen sollte. Das Beste an der Wohnung ist allerdings, dass sie bereits möbliert ist.«

»Ich werde dir noch ein paar Handtücher und Bettwäsche zusammensuchen«, meinte Cordula und schob sich an den beiden Männern vorbei.

»Pack ein paar Lebensmittel dazu!«, rief ihr Klaus hinterher.

»Das ist doch nicht nötig, ihr macht schon so viel für mich«, wehrte Clemens ab.

»Freunde helfen einem in der Not, egal, was kommt. Freunde sind immer für einen da. Und ich weiß, sollte ich jemals in eine Notlage geraten, dann würdest du das Gleiche für mich tun.«

Clemens nickte und fiel Klaus um den Hals. »Danke, ich weiß gar nicht, was ich sagen soll«, antwortete er mit belegter Stimme, als er sich wieder löste.

Klaus zwinkerte ihm zu. »Es ist doch schon alles gesagt. Brauchst du sonst noch etwas? Geld? Kleidung? Medikamente?« Er grinste. Clemens verstand die Anspielung genau. Klaus musste immer herhalten, wenn er selbst mit irgendwelchen Schmerzen jeglicher Art zu kämpfen hatte.

»Geld habe ich genug, ein Handy samt SIM-Karte habe ich mir auch besorgt. Außerdem hoffe ich, dass sich das alles möglichst schnell aufklärt.« Clemens trank einen weiteren Schluck. Das heiße Gebräu tat gut.

»Dein Wort in Gottes Gehörgang«, murmelte Klaus. »Das wünsche ich mir auch für dich.«

»Na, wie gefällt dir dein neues Paradies auf Zeit?«, fragte Klaus eine Stunde später, als er die Tür zu der kleinen Wohnung im ersten Stock eines Mehrparteienhauses im Steinbühl nahe dem Aufseßplatz in Nürnberg öffnete. Die Wohnung war gut geschnitten, es roch nach frischer Farbe und Essigreiniger. Hier suchte Clemens garantiert vergebens nach Staubmäusen. Die Küchenzeile war funktional, zwei Herdplatten, ein Kühlschrank ohne Eisfach, sogar ein Backofen war vorhanden. Klaus zerrte aus dem einen der zwei Waschkörbe, die sie mit hergefahren hatten, Teller, Gläser, Becher und Besteck hervor, daneben einen Wasserkocher, zwei Töpfe, ein scharfes Messer und einen Dosenöffner. Clemens ordnete alles in die zwei Hängeschränke ein, während Klaus bereits die Lebensmittel auf dem Esstisch stapelte: löslicher Kaffee, Teebeutel, etwas Brot, Butter und Käse, Nudeln und Reis, diverse Soßenkonserven und ein Glas von Cordulas selbst gemachter Erdbeermarmelade. Dazu noch eine Packung Eier und einen Tetra Pak Milch, Salz und Pfeffer und eine Flasche Rotwein.

»Damit du uns nicht vom Fleisch fällst«, meinte Klaus beiläufig.

Clemens schüttelte dankbar den Kopf. »Ihr seid ja verrückt.« Was hätte er nur ohne sie gemacht? Wenn alles wieder seinen normalen Gang nähme, würde er sie ganz edel ausführen und dabei keine Kosten scheuen.

Im anderen Wäschekorb befanden sich Bettwäsche und Handtücher, die Clemens ins Bad brachte. Hier fiel man von der Toilette direkt in die Dusche und konnte sich dazwischen noch kurz die Hände waschen. Der Raum war mit einer Person bereits wegen Überfüllung geschlossen, aber es war alles vorhanden, was Clemens benötigte.

»Sag mal, Klaus, wie schnell geht das, wenn man jemandem eine Insulinüberdosis verpasst, wann stirbt diese Person?«, fragte er seinen Freund, als sie gemeinsam das Bett bezogen.

»Sag bloß, Delphine ist daran verstorben?«

Das hätte sich Clemens gleich denken können, dass Klaus sich nicht mit einer scheinbar harmlosen Frage hinters Licht führen ließ. Jetzt musste er wohl mit der Wahrheit herausrücken. Er erzählte ihm von Menglers Obduktionsergebnis, bat seinen Freund aber, Stillschweigen darüber zu bewahren. »Du weißt, meine Schwester Hannah wurde damals auf die gleiche Art und Weise getötet. Und ebenso wie Delphine in einem See gefunden.«

Klaus hielt mit beiden Händen im Kopfkissenbezug inne. Sein Gesicht verlor jede Farbe.

»Das kann doch wohl nicht wahr sein«, sagte er. »Beide auf die gleiche Art?« Er kannte Hannah von früher, hatte sie ein paarmal gesehen, wenn sie Clemens zusammen mit seinen Eltern im Internat besucht hatte. Auch er war damals zutiefst erschüttert gewesen, als er von ihrem Tod erfuhr.

Dann fing er sich wieder und stülpte den Bezug über das Kissen. Nachdem er den Reißverschluss geschlossen hatte, fuhr er fort. »Ehrlicherweise kommt das auf die Insulindosis an. Wenn ein gesunder Mensch eine massive Überdosis verpasst bekommt, dann kann der Körper nicht schnell genug reagieren. Insulin ist ein körpereigenes Hormon, das in der Bauchspeicheldrüse produziert wird. Wenn wir viele Kohlenhydrate essen, werden diese zu Glucose abgebaut und ins Blut aufgenommen. Dann schüttet die Bauchspeicheldrüse Insulin aus, um überflüssige Glucose abzutransportieren, damit sie in den Muskeln und in der Leber gespeichert werden kann.« Er seufzte. »Dein Körper weiß ganz genau, wie viel Insulin in diesem Fall benötigt wird, und schüttet selten zu viel oder zu wenig aus. Aber wenn von außen Insulin in hohen Mengen zugeführt wird, wird es jegliche Glucose, die es finden kann, binden und abtransportieren. So bricht dir erst der Kreislauf zusammen, und im schlimmsten Fall, wenn nicht schnell genug Gegenmaßnahmen ergriffen werden, folgt der Tod.«

»Was für Gegenmaßnahmen?«

»Der Arzt müsste Glucose in hohen Dosen verabreichen,

damit das Insulin keine Chance mehr hat, alles aus dem Weg zu räumen. Aber das allein würde nicht reichen. In dem Fall müsste noch Adrenalin gespritzt werden, damit der Kreislauf wieder stabil wird und auf gar keinen Fall weiteres körpereigenes Insulin ausgeschüttet wird.«

»Das heißt, ich hätte ihr niemals helfen können, egal, wie früh ich gekommen wäre?« Die Frage brannte Clemens bereits den ganzen Tag auf dem Herzen.

»Nein, Clemens, dich trifft keine Schuld. Du hättest sie schon direkt nach der Injektion finden müssen. Dann hätte der Notarzt rechtzeitig eintreffen müssen, damit sie vielleicht eine Chance gehabt hätte. Abgesehen davon, dass du in dem Moment auch hättest wissen müssen, was ihr verabreicht worden war.« Er legte das Kissen auf dem Bett ab, das er die ganze Zeit in seinen Händen geknetet hatte. »Quäl dich nicht damit. Das hilft weder dir noch ihr. Ich weiß, das sagt sich jetzt leicht, aber die Wahrscheinlichkeit, dass du an der Situation etwas hättest ändern können, ist gleich null. Der Mörder spielt mit dir. Lass dich nicht von ihm benutzen.« Er fasste Clemens an beiden Schultern und blickte ihm fest in die Augen.

Clemens nickte. »Danke. Das hilft mir schon. Ich hoffe, dieser Mistkerl wird gefasst.« Und wenn ich ihn vorher zu fassen kriege, wird er sich wünschen, mich niemals herausgefordert zu haben, dachte er bei sich.

»Das hoffe ich auch«, antwortete Klaus und ließ Clemens wieder los. »Kommst du dann allein klar? Es ist schon elf Uhr, ich muss morgen in die Praxis. Melde dich, wenn du was brauchst. Und bitte«, er machte eine kleine Pause, »mach keine Dummheiten. Die Wahrheit wird ans Licht kommen, du musst sie nicht unter Einsatz deines Lebens hervorzerren.«

Clemens lächelte schwach. »Du klingst schon wie Cora. Die hat fast dasselbe gesagt.«

»Und sie hat recht!« Klaus klopfte seinem Freund auf die Schulter und verließ die Wohnung.

Die Stille, die auf seinen Abgang folgte, drückte auf Clemens' Stimmung. Er hatte die meiste Zeit seines Lebens allein gelebt und nie ein Problem damit gehabt, aber heute schien ihn die Einsamkeit von innen heraus aufzufressen. Er rief Coras Nummer an und erzählte ihr in knappen Worten, wo er sich befand. Dann zog er sich aus, legte sich in das frisch bezogene Bett und löschte das Licht. Vorbeifahrende Autos zauberten mit ihren Scheinwerfern Schattenspiele an die Decke. Wie Wellen im Wasser. Delphine trieb in den Wellen. Plötzlich drehte sie sich um, schaute ihn mit vorwurfsvollem Blick an.

»Wieso hast du mich nicht gerettet?«, fragte sie, die trüben Augen auf einen weit entfernten Punkt am Horizont gerichtet. Bevor er antworten konnte, trieb sie davon. Er wollte sie aufhalten, aber egal, was er tat, er erreichte sie nicht mehr. Schweißgebadet fuhr er hoch. In dieser Nacht würde er keinen Schlaf mehr finden.

Clemens wälzte sich von rechts nach links und wieder zurück. Sein Gehirn schien gleichzeitig leer und wegen Überfüllung geschlossen zu sein. Das hatte doch alles keinen Sinn! Er setzte sich auf den Rand des Bettes und rieb sich die Augen. Sein Kopf fühlte sich an, als wäre er in einen Schraubstock gezwängt, dessen Backen sich mit unbarmherziger Härte aufeinander zubewegten. Er angelte nach der Reisetasche, die neben dem Bett stand. Hier mussten doch irgendwo noch Schmerzmittel zu finden sein! Endlich fand er sie in einer Seitentasche und entnahm gleich zwei Tabletten aus dem Blister. Langsam erhob er sich in der dunklen Wohnung, die durch das wenige Mondlicht, das durch die Fenster drang, gerade so weit beleuchtet wurde, dass er nicht sofort über jedes Hindernis stolperte.

Am Wasserhahn in der Küche füllte er ein Glas mit Wasser und kippte die Tabletten mit einem großen Schluck seine Kehle hinunter.

Dann fasste er einen Entschluss. Undenkbar, dass er hier untätig festsaß, während andere über sein Schicksal entschieden. Er musste dorthin, wo alles begonnen hatte, nach Rottach-Egern am Tegernsee, jetzt sofort. Noch wurde er nicht offiziell gesucht, das hieß, er konnte relativ unbehelligt mit der Bahn dorthin gelangen. Nach einer Dusche und Zähneputzen schwang er sich in seine Jeans und in ein blaues T-Shirt. Clemens öffnete das Badezimmerfenster. Die Luft war durch das gestrige Gewitter zwar etwas abgekühlt, aber der Himmel versprach bereits zu dieser frühen Zeit wolkenloses Tiefblau, und am Horizont zeigten sich die ersten Sonnenstrahlen. Eine Jacke brauchte er wohl nicht. Er setzte eine Sonnenbrille auf, obwohl es draußen noch dämmrig war. Sicher war sicher, er wollte vermeiden, dass ihn jemand erkannte oder beschreiben konnte. Um seine Tarnung perfekt zu machen, drückte er sich wieder das Basecap auf die Haare. Wenigstens war es ebenfalls blau, das beruhigte sein inneres Farbkonzept.

Kurz nach sechs Uhr saß er im ICE von Nürnberg nach München. Von dort aus würde er mit der BOB, der Bayerischen Oberlandbahn, nach Tegernsee fahren. Dann noch eine Fahrt mit dem Bus, und er wäre in Rottach-Egern. Seit Hannahs Tod war er nicht mehr da gewesen, das Ferienhaus war schon lange verkauft. Wie es dort wohl heute aussah? Vermutlich hatte sich einiges verändert. Ob das Haus von damals überhaupt noch existierte? Während die Umgebung an ihm vorbeiraste, hing Clemens seinen Gedanken nach. Er hatte keine Ahnung, was er sich von seiner Fahrt erhoffte. Das Ganze lag inzwischen über zwanzig Jahre zurück. Welche Spuren wollte er noch finden, die bisher kein anderer gefunden hatte? Er wusste es nicht, aber wenn er es nicht wenigstens versuchte, würde er es sich bis in alle Ewigkeit vorwerfen. Wo sonst sollte er anfangen? Alles hing mit diesem Verbrechen zusammen, die Todesart, der Fundort, ja, wenn er ehrlich war, dann glichen sich Hannah und Delphine auch in anderer Hinsicht. Beide waren Frauen mit langen dunklen Haaren. Zufall? Clemens glaubte nicht daran.

Drei Stunden später erreichte Clemens den Bahnhof Tegernsee. Zweimal war er unterwegs kontrolliert worden, aber passiert war nichts. Er hatte sich in München am Bahnhof während der Wartezeit auf die BOB noch etwas zu trinken und ein Sandwich gekauft, das er in der Bahn verzehrt hatte.

Der Bus nach Rottach-Egern war nicht schwer zu finden, und ein paar Minuten später stand er vor der katholischen Pfarrkirche St. Laurentius. Im strahlenden Gelb reckte sich der Turm vor ihm in die Höhe. Clemens erinnerte sich, dass damals hier ein Gedenkgottesdienst für seine Schwester stattgefunden hatte. Vorsichtig prüfte er, ob die Tür zur Kirche verschlossen war. Sie war offen, und er schlich hinein. Das Kirchenschiff wirkte ausgesprochen hell durch die pastellfar-

benen Stuckverzierungen, trotzdem drückten all die Blumen-
ranken in Gold und Rosa auf Clemens' Stimmung. Er hielt es
hier keinen Moment länger aus. Erst als er die Tür hinter sich
geschlossen hatte und sich an die gelbe Wand lehnte, beruhigte
sich sein Puls wieder.

Eine wichtige Etappe stand ihm aber noch bevor. Der Fried-
hof. Clemens holte tief Luft und marschierte in Richtung der
Grabreihen. Obwohl er so lange nicht mehr da gewesen war,
lenkten ihn seine Schritte zielsicher zu ihrem Grab: »Hannah
Sartorius, geliebte Tochter und Schwester, geboren 12. Juni
1979, gestorben 8. August 1996«. Ein steinerner Engel wachte
über ihrem Grab, das eine Hortensie zierte, die gerade blühte.
Darunter breitete sich ein immergrüner Bodendecker aus, der
die Grablinie nicht überschritt. Clemens wusste, dass seine Eltern die Grabpflege ihrem ehemaligen Hausmeister Rudi Eschbach übertragen hatten, der damals selbst vor lauter Kummer
um Jahre gealtert schien. Da seine Familie nirgendwo länger
zu Hause war aufgrund ihrer diplomatischen Tätigkeiten, war
Hannah hier begraben worden. An dem Ort, an dem sie alle
miteinander glücklich gewesen waren.

Clemens schüttelte den Kopf. Was wollte er hier? Die, die
er suchte, fand er hier nicht mehr. Eine Träne rollte über seine
Wange, und er wischte sie mit einer energischen Handbewegung weg. Es war eine dumme Idee gewesen, hierherzukommen. Zu viele Erinnerungen, zu viel Trauer. Das Letzte, was
er wollte, war, erneut mit all diesen Gefühlen konfrontiert zu
werden. Aber sich jetzt darüber Gedanken zu machen, war
wohl zu spät. Er war bereits hier, und es gab kein Zurück mehr.
Doch wo sollte er beginnen?

Clemens entschied, zuerst das Ferienhaus aufzusuchen.
Es stand direkt am See in der Schwaighofstraße. Ein riesiger
Bau im Landhausstil mit acht Zimmern auf einem gepflegten
Grundstück, auf das man allerdings nur über das Zufahrtstor
einen Blick erhaschen konnte. Kurz überlegte er zu klingeln,
aber was hätte er den jetzigen Besitzern sagen sollen?
»Guten Tag, mein Name ist Clemens Sartorius, meine

Schwester ist vor vielen Jahren hier gestorben, ich wollte mich nur mal umsehen.« Wohl nicht. Abgesehen davon, dass Hannah nicht in dem Haus umgekommen war, sondern vermutlich irgendwo am Strand. Doch nach ihrem Tod hatte es keiner von ihnen auch nur einen Tag länger hier ausgehalten. Für den Rest der Ermittlungen waren sie in ein Hotel gezogen. Das Haus war über eine Agentur für knappe drei Millionen D-Mark verkauft worden, ein stolzer Preis, der in dieser Gegend nur allzu gerne gezahlt wurde. Nur dass die D-Mark jetzt durch Euro ersetzt wurde, der Zahlenwert war gleich geblieben.

Clemens schlenderte über die Seestraße und den Ludwig-Ganghofer-Weg zum Strandbad Point. Hier hatten sie sich damals immer getroffen, seine Clique und er. Oft war Hannah mit von der Partie gewesen, gemeinsam mit ihren Freundinnen. Er setzte sich auf eine Bank und starrte auf das grünblaue Wasser des Sees. Wie Gallensekret kam ihm alles wieder hoch, alles, was er so gut und so lange verdrängt hatte. Nie wieder wollte er sich damit beschäftigen, das hatte er sich damals geschworen, weil es ihn so fertiggemacht hatte. An manchen Tagen hatte ihm die Luft zum Atmen gefehlt. Er schluckte und versuchte krampfhaft, die Tränen zu unterdrücken. Er machte sich immer noch solche Vorwürfe deswegen.

Seine Freunde waren an besagtem Abend alle im »42miles« gewesen, einem der wenigen Jugendclubs, die es damals vor Ort gegeben hatte. Clemens verspürte keine Lust auf laute Musik, wollte lieber »Lethal Weapon 2« auf Video schauen. Hannah nörgelte eine ganz Weile an ihm herum, dass er doch noch mit ihr zum Baden gehen solle. Aber er schickte sie genervt weg, weil er ständig den Film wegen ihrer Jammerei unterbrechen musste. Ihre Eltern waren auf einer Dinnerparty eingeladen, sodass Clemens, nachdem Hannah wutschnaubend abdampfte, das Haus ganz für sich allein hatte. Wenn er damals über sein Ego gesprungen wäre und seine Schwester begleitet hätte, wäre sie heute vielleicht noch am Leben. Vor seinem inneren Auge liefen die Geschehnisse wie in einem Film ab, der, einmal angespielt, nicht mehr zu stoppen war.

Die Polizei war damals davon ausgegangen, dass Hannah am Strand getötet wurde, weil dort ihr Bikini lag. Eine Vergewaltigung wurde nach der Obduktion allerdings ausgeschlossen. Ob Hannah sich selbst den Bikini auszog oder der Mörder das nach der Tat machte, blieb ungewiss. Die Beamten konnten ebenfalls nicht ausschließen, dass der Täter eventuell nur gestört wurde oder dass sich Hannah wehrte oder schrie, was eine sexuelle Handlung verhinderte. Allerdings wurden keine Abwehrverletzungen gefunden. Was auch immer vorher geschah, der Täter verpasste ihr eine Insulin-Überdosis. Ob er ihr dabei zusah, wie sie langsam starb? Trotz der Hitze lief Clemens ein eiskalter Schauer über den Rücken. Er schüttelte sich.

Wegen des Insulins klapperte die Polizei damals alle Apotheken, Arztpraxen und bekannten Diabetiker ab – ohne Erfolg. Angeblich fehlte nirgendwo etwas. Vielleicht war es auch naiv, zu glauben, dass niemand aufgrund der Nachfragen bezüglich des Insulins hellhörig geworden war und sich seinen Reim darauf gemacht hatte. Wobei Clemens nicht wusste, was die Polizei tatsächlich als Begründung für ihre Fragen angegeben hatte. Vielleicht erzählten sie, dass die Vermutung nahelag, dass der Täter Diabetiker war. Wie auch immer. Er konnte sich nicht sicher sein, ob nicht doch jemand vermutete, dass es sich bei dem Insulin um die Tatwaffe handelte. Auch wenn das Wissen darum doch einiges an Fachkenntnis voraussetzte.

Er seufzte. War das überhaupt wichtig? Ja, antwortete er sich selbst, denn es entschied darüber, ob die beiden Morde zusammenhingen oder nicht. Und wenn nicht? Was hatte das dann alles zu bedeuten? Nein, er musste sich konzentrieren, nachdenken, bei der Sache bleiben!

Auf Hannahs Bikini stellte man fremde Haare sicher, die DNS wurde bestimmt und in die damals erst im Entstehen begriffene Datenbank eingepflegt. Bis heute gab es keine Übereinstimmung mit einem potenziellen Täter. Entweder war es sein einziger Mord, oder er wurde nie erwischt, oder er war schon längst gestorben. In letzter Instanz ordnete man eine

Reihenuntersuchung aller Männer im Ort an, doch auch diese führte zu keinem Ergebnis.

Clemens schnaubte, als er daran dachte. Das war ja auch alles viel zu spät geschehen! Der Täter war zu diesem Zeitpunkt vermutlich längst über alle Berge gewesen. Selbst Clemens' Freunde mussten zum DNS-Test, das hatte einige Diskussionen über Vertrauen und Glauben mit sich gebracht. Heute hatte er zu keinem der damaligen Kumpel mehr Kontakt. Summa summarum erklärte die Dienststelle irgendwann, dass man davon ausgehe, dass es sich vermutlich um einen Triebtäter handelte, der selbst an Diabetes litt, bei seiner Tat gestört wurde und daher sein Opfer kurzerhand mit seinem eigenen Insulin aus dem Weg räumte. Der Fall wurde zu den Akten gelegt und nie wieder erwähnt, weder in Rottach-Egern noch von seinen Eltern noch von ihm selbst.

Das alles erklärte aber nicht, weshalb sich der potenzielle Täter von damals ausgerechnet jetzt, nach vierundzwanzig Jahren, bei ihm meldete und Clemens als möglichen Tatverdächtigen präsentierte. Das schrie doch geradezu nach einem persönlichen Rachefeldzug. Außer der Täter hatte all diese Zusammenhänge nicht kommen sehen, und es war reiner Zufall, dass Clemens in Verdacht geriet. Doch daran glaubte Clemens nicht, denn warum hätte Delphines Mörder sonst noch einmal bei ihm anrufen sollen und erklären, dass Clemens früh genug erfahre, worum es gehe? Das ergab doch alles keinen Sinn! Also blieb nur die Möglichkeit, dass das mit der Absicht geschehen war, ihn, Clemens, in diese Sache hineinzureiten. Und dieser Jemand musste ihn hassen, und das nicht nur ein bisschen. Das war persönlich. Jede Faser in seinem Körper vermeldete im Alarmton, dass es sich so verhielt.

Doch wer war dieser Täter? Clemens hatte keine Ahnung. Sein Kopf fühlte sich leer an, als hätte er alle Gedanken dazu schon mehrfach gedacht, sodass sie in seiner persönlichen Hitliste bereits ausgeschieden waren und nicht mehr aufgestellt wurden.

Er hörte das Lachen von Kindern, die im Wasser planschten, Eltern, die sie zu sich riefen. Sonnencremegeschwängerte Luft wehte ihm in die Nase, und alles wirkte so friedlich. Ein warmer Tag am See, die Vögel zwitscherten, und der Rhythmus des Lebens plätscherte nur so dahin. Ihm fielen die Augen zu. Sofort kniff er sie zusammen und öffnete sie wieder. Jetzt war keine Zeit zum Schlafen, außerdem, wie sah das denn aus, wenn er hier wie ein Penner auf der Parkbank zusammenklappte? Am Ende holte er sich so noch einen Sonnenbrand.

Müde erhob er sich von der Bank und marschierte zurück in den Ort, versuchte sich im Schatten zu halten, denn mittlerweile stand die Sonne bereits im Zenit. Er setzte sich in das Café Franzl am Seeufer und orderte einen doppelten Espresso samt einer leckeren Focaccia, Oliven, Schinken und Parmesan. Gierig schlang er das salzige Brot hinunter, er hatte gar nicht bemerkt, dass er so hungrig war. Er bestellte noch ein Wasser dazu, denn die Hitze forderte ihren Tribut – er schwitzte zusehends unter seiner Cap, doch er wagte nicht, sie abzunehmen. Wenn er hier über den See schaute, erkannte er fast den Seezugang mit Steg, der zu ihrem ehemaligen Ferienhaus gehörte. Ein paar Meter weiter rechts befand sich eine Anlegestelle für Schiffe der Schifffahrt Tegernsee. Momentan warteten bereits einige Leute auf eine Mitfahrgelegenheit.

Alles an diesem See versprach Urlaub und Erholung, niemand vermutete hier ein Kapitalverbrechen, egal, wie lange es zurücklag. Doch Clemens war genau deswegen an diesem Ort. Er zahlte und machte sich auf zu Rudi Eschbach, der immer noch in derselben kleinen Wohnung im hinteren Teil von Rottach-Egern wohnte.

Clemens erschrak, als er Rudi erblickte. Früher war er mit ihm zum Angeln gefahren, hatte ihn dafür bewundert, dass er so gut durchtrainiert war und braun gebrannt. Heute begegnete ihm ein eingefallener Mann, dessen Haare grau und wirr vom Kopf abstanden. Die Haut spannte sich über seine Wangenknochen, und wo andere in seinem Alter mit einem Bauchansatz kämpften, musste man diesen bei ihm eher auf die Vermisstenliste setzen. Dabei durfte er erst knapp über fünfzig Jahre alt sein, schätzte Clemens. Was war mit ihm passiert?

Offenbar sprach sein Blick für sich, denn Eschbach winkte ihn nur müde lächelnd herein. »Der Clemens, mei, des is aber schön, dass d' vorbeischaust. Komm rein.«

»Sie haben mich gleich wiedererkannt?«, wunderte sich Clemens, der sich anhand seiner Verkleidung kaum als sich selbst identifizierte.

»Du hast dich net groß verändert, Junge«, meinte Rudi, während er vor ihm ins Wohnzimmer schlurfte. »Damals bist auch immer in Jeans und T-Shirt durch die Gegend g'stromert. Und Gsichter konnt ich mir scho immer gut merken. Da hilft auch a Sonnenbrilln nix.« Rudi lachte, aber es ging sofort in ein hässliches Rasseln über und endete in einem Husten.

Erschrocken fuhr Clemens zusammen. »Alles in Ordnung? Soll ich ein Glas Wasser holen?«

»Nein, nein, alles gut«, erwiderte der Hausmeister und beruhigte sich langsam wieder. Er deutete auf einen Sessel, und Clemens setzte sich.

»Magst was trinken? An Kaffee oder a Wasser?«

Clemens verneinte, und Eschbach nahm ihm gegenüber Platz.

»Ich mach's nimmer lang, Clemens, meine Lunge macht nimmer mit. Lungenkrebs, da ist nix mehr zu machen.« Er hustete wieder, angelte eine Packung mit Zigaretten vom Tisch und steckte sich eine davon an.

»Solltest du dann nicht lieber aufhören mit dem Rauchen?«

Rudi lachte wieder. »Der Tipp kommt zu spät, mein Lieber. Des hätt ich mal zwanzig Jahre früher machen sollen. Jetzt isses eh scho wurscht.« Er hustete erneut.

»Darf ich das Fenster öffnen?«, fragte Clemens vorsichtig. Hoffentlich sah Rudi das jetzt nicht als Affront.

Aber der grinste nur. »Willst lieber auf den Balkon naus? Da zieht's besser ab.« Er deutete auf seinen Glimmstängel.

Clemens nickte verlegen. Er hatte es nicht so mit Zigarettenrauch, auch nicht in seinen Kleidern. Rudi wies ihm den Weg auf die Terrasse, und Clemens nahm auf einem der Klappstühle Platz. Der Aschenbecher auf dem Fensterbrett quoll bereits über. Wenigstens lag der Balkon im Westen und damit nicht in der prallen Sonne.

»Jetzt sag, was verschlägt dich ausgerechnet zu mir an den Tegernsee? Warst eigentlich seitdem jemals wieder hier?« Rudi beugte sich vor und klopfte die Asche in den Aschenbecher, wo sie sofort vom Wind verweht wurde.

Clemens räusperte sich. Ihm war nicht ganz wohl bei der Sache. Aber wen sollte er hier sonst nach dem Vorfall fragen? Er kannte doch niemanden. Und zur Polizei würde er ganz bestimmt nicht gehen.

»Es stimmt, ich war seit damals nicht mehr hier.« Er schwieg einen Moment, sammelte sich. »Ich muss wissen, was damals wirklich geschehen ist, und wollte dich fragen, ob du dich noch an irgendwas erinnern kannst.« Jetzt war es raus. Clemens atmete tief ein, erwischte prompt einen Teil des Rauchs und hustete selbst.

Rudi schmunzelte. »Bist nix g'wöhnt, Clemens, was? Was machst du eigentlich jetzt?«, antwortete er mit einer Gegenfrage.

»Ich bin Kriminalhauptkommissar in Erlangen.« Dass er momentan außer Dienst war, erwähnte er nicht. Rudi musste nicht alles wissen.

Der Hausmeister zog die Augenbrauen hoch. »Kriminalhauptkommissar? Und dann läufst du so durch die Gegend?«

Clemens musste grinsen. Wenn Rudi wüsste. Freiwillig würde er nie in einem solchen Aufzug herumlaufen, eine gebügelte Hose und ein Hemd waren die Mindestanforderungen an seine gewohnte Garderobe. Die Anzüge waren maßgeschneidert und genau wie die Schuhe nicht gerade billig und schon gar nicht von der Stange. Aber gute Kleidung hatte immer ihren Preis. Außerdem konnte er es sich leisten. Zumindest bis jetzt noch. Er zog es vor, Rudi nur mit einem Nicken zu antworten, in der Hoffnung, dass sein Gegenüber von allein auf seine Frage zurückkommen würde.

Die Rechnung ging auf.

»Weißt, ich hab der Polizei damals erzählt, dass da immer so a seltsamer Kerl rumgeschlichen ist, der vor allem die jungen Madla immer an Tick zu auffällig angestarrt hat. Auch die Hannah. Madla, hab ich g'sagt, pass auf, der Typ hat bestimmt Dreck am Stecken. Als der gemerkt hat, dass ich sie auf ihn aufmerksam gemacht hab, isser ganz schnell verschwunden.« Rudi schüttelte den Kopf. Clemens ebenso. Das war das erste Mal, das er davon hörte.

»Weißt du noch, wie er ausgesehen hat?« Er spürte geradezu, wie das Adrenalin seinen Körper durchflutete.

Rudi zwinkerte ihm zu. »Du weißt doch, ich hab's mit Gsichtern. Es ist lang her, aber ich schätz mal, der war damals ungefähr so alt wie ich, also dreißig Jahr, a ziemlicher Lackl, schlaksig, wie man so schön sagt.« Er lachte heiser. »Blonde Haare und eher der käsweiße Typ, der net so gut mit der Sonne klarkommt, hat auch einen Sonnenbrand auf den Schultern g'habt, soweit ich mich erinnere. Der ist immer mit so einem albernen Muskelshirt rumgelaufen, weißt schon, die waren damals gerade in.« Er drückte die erste Zigarette in dem Aschenbecher aus und steckte sich gleich eine weitere an. »Außerdem hatter so a Tattoo am Oberarm g'habt, a Meerjungfrau, die sich um einen Anker geringelt hat. Auch so a Modeerscheinung damals. Zumindest war des net die einzige Meerjungfrau, die ich damals g'sehn hab.« Er lachte heiser.

»War der bei der Reihenuntersuchung auch noch da?« Clemens spürte deutlich, dass er sich auf der richtigen Spur befand. Nur dass ihm der beschriebene Mann nicht im Geringsten bekannt vorkam.

»Naa, der war da net dabei, des wär mir aufgefallen. Ich bin ja extra jeden Tag von mir aus da g'wesen, weil die Polizei mich ja ignoriert hat. Des war des Einzige, was ich für die Hannah noch hab tun können. Und net mal des hat was gebracht.«

Seufzend lehnte sich Clemens auf dem Klappstuhl zurück. Das hätte er sich ja denken können. Wäre ja auch zu schön gewesen, wenn die DNS des Kerls aktenkundig gewesen wäre. Samt seinem Namen.

»Ich hab den seit dem Tod von der Hannah nimmer gesehen. Der ist spurlos verschwunden, als hätt ihn der Erdboden verschluckt.« Rudi inhalierte einen tiefen Zug und ließ den Rauch in Form von kleinen Ringen aus seinem Mund entweichen. Clemens sah ihnen nach, wie sie sich langsam in Luft auflösten. Wie sein Verdächtiger.

Der Wecker klingelte, doch aus dem Bett ertönte nur ein Grunzen. Eine Hand tastete nach dem lärmenden Ungetüm und warf es dabei vom Nachttisch. Leider änderte das nichts an der Lautstärke des Alarmsignals. Mit einem Schnauben fuhr Marie erst in die Senkrechte und beugte sich dann unter den Rand des Bettes, wo der Wecker fleißig vor sich hin trällerte. Sie griff nach ihm und stellte ihn ab. Endlich Ruhe. Das war die erste Nacht seit Langem gewesen, wo sie wieder einmal geschlafen hatte. Die letzten Wochen hatte es kaum abgekühlt nachts, die Hitze ließ sich nicht aus der Wohnung vertreiben, egal, wie viele Fenster sie geöffnet hatte. Durch das Unwetter gestern waren die Temperaturen auf ganze fünfzehn Grad gesunken, fast schon angenehm. Eine frische Brise wehte durch die offenen Fensterflügel, und der bereits erleuchtete Himmel ließ erahnen, dass heute die Hitze zurückkehrte. Dabei hätte sie darauf gut verzichten können. Hohe Temperaturen, dazu noch die Feuchtigkeit auf den Straßen, das versprach eine Luft wie in den Tropen. Genau das Richtige für ihren Kreislauf.

Marie seufzte und schälte sich aus den Laken, zwirbelte ihre schwarzen, bis zur Brust reichenden Locken mit Hilfe eines Haargummis zu einem Messy Bun zusammen und griff als Erstes zu der Wasserflasche auf ihrem Nachttisch. Sie öffnete sie und trank einen Schluck.

Dann warf sie einen Blick auf das Bettzeug neben sich. Es war unberührt, was kein Wunder war, denn schließlich war ihre Partnerin Elenor noch in der Nachtschicht bis sechs Uhr, würde also irgendwann demnächst nach Hause kommen. Sie arbeitete als Kinderkrankenschwester im Intensivbereich des Klinikums Nürnberg Süd, und wenn es tatsächlich die Hölle auf Erden gäbe, dann erlebte Elenor sie fast tagtäglich. Aber zumindest genoss sie dort auch schöne Momente, wenn ein

Kind geheilt entlassen wurde, eine OP erfolgreich verlaufen war und die Eltern ihre Zwerge glücklich in die Arme schlossen.

So viel Glück erfuhr Marie in ihrem Job nicht. Sie arbeitete als biologische Forensikerin am Rechtsmedizinischen Institut in Erlangen, eine Arbeit, die sie mit Zufriedenheit erfüllte, wenn schon nicht mit Freude. Wobei, auch das stimmte nicht wirklich, denn es machte ihr durchaus Spaß, mit Hilfe ihrer verschiedenen Instrumente und Maschinen noch den letzten Beweis zu sichern und damit ein wichtiges Glied in der Kette zur Überführung eines Verbrechers zu sein. Nur war sie in dem Job meistens auf sich allein gestellt, sie und ihr Labor, danach kam lange nichts. Die Ergebnisse übermittelte sie im Normalfall mit Hilfe von digitaler Technik an die Kripo. Tatortbesuche waren zwar möglich, aber häufig erhielt Marie ihr Material von den Mitarbeitern der Spurensicherung. Nur bei speziellen Fällen, wenn sie zum Beispiel Flora und Fauna überprüfen oder sich einen eigenen Überblick verschaffen wollte, schaute sie sich den Ort des Verbrechens persönlich an.

Im Grunde genommen war das in Ordnung, denn sie arbeitete gern allein und war kein guter Teamplayer. In ihrem Labor war sie die Chefin und die einsame Königin. Wenn sie vor sich hin wurschtelte, versank alles um sie herum, und es kam vor, dass sie erschrocken aufschrie, wenn Professor Mengler ihr von hinten auf die Schulter tippte. Konnte allerdings auch daran liegen, dass sie immer laut Musik hörte. Zwar mit Bluetooth-Kopfhörern, um die Mitarbeiter in den angrenzenden Räumen nicht zu stören, aber sie war davon überzeugt, dass sie sich besser konzentrieren könnte, wenn sie nebenher Evanescence, Within Temptation oder Lacrimosa hörte. Passte ja auch irgendwie. Wer hier im Institut landete, war doch des Öfteren unter mysteriösen Umständen ums Leben gekommen, da durfte man auch auf Gothic Rock als musikalische Untermalung zurückgreifen.

Immerhin entsprach sie selbst auch in gewisser Weise diesem Lebensstil: schwarze Haare, blasse Haut, dicker schwarzer Lidstrich und schwarz nachgezogene Augenbrauen. Auf lange schwarze Nägel verzichtete sie, die waren bei ihrer Arbeit hinderlich, schließlich trug sie jeden Tag Handschuhe. Früher, in ihrer Jugend, hatte sie sich zusätzlich noch die Haut weiß geschminkt, schwarzen Lippenstift aufgetragen und ihre schmale Gestalt in zerrissene Kleidung, Netzstrumpfhosen, hochgeschnürte Stiefel und einen schwarzen Mantel eingepackt. Damit grenzte sie sich bewusst aus, niemand sollte ihr zu nahe kommen, es noch nicht einmal versuchen. Das Leben hatte ihr früh Narben zugefügt, die sie mit niemandem außer Elenor zu teilen bereit war.

Marie riss sich aus ihren trüben Gedanken, sie musste endlich aufstehen, unter die Dusche, dann noch eine Tasse Tee und ab nach Erlangen. Von ihrer Wohnung in der Endtnerstraße in der Nürnberger Südstadt brauchte sie mindestens eine halbe Stunde bis zu ihrem Arbeitsplatz, meistens länger, je nachdem, ob auf der A 73 viel los war. Frisch geduscht trottete sie dreißig Minuten später nackt aus dem Bad, die schwarzen Haare in einen Turban gewickelt. Den Blick in den hohen Spiegel am Kleiderschrank vermied sie grundsätzlich. Sie hasste ihr Aussehen, da konnte ihr Elenor noch so oft sagen, dass sie eine tolle Figur habe und andere in ihrem Alter sie beneiden würden inklusive ihr selbst, doch Marie glaubte kein Wort davon. In der Hinsicht fühlte sie sich immer noch wie die sechzehnjährige Teenagerin, die sich jedes Gramm von den Hüften wünschte, bis sie eines Tages in der Schule zusammengebrochen war und aufgrund massiver Mangelernährung ins Bezirksklinikum eingewiesen wurde. *Anorexia nervosa* lautete die Diagnose, Magersucht schimpfte ihre Mutter.

Danach war sie nie mehr nach Hause zurückgekehrt. Von der Klinik aus erhielt sie einen Platz in einer therapeutischen Wohngruppe, bis sie achtzehn Jahre alt war. Von da an stand sie auf eigenen Beinen, trotzdem schaffte sie das Abitur, studierte Biologie und lernte das Fach Rechtsmedizin kennen und lieben. Insekten hatten sie schon immer fasziniert. Die Tatsache, dass über die Metamorphose aus einer Raupe ein vollkommener

Schmetterling entstehen konnte, war für sie einfach nur ein Wunder, der Beweis, dass es irgendeine höhere Instanz gab, die über diese Welt wachte. Der Mensch war ganz sicher nicht die Krone der Schöpfung, denn er würde kaum eine Katastrophe überleben, Pflanzen und viele Insekten dagegen schon. Wer war dann wohl der Gewinner in diesem Spiel?

Marie seufzte, während sie ihre Klamotten aus dem Schrank zusammensuchte. Schwarze Unterwäsche, ein schwarzes Shirt, eine schwarze Jeans und, wer hätte es gedacht, schwarze Socken. Farbe war ein Fremdwort, das allenfalls bei Pilzkulturen akzeptiert wurde. Marie lächelte bei dem Vergleich. Fertig angezogen marschierte sie in die Küche und bereitete sich einen schwarzen Ostfriesentee zu, kippte einen ordentlichen Schuss Hafermilch hinein und stellte den Becher auf dem Küchentisch ab. Dann eilte sie die drei Stockwerke hinab zum Briefkasten, um die Tageszeitung zu holen. Auf dem Weg nach oben fiel ihr Blick auf die Schlagzeile: »Tote am Alterlanger See«. Sie überflog den Artikel und wäre fast auf den Stufen nach oben gestolpert, wenn ihr Nachbar, der gerade auf dem Weg nach unten war, sie nicht aufgefangen hätte.

»Sie sollten nicht beim Laufen lesen, Frau Mayfield, schon gar nicht beim Treppensteigen«, rügte er sie mit erhobenem Zeigefinger.

Sie versprach, das nächste Mal besser aufzupassen, und drängte sich an ihm vorbei nach oben. Auf dem Küchentisch breitete sie den Artikel aus, setzte sich und trank einen Schluck Tee. Bei der Toten konnte es sich nur um die Frau handeln, die gestern ins Institut eingeliefert worden war. Die, wegen derer DNS unter den Fingernägeln Mengler ihr die Hölle heißgemacht hatte. Den ganzen Tag war sie damit beschäftigt gewesen, und als sie ihm abends das Ergebnis präsentiert hatte, war er nicht einmal zufrieden gewesen. Angeschnauzt hatte er sie, warum sie nichts Besseres zu bieten habe, dann hatte er sich umgedreht und war gegangen. Als ob sie was dafürkonnte, wen das Opfer vor seinem Tod gekratzt hatte. Was zählte, waren die Spuren. Sie waren unwiderlegbar. Punkt. Sie wollte gerade über ihr Smartphone ihre Nachrichten checken, als das Türschloss knackte. Elenor kam heim.

»Hey, Süße, wie war die Nacht?«, fragte Marie, als Elenor um die Ecke schlich.

»Ich bin todmüde.« Ihre Freundin begrüßte sie mit einem Kuss. »Ein dreijähriger Junge hat sich letzte Nacht mehrmals übergeben nach der OP, seine Mutter war schon völlig verzweifelt. Du hättest ihn sehen sollen, dieses arme Geschöpf, völlig erledigt hing er in den Armen seiner Mutter, aber war so tapfer und hat sich problemlos die Infusion legen lassen. Nach zwei Stunden war der Spuk vorüber, und er ist endlich eingeschlafen.« Sie seufzte, setzte sich ebenfalls und legte ihren Kopf auf den Armen ab.

»Trägst du mich ins Bett, bevor du gehst?«, kam es undeutlich unter ihren Armen hervor.

»Das hättest du wohl gern.« Marie kicherte.

Dann erhob sie sich und setzte den Wasserkocher auf, holte eine Tasse aus dem Schrank und hängte einen Kräuterteebeutel hinein. Sie strich Elenor über ihre glatten braunen Haare, die sie in einem Pferdeschwanz trug, und küsste sie auf die Stirn. Ihre Freundin hob den Kopf wieder, und ihre Augen glänzten verdächtig.

»Weißt du noch, wie ich dir von dem vierjährigen Mädchen erzählt habe, die wegen Leukämie bei uns war?«

Marie nickte, sie konnte sich schon denken, was jetzt kam.

»Sie hat es nicht geschafft, heute Nacht ist sie gestorben. Die letzten Wochen habe ich sie die ganze Zeit betreut, und klar, ich habe gewusst, dass es schlecht aussieht, die Klinik und die Eltern haben einfach keinen Spender für sie finden können, trotzdem hat mich das mitgenommen.«

Marie zählte innerlich bis zehn, gleich würde sie wieder mit dem Thema kommen, sie wusste es. Sie kam nur bis zur Ziffer Drei.

»Weißt du, Marie, das Leben ist so wunderbar und kostbar, wir sollten wirklich ernsthaft darüber nachdenken, ein Baby zu bekommen.«

Jupp, da war es wieder, Maries Lieblings-Hassthema. Sie zog es vor, gar nicht erst darauf einzugehen.

»Wir werden nicht jünger, eine Adoption hier in Deutschland kommt nicht in Frage, aber wir können ein Kind aus einem anderen Land glücklich machen. Oder wir organisieren uns eine Samenspende.«

Der Aspekt war zugegebenermaßen neu. Über die Adoption hatten sie schon öfter gesprochen, ein Punkt, der Elenor immer sehr naheging, war sie doch selbst als Baby zur Adoption freigegeben worden. Ihre leibliche Mutter hatte sie nie kennengelernt. Doch das war jetzt nicht das Thema.

»Eine Samenspende?«, fragte Marie und runzelte die Stirn.

»Ja, ich habe vor Kurzem irgendwo gelesen, dass es möglich ist, sich mittels einer anonymen Samenspende befruchten zu lassen. Ähnlich wie bei einer künstlichen Befruchtung.« Elenor strahlte über das ganze Gesicht.

»Eine Samenspende«, wiederholte Marie und schüttelte den Kopf.

»Was denn? Wieso siehst du das schon wieder so negativ?« Elenor kniff die Augen zusammen.

»Weil das vollkommener Schwachsinn ist. Wer von uns soll denn das Kind bekommen? Du?«

»Ich bin doch schon fast zu alt mit meinen zweiundvierzig Jahren. Aber du könntest es versuchen, schließlich bist du erst neununddreißig. Gerade noch passend, um Mama zu werden.«

»Du hast ja wohl einen Vogel.« Marie tippte sich an die Stirn. »Ich bekomme kein Kind, niemals. Das weißt du, Elenor. Und du weißt auch, warum. Ich will nicht, dass irgendein Kind mit meiner Vorgeschichte belastet wird. Ich bin keine gute Mutter, und ich will auch keine sein.« Mit erhitztem Kopf stapfte sie aus dem Raum. Sie wusste, dass sie ihre Frau gerade zutiefst verletzt hatte und dass sie gleich zu weinen beginnen würde, aber sie konnte nicht anders. Verdammt, sie hatte so viel Mist in ihrem Leben erlebt, so viele Narben davongetragen, sie tat sich doch schon schwer damit, für ihr eigenes Leben Verantwortung zu übernehmen. Und da sollte sie auch noch für einen Säugling sorgen? Das schaffte sie einfach nicht. Und selbst wenn Elenor Elternzeit nehmen und sich um das Kind kümmern würde, könnte sie selbst doch nie eine richtige emotionale Bindung zu dem Kind aufbauen. Dafür stand ihr ihre Vergangenheit zu sehr im Weg. Was, wenn ihrem Kind ein ähnliches Schicksal widerfahren würde wie ihr? Das würde sie nicht überleben. Nein, das funktionierte auf gar keinen Fall. Sie waren doch glücklich und zufrieden gewesen bisher – ohne Kind. Warum wollte Elenor alles ändern? Sie verstand es nicht.

Marie wollte nur noch weg, weg von den Diskussionen, weg von Elenor, sie ertrug das jetzt einfach nicht. Sie schlüpfte im Flur in ihre Schuhe, griff nach ihrer Tasche und den Autoschlüsseln, hörte in der Küche den Wasserkocher pfeifen. Dann war Elenor wenigstens abgelenkt.

»Ich geh dann, wird spät heute Abend«, rief sie durch den Gang und eilte zur Tür hinaus. Sie wusste, dass ihr Verhalten nicht fair war, aber was war schon fair im Leben? Nach der Arbeit würde sie wie jeden Donnerstag ins »Worst Case«, eine Bar am Ende der Endtnerstraße am Aufseßplatz, gehen und sich in aller Ruhe ein Bier gönnen. Oder zwei. Und erst nach Hause kommen, wenn Elenor schon wieder zur Nachtschicht verschwunden war. Das war feige und half niemanden weiter, aber Marie brauchte Zeit für sich, um sich über einiges klarzuwerden. Auch über ihre Beziehung. Das konnte sie nicht mit Elenor.

Sie verließ das Treppenhaus durch die Haustür und marschierte zu ihrem Wagen, der am hinteren Ende der Straße geparkt war. Weiter vorn bei den Bahngleisen ratterte ein langer Güterzug vorbei. Ein paar Schulkinder rannten wild durcheinanderrufend durch die Unterführung Richtung Bahnsteig. Einige Meter vor ihr schob eine hochschwangere Frau mit Kopftuch einen Kinderwagen mit einem etwa zweijährigen Jungen über die Straße. Der Kleine quengelte wegen irgendetwas herum, was die Mutter nicht zu interessieren schien. Überall Kinder, wohin man nur sah. Und Schwangere. Sie seufzte. Vielleicht sollten Elenor und sie mal wieder gemeinsam in den

Urlaub fahren, ausspannen, mal nichts tun, den ganzen Tag lang nur in der Sonne liegen und faulenzen. Maximal ein Buch lesen oder im Meer schwimmen. Der Gedanke daran zauberte ein Lächeln auf ihr Gesicht. Sie konnte bereits die Sonnencreme riechen und die Möwen schreien hören. Morgen würde sie Elenor das vorschlagen. Sie hatten beide dieses Jahr noch reichlich Urlaubstage übrig, es wurde Zeit, zu überlegen, wo sie hinfahren wollten.

Fast schon beschwingt lief sie weiter, als ihr ein Mann am gegenüberliegenden Gehsteig auffiel. Er hatte trotz der warmen Temperaturen heute früh eine dicke Sweatjacke an, die Kapuze tief über die Augen gezogen, dazu eine Sonnenbrille auf der Nase. Unmöglich, sein Gesicht zu erkennen. Trotzdem fühlte Marie, dass er sie beobachtete. Schnell drehte sie sich weg von dem Typen und beschleunigte ihre Schritte. Was wollte der Kerl von ihr? Die Südstadt war kein harmloses Pflaster, als Frau musste man sich auf einiges gefasst machen und durfte nicht zimperlich sein. Wenn der glaubte, er hätte in ihr ein einfaches Opfer, dann hatte er sich getäuscht. Kurz entschlossen drehte Marie sich zu dem Fremden um, trat auf die Straße und rief: »Hey!«

Doch da war niemand mehr. Der Mann war wie vom Erdboden verschluckt. Nachdenklich eilte sie die wenigen Schritte bis zu ihrem Auto, stieg ein und startete den Motor. Während sie Richtung Autobahn fuhr, ging ihr die Begegnung nicht mehr aus dem Kopf. Vielleicht hatte der Typ die Gegend ausgekundschaftet, als Vorbote für eine Aktion. Sie beschloss, in Zukunft ihre Augen offen zu halten. Wenn der Kerl wieder auftauchte, würde sie ihn nicht so leicht entwischen lassen.

Donnerstag, 8:00 Uhr

Gerade noch rechtzeitig huschte Marie ins Institut. Ein morgendlicher Stau auf der A 73 hatte sie wertvolle Minuten gekostet, dann waren natürlich wieder alle Parkplätze belegt gewesen, erst am hinteren Klinikparkplatz fand sie einen. Da war es bereits zehn vor acht, also war ein Spurt angesagt. Immer noch nach Luft ringend hängte sie ihre Tasche in ihren Schrank und trottete Richtung Kaffeeküche. Zwar übte sie dreimal die Woche Yoga, aber an Ausdauer fehlte es ihr. Sie hatte keine Lust, in der Innenstadt Nürnbergs laufen zu gehen, und sich extra noch einmal auf das Rad zu schwingen und in den nächsten Park zu fahren, dafür war sie zu faul. Und das Fitnessstudio war der letzte Ort, an dem sie freiwillig auftauchen würde. Da starrten sie nur wieder alle an. Das konnte sie nicht leiden.

Marie zog sich einen doppelten Espresso am Kaffeevollautomaten und nahm ihn mit in ihr Labor. Nachdem sie ihn auf ihrem Schreibtisch abgestellt hatte, schlüpfte sie in ihren weißen Kittel und ließ sich auf dem Drehstuhl nieder. Im Eingangskorb lag eine neue Fallakte, zwei weitere lagen bereits auf dem Tisch. Eine davon war die von Delphine Otto, der Toten aus dem Alterlanger See. Bei Weitem das interessanteste Opfer zurzeit. Die anderen beiden waren DNS-Gutachten von einem Raubüberfall und einem Einbruch. Die passend markierten Kisten mit den Beweisstücken standen neben der Tür auf einem separaten Tisch.

Marie schlug die Akte der Seeleiche auf. Die Spurensicherung hatte allerhand aufgesammelt vor Ort: ein Bonbonpapier, mehrere Kaugummis, eine Bananenschale, zwei Pflaster, ein ziemlich mitgenommenes Kuscheltier, drei Bierflaschen, sechs Kronkorken, ein rostiges Feuerzeug, eine Zigarettenschachtel, mehrere Kippen, einen zerrissenen Einkaufszettel, einen Coffee-to-go-Becher, einen Knopf, drei Fliegen aus dem Angelbedarf, genau wie einige Haken und insgesamt zwei Euro dreiunddreißig.

Die DNS-Analyse der Haut unter den Fingernägeln der Toten lag ja bereits seit gestern vor, demnach stammte sie von dem Freund des Opfers, dem Kriminalhauptkommissar Clemens Sartorius, momentan vom Dienst suspendiert. Aber er hatte die Leiche am See gefunden, zumindest war er mit der Toten dort aufgegriffen worden. Sowohl sein Blut als auch seine Fingerabdrücke waren an ihrem Oberkörper zu finden, außerdem die Haare des Opfers auf seiner Kleidung. Also mutmaßlich die Haare des Opfers. Das musste erst noch überprüft werden.

Marie griff sich ein Haar aus dem Beutel und sezierte die Haarwurzel, um an die DNS in den Zellkernen zu gelangen. Danach verfrachtete sie die isolierte DNS in ihre Maschinen, um ein DNS-Profil zu erstellen. Auf die gleiche Weise verfuhr sie mit den Proben aus den beiden anderen Fallakten. Während die Prozesse abliefen, widmete sie sich wieder der Toten im See.

Die Fingerabdrücke des Kommissars hatte sie gestern bereits identifiziert, was eine Leichtigkeit war, da alle Abdrücke der Beamten im System waren. Die Spurensicherung hatte sie sowohl in der Wohnung der Toten als auch in deren Praxis gefunden. Vermutlich weil er dort ein und aus gegangen war. Das zog nicht einmal als Hinweis. Im Grunde genommen war es auch nicht verwunderlich, dass die DNS und die Fingerabdrücke des Kommissars auf dem Körper der Toten gefunden worden waren, schließlich hatte er sie aus dem See gezogen. Dass dabei auch einige Haare auf seiner Kleidung verewigt worden waren, war normal. Abgesehen davon, dass die Haare bereits vorher schon dort gewesen sein konnten, immerhin waren die beiden liiert. Gewesen.

Die Endgültigkeit des Todes bereitete Marie trotz aller Professionalität manchmal Schwierigkeiten. Sie durfte die Geschichten der Toten nicht zu nahe an sich herankommen lassen, daher war sie ganz dankbar, dass sie selten direkt am Leichnam zu tun hatte und mehr mit den Spuren vor Ort konfrontiert wurde. Wobei es nicht ungewöhnlich war, Insekten von einer Leiche zu konservieren.

Seufzend überlegte sie weiter. Wenn auch die genannten Spuren keinen Hinweis auf Sartorius als Täter erlaubten, so sah das bei der DNS unter den Fingernägeln ganz anders aus. Wenn sich seine Freundin gegen ihn gewehrt hätte, würden die Beamten Spuren davon auf seinem Körper finden. Und das war relativ eindeutig und galt als Beweis.

Marie schrieb in ihren Bericht, dass die verdächtige Person auf Kratzspuren am Körper untersucht werden müsse, vielleicht finde sich noch die DNS des Opfers in den Wunden. Außerdem benötigte sie einen richterlichen Beschluss, damit sie die Abstriche nehmen durfte. Normalerweise beantragte diesen der ermittelnde Kommissar, früher eben besagter Kriminalhauptkommissar Sartorius, jetzt Kriminaloberkommissarin Eisenstein. Aber so wie es aussah, war auch die inzwischen von dem Fall abgezogen worden, und sie musste sich wohl oder übel an die Beamten des BLKA wenden.

In der Akte war noch die Rede von Autoreifenabdrücken. Die Spurensicherung hatte versucht, einen Gipsabdruck zu erstellen, aber die Spuren waren nicht tief genug gewesen, um ein brauchbares Bild zu erschaffen. Marie suchte sich die passenden Fotos der Abdrücke und scannte sie ein. Mal sehen, ob sie in der Lage war, zumindest die Suche nach der Automarke einzugrenzen. Bis zu dem Zeitpunkt des Mordes war in der Gegend kaum Regen gefallen, was dazu führte, dass der Boden wie auch die Sand-Kies-Wege trocken und staubig waren. Wenn dort jemand geparkt hatte, prägte sich der Abdruck der Reifen nicht stark ein. Anders sah es aus, wenn der Boden feucht war. Aber sie würde das Bestmögliche aus den Fotos herausholen. Marie spielte mit ihrem Computerprogramm herum, gestaltete einen digitalen Abdruck der Spur und ließ ihn durch eine Suchmaschine laufen.

Wieder betrachtete sie die vielen Fundstücke vom Seeufer. Der Alterlanger See war ein beliebter Ausflugsort, Angler gab es dort vor allem an den Wochenenden zuhauf, ein Kinderspielplatz lag direkt daneben, Pärchen trafen sich dort, um den Sonnenuntergang zu betrachten, Spaziergänger, Hundebesitzer und Jogger bevölkerten das Ufer. Die Spuren konnten überall und nirgends hinführen. Marie würde zuerst die wirklich relevanten davon auswerten, bevor sie sich an die anderen wagte. Wobei ja nicht einmal gesagt war, dass die Reifenspuren in einem Zusammenhang mit dem Mord standen. Dann fiel ihr etwas ein. Schnell zog sie den Ordner zu sich heran und blätterte in ihm herum. Gab es denn keine Schleifspuren? Irgendwie musste die Leiche doch ins Wasser gelangt sein. Aber im gesamten Protokoll fand sich nichts. Seltsam. Fußspuren gab es, hauptsächlich von Gummistiefeln, am direkt zugänglichen Ufer. Vermutlich von Anglern. Den einen Abdruck, der vielleicht auf den Mörder hinwies, zu identifizieren, würde schwierig werden.

Gegen Feierabend piepste der Computer auf. Marie las das Protokoll der Analyse des Reifenabdrucks. War ja klar, eine Zuordnung war nicht möglich. Einzig die Tatsache, dass es sich anhand der Reifengröße und der Tiefe des Abdrucks um einen leichteren Kleinwagen handeln musste. Doch das reichte nicht für eine Suchmeldung.

Die DNS-Spuren lagen mittlerweile ebenfalls vor. Die Haare stammten tatsächlich von Delphine Otto, wie bereits vermutet. Das war zwar ein weiterer Hinweis, aber kein Beweis dafür, dass der suspendierte Kommissar hinter dem Mord steckte. Marie vervollständigte ihren Bericht und schickte ihn per Mail sowohl an die Beamten des BLKA als auch an Professor Mengler.

Momentan sprachen alle Hinweise dafür, dass der suspendierte Kommissar der Täter war. Mit einem Abstrich der Kratzwunden könnte daraus ein hieb- und stichfester Beweis werden. Mord aus Eifersucht war nicht gerade ein seltenes Motiv. Aber das war nicht ihre Baustelle, darum mussten sich die Ermittler kümmern. Sie lieferte nur die Fakten. Was im Endeffekt mit diesen dann geschah oder wie sie kombiniert wurden, das lag außerhalb ihrer Zuständigkeit. Zwar interessierte es sie schon, was dabei herauskam, nur wurde sie im seltensten Fall davon unterrichtet. Wahrscheinlich wussten die auf der Dienststelle nicht einmal, wer sie war.

Marie räumte ihren Arbeitsplatz auf, brachte ihre Kaffeetasse in die Küche und stellte sie in den Geschirrspüler, der natürlich wieder voll war. Wieso dachte eigentlich niemand daran, dass man das Gerät auch anschmeißen konnte? Sie riss mit einer demonstrativen Geste die Arme nach oben, dann suchte sie einen Tab und steckte ihn in die vorgesehene Klappe, knallte die Tür zu und stellte die Maschine an. Sie wettete bereits, dass morgen, wenn sie wieder hier erschien, niemand sich erbarmt hatte, die Maschine auszuräumen – ein immerwährender, leidiger Kreislauf.

Wenige Minuten später verließ sie das Gebäude und stiefelte Richtung Parkplatz. Am Theaterplatz glaubte sie kurz, aus den Augenwinkeln die Gestalt von heute Morgen zu erkennen, zumindest kam ihr der Kapuzenpullover verdächtig bekannt vor. Abgesehen davon, dass sie um diese Uhrzeit, es war gerade halb fünf durch, allein durch langsames Laufen ins Schwitzen geriet. Dabei trug sie nur ein T-Shirt ohne Jacke, da fiel jemand mit Hoodie doch gleich doppelt auf. Ein Schauer lief ihr über den Rücken, und die feinen Härchen in ihrem Nacken stellten sich auf. Sie drehte sich zu der Stelle um, an welcher sie den Unbekannten vermutete, aber dort liefen nur zwei gackernde Teenager Hand in Hand auf dem Weg in die Innenstadt.

Wurde sie etwa paranoid? Sah sie jetzt überall Männer in Kapuzenpullis? Und selbst wenn, dann hieß das doch noch lange nicht, dass ihr jemand an den Kragen wollte. Weswegen denn? Sie hatte niemandem etwas getan, war weder reich, noch verfügte sie über Informationen, die etwas wert waren. Wahrscheinlich war sie einfach nur gestresst und überarbeitet. Vor allen Dingen genervt von dem ewigen Baby-Thema. Trotzdem ließ sich die Angst nicht abschütteln, sie begleitete sie bis zum Auto, und Marie atmete erst auf, als sie am Steuer sitzend die Türen von innen verschloss. Sie startete den Motor ihres alten

Opel Corsa und beschloss, sofort wenn sie zu Hause war, ins
»Worst Case« zu gehen. Um nichts in der Welt wollte sie jetzt
alleine in der Wohnung bleiben. Konstantin Schröder, der Inhaber der Kneipe, liebevoll Schrödi genannt, würde sie schon
wieder aufpäppeln. Als sie auf die A 73 Richtung Nürnberg
auffuhr, schlug ihr Herz bereits ruhiger.

Es tutete zweimal, dann nahm Cora das Gespräch an.

»Clemens?«, fragte sie leise.

»Woher weißt du das?« Er runzelte die Stirn.

»Wer soll mich denn sonst auf dem ollen Ding anrufen? Deswegen habe ich dir doch die Nummer gegeben, weil ich diese Prepaid-SIM seit Jahren nicht mehr genutzt habe. Ein Wunder, dass sie überhaupt noch funktioniert.«

Es ratterte laut, als ein vorbeifahrender Zug Clemens' ICE passierte.

»Wo bist du? Das ist ja furchtbar laut bei dir«, meinte Cora.

»Ich sitze im ICE von München nach Nürnberg.« Clemens hielt sich das Handy vorsichtshalber einen halben Meter vom Ohr weg, denn er konnte sich schon denken, was gleich kommen würde. Er hatte sich ein fast leeres Abteil gesucht, was um diese Uhrzeit kein Problem war, denn die Berufspendler waren schon alle zu Hause, und die Ferienzeit hatte noch nicht begonnen. Zumindest nicht in Bayern und Baden-Württemberg. Dementsprechend waren unter der Woche um diese Uhrzeit nicht viele Fahrgäste zu erwarten.

»Sag, dass das nicht wahr ist!«, tobte sie auch prompt los. »Ich warne dich extra vor, dass du demnächst von aller Welt gesucht wirst, und du hast nichts Besseres zu tun, als ausgerechnet einen Ausflug in die Hauptstadt zu machen? Geht's dir noch gut?«

Clemens rückte das Telefon wieder an sein Ohr. »Immer mit der Ruhe, Cora. Ich war nicht in München, ich bin dort nur umgestiegen. Mein Ziel war der Tegernsee.« Er hörte sie schnauben. »Ich muss herausfinden, was das alles mit mir und meiner Schwester zu tun hat, verstehst du das nicht?« Es herrschte kurz Stille am anderen Ende. Dann meldete sich Cora wieder zu Wort.

»Ich verstehe das, aber glaub mir, die Zeit, selbst zu ermitteln, ist gerade denkbar schlecht.« Sie holte tief Luft, was er deutlich hören konnte. »Ich habe versucht, die Ergebnisse der DNS-Probe unter Delphines Fingernägeln so lange wie möglich zurückzuhalten, aber die Staatsanwaltschaft hat gedrängelt, sodass ich dann letzten Endes doch damit rausrücken musste. Schließlich wollte ich Mengler auch nicht mit reinreiten, er hatte mir ja die Ergebnisse zur Weiterleitung anvertraut. Vor zwei Stunden ging der Bericht per Mail raus, damit bleibt dir vielleicht noch eine halbe Stunde Zeit oder so, bis der Haftbefehl rausgeht.« Sie seufzte. »Dann werden Frau Meierhuber und Herr Groner vom BLKA gebeten, dich zu holen. Was sie mit Sicherheit zur vollsten Zufriedenheit von Hackebeil erledigen werden. Zumindest, wenn sie dich finden. Ich kann jetzt nichts mehr für dich tun. Das weißt du doch, oder?«

Dessen war sich Clemens bewusst.

»Gehen wir einfach vom besten Szenario aus, nämlich dass ich zumindest auf irgendwelchen Wegen Kenntnis vom jeweiligen Stand der Ermittlungen erhalte«, fuhr sie fort. »Wenn sie dich zu Hause nicht antreffen, werden sie eine Fahndung einleiten, im schlechtesten Fall ist es in zwei Stunden so weit. Hängt davon ab, wie sehr unser Staatsanwalt an den Fakten interessiert ist. Vielleicht sitzt er auch schon zu Hause bei Frau und Kind, und es ist ihm völlig egal, ob heute noch was per Mail kommt, weil er Feierabend hat.«

»Ja, deshalb hat er auch so auf den Nachweis gedrängt.«

»Jetzt sei doch nicht so zynisch! Der hat schließlich auch Familie. Und irgendwo hab ich mal gelesen, dass das Vorrang hat. Quality Time und so.«

»Da sieht man mal wieder, dass du keine Ahnung von Familienleben hast.«

»Aber du«, konterte Cora.

Was Clemens zu einem Schmunzeln verleitete. »Hast recht«, gab er zu. »Aber was mich viel mehr interessiert, wie kam der Staatsanwalt eigentlich darauf, nach dem DNS-Nachweis zu fragen? Ich meine, im Endeffekt, ohne euren Bericht, hätte er doch gar keinen Anlass dazu gehabt, das Ganze zu forcieren. Weil helfen wollte der mir mit dem Ergebnis bestimmt nicht.« Clemens spielte auf sein schlechtes Verhältnis zum Staatsanwalt an, der schließlich dafür verantwortlich war, dass Clemens suspendiert worden war.

Cora seufzte erneut. »Vielleicht hat er dich auf dem Kieker. Oder es kam ihm seltsam vor, dass ausgerechnet du deine Freundin im See findest. Was weiß denn ich.«

Clemens trommelte mit den Fingern der anderen Hand auf der Armablage des Sitzes. Das war alles so verworren.

»Jetzt erzähl mal, hat sich dein Ausflug an den Tegernsee wenigstens gelohnt?«

Clemens erzählte ihr von dem Gespräch mit Rudi und dass dieser seine Beobachtungen damals auch der Polizei mitgeteilt, dass ihn aber keiner ernst genommen hatte. Zwischendurch kramte er das Ladekabel hervor, weil er bei einem raschen Blick auf sein Telefon feststellte, dass er nur noch fünf Prozent Akkuleistung hatte. Während Cora in Hannahs Fallakte, die sie sich über die Online-Datenbank besorgt hatte, nachlas, verband er sein Handy mit der USB-Buchse des Zuges und konzentrierte sich wieder auf das Gespräch.

»Tatsächlich«, meinte sie. »Hier ist die Aussage eines Rudi Eschbach, datiert auf den 12. August 1996. Entspricht im Wortlaut ungefähr dem, was du mir gerade erzählt hast. Warum kennst du eigentlich die Fallakte nicht? Es wäre doch ein Leichtes gewesen, sie anzufordern.«

»Was hätte mir das denn bringen sollen? Es gab keine Erkenntnisse, und mit welcher Begründung hätte ich denn den Fall bearbeiten sollen? Weil ich betroffen bin? Dann hätte mir doch jeder den Fall sofort wieder entzogen. Außerdem wollte ich nach diesem Ermittlungsdesaster einfach nur noch abschließen. Kannst du das nicht verstehen?« Clemens seufzte und drehte den Kopf von links nach rechts. Es knackte vernehmlich in seiner Halswirbelsäule.

»Ich verstehe das, aber irgendwie auch nicht. Du hättest doch viel früher von dieser Aussage wissen können.«

»Hätte, hätte, habe ich aber nicht. Punkt. Viel wichtiger ist doch im Moment, warum die Tegernseer Kollegen dem nicht nachgegangen sind.« Clemens rieb sich die Nase. Weiter hinten sah er die Schaffnerin auf sich zukommen. Er kramte nach seinem Ticket.

»Die haben nach dem Mann gesucht, ihn aber nicht gefunden, steht hier.«

»Aber dann hätten sie doch ein Phantombild erstellen können und ihn zur Fahndung ausschreiben.« Die Schaffnerin trat an Clemens heran, und er zeigte ihr seine Fahrkarte. Sie entwertete sie und wünschte ihm einen schönen Abend.

»Wer war das denn?«, fragte Cora.

»Die Kontrolleurin. Keine Sorge, ich flirte hier nicht nebenbei.« Dann wurde ihm bewusst, wie falsch das gerade geklungen hatte. Nicht nur falsch, vollkommen fehl am Platz.

»Entschuldige bitte. Das war nicht angemessen.«

»Ist schon in Ordnung. Wir sind alle etwas durch den Wind. Dieser Vorfall hat uns den letzten Rest Normalität geraubt.«

Eine Weile lauschte er nur dem Rauschen des Zuges.

»Zurück zur Akte«, griff Cora den Faden wieder auf. »Ich vermute mal, die Suche nach dem Unbekannten ist schlichtweg untergegangen, weil sie dann so sehr damit beschäftigt waren, Hunderte von DNS-Profilen zu erstellen und zu vergleichen. Dazu die vielen Hinweise aus der Bevölkerung, die sich alle als nicht den Fall betreffend oder irrelevant herausstellten. Da war die Aussage deines Freundes nur eine von vielen, die sie vermutlich als nicht so wichtig abgespeichert haben.«

»Nicht so wichtig.« Clemens schnaubte. »Die haben ihre Arbeit nicht ordentlich gemacht! Wenn ich damals schon Kommissar gewesen wäre ...« Er redete nicht weiter. Es war müßig, darüber zu philosophieren. Es war Vergangenheit, und die konnte er nicht mehr ändern. Er konnte nur das Heute beeinflussen.

»Es muss furchtbar für dich sein, zu wissen, dass der vielleicht einzige mutmaßliche Täter damals einfach durch die Lappen gehen konnte. Aber wir werden uns dahinterklemmen und schauen, ob wir noch irgendjemanden finden können, der sich an diesen Kerl erinnert. Das kann mir das BLKA schließlich nicht verbieten. Aber große Hoffnung mache ich mir da ehrlicherweise nicht.«

»Ich auch nicht. Das ist so lange her. Wer erinnert sich denn noch, wenn er keinen persönlichen Bezug zu dem Mann hatte? Offenbar hat er gar nicht dort gelebt, war nur als Gast am Tegernsee. Wenn überhaupt, könnten wir Glück haben, falls er dort einen Job hatte oder in Ausbildung war und dann von einem Tag auf den anderen nicht mehr aufkreuzte. Daran könnte sich jemand erinnern.« Clemens biss sich auf die Unterlippe. »Aber wenn ich ehrlich bin, glaube ich das nicht, denn im Zuge der ganzen Ermittlung wäre so ein Verhalten, also einfach nicht mehr zu erscheinen, doch zur Sprache gekommen. Das hätte irgendwie seinen Weg zur Polizei gefunden.«

Die Lautsprecherstimme des Zuges verkündete, dass der nächste Halt, Nürnberg Hauptbahnhof, in wenigen Minuten erreicht werde.

»Wir bedanken uns, dass Sie mit der Deutschen Bahn gefahren sind, und freuen uns, Sie bald wieder hier an Bord begrüßen zu dürfen. *Thank you for travelling with Deutsche Bahn.*«

»Du, ich bin gleich in Nürnberg, ich melde mich dann wieder«, verabschiedete er sich von Cora.

»Und bitte, tu mir den Gefallen, bleib in der Wohnung. Keine Alleingänge mehr, hörst du? Ab jetzt bist du ein gesuchter Mann, Meierhuber und Groner vom BLKA sind gerade los. Ich habe eben die Mitteilung von Cento erhalten, der ist noch in der Dienststelle.«

»Solange die kein Kopfgeld auf mich ausgesetzt haben.«

»Darüber macht man keine Witze.«

»Worüber soll ich denn sonst Witze machen? Es ist mir durchaus bewusst, dass meine Situation momentan nicht zum Lachen ist.« Clemens erhob sich von seinem Platz und marschierte durch den Gang Richtung Zugtür. An den Fenstern rollten bereits die ersten Rangiergleise des Bahnhofs vorbei.

»Na gut. Aber pass auf dich auf, versprichst du mir das?«

»Aber immer doch, Mylady. Du weißt doch, dass ich dich nie verärgern würde.«

»Du mich auch«, sagte sie mit einem Lachen in der Stimme und legte auf.

Clemens packte das Handy in die Hosentasche und reihte sich in die Menschenmenge zum Aussteigen ein. Am Treppenabgang nahm er den Ausgang entgegengesetzt zum Bahnhofsgebäude. Zwei Polizisten in Uniform kamen ihm entgegen, aber sie würdigten ihn keines Blickes. Warum sollten sie auch, schalt er sich. Noch war er nicht zur Fahndung ausgeschrieben, erst wenn die BLKA-Leute ihn nicht auffänden, ginge das Versteckspiel richtig los.

In der Wohnung machte er sich einen Tee und schmierte sich ein Käsebrot. Klaus hatte ihm ein altes Fernsehgerät überlassen, welches er jetzt anstellte. Es war Viertel nach neun, und im BR-Kanal lief gerade ein »Tatort« aus Franken. Clemens überlegte kurz: Wenn er tatsächlich zur Fahndung ausgeschrieben würde, dann würde die Nachricht vermutlich um einundzwanzig Uhr fünfundvierzig im »Rundschau Magazin« erwähnt werden. Er glaubte nicht, dass er so wichtig war, dass sein Konterfei es bis in die »ARD Tagesthemen« schaffte. Überregional würden sie ihn wohl nicht gleich suchen. Hoffte er. Er beschloss, den »Tatort« zu Ende zu schauen und auf die »Rundschau« zu warten.

Während der letzten halben Stunde des Krimis war er auf dem Sofa fast eingenickt, die schlaflose Nacht forderte ihren Tribut. Er würde heute etwas früher ins Bett gehen, gleich nach der Rundschau. Wie erwartet lächelte die Sprecherin nett vom Bildschirm und verkündete, dass die Bevölkerung um Mithilfe gebeten werde, den suspendierten Kriminalhauptkommissar Clemens Sartorius aus Erlangen zu finden. Danach folgte eine Beschreibung seiner Person, ein Foto und der Satz, dass sachdienliche Hinweise bei jeder Polizeidienststelle abgegeben werden könnten. Clemens schüttelte den Kopf, als er das Foto sah. Das hatte bestimmt Cora aus irgendeinem finsteren Versteck ausgegraben, so wie er darauf aussah. Mindestens zehn Jahre jünger, außerdem eine andere Frisur und das Profil eher von der Seite als von vorn. Er hätte sich selbst kaum erkannt, wenn er sich anhand dieses Bildes hätte identifizieren müssen. Insgeheim klopfte er Cora dafür auf die Schulter. Er wusste, er konnte sich immer und zu jeder Zeit zu einhundert Prozent auf sie verlassen.

Die Türklingel schellte, und Clemens fuhr zusammen. Keiner außer Klaus und Cora wusste, dass er hier war. Und Klaus besaß einen Schlüssel, abgesehen davon, dass beide vor einem Besuch anrufen würden. Wer also läutete hier? Mit einem Mal wurde ihm eiskalt. Was, wenn sie ihn bereits entdeckt hatten, wenn ihm Beamte vom Bahnhof aus gefolgt waren? So ein Unsinn, natürlich war ihm keiner gefolgt, zu dem Zeitpunkt war er noch nicht einmal gesucht worden. Vielleicht war es irgendjemand, der wie er vorgestern einfach alle Klingeln drückte, um eingelassen zu werden. Das klang einleuchtend. In dem Fall würde er es ignorieren. Doch die Klingel läutete Sturm. Vier- oder fünfmal hintereinander. Das war niemand, der nur durch die Haustür eingelassen werden wollte, dieser Jemand wollte zu ihm.

Kalter Schweiß stand Clemens auf der Stirn, als er zu seiner Wohnungstür schlich. In die Tür war ein Türspion eingelassen. Clemens linste durch die Öffnung, aber dort draußen war niemand, zumindest konnte er keine Person erkennen. Und wenn sich jemand hinter dem Mauervorsprung versteckt hatte und nur darauf wartete, dass er die Tür öffnete, um ihn dann zu überwältigen? Sein Herz pochte bis zum Hals. Doch so leicht gab er sich nicht geschlagen, schließlich war er Kriminalhauptkommissar, einer von den Guten! Er wollte gerade zurück in die Küche sprinten und sich mit einem Topf bewaffnen, als er bemerkte, dass unter dem Türspalt ein zusammengefaltetes Blatt Papier klemmte. Er rannte zum Fenster, sah hinunter zur Straße, ob jemand die Treppe hinab über den Ausgang geflüchtet war, aber auch dort war keiner. Dann öffnete er vorsichtig die Tür, sah sich nach allen Seiten um. Niemand zu sehen. Bei dem Versuch, das Papier aufzuheben, zitterten seine Finger so sehr, dass es erst einmal über den Flur davonsegelte. Hastig schaute er rechts und links, ob nicht doch irgendwo jemand in einem Hinterhalt auf ihn wartete. Er griff nach dem Papier, und die Tür fiel mit einem lauten Knall ins Schloss. Wenn er nicht aufpasste, klopfte gleich noch ein Nachbar an, um sich wegen nächtlicher Ruhestörung zu beschweren.

Doch nichts geschah. Clemens wischte sich mit dem Arm den Schweiß von der Stirn und faltete das Blatt Papier auf. Es handelte sich um normales Druckerpapier, soweit Clemens das beurteilen konnte, und war wohl mit einem Standard-Tintenstrahldrucker bedruckt worden: »Kommen Sie um dreiundzwanzig Uhr ins ›Worst Case‹, wenn Sie Antworten haben wollen. Wenden Sie sich vorne rechts an der Bar an Miss Cool, schwarze Haare, schwarze Kleidung, Gothic Style, Nasenpiercing.«

Sein Atem beschleunigte sich erneut. Wie sollte er darauf reagieren? Es gab so viele Fragen, allen voran die nach dem Verfasser dieses Zettels. Wer zur Hölle war das, und woher wusste er, dass Clemens sich hier in dieser Wohnung aufhielt? Hatte ihn doch jemand verfolgt? Seit wann? Und warum war es ihm nicht aufgefallen? Zumindest war ihm das »Worst Case« ein Begriff, er war vorhin auf dem Heimweg vom Bahnhof daran vorbeigelaufen. Eine Kneipe am Aufseßplatz, eher so was Uriges, mit Livemusik. Aber war es wirklich ratsam, ausgerechnet jetzt dorthin zu gehen, wenn er bereits zur Fahndung ausgeschrieben war? Und wer zum Geier war diese »Miss Cool«?

Nichtsdestotrotz beschloss er, es zu riskieren. Er brauchte dringend weitere Informationen, und vielleicht war das seine Chance. Und wenn nicht? Was, wenn das eine Falle war? Clemens raufte sich die Haare und ging ein paarmal im Zimmer auf und ab. Er konnte diesen Einwand seines Gewissens nicht einfach so von der Hand weisen. Im dümmsten Fall könnte er heute Abend noch verhaftet werden. Aber im besten Fall erhielt er Antworten auf seine Fragen, was möglicherweise dazu führte, dass er sich nicht länger verstecken musste. Denn es war bestimmt nicht sein Ziel, sich auf Dauer als Geächteter in einer Zwei-Zimmer-Wohnung zu verbergen. Immer auf der Flucht. Nein, eher lieferte er sich freiwillig der Polizei aus, als dieses Leben seine Zukunft zu nennen. Er vertraute auf die Gerechtigkeit, auf faire, solide Polizeiarbeit. Alles würde ans Licht kommen, die ganze Wahrheit, und die würde ihn entlasten. Auch wenn es momentan nicht danach aussah und er deswegen gezwungen war, unterzutauchen. Irgendwann mussten die Beweise für ihn sprechen. Hoffentlich.

Halb elf. Viel Zeit blieb ihm nicht mehr, um zu überlegen. Sollte er Cora darüber informieren? Er lachte laut auf, klar, sie wäre davon bestimmt begeistert und käme gleich höchstpersönlich vorbei, um ihm Handschellen anzulegen, weil er sich nicht an ihre Anweisungen gehalten hatte. Nein, besser, sie bekam davon nichts mit. Oder wenn, dann erst hinterher, wenn alles vorbei war. Klaus? Auch keine gute Idee, schließlich wollte er seinen Freund nicht mit in die Sache hineinziehen. Er hatte schon genug für Clemens getan, indem er ihn hier in der Wohnung untergebracht hatte. Er würde das alleine durchziehen. Und wenn es schiefging, ging er wenigstens auch nur alleine unter, ohne einen Unschuldigen mitzuziehen. Ohne weiter nachzudenken, zog er sich eine Jacke über, das Basecap auf den Kopf und griff zur Sonnenbrille. Allerdings verwarf er den Gedanken sofort wieder. Draußen war es bereits dunkel, in der Kneipe vermutlich auch schummerig, die Brille fiel dort eher auf, anstatt ihn zu schützen. Und anhand des Fahndungsfotos sollte ihn sowieso keiner erkennen. Er packte den Schlüssel in seine Tasche und verließ das Haus. Allerdings nicht, ohne vorher gewissenhaft abzuschließen. Sicher war sicher.

»Gibst du mir auch eins?«, fragte Marie Schrödi, den Barkee-per und Inhaber des »Worst Case«, und deutete auf eine leere Bierflasche am Tresen.
»Ein Rotbier? Klar doch, für meinen Liebling doch immer. Ich bring es dir gleich«, antwortete Schrödi und griff in den Kühlschrank, um eine weitere Flasche Schanzenbräu heraus-zuangeln, wobei die Tattoos auf seinen Armen aufleuchteten. Wie üblich trug er nur ein Muscle-Shirt über seinem trainierten Oberkörper, was die Augen einiger Gäste zum Glühen brachte. Er öffnete die Flasche, stellte sie vor Marie ab und deutete dabei auffordernd auf seine rechte Wange. Marie lachte und drückte ihm einen satten Schmatzer darauf. Er schüttelte sich wohlig, und sein Compagnon, Moritz Kellner, Mo genannt, rollte mit den Augen.

»Gehst du mir schon wieder fremd, Herzilein?«, fragte er mit hoher Stimme und zog die Nase hoch. Schrödi lächelte nur und strich ihm über die Wange.

»Du weißt doch, Hasi, ich gehör nur dir. Aber mit der Marie musst du leben, die ist meine Herzensfreundin.«

Mo lachte. »Weiß ich doch.« Er winkte ab und warf Marie eine Kusshand zu. »Du weißt fei schon, wie ich's meine, net wahr, Marie?«

Marie prostete ihm zu und grinste. Sie liebte diesen Schup-pen über alles, er war gewissermaßen ihr zweites Wohnzim-mer und Schrödi mit seinen fünfundfünfzig Jahren ihre selbst ernannte Vaterfigur. Auf ihn konnte sie sich verlassen. Wann immer es nötig war, hatte er ein offenes Ohr für sie. Und seine Beziehung zu Mo währte jetzt bereits zwölf Jahre. Obwohl Mo fast ebenso viele Jahre jünger war als Schrödi. Die beiden waren einfach füreinander geschaffen.

Als Marie zusammen mit Elenor vor vier Jahren nach Nürn-berg gezogen war, hatte sie das »Worst Case« per Zufall entdeckt. Damals dachte sie, ein Ort, der so hieß, wie sie sich zu diesem Zeitpunkt gerade fühlte, war ein Wink des Schicksals. An diesem Abend hatte sie sich an der Bar systematisch hingerichtet. Elenor und sie hatten ihren ersten Streit, natürlich ging es um den Kinderwunsch. Und Elenor hatte Marie vorgeworfen, dass sie es nicht ehrlich mit ihr meine, wenn sie ihr diesen Herzenswunsch abschlage. Marie war fassungslos gewesen. Nie im Leben hatte sie so eine Ungerechtigkeit von Elenor erwartet. Trotzdem fühlte sie sich wie ausgekotzt, hatte ein schlechtes Gewissen, obwohl sie gar nicht genau sagen konnte, weshalb. Sie hatte doch nichts falsch gemacht. Aber sie wollte Elenor auch nicht verlieren. Die Zwickmühle schnürte ihr die Luft ab, und sie sah nur noch schwarz. Schwarz, wenn sie sich nicht Elenors Wünschen beugte und diese sie verließ, ebenso schwarz, wenn sie sich selbst und ihre Träume verriet und ihrer Freundin zuliebe Mutter wurde.

Schrödi hatte ihr damals den Alkohol entzogen und gefragt, was eigentlich mit ihr los wäre. Aus irgendeinem unerfindlichen Grund hatte sie ihm alles erzählt, obwohl sie sonst nur sehr schwer Zugang zu anderen Menschen fand. Sie vertraute diesem bärenähnlichen Typ mit den wenigen grauen Haaren und den verwaschenen Jeans mit Hosenträgern. Er hatte ihr zugehört, den ganzen Abend. Mo hatte den Laden alleine schmeißen müssen, aber er spürte wohl instinktiv, dass sein Freund eine wichtige Aufgabe zu erledigen hatte. Schrödi kochte ihr einen starken Kaffee und riet ihr, ehrlich mit Elenor zu sein, ihr alles so zu erzählen, wie sie es gerade eben ihm erzählt hatte. Wenn sie sie wirklich liebte, dann würde sie verstehen. Und wenn nicht, sollte sie sie zum Teufel scheren. Marie hatte schwer geschluckt, nicht nur wegen des heißen Kaffees, aber sie musste ihm insgeheim recht geben.

An diesem Abend nahm sie ihren ganzen Mut zusammen und redete mit Elenor über ihre Beziehung, ihre Ängste und Sorgen, aber auch über Elenors Kinderwunsch. Es war ein sehr gutes Gespräch, Elenor entschuldigte sich bei Marie, dass sie sie so hart angegangen hatte. Aber sie machte auch deutlich, dass es dennoch ihr Herzenswunsch sei, Mutter zu werden. Elenor meinte, sie verstehe, dass Marie momentan nicht den Wunsch verspürte, ein Baby zu bekommen, aber sie werde den Wunsch nicht aufgeben. Und Marie gestand ihr zu, dass sie zumindest immer mal wieder das Thema aufbringen dürfe – auch wenn sie ihr keine Hoffnung zusprach. Seitdem kam Marie regelmäßig ins »Worst Case«, und auch Mo arrangierte sich nicht nur mit ihr, er liebte sie mittlerweile fast ebenso wie Schrödi.

»Sind Sie Miss Cool?«

Eine männliche Stimme schreckte Marie aus ihren Gedanken, und sie zuckte zusammen. Sie hatte gar nicht bemerkt, dass jemand neben ihr auf einem Barhocker Platz genommen hatte.

»Wer sind Sie? Und was wollen Sie von mir, abgesehen davon, dass ich nicht wüsste, warum Sie mich als Miss Cool ansprechen sollten?« Sie musterte den Kerl. Eigentlich sah er gar nicht so schlecht aus, hochgewachsen, markantes Kinn, dunkle Haare, trainiert, soweit sie das erkennen konnte. Und er roch gut, etwas, was sie bei einem Mann sehr wohl zu schätzen wusste, auch wenn sie mit einer Frau zusammen war. Früher hatte sie schon Beziehungen mit Männern gehabt, war ihnen sexuell gesehen auch nicht abgeneigt, aber beziehungstechnisch war sie von Männern kuriert. Maries Meinung nach lief es mit Frauen häufig unkomplizierter, wobei sie sich innerlich sofort widersprach, als sie an Elenor dachte. Wenn das nicht kompliziert war, was war es dann? Nein, nein, nein. Nichts da. Sie wollte heute Abend nicht darüber nachdenken. Eher war es interessant, zu erfahren, weshalb dieser Kerl vor ihr sie als »Miss Cool« betitelte.

Marie war klar, dass ihre Kollegen im Rechtsmedizinischen Institut sie hinter ihrem Rücken so nannten, weil sie zurückhaltend war und offensichtlich den Ruf genoss, arrogant und unnahbar zu sein. Auch wenn sie nicht genau verstand, wieso. Es war doch nicht ihre Schuld, dass sie fast immer recht hatte mit ihren Annahmen. Wenn die anderen Mitarbeiter ihre Arbeit genauso gründlich wie sie erledigen würden, wären ihre Ergebnisse bestimmt auch stimmiger. Dennoch, es war etwas anderes, sie heimlich so zu nennen, als sie offen und persönlich damit anzusprechen. Noch dazu, wenn es ein Typ tat, den sie nicht einmal kannte. Ihre Miene wie auch ihr Verhalten wirkten offenbar abschreckend genug.

»Es tut mir leid, ich habe mich wohl getäuscht. Entschuldigen Sie«, sagte ihr Gegenüber und wollte sich gerade abwenden, vermutlich um zu gehen. Doch so schnell wollte Marie ihn nicht ziehen lassen, er war ihr schließlich noch eine Erklärung schuldig.

»Hey, warten Sie.« Marie hielt ihn am Ärmel fest, und er drehte sich wieder zu ihr um. Blaugraue Augen starrten sie an, und Maries Magen fing an zu flattern. Irgendwas an ihm rührte sie zutiefst, ohne dass sie genau wusste, was es war. Diese Augen. Der Mann hatte etwas zu verbergen, das spürte sie, und es war nichts Gutes. Sein Blick wirkte schmerzhaft, als empfände er großes Leid. Er löste etwas in ihr aus, gleichzeitig war sie neugierig auf seine Geschichte. Was war es, was diesen Kerl so verletzt hatte?

»Was wollen Sie von mir?«, fragte sie und ließ ihn nicht aus den Augen. Das behagte ihm offenbar nicht, denn er mied ihren Blick. Irgendwie kam er ihr bekannt vor, sie hatte ihn schon einmal gesehen. Aber wo?

»Ähm, ich bin mir nicht sicher, ob –« Er stockte und schüttelte den Kopf. »Wissen Sie was, vergessen Sie's. Das war eine dumme Idee. Auf Wiedersehen.« Er tippte sich an sein Cap und drehte sich wieder um, als ihr einfiel, wo sie ihn schon einmal gesehen hatte. Auf dem Foto in der Akte der Seeleiche.

»Sie sind Clemens Sartorius, nicht wahr?«, fragte sie gerade so laut, dass er sie hören musste. Sofort blieb er stehen, als wäre er auf Sekundenkleber getreten. Dann drehte er sich langsam um, das Gesicht bleich und die Augen weit aufgerissen.

»Woher kennen Sie mich?«, fragte er fast tonlos und kehrte zu ihr zurück, setzte sich wieder auf den Barhocker.

Wollte er sie verarschen? Er wusste doch offensichtlich, wer sie war, wenn er sie mit »Miss Cool« ansprach – oder zumindest, was sie war. Denn persönlich getroffen hatte er sie noch nicht, sonst hätte er sie erkannt.

»Das können Sie sich doch wohl denken.« Ihr Ton klang abfälliger als geplant.

»Haben Sie mich anhand des Fahndungsfotos erkannt?« Sie legte die Stirn in Falten. »Sie werden gesucht? Seit wann?« Jetzt kniff er die Augenbrauen zusammen. »Das wussten Sie nicht?«

»Nein, ich bin heute direkt nach der Arbeit hierhergekommen, ohne Nachrichten zu hören oder zu sehen. Ich habe nichts davon gehört.«

»Aber woher wissen Sie dann, wer ich bin?«

Jetzt wurde es ihr doch zu bunt. »Sagen Sie mal, wollen Sie mich auf den Arm nehmen? Warum sollte ich Sie nicht kennen? Schließlich bearbeite ich Ihren Fall.«

Zu ihrer Überraschung wirkte er ehrlich betroffen. »Sie? Meinen Fall? Ich verstehe nicht ...« Ihm blieb der Mund offen stehen.

Marie überlegte kurz, ob sie ihm das abnehmen sollte. Aber er wirkte tatsächlich ernsthaft verwirrt, als wüsste er gar nicht, wie ihm geschah. Abgesehen davon, dass sie das auch nicht wusste. Was ging hier vor sich?

»Ich heiße Marie Mayfield, bin forensische Biologin am Rechtsmedizinischen Institut in Erlangen und untersuche die Spuren im Fall Ihrer Freundin. Ich habe Ihre DNS unter den Fingernägeln des Opfers gefunden. Wussten Sie das nicht?«

»Oh.« Mehr sagte er nicht. Saß einfach nur starr auf seinem Hocker und blickte ins Leere.

»Wieso sind Sie hier?«, fragte Marie erneut.

»Ich ...« Er stockte wieder. »Ich habe Delphine nicht umgebracht. Ich schwöre es.«

Dieser Typ wirkte völlig verstört. Hier stimmte doch was nicht. Sie griff mit beiden Händen an seine Schultern und schüttelte ihn vorsichtig.

»Hallo! Können Sie mir folgen? Ich möchte wissen, warum Sie hier sind«, wiederholte sie ganz langsam.

Schrödi näherte sich den beiden.

»Schöner Mann, was kann ich dir bringen?«, fragte er ohne Scheu. Schrödi duzte alles und jeden, und wem das nicht passte, der konnte wieder gehen. Jetzt schien der suspendierte Kriminalhauptkommissar völlig überfordert. Hilflos schaute er von Marie zu Schrödi und zurück. Marie seufzte. Das würde im wahrsten Sinne des Wortes eine schwere Geburt werden. Und das bei jemandem, der gar keine Kinder wollte.

»Okay, Sartorius, gehen wir es langsam an.« Marie beschloss, es Schrödi gleichzutun. »Was willst du trinken?«, fragte sie und duzte ihn. Er schaute sie an, wieder mit diesem intensiven Blick, der sie kurz aus dem Konzept brachte. Er sagte immer noch nichts, starrte sie nur an.

»Erde an Sartorius, hörst du mich? Welches Getränk? Bier? Wein? Sekt? Schnaps?«

»Wein«, murmelte er. »Ein Glas Merlot, bitte.«

»Na also, geht doch.« Schrödi klopfte dem Kommissar auf die Schulter, woraufhin dieser zusammenzuckte. Marie fing an zu lachen. Es war einfach zu schräg, was hier gerade passierte. Sartorius blinzelte und schien nicht recht zu wissen, was er von ihrem Gelächter halten sollte.

»Schau mich nicht so an, Sartorius, ich darf dich doch so nennen, oder? Das ist wirklich die seltsamste Situation, die ich je erlebt habe. Das musst du doch zugeben.« Sie lachte immer noch. Es tat so gut nach all der Anspannung, dass sie eine ganze Weile brauchte, bis sie sich wieder beruhigte.

Clemens lächelte unsicher. »Natürlich.«

Meinte er jetzt, dass sie ihn mit seinem Nachnamen ansprechen durfte oder dass die Situation seltsam war? Marie wusste es nicht. Schrödi erschien mit dem Glas Merlot und der Flasche Rotbier.

»Sorry, Schatz, hat ein wenig gedauert, Mo hatte die Getränke zwar schon vorbereitet, aber ich bin erst jetzt dazu gekommen, sie zu bringen. Es ist einfach enorm viel los heute, Mo und ich sind etwas überlastet.« Damit verschwand er schon wieder.

Marie sah sich um. Das »Worst Case« war tatsächlich gut besucht. Und vor allen Dingen laut. Heute gab es Livemusik, eine junge Frau mit einer Drei-Mann-Band sang mit einer rauchigen Stimme gecoverte Songs. Sie war richtig gut, einige Gäste tanzten sogar, und die Discokugel an der Decke, Mos heimliches Highlight, drehte sich im Takt dazu. Keiner beachtete sie und Sartorius.

Unverwandt schaute sie ihn an und hob ihre Flasche. »Prost!«

»Prost!« Er stieß sein Weinglas gegen ihr Bier, und sie tranken beide.

»Also noch mal, warum bist du hier? Vor allem, wenn du auch noch gesucht wirst?«, fragte sie noch einmal. Es kam ihr gar nicht unlogisch vor, sich hier an der Bar mit einem Wildfremden zu unterhalten, der unter Umständen des Mordes verdächtigt wurde. War sie eigentlich noch ganz normal?

»Ich weiß, das klingt jetzt wirklich seltsam, aber ich habe einen Zettel bekommen, auf dem stand, dass ich hierherkommen und Sie, äh, dich ansprechen soll, wenn ich weitere Infos zu dem Fall haben will.«

Er runzelte die Stirn, genau wie Marie. Das klang doch alles schon suspekt.

Warum sollte ein Fremder den Kommissar dazu anstiften, ausgerechnet sie aufzusuchen? Vielleicht genau deswegen. Jemand wollte womöglich, dass Marie Sartorius verpfiff, weil sie ganz genau wusste, wer er war und wessen er verdächtigt wurde. Nur er hatte absolut keine Ahnung, worauf er sich hier einließ. Ein äußerst perfider Plan von einer ebensolchen Person. Was wollte der oder die Unbekannte damit bezwecken? Denn einer Sache war sich Marie hundertprozentig sicher: Sartorius wollte ihr nichts antun, und sie glaubte ihm auch, dass er seine Freundin nicht umgebracht hatte. Etwas sagte ihr, dass dieser Mensch kein Gewaltverbrecher war. Sie trank einen weiteren Schluck, das Bier war bereits halb leer. Auch der Kommissar kippte den Rest seines Weines fast vollständig hinunter. Beeindruckend.

»Respekt. Durst?« Sie grinste ihn an, und er nickte. Während sie wieder ihre Flasche ansetzte, orderte sie per Fingerzeig zwei neue Getränke für den Kommissar und sich und hickste dabei. Kichernd setzte sie die Flasche ab und beugte sich zu Sartorius vor. »Schon seltsam, das mit dem Zettel«, griff sie das Gespräch wieder auf. »Aber irgendjemand wollte offenbar, dass du Kontakt mit mir aufnimmst. Warum auch immer. Fragt sich nur, ob das ein Freund oder ein Feind ist.« Kurz verspürte sie das Verlangen, über seine Wange zu streichen, aber sie stockte. Was tat sie da?

»Ich weiß. Vor genau dem gleichen Problem stehe ich auch. Ich kann mir das nicht erklären«, erwiderte Sartorius und stellte sein Glas ab. Seine Augen wirkten wie zwei tiefe Seen, und plötzlich wollte Marie nichts mehr, als darin zu versinken. Sie lächelte ihn an, fuhr sich durch die Haare und schlug ein Bein über das andere, wobei ihr Knie wie zufällig das seine berührte.

Schrödi stellte die gewünschten Getränke vor ihr ab und zog die Augenbrauen hoch, aber sie beachtete ihn nicht. Nach diesem beschissenen Tag mit dem ganzen Ärger wollte sie einfach nur ein bisschen Spaß haben, das war doch nicht zu viel verlangt? Dass dieser Mann gebildet war, stand außer Frage. Und Marie schätzte es sehr, wenn ihr Gesprächspartner etwas auf dem Kasten hatte. Es faszinierte und elektrisierte sie zugleich. Sie langte nach ihrem Bier und prostete dem Kommissar zu, was er sofort erwiderte.

»Und jetzt?«, fragte sie und erschrak fast vor ihrer eigenen Stimme. So tief kannte sie sie gar nicht. Sie hickste erneut, hielt kurz die Hand vor den Mund. Als sie sie wieder sinken ließ, streifte sie wie zufällig seine Hand auf dem Tresen.

Er lächelte ebenfalls.

»Ich weiß nicht. Seltsame Situation, oder?« Er fixierte sie, strich eine Haarsträhne hinter ihr Ohr, beugte sich vor und betrachtete ihre Piercings.

»Tut das nicht weh? Also, das Stechen, meine ich?« Er fuhr

mit dem Finger über ihr Ohrläppchen, und sie spürte einen elektrischen Schlag durch ihren Körper gleiten, der ihr Herz zum Flattern brachte. »Nein, das geht ganz schnell«, antwortete sie heiser. »Nicht schlimmer, als wenn ich so mache.« Kurzerhand beugte sie sich nach vorn und biss ihn zart in das Ohrläppchen. Ihr wurde heiß, und ihr Kopf drehte sich wie ein Kettenkarussell. »Das lässt sich doch aushalten«, murmelte er und näherte sich ihrem Gesicht. Kurz bevor er ihre Lippen erreichte, fuhr sie zurück und atmete tief durch.

»Wow, Moment mal. Was passiert hier eigentlich gerade?« Sie fuhr sich mit beiden Händen durch das Gesicht, versuchte, wieder einen klaren Kopf zu bekommen, und trank hastig einen Schluck.

»Ich habe keine Ahnung.« Der Kommissar biss sich auf die Lippen. »Alles, was ich weiß, ist, dass ich nicht will, dass es jetzt aufhört.« Unverwandt starrte er sie wieder an und griff nach ihrer Hand.

Das war doch mal eine Ansage. Marie wurde ganz schwindlig. Sartorius verwirrte sie, schlimmer noch, er beeindruckte sie. Für eine Sekunde huschte ein Gedanke durch ihren Kopf: Sollte sie jemals Kinder bekommen, dann nur von einem solchen Mann. Im selben Moment löste er sich wieder in Luft auf. No way, keine Kinder, weder so noch irgendwie anders.

»Schrödi, Tequila!«, orderte sie, und er runzelte die Stirn. Dennoch stellte er kurz darauf zwei Gläser samt Zitronenscheiben und Salz vor ihnen ab.

»Bist du sicher, dass du weißt, was du da tust, Liebes?«, flüsterte Schrödi Marie zu.

Sie kippte den Rest Bier hinunter. »Nein, aber soll ich dir was sagen? Es ist mir völlig egal. Ich will einfach nur das Leben genießen.«

Schrödi nickte, betrachtete erst sie, dann ihn. »Manchmal kann Genuss auch schmerzhaft sein, denk dran.« Er wendete sich ab, um die nächste Bestellung aufzunehmen.

Alter Spielverderber, dachte sich Marie und wandte sich

wieder dem Kommissar zu, der mittlerweile ebenfalls seinen zweiten Merlot vernichtet hatte.

»Weißt du, wie das geht?«, fragte Marie und deutete auf den Tequila. Sartorius schüttelte den Kopf.

»Dann helfe ich dir.« Marie entwand ihre Hand seinem Griff und hielt sie jetzt so, dass seine Handfläche in ihrer lag. Dann strich sie mit der Zitrone über seinen Handrücken, streute etwas Salz darauf, legte ihn auf dem Tresen ab und wiederholte die Prozedur bei sich selbst.

»Jetzt leck das Salz ab, und dann trinkst du direkt den Shot hinterher.«

Er legte den Kopf schräg und beobachtete, wie sie zuerst das Salz mit der Zunge von ihrem Handrücken leckte und danach den Tequila in einem Zug hinterherkippte. Er tat es ihr gleich, blinzelte heftig und verschluckte sich prompt. Hustend hielt er sich die Hand vor den Mund, und seine Gesichtsfarbe nahm einen satten Rotton an. Sie lachte und hielt ihm die Zitronenscheibe hin.

»Beiß hinein!«

Er öffnete den Mund, und sie steckte die Zitrone zwischen seine Lippen, während sie mit der anderen Hand ihre Scheibe zwischen ihre Lippen presste. Es schmeckte frisch und fruchtig. Und nach mehr. Als sie ihre Hand zurückziehen wollte, hielt Sartorius sie fest, legte die Zitrone in das Glas und legte ihre Handinnenfläche an seine Wange. Ihre Haut prickelte sanft durch die Säure und das Salz, während sie über sein Gesicht strich und er kurz die Augen schloss.

Marie öffnete den Mund, brachte aber kein Wort heraus. Dieser Mann löste etwas in ihr aus, was sie noch nie zuvor erlebt hatte. Es zog ihre Eingeweide zusammen, und sie spürte, wie sich ein Verlangen in ihr breitmachte. Sie wollte ihn, jetzt und sofort. Und sie spürte, dass es ihm genauso ging. Ohne auch nur eine Sekunde zu verlieren oder gar ein Wort, ergriff sie seine Hand und zog ihn von seinem Hocker, legte noch kurz ein paar Scheine auf den Tresen. Der Kommissar fragte nicht nach, noch leistete er Widerstand, sondern folgte ihr auf dem

Fuß, seine Hand fest in ihrer, als wäre es das Normalste auf der Welt. Und irgendwie war es das auch. Keiner beachtete sie, als sie gingen. Marie wusste, dass Schrödi hinten den Flur entlang sein sogenanntes Bügelzimmer hatte, wo er sämtliche Putzutensilien lagerte, genau wie die Schürzen, Handtücher und was sonst noch so alles anfiel. Darin befand sich auch eine Notliege für den Fall, dass doch mal einer umkippte, was allerdings noch nie passiert war, solange sie denken konnte. Außerdem war es sowieso gleich zwölf, dann schloss Schrödi den Laden. Und da er immer erst am nächsten Tag putzte und direkt nach Dienstschluss mit Mo nach Hause ging, würde heute keiner mehr diesen Raum betreten. Marie zog den Kommissar mit sich hinten in den Flur, durch die Tür in die Kammer. Fahles Mondlicht erleuchtete den Raum durch ein kleines Fenster gerade so weit, dass sie einander erkannten. Entschlossen drehte sie sich zu Sartorius um und presste ihre Lippen auf seine. Er erwiderte ihren Kuss und kickte mit einer Bewegung des Fußes gegen die Tür, die sanft ins Schloss glitt. Jetzt hielt sie nichts mehr auf.

Clemens erwachte, als ein Sonnenstrahl seine Nase kitzelte. Er blinzelte und öffnete langsam die Augen. Erblickte eine hell gestrichene Decke, neben sich eine ebensolche Wand und vor sich ein raumhohes Metallgestell mit auf Kante liegenden Handtüchern, Lappen und anderen Utensilien. Sein Hals fühlte sich rau an, und er schluckte mehrmals, um den faden Geschmack loszuwerden.

Wo war er? Und wie war er hierhergekommen? Er wollte sich mit der Hand durch das Gesicht fahren, aber irgendetwas behinderte seinen Arm. Prüfend schaute er an sich hinab, er lag auf dem Boden in einem Meer aus Handtüchern, nackt bis auf die Socken.

Das, was seinen Arm festhielt, war nicht etwas, sondern eine Frau, die auf dem Bauch lag, die schwarzen Haare wie ein Vorhang über ihr seitlich liegendes Gesicht fallend.

Delphine! Nein, das konnte nicht sein, die Erinnerung sickerte wie Nieselregen in sein Hirn, Delphine war fort. Für immer.

Doch wer war dann die Frau neben ihm? Und ebenfalls nackt, ein zarter, fast zerbrechlich wirkender Körper, blass und – sie bewegte sich! Immerhin lebte sie. Clemens betrachtete sie genauer. Ihre Oberarme waren übersät mit feinen, länglichen Narben, dicht an dicht. Sie mussten schon sehr alt sein, lange verheilt und ziemlich verblasst. Er hatte so etwas schon einmal gesehen, Ritznarben. Etwas musste dieser Frau große seelische Schmerzen bereitet haben, dass sie sich selbst so gequält hatte.

Ein leises Murren ertönte aus ihrem Mund, und sie drehte sich etwas zur Seite, sodass nicht nur ihr Gesicht hervortrat, sondern auch sein Arm freigegeben wurde. Selbst ihre Gesichtszüge wirkten zerbrechlich. Sie schnorchelte leise, was er mit einem Lächeln quittierte. Clemens schätzte sie auf Anfang dreißig, schlank, fast schon dürr, feste, kleine Brüste. Ein mädchenhafter Typ. Ob sie miteinander …?

Er führte den Gedanken nicht zu Ende. Wieso auch? Er war nackt, sie war nackt. Vorsichtig, um sie nicht zu wecken, setzte er sich auf. Ihre Kleidung lag rundum verstreut, als hätten sie sie gar nicht schnell genug loswerden können.

Clemens atmete tief durch und zog sich ein Handtuch über die Hüften, da er seine Boxershorts nirgendwo entdecken konnte. Wahrscheinlich lag sie darauf. Er rieb sich die Stirn, versuchte sich daran zu erinnern, was passiert war, aber da war nichts außer einem mächtigen Hammer, der immer wieder auf seinen Schädel donnerte.

Zumindest kam ihm die Frau bekannt vor, auch wenn er sich beim besten Willen nicht mehr an ihren Namen erinnern konnte. Was war nur geschehen? Und weshalb erinnerte er sich an nichts mehr? Das Letzte, was er wusste, war, dass er von der Polizei gesucht wurde. Aber da war er doch noch in der von Klaus organisierten Wohnung gewesen, oder? War er noch einmal fortgegangen? Und wie viel Uhr war es eigentlich?

Ein dumpfes Klingeln riss ihn aus seiner Starre. Es kam aus einer schwarzen Ledertasche auf der Liege. Die Gestalt bewegte sich zusehends mehr, drehte sich auf den Rücken und streckte sich. Unfähig, sich zu rühren, beobachtete Clemens sie. Gleich würde sie die Augen öffnen, und dann …

Sie schlug die Augen auf, musterte ihn für den Bruchteil einer Sekunde, dann stieß sie einen spitzen Schrei aus, der Clemens wie eine Schneide durch das Genick fuhr. Sie sah an sich hinab, registrierte ihre Nacktheit, betrachtete ihn erneut, und ein weiterer Schrei bahnte sich seinen Weg. Rasch griff sie nach einem Handtuch und bedeckte damit notdürftig ihre Blöße. Das Telefon klingelte immer noch.

»Soll ich Ihnen Ihre Tasche reichen?«, stotterte Clemens und kam sich reichlich bescheuert vor. Sie rutschte ein ganzes Stück von ihm weg, bis auf die Liege, immer darauf bedacht, ja nicht das Handtuch zu verrutschen, nickte dann aber zögernd.

Mit langsamen Bewegungen hielt er ihr die Tasche entgegen, und sie schnappte hastig danach, wühlte nach dem Handy und nahm das Gespräch an. Ihre Stimme klang heiser und rauchig, als hätte sie zu viel getrunken und dabei noch geschrien, vielleicht, weil es laut gewesen war.

Laut, da klingelte was. Gestern Abend war er noch einmal losgegangen, in eine Bar, aber wie hieß die nur? Dort hatte er sie getroffen, die Frau ohne Namen.

»Ja, ich weiß, wie viel Uhr es ist. Es tut mir leid«, murmelte sie gerade in das Mikrofon, das Handtuch unter ihren Achseln eingeklemmt. »Ich habe vermutlich den Wecker nicht gehört.« Sie seufzte. »Hören Sie, mein Kopf bringt mich gerade um, ich kann mich auf absolut nichts konzentrieren. Vielleicht brüte ich was aus.« Am anderen Ende antwortete jemand. »Ja, ich denke auch, ich bleibe besser zu Hause heute. Danke Ihnen.« Dann legte sie auf. Schaute ihn wieder an, ließ den Blick durch den Raum schweifen und kehrte erneut zu ihm zurück.

»Wir waren doch schon beim Du«, sagte sie und packte ihr Smartphone wieder in die Tasche.

»Wie bitte?« Clemens verstand kein Wort.

Sie starrte ihn lange an. »Wir waren schon beim Du«, wiederholte sie extrem langsam. »Und könntest du bitte etwas leiser reden? Mir platzt gleich das Trommelfell.« Sie rieb sich die Schläfen mit beiden Zeige- und Mittelfingern.

Es dämmerte ihm allmählich. »Marie, oder?« Er senkte seine Stimme. »Aber ich habe leider keine Ahnung, wo wir sind und warum. Ich bin schon froh, dass ich meinen eigenen Namen zusammenbekomme.«

Sie lachte heiser und begann sofort zu husten. Als sie sich wieder beruhigt hatte, fuhr sie fort: »Das trifft sich ja hervorragend, Sartorius. Ich erinnere mich nämlich auch nicht daran, wie das hier zustande gekommen ist. Aber seltsamerweise ganz genau daran, dass wir uns geduzt haben. Oder vielleicht bilde ich mir das auch nur ein. Aber ich kann dir zumindest sagen, wo wir sind, nämlich in Schrödis Bügelzimmer im ›Worst Case‹. Da war ich schon öfter.« Als ihr die Zweideutigkeit ihrer Worte klar wurde, fing sie an zu stottern. »Äh, natürlich nicht so wie jetzt, sondern ganz normal, du weißt schon ...«

Er nickte nur. Ehrlicherweise war es doch auch egal, wann und aus welchen Gründen sie hier im Bügelzimmer gewesen war. Wobei die Bezeichnung Bügelzimmer schon seltsam war, so ganz ohne Bügelbrett oder dem dazu passenden Eisen. Aber er musste schließlich nicht alles verstehen. Aber weshalb waren sie immer noch im »Worst Case«?

»Wenn du gestattest, würde ich mich erst mal gerne anziehen, bevor wir den Rest klären. Es diskutiert sich doch ziemlich seltsam so ohne alles.« Marie sammelte ihre Kleidung zusammen, darunter ein schwarzer Spitzen-BH, dessen Spitze nicht mehr ganz intakt war, dabei immer darauf bedacht, das Handtuch nicht zu verlieren. »Oha«, war alles, was sie dazu sagte.

»Wohl wahr«, merkte Clemens an und forschte ebenfalls nach seinen Klamotten. Unter dem Handtuch, auf welchem Marie gelegen hatte, entdeckte er endlich seine Unterhose – zerrissen. Ungläubig zog er die Augenbrauen hoch.

»Weißt du, was hier gestern ... ich meine, haben wir ...?« Verdammt, seit wann war er denn so prüde? Seitdem du vermutlich mit einer Frau, an die du dich kaum erinnern kannst, geschweige denn an ihren Namen, eine offensichtlich ziemlich heiße Nacht verbracht hast, beantwortete er sich selbst die Frage. Immerhin war ihm mittlerweile ihr Name wieder eingefallen.

Marie zuckte mit den Schultern, und ihre Wangen gewannen deutlich an Farbe.

»Ich habe keine Ahnung, aber es sieht wohl ganz danach aus.« Sie atmete tief durch. »Kannst du dich auch an nichts erinnern? Ich hab das Gefühl, als ob ein ganzer Spielmannszug durch meinen Kopf trampelt.« Stöhnend fasste sie sich an die Stirn. Dann packte sie ihre Klamotten und drückte ihr Handtuch fest an den Körper.

»Ich geh dann mal hinters Regal zum Anziehen. Wäre nett, wenn du dich umdrehen könntest. Ich drehe mich auch weg, dann kannst du dir auch was überziehen, okay?« Bevor er antworten konnte, war sie hinter das Regal geschlüpft, und ihm blieb nichts weiteres übrig, als sich umzudrehen und ebenfalls in seine Hose zu schlüpfen. Ohne Shorts, zwangsweise. Aber welche Wahl hatte er denn? Zumindest war das T-Shirt noch intakt. Als er die Schnürsenkel seiner Schuhe band, kam Marie wieder hinter dem Regal hervor.

»Muss ziemlich heiß hergegangen sein«, meinte Clemens und zeigte auf seine zerrissenen Shorts.

Kopfschüttelnd griff sich Marie an den Schädel. »Haben wir so viel gesoffen? Das kann doch gar nicht sein, dass wir beide so einen heftigen Filmriss haben. Das ist doch nicht normal.« Sie rieb sich über die Wangen.

»Lass uns erst einmal schauen, ob wir hier irgendwo rauskommen«, schlug Clemens vor.

Gemeinsam gingen sie nach vorn in die Bar, aber dort war alles verschlossen. Sofort zückte Marie wieder ihr Handy, um Schrödi anzurufen, aber Clemens hielt sie zurück. Sie schlug sich mit der flachen Hand auf die Stirn.

»Stimmt, du wirst ja gesucht.« Sie seufzte. »Ehrlicherweise verstehe ich mich selbst nicht, denn im Grunde genommen müsste ich dich sofort melden. Aber da wir jetzt offensichtlich gerade eine Nacht miteinander verbracht haben, scheint das irgendwie unpassend.« Sie lachte kurz auf. »Das ist doch alles nicht wahr. Schon verdammt strange.«

Auch wenn Clemens es definitiv anders ausgedrückt hätte, konnte er ihr nur zustimmen. »Ich habe Delphine nicht umgebracht, das schwöre ich bei allem, was mir hoch und heilig ist. Entweder will mich jemand in etwas reinreiten, oder die Welt hat sich gegen mich verschworen.«

Er setzte sich auf einen der Stühle. Seine Finger zitterten, und er spürte, wie sich Übelkeit in seinem Magen breitmachte. Das war alles kein Scherz hier, das war purer Ernst! Im Grunde genommen noch ernster als das, denn es ging um sein Leben. Und er hatte nichts Besseres zu tun gehabt, als sich mit Marie in den Laken zu wälzen. Dabei hatte er gerade erst seine Freundin verloren. Er verstand sich selbst nicht mehr. Wie konnte er da erwarten, dass andere ihn verstanden?

»Hey, Sartorius, willst du hier Wurzeln schlagen oder dich lieber im Selbstmitleid ergehen?«, riss ihn Marie aus seinen Selbstzweifeln. »Weißt du was, geh doch mal in die Küche und organisier uns einen starken Kaffee und was zu essen. Dann überlegen wir, wie wir weiter vorgehen.«

Weiter vorgehen, fragte sich Clemens, wie denn? Was gab es hier zu überlegen? Aber er gab sich geschlagen. Während er sich auf den Weg hinter den Tresen machte, fragte er: »Und was machst du in der Zwischenzeit?«

»Ich schau mal, ob ich irgendwo so was wie Zahnpasta finde, ich glaube, Schrödi hat im Personalbad was gebunkert.« Schon war sie verschwunden.

Wenige Minuten später erschien sie wieder und schwenkte triumphierend eine kleine Tube in der Luft. »Frischer Atem gefällig?«

»Liebend gern, der Kaffee ist auch gleich durch. Hier sind noch ein paar Brezeln von gestern, ich hab aber keine Ahnung, wie der Backofen funktioniert, dann könnte man sie eventuell aufbacken.« Clemens griff nach der Zahnpasta.

»Lass mich mal machen.« Marie stellte den Ofen an, angelte ein Blech aus einer Schublade, schwenkte die Brezeln kurz unter kaltes Wasser und legte sie auf das Backpapier.

Mit einem heißen Becher Kaffee und einer ebenso dampfenden Brezel saßen sich die beiden kurz darauf gegenüber.

»Machst du so was öfter?«, tastete sich Clemens vor.

»Was soll das heißen?«, brauste Marie auf. »Unterstellst du mir etwa, ich wäre so eine, die am laufenden Band irgendwelche Männer ins Hinterzimmer abschleppt? Pass bloß auf, was du sagst!«

Clemens hob abwehrend die Hände. »Entschuldigung, so war das doch gar nicht gemeint.«

»Dann pass in Zukunft besser auf die Wahl deiner Worte auf.« Sie biss in ihre Brezel, verbrannte sich die Lippe und rannte in die Küche, um sich ein Glas Wasser zu holen. »Mann, das passiert auch immer nur mir! Und ich kenne auch keinen anderen Menschen auf dieser Welt, der nach einer wilden Nacht am nächsten Morgen ohne Gedächtnis wieder aufwacht. Außer –« Sie hielt mitten im Satz inne und drehte sich zu Clemens um. »Du hast gestern irgendwas erzählt von wegen, dass du einen Zettel oder so unter deiner Tür gefunden hättest, stimmt das?«

Clemens nickte. Er konnte ihr gerade nur schwer folgen, außerdem war sein Sprachzentrum noch nicht in der Lage, so viele Wörter hintereinander zu verarbeiten.

»Wo ist der Zettel? Hast du ihn zufälligerweise dabei?«

Er nickte wieder, suchte in seiner Jackentasche und fand das zusammengefaltete Stück Papier. Marie riss es ihm aus den Händen, faltete es auf und las es vor sich hin murmelnd durch. Dann lief sie den Zettel vor sich schwenkend im Gastraum auf und ab, offenbar tief in Gedanken versunken.

Clemens traute sich nicht, sie zu unterbrechen, nicht dass sie ihn wieder so anfuhr wie gerade eben. Vorsichtig pustete er über den Rand seiner Kaffeetasse und nippte. Trinkwarm, wunderbar. Genau das, was er jetzt brauchte, um auf Betriebstemperatur zu kommen. Während er eine Brezel antippte, um zu überprüfen, ob sie immer noch so heiß war, kam Marie zum Tisch zurück und ließ sich auf den Stuhl fallen. Nach einem Schluck Kaffee erhob sie den Zeigefinger vor Clemens' Nase.

»Irgendjemand wollte, dass du gestern Abend hierherkommst und mich ansprichst. Jemand, der meinen Spitznamen kennt, den ich übrigens überhaupt nicht schätze, by the way. Aber das ist eine andere Geschichte.« Sie holte tief Luft. »Viel wichtiger ist doch die Tatsache, dass diese Person sowohl dich als auch mich kennt und weiß, wo du dich zurzeit aufhältst, obwohl du offiziell untergetaucht bist. Und sie wollte etwas damit bezwecken, dass wir uns gestern hier getroffen haben. Das muss irgendeinen Sinn gehabt haben.«

»Ja, dass wir übereinander herfallen«, bemerkte Clemens trocken.

»Stimmt. Aber was, wenn das gar kein Zufall war? Wir sind, wie wir beide schon bemerkt haben, im Normalfall nicht so draufgängerisch veranlagt, aber gestern war uns offensichtlich alles egal. Was bedeutet das also?« Sie wartete offenbar auf eine zündende Schlussfolgerung von Clemens' Seite, aber er hob nur hilflos die Arme.

»Dass wir zu viel getrunken haben?«

Sie schnaubte. »Mann, mit dir ist echt nix anzufangen hier, oder? Dein Kopf befindet sich noch im Tiefschlaf, und das schimpft sich Kriminalhauptkommissar.« Sie verzog den Mund. »Das heißt, dass du und ich jetzt auf die Toilette gehen und eine Urinprobe abgeben, die ich später im Institut untersuchen werde. Irgendwo werden hier wohl ein paar leere Marmeladengläser oder so was herumfliegen, die wir einfach gründlich reinigen werden. Das wird für den Notfall gehen.«

Allmählich dämmerte es Clemens, was Marie damit andeuten wollte. »Du meinst, jemand hat uns was ins Glas gekippt, damit wir den Verstand verlieren?«

»Genau das meine ich. Wobei ich mir noch nicht im Klaren darüber bin, ob unser Tête-à-Tête tatsächlich das Ziel war. Vielleicht wollte der- oder diejenige auch etwas ganz anderes damit bezwecken.« Sie hielt inne und tippte sich mit dem Zeigefinger an die Lippen. »Aber er hat die Rechnung ohne uns gemacht. Wenn ich nachweisen kann, dass, und vor allem, was er uns in den Drink gekippt hat, können wir beweisen, dass dir jemand was unterschieben will. Das hat der Täter bestimmt nicht bedacht.«

»So einfach ist das leider nicht. Wenn du etwas in unserem Urin nachweist, ist das noch lange kein Beweis dafür, dass mir jemand was anhängen will. Das könnte jeder x-Beliebige reingekippt haben. Außerdem wissen wir nicht, wer es war. Gibt es hier Kameras?«

Marie verneinte.

»Dann sehe ich da keine Chance, das als Indiz für meine Unschuld anzubringen. So gern ich das auch hätte.«

Einen Moment lang schwiegen beide.

»Ich hatte gestern zweimal das Gefühl, als ob mich jemand beobachten würde«, bemerkte Marie.

»Wie?«

»Da war so ein komischer Typ, sowohl bei meiner Wohnung als auch in Erlangen am Institut. Der hatte trotz der Hitze ein Sweatshirt an, die Kapuze tief ins Gesicht gezogen. Und als ich ihn morgens ansprechen wollte, war er plötzlich verschwunden. Abends genau das Gleiche, ich schau mich zu ihm um, aber da steht er nicht mehr. Meinst du, das war der Knabe?« Maries Stimme klang ängstlich.

Clemens zuckte mit den Schultern. »Ich weiß es nicht, aber es hört sich schon sehr seltsam an.« Er seufzte. »Wenn wir nur wüssten, was der Kerl in Wahrheit vorhatte. Und vor allem, wenn ihn jemand gesehen hätte. Das wäre was Handfestes.«

»Vielleicht hat Schrödi ihn gesehen, der kommt so gegen Mittag, um die Bude auf Vordermann zu bringen.«

»Weißt du, was mir noch aufgefallen ist? Das mag jetzt seltsam klingen, aber du passt in das Schema.«

»Wie jetzt?«

»Na ja, du siehst vom Typ her ähnlich aus wie Delphine. Schlank, blass, dunkle Haare.«

Maries Gesicht verlor jede Farbe. »Du meinst, er hatte es auf mich abgesehen?«

»Ich mein erst mal gar nichts. Aber ich glaube, ich muss dir noch mehr erzählen.«

Marie hob abwehrend die Hände. »Stop! Erst die Urinprobe, dann kannst du mir meinetwegen alles erzählen, was du willst. Und der Zettel hier wird auch eingetütet.«

Mit dem Papier in der Hand sprang sie auf und flitzte in die Küche, kehrte kurz darauf mit zwei leeren Einmachgläsern wieder zurück, beschriftete sie mit ihren Namen und drückte Clemens eines davon in die Hand. Dann verschwand sie auf der Damentoilette, während Clemens sich zu der Tür mit dem pinkelnden Jungen bequemte. Etwas unangenehm war es ihm schon, wie er wenig später Marie das gefüllte Glas in die Hand drückte. Diese hatte sich in der Küche Einmalhandschuhe besorgt und packte beide Gläser erst in einen Gefrierbeutel und diesen dann in den Tiefkühlschrank. Den Zettel stopfte sie ebenfalls in einen Gefrierbeutel. Danach entsorgte sie die Handschuhe und setzte sich wieder an den Tisch, klopfte auf den ihr gegenüberliegenden Platz. Aus der Thermoskanne verteilte sie auf beide Becher Kaffee.

»Warum hast du die Gläser in den Tiefkühlschrank gepackt?«, fragte Clemens und ließ sich auf dem Stuhl nieder.

»Wenn wir mit Liquid Ecstasy betäubt wurden oder seiner Prodrug GBL, wird das innerhalb von ungefähr zwölf Stunden im Körper zu Wasser und Kohlensäure abgebaut, da weist du nichts mehr nach. Deswegen ist es so wichtig, solche Proben, am besten aus dem Urin, so schnell wie möglich zu nehmen und unter minus zwanzig Grad Celsius zu lagern, dann bleibt es stabil. Und da ich nicht weiß, wann wir hier herauskommen, ist das jetzt die einzige Möglichkeit, die Proben zu konservieren. Ich darf sie nur später nicht vergessen.«

Clemens nickte, Liquid Ecstasy, auch GHB oder Gammahydroxybuttersäure genannt, war in seinem letzten Fall erst aufgetaucht. Mengler hatte damals schon angedeutet, dass es sich um eine äußerst beliebte Droge handelte, um andere gefügig zu machen. Von der Prodrug GBL hatte er allerdings noch nichts gehört.

»Und wieso vermutest du, dass es das oder GBL ist? Und was ist GBL überhaupt?«

Sie holte tief Luft. »Ich vermute das deswegen, weil es in der Drogenszene absolut beliebt ist. Der Besitz von GBL, Butyro-1,4-lacton, ist nicht verboten, es wird in großen Mengen als Lösungsmittel, zum Beispiel auch in Nagellack, verwendet. Dummerweise lässt sich daraus relativ leicht GHB synthetisieren. Nicht nur das, GBL wandelt sich auch von selbst innerhalb kürzester Zeit im Körper in GHB um, wenn man es einnimmt. Da es geruchlich und geschmacklich kaum auffällt, wird es gern in Getränke gemischt. Womit wir wieder beim Thema wären. Diese beiden Substanzen sind im Moment die am häufigsten verwendeten K.o.-Mittel und haben die Benzodiazepine fast vollständig abgelöst. Alleine deshalb, weil Benzos viel schwieriger zu beschaffen sind und außerdem einen ziemlich bitteren Geschmack haben.«

»Das erklärt einiges.«

Marie zuckte mit den Schultern. »Ja, die Welt ist böse und gemein. Was meinst du, wie oft wir junge Mädchen bei uns haben, die erst Tage nach einer potenziellen Vergewaltigung zu uns kommen, weil sie sich nicht mehr komplett daran erinnern können und sich schämen? Da ist dann natürlich von dem Zeug nichts mehr vorhanden, auch wenn es vermutlich zu der Erinnerungslücke geführt hat. Aber zumindest können wir dann noch mit Hilfe von gynäkologischen Untersuchungen und Abstrichen nachweisen, dass tatsächlich ein Verbrechen stattgefunden hat. Denn oft genug glaubt den Mädchen dann kaum jemand, dass sie dem Geschlechtsverkehr nicht zugestimmt haben. Diese Droge ist echt fies.« Sie verstummte und knetete ihre Finger ineinander. Das Thema schien sie ziemlich zu beschäftigen. »Aber du wolltest mir doch eigentlich was erzählen. Leg los, ich bin ganz Ohr«, meinte sie nach einer kurzen Pause.

»In Ordnung, aber das wird eine längere Geschichte.« Dann berichtete er ihr alles, angefangen bei dem Mord an Hannah über den Mord an Delphine und die übereinstimmenden Todesursachen bis hin zu der Tatsache, dass das Insulin nie öffentlich als Mordwaffe bekannt war. Marie schüttelte nur noch den Kopf. Am Ende legte sie den Kopf auf ihren Armen am Tisch ab und murmelte: »Was ist hier eigentlich los?«

Das Türschloss knackte, und Schrödi betrat den Raum. Als er die beiden erkannte, blinzelte er ungläubig. »Was macht ihr hier?«, fragte er und kam näher. Sofort schob der Kommissar den Schirm seiner Cap tiefer in die Stirn. Doch Marie ergriff sogleich das Wort und erklärte ihrem väterlichen Freund die ganze Geschichte. Clemens wurde währenddessen zusehends blasser, und Marie konnte es ihm nicht verdenken, schließlich wusste er nicht, dass Schrödi für sie ihre Familie darstellte. Sie vertraute ihm voll und ganz, er würde weder sie noch Sartorius verraten, dessen war sie sich sicher.

»Lass mich das noch einmal kurz rekapitulieren«, bat Schrödi nach ihrem Vortrag. »Du«, er zeigte auf den Kommissar, »wirst von der Polizei gesucht, weil du angeblich deine Freundin umgebracht hast, was du aber gar nicht getan hast.«

Der Kommissar nickte.

»Und du glaubst«, er deutete auf Marie, »dass irgendjemand euch beiden hier bei mir in der Bar gestern Abend was in die Gläser gekippt hat, was tatsächlich möglich gewesen wäre, weil Mo einfach alle Getränke der Reihe nach zubereitet und vorn mit Zettel versehen auf die Bar gestellt hat, damit ich sie an die Kunden verteilen kann. Und statt in dem Zustand nach Hause zu gehen, habt ihr hier in meinem Bügelzimmer ... Ach, ich will gar nicht wissen, was ihr getrieben habt.«

Er winkte ab, schüttelte den Kopf. Dann warf er Marie einen Blick zu, der sie mit einem Schlag wieder fünf Jahre alt werden ließ. Sie konnte sich schon denken, was er ihr damit sagen wollte. Dass sie doch in einer festen Beziehung mit Elenor lebte und glücklich war. Zumindest bis jetzt. Schrödi konnte Untreue nicht ausstehen, selbst wenn er sie nie direkt bei anderen Menschen, geschweige denn bei Marie, verurteilen würde. Aber Marie war sich dessen bewusst, dass sie ihn enttäuscht hatte. Sie würde einiges wiedergutmachen müssen. Abgesehen davon, dass ihr schlechtes Gewissen gegenüber Elenor sich wie ein Gewitter über ihrem Kopf aufbaute, bereit, sich bei jeder Gelegenheit zu entladen. Eigentlich hätte sie Elenor längst anrufen sollen, aber sie brachte es nicht übers Herz. Sie konnte ihr unmöglich von dieser Nacht erzählen. Außerdem breitete sich ein weiterer Gedanke in ihrem Gehirn aus, der ihr die Nackenhaare aufstellte.

»Du wirst doch nicht die Polizei rufen?«, fragte Marie Schrödi mit leiser Stimme. Plötzlich war sie sich ihrer Sache nicht mehr so sicher.

Er schnaubte nur. »Marie! Wie lange kennen wir uns jetzt? Natürlich nicht. Ich vertraue dir, auch wenn ich ihn nicht kenne und im Übrigen heute früh schon den Fahndungsaufruf im Radio gehört habe.« Er blickte den Kommissar ernst an. »Und eins sag ich dir, dieses Mädchen hier ist mir heilig wie meine eigene Tochter, und wenn du ihr irgendwas antun solltest oder sie auch nur verarschst, kriegst du es mit mir zu tun, damit das bloß klar ist!«, erklärte er mit erhobenem Zeigefinger.

»Keine Sorge, ich passe auf sie auf. Ich werde nicht zulassen, dass ihr was geschieht. Noch einmal passiert mir das nicht. Da will mich einer reinlegen, warum weiß ich nicht, aber ich habe Delphine nicht getötet.«

Schrödi nickte langsam und deutete mit zwei Fingern erst auf seine eigenen Augen, dann auf Sartorius' Augen, woraufhin der Kommissar die Lippen zusammenpresste. Marie beobachtete die beiden und konnte sich denken, wie Sartorius sich fühlte angesichts des bulligen, tätowierten Kerls, der ihm mehr als eindeutig klargemacht hatte, dass er ihn im Visier hatte. Da konnte der sonst zahme Bär zum Grizzly werden, der sich nicht scheute, sein Opfer niederzuwerfen. Sie ergriff Sartorius' Hand und drückte sie fest. Egal, was Schrödi von dieser Geste hielt, ihr war wichtig, Sartorius zu zeigen, dass er hier nicht alleine am Pranger stand. Trotzdem spürte sie Schrödis Blick auf ihren Wangen, doch sie hob den Kopf und hielt ihm stand.

Kurz zog er die Augenbrauen zusammen, dann nickte er, und ein Lächeln trat auf seine Lippen. Offensichtlich hatte er sie verstanden.

Nach einem tiefen Atemzug verzog Schrödi den Mund. »Aber jetzt ergibt diese seltsame Geschichte von gestern Abend auch einen Sinn.« Er kratzte sich die verbliebenen grauen Haare.

»Was für eine Geschichte?«, fragten der Kommissar und Marie fast gleichzeitig.

»Immer mit der Ruhe. Setzt euch, ich brauch jetzt auch erst einmal einen Kaffee. Noch jemand?«

Marie meldete sich sofort, doch Sartorius lehnte ab.

Nachdem Schrödi sich mitsamt seinem Becher am Tisch niedergelassen hatte, nickte er den beiden kurz zu, bevor er zu erzählen begann.

»Gestern Abend, als ich mit Mo um zwölf Uhr die Bar verlassen habe und gerade abschließen wollte, kam so ein seltsamer Typ auf uns zu, in einem Sweatshirt mit Kapuze, die so tief ins Gesicht gezogen war, dass man ihn gar nicht erkennen konnte. Und als ob das nicht schon seltsam genug gewesen wäre, hatte er auch noch mitten in der Nacht eine Sonnenbrille auf. Das war mir schon suspekt.« Er trank einen Schluck. »Und dann fragte er, ob nicht noch jemand im ›Worst Case‹ sei. Ich habe ihm natürlich gesagt, dass da niemand mehr ist und dass wir jetzt absperren. Doch der hat nicht lockergelassen, meinte, da müssten aber noch zwei drin sein, die wären bis jetzt nicht rausgekommen, das wüsste er ganz genau.« Schrödi schüttelte den Kopf. »Der wollte einfach direkt an mir vorbei in den Laden, könnt ihr euch das vorstellen?«

»Und dann?«, fragte Marie atemlos. Ihren Kaffee hatte sie noch gar nicht angerührt.

»Ich hab ihn erst einmal am Kragen gepackt und gemeint, er soll sich verziehen, sonst rufe ich die Polizei, da wär niemand mehr. Darüber hinaus waren mittlerweile auch ein paar andere Passanten auf uns aufmerksam geworden, die gefragt haben, ob wir Hilfe bräuchten.« Schrödi schaute von seiner

Kaffeetasse hoch und schnalzte mit der Zunge. »Als ob ich mit so einem Bürschchen nicht selbst fertigwerden würde. Abgesehen davon: Als der das Wort Polizei hörte, hat er sowieso ganz schnell die Flucht ergriffen, als stünde er auf der Fahndungsliste.« Schrödi lachte über seinen selbst kreierten Witz. Der Kommissar nicht.

»Ich dachte zuerst, das wäre irgend so ein Junkie, der versucht hat, mit Hilfe der dunklen Gläser seine geweiteten Pupillen zu tarnen, und der vielleicht noch mit jemandem aus der Bar eine Rechnung offen hatte oder so, aber jetzt, wo ich eure Geschichte kenne, weiß ich nicht mehr so recht.« Er zog scharf die Luft ein und schaute die beiden an.

Kurz herrschte Stille am Tisch, und Marie drehte ihren Becher im Kreis. Das klang alles gar nicht gut.

»Der hat auf uns gewartet.« Sie warf Sartorius einen Blick zu. Dieser nickte und klopfte mit den Fingern auf der Tischplatte herum.

»Gut möglich, dass das der Typ war, der uns das Zeug, was es auch immer sein mag, in die Getränke gemixt hat. Danach hat er wohl gehofft, dass wir mit allen anderen Gästen die Bar verlassen.«

»Aber wenn wir in dem Zustand rausgekommen wären …«

»… wären wir leichte Beute für ihn gewesen, was auch immer er mit uns vorhatte.«

Ein kalter Schauer fuhr Marie bei seinen Worten über den Rücken.

»Unser nächtliches Vergnügen hat uns wahrscheinlich gerettet.«

Marie schluckte heftig. »Mann, Sartorius, in was für einen Mist bist du da nur geraten?«

Und Schrödi fügte hinzu: »Und warum hast du Marie da mit hineingezogen?«

»Aber ich habe doch gar nichts gemacht!« Der Kommissar sprang von seinem Stuhl auf, knallte das Cap auf den Tisch und raufte sich die Haare. »Verdammt, wenn ich was an dieser Situation ändern könnte, würde ich es tun, das könnt ihr mir glauben. Ausgesucht habe ich mir das bestimmt nicht.« Er ließ sich wieder auf seinen Stuhl fallen und vergrub den Kopf zwischen den Armen.

Der Arme, dachte Marie, sein Leben hatte sich von heute auf morgen geändert, und er wusste noch nicht einmal, weshalb. Der Mörder hatte ihm schlichtweg die Luft rausgelassen, ohne eine Pumpe zu hinterlegen. Sie musste ihm einfach helfen. Schon allein um selbst wieder friedlich schlafen zu können, denn diese Person hatte wahrscheinlich nicht nur Sartorius unter Drogen gesetzt, sondern auch sie.

»Wenn der Kerl gestern Abend nicht an uns herangekommen ist, dann wird er es heute versuchen«, murmelte der Kommissar.

»Du meinst, der wartet immer noch da draußen?« Schrödi riss die Augen auf und schob seinen Stuhl nach hinten. »Den werd ich mir jetzt mal vornehmen. Wenn der glaubt, er kann uns einschüchtern, dann hat er sich mit den Falschen angelegt.« Er ballte seine Hände zu Fäusten und war schon auf dem Weg zur Tür.

»Halt, Schrödi, warte mal«, rief ihn Marie zurück, und er drehte sich zu ihr um. »Ich glaube, es ist besser, wenn er weiterhin glaubt, dass wir hier drin festsitzen. Wenn das ›Worst Case‹ später aufmacht und er reinkommen sollte, kannst du ihn gern interviewen. Es ist doch so: Wir können ihm nichts nachweisen, weder dass er uns was in den Drink gekippt hat, noch dass er uns etwas antun wollte. Aber vielleicht kommt er später vorbei und hinterlässt irgendwo seine Fingerabdrücke. Die hätte ich dann gern.«

»Und wie soll ich das anstellen?«, fragte Schrödi und blickte sie zweifelnd an.

»Das ist ganz einfach. Wenn er ein Glas oder einen anderen Gegenstand angefasst hat, packst du ihn mit Hilfe von Handschuhen in einen Gefrierbeutel. Wenn er die Theke, die Tür oder auch die Türklinke oder so betatscht hat, nimmst du einen Tesafilmstreifen, den du möglichst nicht auf der Klebefläche berührst und klebst ihn auf die Abdrücke. Dann ziehst du ihn vorsichtig wieder ab und klebst den Streifen auf ein Blatt Papier. Alles andere regele ich dann schon. Und wenn er etwas trinken will, umso besser, dann habe ich auch gleich seine DNS. Schaffst du das?« Sie klopfte Schrödi, der wieder an den Tisch getreten war, kräftig auf die Schulter.

»Das kriege ich gerade noch so hin. Und was habt ihr dann jetzt vor?«

»Gibt es hier einen Hintereingang?«, erkundigte sich der Kommissar. Schrödi nickte und wies Richtung Flur, der auch zu dem Bügelzimmer führte. »Sehr gut, dann verschwinden wir darüber, hoffentlich, ohne dass es einer mitbekommt.«

Marie seufzte. »Aber er weiß doch, wo du wohnst. Wenn du jetzt einfach in deine Wohnung gehst, wird er dich dort finden. Und wer weiß, was er dann mit dir anstellt, wenn er sowieso schon sauer ist, weil er dich oder uns nicht erwischt hat.«

»Da könntest du recht haben.« Der Kommissar rieb sich das Kinn, das inzwischen ziemlich stachelig war.

»Ich nehme dich mit zu mir.« Marie griff nach ihrer Jacke.

Schrödi warf ihr einen zweifelnden Blick zu.

»Meinst du, dass das eine gute Idee ist?«, fragte er sie. »Ich meine, im Hinblick darauf, dass ihr, du weißt schon …« Er machte ein paar eindeutige Handbewegungen, und Marie rollte mit den Augen.

»Mann, Schrödi, jetzt sei doch nicht so verklemmt. Ich mach das schon, schließlich bin ich ein großes Mädchen.«

»Wie du meinst, ich wollte es nur gesagt haben.« Schrödi hob abwehrend die Hände.

Wider Willen musste sie lächeln, er meinte es schließlich nur gut. Sie drückte ihm einen fetten Schmatz auf die Wange, dann ergriff sie Sartorius' Hand, der viel zu überrumpelt erschien, um sich zu wehren, und zog ihn Richtung Hintertür hinaus. Zumindest nachdem ihnen Schrödi diese aufgesperrt hatte. Im selben Moment drehte Marie auch schon wieder um. Die Urinproben! Mit einem schiefen Grinsen kramte sie sie aus dem Tiefkühlschrank hervor, kritisch beäugt von Schrödi, dem sie noch eine Kusshand zuwarf. Dann eilte sie zurück zu Sartorius. Draußen schauten sie sich mehrmals um, aber konnten niemanden entdecken. Der Weg bis zu ihrer Wohnung kam ihr endlos lang vor, so oft drückten sie sich in irgendwelche Seitensträßchen oder Häusereingänge, hinter Autos oder Bäume, um zu kontrollieren, ob ihnen jemand folgte. Doch außer ein paar lärmenden Schulkindern und einigen Anzugträgern kam ihnen niemand entgegen.

In der Endtnerstraße kramte Marie in ihrer Tasche nach ihrem Schlüssel und sperrte auf. Über ein paar Treppen erreichten sie den dritten Stock und damit ihre Wohnung. Sie packte die Proben sofort ins Tiefkühlfach, dann ließ sie sich erleichtert auf die Couch sinken, während Sartorius unschlüssig im Raum stand. Mittlerweile war es drei Uhr nachmittags, Elenor schien nicht da zu sein, was Marie gerade recht war, dann brauchte sie ihr auch nicht zu erklären, weshalb sie einen gesuchten Verbrecher bei sich aufgenommen hatte.

»Setz dich doch«, forderte sie Sartorius auf, aber der lehnte ab.

»Ich bin lange genug herumgesessen, ich bekomme noch Falten im Hintern. Außerdem habe ich nichts zum Anziehen hier, keine Zahnbürste oder sonst was in der Art. Gerade, dass ich noch mein Handy dabeihabe.« Er zog es aus der Tasche und verzog das Gesicht. »Tja, was mir fehlt, ist das Ladekabel.«

»Zeig mal her; was für eines brauchst du denn?« Marie schaute sich die Ladebuchse an. »Du hast Glück, ich habe das gleiche System. Hier.« Sie reichte ihm ihr Kabel, und er steckte sein Handy an eine Steckdose am Fenster, sodass er es auf dem Fensterbrett ablegen konnte.

»Hör mal, Sartorius, ich möchte jetzt gleich noch einmal ins Institut fahren, die Urinproben und den Zettel untersuchen.« Sie legte eine kurze Pause ein. »Ich will, dass du hierbleibst, nicht dass der Kerl mitbekommt, dass du bei mir bist. Geh nicht ans Telefon, da ist ein Anrufbeantworter dran. Ich schreibe dir hier noch meine Handynummer auf, dann kannst du mich erreichen, falls was ist. Und auf dem Rückweg kaufe ich dir eine Zahnbürste, ein Duschgel und ein paar Unterhosen, Socken und ein Shirt, okay? Du musst mir nur deine Größe verraten.«

»Du bist doch nicht meine Mutter, die mir was vom Einkaufen mitbringt.« Schnaubend drehte er sich von ihr weg.

»Bitte, wer nicht will, der hat schon.«

»Wohl wahr.«

»Jetzt werd mal nicht frech hier, schließlich riskiere ich einiges für dich, du könntest ruhig ein bisschen dankbarer sein!« Was war eigentlich immer los mit diesen Typen? Konnten die sich nicht einmal von einer Frau helfen lassen, ohne dass sie sich gleich in ihrer Ehre verletzt fühlten?

Er drehte sich wieder zu ihr herum, der Blick wesentlich sanfter. »Es tut mir leid, Marie, das war respektlos von mir. Ich weiß, was du für mich opferst, und das ehrt dich, aber ich fühle mich einfach nutzlos hier. Und außerdem weiß ich nicht einmal, ob es eine gute Idee ist, wenn du jetzt allein ins Institut fährst. Schließlich hat sich unsere geheimnisvolle Person auch über dich schlaugemacht, oder hast du das schon vergessen?«

Nein, das hatte sie nicht, ganz und gar nicht. Aber sie würde sich von so einem dahergelaufenen Jüngling im Sweatshirt nicht den Schneid abkaufen lassen. Eher besorgte sie sich eine Waffe. Irgendwo musste doch noch das alte Taschenmesser rumfliegen. Und das Tränengas! Elenor hatte doch immer eine Flasche im Bad stehen. Eilig rannte Marie zu dem kleinen Schränkchen und holte es heraus, schwenkte es vor Sartorius' Nase herum.

»Der soll sich nur mal an mich heranwagen, dann kriegt er die volle Ladung ab.« Sie prustete laut.

Der Kommissar schüttelte den Kopf und lachte ebenfalls. »Du bist schon eine Marke, weißt du das?« Er wurde wieder ernst. »Pass auf dich auf, hörst du? Du weißt, dass ich deinem Schrödi versprochen habe, auf dich achtzugeben. Ich möchte ungern bei ihm antreten und ihm das Gegenteil erzählen müssen.«

Mit ein paar Schritten war er bei ihr und umarmte sie fest. Maries Atem zitterte, und sie wusste im ersten Moment gar nicht, wohin mit ihren Händen. Er roch nach getragenem Hemd und abgestandener Luft, aber etwas mischte sich darunter, was sie auch gestern gerochen hatte. Etwas, was sie anzog, seine Haut, vermischt mit einem Hauch von Shampoo aus seinen Haaren und dem Kaffee aus seinem Atem, den sie deutlich an ihrem Hals spürte.

Schnell stieß sie ihn von sich weg. Es war eines, aus Versehen aufgrund von Drogen mit jemandem im Bett zu landen, aber es war mit Sicherheit etwas anderes, wenn Gefühle im Spiel waren. Sie konnte sich solche Gefühle nicht leisten. Falsch, sie wollte sie sich nicht leisten.

»Ich muss dann los«, erwiderte sie hastig, griff nach ihrer Tasche, packte die Proben aus dem Eisfach in eine Isoliertasche, grapschte sich den Gefrierbeutel mit dem Zettel und eilte zur Tür hinaus.

Unten angekommen sah sie sich wieder nach allen Seiten um. So mutig, wie sie sich oben gegeben hatte, fühlte sie sich hier nicht mehr. Im Gegenteil. Sobald sie ihr Auto erreicht hatte, sperrte sie es auf und setzte sich hinein. Sperrte sofort wieder ab. Beruhige dich endlich, du blödes Herz, herrschte sie sich an. Doch es pochte weiter, als würde es von einer auf Volllast laufenden Dampfmaschine angetrieben werden. Marie richtete einen Blick in den Rückspiegel. Stand da jemand hinter der dicken Kastanie? Ein Schatten bewegte sich. Kurz hielt sie die Luft an. Der Schatten trat hinter dem Baum hervor, es war ein junges Liebespaar, das sich offensichtlich gerade heftig geküsst hatte, denn ihr Lippenstift hatte lebhafte Spuren auf seinen Lippen hinterlassen, die sie jetzt mit einem Taschentuch zu entfernen versuchte.

Das muss aufhören, murmelte Marie und schlug mit Wucht auf ihr Lenkrad, sodass die Hupe ertönte. Mit einem heftigen Atemzug griff sie an ihr Herz. Das konnte auch nur ihr passieren. Ein Mann, der gerade an ihrem Auto vorbeispazierte, zeigte ihr einen Vogel. Marie wartete, bis der Passant um die Ecke verschwunden war. Eine weitere Minute später fühlte sie sich endlich so weit, dass sie den Motor starten konnte. Hoch konzentriert manövrierte sie den Wagen aus der Parklücke und fuhr Richtung Erlangen.

Freitag, 16:00 Uhr

Im Institut meldete Marie sich zuerst bei Professor Dr. Mengler, schließlich war sie offiziell krankgeschrieben. Wenn sie jetzt trotzdem hier auftauchte, konnte das versicherungstechnische Probleme nach sich ziehen, wenn sie das nicht vorher mit ihrem Vorgesetzten abklärte. Zumindest war sie sich dieses Mal sicher, dass ihr niemand heimlich gefolgt war. Weder mit dem Auto noch zu Fuß vom Parkplatz bis hierher.

Marie eilte in ihr Labor, schloss die Tür hinter sich und legte ihre Gefriertasche mit den Urinproben und den eingetüteten Zettel auf den Tisch. Als Erstes musste sie die Urinproben vorbereiten. Sie würde sie mit Hilfe einer Gaschromatografie in ihre einzelnen Bestandteile auftrennen und dann durch das Massenspektrometer jagen, um die Stoffe zu identifizieren und die jeweiligen Mengen davon herauszufinden.

Sie zog sich ihren Laborkittel an und streifte die Einmalhandschuhe über. Sorgfältiges und sauberes Arbeiten war das A und O für ein sicheres Ergebnis. Es erforderte Konzentration und Disziplin, aber Marie konnte nicht arbeiten, wenn es in ihrem Labor so ruhig war. Bevor sie sich ans Werk machte, marschierte sie zu ihrem Tablet, schaltete die Lautsprecherboxen ein und suchte bei einer Streaming-Plattform nach ihrer erstellten Playlist. Inmitten einer Sekunde erscholl »Stand My Ground« von Within Temptation im Raum, und Marie fühlte sich das erste Mal an diesem Tag wieder wie ein Mensch. Sie atmete tief durch, hob den Kopf und sang laut den Text mit, während sie sich an das Überführen der Proben machte.

Als sich die Proben im Gaschromatografen befanden, befasste sie sich mit dem Zettel, ein saugendes Material, das hieß, ein eventuell vorhandener Fingerabdruck wurde von dem Papier aufgenommen. Dummerweise musste der Verfasser des Briefes diesen auch eine gewisse Zeit an einer Stelle festgehalten haben, damit sich sein Abdruck im Papier verewigte. Das war allerdings selten der Fall. Abgesehen davon, dass die meisten Täter heutzutage über die Medien vorgebildet genug waren, um sich Handschuhe anzuziehen. Wahrscheinlich würde sie sowieso nur ihre eigenen Abdrücke und die von Sartorius finden. Sie wendete das Ninhydrin-Verfahren an. In dem Schweiß, der sich auf den Fingern bildete und der bei Kontakt mit dem Papier aufgesogen wurde, befanden sich Proteine, die aus Aminosäuren bestanden. Marie besprühte das Papier mit Ninhydrin und erhitzte es kurz über Wasserdampf, damit es mit den Aminosäuren reagieren konnte. Danach wurden Fingerabdrücke in schönem Violett sichtbar. Jetzt musste sie sie nur noch einscannen und mit denen in der Datei vergleichen. Das würde wahrscheinlich einige Zeit dauern.

Während Marie darauf wartete, dass irgendeiner ihrer Apparate einen Erfolg vermeldete, holte sie sich in der Küche einen Kaffee. Die meisten Mitarbeiter waren bereits gegangen, schließlich war es fünf Uhr durch. Lange wollte sie auch nicht mehr hierbleiben, der Kommissar wartete zu Hause auf sie und Elenor ... Oh, verdammt, sie hatte Elenor vollkommen vergessen! Was, wenn sie nach Hause käme und dort Sartorius vorfände? Sie würde doch sofort die Polizei rufen, wenn sie einen wildfremden Mann im Wohnzimmer sitzen sähe. Sie musste sie sofort anrufen. So schnell es ihr voller Becher erlaubte, hastete sie in ihr Labor zurück.

»Du hast es aber ganz schön eilig.« Elenor saß auf Maries Drehstuhl vor dem Schreibtisch, und Marie stoppte so abrupt, dass der Kaffee über ihre Finger lief.

»Verdammter Mist, ist das heiß!« Schnell stellte sie den Becher auf dem Tisch ab, rannte zum Waschbecken und ließ kaltes Wasser über ihre Hand laufen.

»Das tut mir leid, Schatz, ich wollte dich nicht so erschrecken.« Elenor wirkte sichtlich geknickt und war Marie zum Waschbecken gefolgt. Sie reichte ihr das Handtuch.

»Was machst du hier? Und wie kommst du überhaupt hier rein?«, fragte Marie mürrischer als beabsichtigt.

Elenor hob die Hände. »Oh, Entschuldigung, ich wusste nicht, dass ich hier nicht erwünscht bin.«

»So meinte ich das doch gar nicht.« Marie seufzte, drehte sich zu ihrer Partnerin um und gab ihr einen Kuss. »Ich habe mich nur gewundert, weil hier ein Sicherheitsbereich ist, und normalerweise ist der gesperrt für das Publikum.«

Elenor zog die Augenbrauen hoch. »Ich bin einfach zum Pförtner gegangen und habe mich ganz offiziell angemeldet. Offensichtlich hast du mich hier auch als deine Frau angegeben, denn er hat mich ohne weiteres Nachfragen durchgelassen.« Sie wirkte immer noch eingeschnappt.

»Es tut mir wirklich leid, ich bin heute etwas durch, der ganze Tag ist einfach nicht so gelaufen, wie ich es mir vorgestellt habe.«

»Was du nicht sagst! Und ich dachte schon, dir wäre was passiert, weil du offenbar nicht in deinem Bett warst heute Nacht und weil ich dich nicht zu Hause angetroffen habe, als ich heimgekommen bin.«

Allmählich dämmerte es Marie, warum ihre Freundin so zickig war. »Ich kann das erklären, Schatz, wirklich. Wahrscheinlich wirst du mir das alles nicht glauben, aber es ist wahr. Möchtest du vielleicht auch einen Kaffee oder Tee, bevor ich loslege?«

Elenor atmete tief durch, entschied sich dann aber doch für einen Kaffee, da sie sowieso später noch in die Nachtschicht musste, die letzte für diese Woche. Marie organisierte ihr einen Becher mit viel Milch und Zucker, so wie Elenor ihren Kaffee liebte. Dann setzte sie sich zu ihrer Partnerin an den Tisch.

»Weißt du, ich dachte zuerst, dass du nach unserem Streit in der Bar versumpft bist und Schrödi dich aufgenommen hat, also habe ich nicht gleich Alarm geschlagen, aber als ich um zwei Uhr nachmittags aufgewacht bin und immer noch keine Nachricht von dir erhalten habe, wurde ich misstrauisch. Ich habe mehrmals versucht, dich anzurufen, habe dir eine WhatsApp geschrieben, aber keine Reaktion. Ich war schon drauf und dran, die Polizei zu rufen, weißt du das?« Elenor sprach mit ruhiger Stimme, aber ihr stechender Blick verriet, wie aufge-wühlt sie war.

»Wenn ich dich hier jetzt nicht angetroffen hätte, wäre ich sofort zur Polizei gefahren.«

Marie biss sich auf die Lippe und kramte ihr Handy hervor. Es war auf lautlos gestellt, sie hatte das Läuten nicht gehört und ebenso wenig mitbekommen, dass sie eine Nachricht erhalten hatte.

»Ich habe es nicht gehört, tut mir leid. Warst du dann jetzt gar nicht mehr zu Hause seit heute Nachmittag?«

»Nein, wieso auch? Ich habe dich gesucht. Ich war bei Schrödi zu Hause, aber da war nur Mo, der wusste auch nicht, wo du warst, er meinte nur, du wärst tatsächlich in der Bar ge-wesen, aber als sie abgesperrt hätten, wärst du nicht mehr da gewesen. Er meinte, du hättest dich mit einem gut aussehenden Mann unterhalten, der dann auch nicht mehr da war. Kannst du mir das vielleicht erklären?« Elenor holte tief Luft und trank von ihrem Kaffee.

Das war ja noch viel schlimmer als gedacht. Marie schluckte heftig. Dann erzählte sie Elenor die ganze Geschichte von Sar-torius, der als gesuchter Verbrecher ins »Worst Case« gelockt worden war, dass jemand, wahrscheinlich der wahre Mörder, versucht hatte, sie beide zu betäuben, dass sie deswegen jetzt hier im Institut sei und die Proben untersuche und dass der Kommissar bei ihnen zu Hause untergetaucht sei. Nur eine Kleinigkeit unterschlug sie. Noch war sie nicht so weit, dass sie Elenor von dem obskuren One-Night-Stand mit Sartorius erzählen konnte. Falls sie jemals so weit war.

Die Augen ihrer Freundin wurden mit jedem Satz größer, wenn das überhaupt möglich war.

»Sag mal, bist du wahnsinnig, einen gesuchten Mörder bei uns einzuquartieren? Ich habe den Fahndungsaufruf gesehen, das ist ein Kriminalkommissar. Ich meine, wer, wenn nicht er, ist in der Lage, ein perfektes Verbrechen zu begehen und dann noch alle anderen davon zu überzeugen, dass er es nicht war?« Elenor schüttelte den Kopf.

»Nein, so ist er nicht.« In diesem Moment piepte der Computer, die Fingerabdrücke waren identifiziert. Marie warf einen Blick darauf: Wie erwartet waren es nur ihre eigenen und die von dem Kriminalhauptkommissar. Der Täter hatte wohl Handschuhe getragen.

»Was bedeutet das?«, fragte Elenor und deutete auf den Bildschirm, auf dem die beiden Namen Marie Mayfield und Clemens Sartorius aufleuchteten. Marie erklärte ihr kurz, was es damit auf sich hatte.

»Siehst du, seine Abdrücke sind da drauf, aber keine des Täters.«

Marie seufzte. Ruhig bleiben, beschwichtigte sie sich selbst.

»Und meine auch, bin ich dann auch eine Verbrecherin?«

Daraufhin schwieg ihre Partnerin. Der Gaschromatograf sendete ebenfalls ein Signal, die Urinproben waren durchgelaufen und in ihre einzelnen Bestandteile aufgetrennt. Marie ließ die aufgetrennten Substanzen durch das Massenspektrometer laufen und erklärte Elenor wieder, was sie damit bezweckte.

»Und wenn dieser Kerl dir und sich das Zeug selbst in den Drink gekippt hat? Hast du schon mal darüber nachgedacht?«

Nein, das hatte Marie nicht. Sicher, es könnte sich so abgespielt haben, aber mal ehrlich, was hätte Sartorius davon gehabt, außer einer … Nacht. Und warum hätte dann draußen vor der Bar jemand auf sie warten sollen? Und wenn dieser vermummte Typ von dem Kommissar engagiert worden war, um sie abzupassen? Was, wenn Sartorius tatsächlich der Mörder war? Schließlich passte sie in das Opferschema, das hatte er ihr selbst erklärt. Aber wieso hätte er ihr das sagen sollen, wenn er sie hätte umbringen wollen? Und überhaupt, wozu bräuchte er einen Komplizen, der sie, wenn sie beide mit Drogen vollgepumpt waren, abschleppte? Sartorius war doch auch nicht zurechnungsfähig gewesen. Oder doch? Maries Welt geriet ins Wanken.

»Jetzt kommst du ins Grübeln, stimmt's?«

»Nein, aber ich bin mir …«

»… plötzlich nicht mehr so sicher.«

»Das ergibt doch alles keinen Sinn. Warum sollte er mich erst unter Drogen setzen, dann aber doch nicht töten, und wenn, dann nur mit einem Komplizen, der ihn dann auch wieder verpfeifen kann. Wenn er mich hätte umbringen wollen, dann wäre das ein Leichtes gewesen. Aber er hat es nicht getan, sondern hat mir seine ganze Geschichte erzählt.«

»Weil er sich dein Vertrauen erschleichen wollte.«

»Aber weshalb denn? Wenn ich tot bin, kann ich ihn nicht als Mörder identifizieren, aber ich hätte ihn lebend jederzeit sofort an die Polizei ausliefern können. Wozu denn dieser Aufwand?«

»Weil er sich nur vom Mord an seiner Freundin freisprechen lassen will, kapierst du das denn nicht?« Elenor riss die Hände in die Höhe. »Du bist Forensikerin, du hast die Beweise, die seinen Fall betreffen. Er erfährt alles über dich und hofft vielleicht sogar, dass er so einige Beweise manipulieren kann, zum Beispiel die Urinproben.«

Marie schüttelte den Kopf. »Was soll er denn da manipulieren? Ich habe sie sofort eingefroren, nachdem er sie mir gegeben hatte.«

»Meinetwegen«, lenkte sie ein. »Aber vielleicht hat er ja auch nur versucht, dich dementsprechend zu beeinflussen, indem er euch beide unter Drogen gesetzt hat. Das macht dich empfänglicher, für seine Sache zu kämpfen.« Dann fiel ihr noch etwas ein. »Und du warst übrigens auch nicht dabei, wie er die Probe abgegeben hat. Was, wenn er den Urin erst danach mit der Substanz versetzt hat und nur so getan hat, als wäre er ebenfalls weggetreten gewesen?«

Dem hatte Marie auf die Schnelle nichts entgegenzusetzen. Was, wenn Sartorius wirklich versucht hatte, ihr etwas vorzumachen, nur um die Beweismittel zu fälschen? Letzten Endes würde sie die Inhaltsstoffe der Urinproben melden müssen, egal, auf welchem Weg sie zustande gekommen waren. Und sie könnten dazu beitragen, Sartorius' Unschuld im Mordfall Delphine Otto zu beweisen.

»Wenn Sartorius darauf baut, dass die Substanz in der Urinprobe zu seiner Entlastung führt, dann wird auch jeder andere Kommissar auf diese Idee kommen, nämlich dass er das alles so eingefädelt haben könnte. Es gibt keinen Zeugen dafür, dass uns jemand etwas ins Glas gekippt hat. Er könnte es selbst gewesen sein. Dementsprechend wird dieser Nachweis gar nicht viel helfen«, murmelte Marie, aber ihr uneingeschränktes Vertrauen in den Kommissar hatte einen Knacks bekommen.

»Du bist und bleibst unverbesserlich! Und was willst du jetzt tun?«

Das Massenspektrometer zeigte ein Ergebnis an und erlöste Marie von einer Antwort.

»GHB, Gammahydroxybutansäure, so wie ich es vermutet hatte.«

»Das beweist zwar, dass es in den Proben vorhanden war, aber nicht, wer dafür verantwortlich ist.« Elenor verschränkte die Arme vor der Brust.

»Nein, das tut es nicht, da hast du recht.« Marie sah sich die Ergebnisse genauer an und kaute auf ihrer Unterlippe. »Aber die Mengenangaben in unseren Proben entsprechen sich in etwa, kleinere Schwankungen mit einberechnet, was die Abbaugeschwindigkeit des Stoffs im Körper angeht. Nie im Leben hätte Sartorius diese Dosierung im Nachhinein erreicht. Er war genauso betäubt wie ich.«

Elenor zuckte mit den Schultern. »Das lässt ihn noch lange nicht vom Haken. Wie gesagt, er will sich vermutlich nur freikaufen, und natürlich weiß er bestimmt, dass du hier mit deinen Gerätschaften genaue Angaben zu den Mengen geben kannst. Da ist es schon sicherer, wenn man sich selbst ebenfalls mit ... Wie heißt das Zeug noch mal?«

»GHB.«

»Genau, mit diesem GHB betäubt. Dann noch der Alibi-Mann vor der Tür, perfekt, um sich als Unschuldslamm zu präsentieren.«

»Und was ist mit dem Kerl, der mich beobachtet hat?«, fragte Marie, obwohl sie die Antwort bereits kannte.

»Das ist der gleiche wie der, der vor der Bar herumgepöbelt

hat. Wenn da überhaupt einer war, du hast ja selbst gesagt, du hast dich nur so gefühlt, als ob dich jemand beschatten würde. Einbildung ist schließlich auch eine Kopfsache.«

Marie seufzte. Sicher, es konnte so sein, wie Elenor behauptete, aber es war doch auch möglich, dass der Kommissar recht hatte oder einfach nur ehrlich war. Wem sollte sie denn jetzt glauben? Wenn sie sich gegen Elenor entschied, würde das Ärger bedeuten, und sollte Elenor am Ende auch noch richtigliegen, wäre das Drama vorprogrammiert. Wenn sie sich stattdessen gegen Sartorius entschied, riskierte sie, einen Unschuldigen ans Messer zu liefern. Oder einen Schuldigen entgegen seinem, in dem Fall genialen Plan zu überführen. Und sie hätte Ruhe vor Elenor.

Sie massierte sich die Schläfen. Sie fühlte sich wie in einer Fernsehshow, eins oder zwei, du musst dich entscheiden, sonst ist es vorbei. Ihr Kopf sagte ihr, Elenor hatte gute Argumente, ihr Herz, dass sie ihrem Gefühl vertrauen sollte. Und das schrie geradezu, dass der Kommissar unschuldig war. Kopf oder Herz, das war hier die Frage.

»Pass auf, Elenor, es kann sein, dass du recht hast, das ist nicht auszuschließen. Aber es kann genauso gut sein, dass Sartorius tatsächlich die Wahrheit sagt und unschuldig ist. Ich weiß es gerade nicht.« Sie holte tief Luft. »Ich werde diese Ergebnisse vorerst für mich behalten und das genauso mit Sartorius bereden. Du kannst gerne dabei sein und seine Reaktion beobachten. Je nachdem können wir dann immer noch entscheiden, was wir tun werden. Kannst du damit leben?« Sie sah ihre Freundin mit flehendem Blick an.

Doch diese schüttelte nur den Kopf. »Ich verstehe dich nicht, Marie. Das ist so unvernünftig, so kenne ich dich gar nicht. Ich meine, allein dass der Typ jetzt bei uns in der Wohnung ist. Was der alles klauen könnte oder mit einem Messer auf uns warten. Mir wäre lieber, wenn wir sofort die Polizei rufen.« Mit Nachdruck hieb sie ihre flache Hand auf den Tisch.

»Nein, Elenor, das werden wir nicht. Du überreagierst. Wenn Sartorius etwas bei uns klaut, dann wissen wir doch sofort, dass er es war. Und aus welchem Grund bitte sollte er mit einem Messer hinter der Tür warten, wenn er deiner Meinung nach doch als unschuldiger Mann gelten möchte?«

»Was weiß denn ich, was in solchen kranken Hirnen vor sich geht!«

»Wenn du nicht in die Wohnung willst, gehe ich eben allein. Dann bist du in Sicherheit, und ich regle das. Aber ich werde ihn jetzt nicht verraten. Ich weiß, dass dir das nicht passt, aber ich halte mich vorerst an die Fakten. Und noch sprechen sie für Sartorius statt gegen ihn. Und du wirst auch nirgendwo anrufen, hörst du? Ich verlasse mich auf dich.« Marie fixierte Elenor und drohte ihr mit dem Zeigefinger. Sie wusste, dass ihr Vorgehen riskant war, aber etwas sagte ihr, dass Sartorius kein Mörder war. Warum auch immer.

Elenor schnaubte, enthielt sich aber einer Antwort, stattdessen schaute sie an Marie vorbei.

»Dann gehe ich jetzt wohl besser mal«, sprach sie Richtung Tür. »Ich werde in der Stadt essen und dann direkt zur Arbeit fahren. Und du?« Jetzt wandte sie den Kopf wieder zu Marie.

»Ich werde das tun, was ich am besten kann, nämlich Beweise durchgehen. Ich schaue mir alles zu dem Fall noch einmal an, bis ich Klarheit habe«, entgegnete Marie. »Du weißt doch, Beweise lügen nicht, Menschen schon. Sollte Clemens gelogen haben, dann werde ich das herausfinden. Darauf kannst du dich verlassen.«

Unruhig tigerte Clemens in Maries Wohnung auf und ab. Er konnte einfach nicht mehr still sitzen. Fast eine Stunde lang hatte er sich bemüht, ein Buch zu lesen, dann aber aufgegeben, nachdem er festgestellt hatte, dass er die gleiche Stelle immer und immer wieder gelesen und doch kein Wort davon begriffen hatte. Die Zeitschriften auf dem Couchtisch entsprachen nicht seinem Geschmack, ein Magazin mit Strickmustern, eine Fernsehzeitung und ein Reisemagazin mit einem Sonderbeitrag über Neuseeland. Nichts für ihn. Nicht dass ihn das Land nicht interessiert hätte, doch niemand konnte ihn zwingen, knapp vierundzwanzig Stunden in einem beengten Raum mit mehreren hundert anderen Passagieren zu verbringen. Niemals!

Er hatte sogar den Fernseher eingeschaltet, aber nachdem er sich wahllos durch verschiedene Kanäle gezappt und nichts Fesselndes gefunden hatte, gab er auch das wieder auf.

In der Küche suchte er sich ein Glas und trank Leitungswasser. Öffnete den Kühlschrank und fand sowohl ein Käsebrett als auch Margarine. Nach weiterem Suchen entdeckte er einen Brotkasten im Regal, Teller im Hängeschrank und Messer in der Schublade. Das reichte für einen Imbiss. Im Seitenfach des Kühlschranks befanden sich Senf und süßsaure Soße, ebenso ein angebrochenes Glas mit Cornichons. Mit seinem Brotzeitteller wanderte er wieder zurück zur Couch und ließ sich dort nieder, um zu essen. Als er sich gerade schon wieder fragen wollte, was er anstellen sollte, klingelte sein Handy. Das Display verriet ihm, dass es Cora war.

»Ich bin ja so erleichtert, dass ich dich erreiche«, sprudelte es aus ihr heraus, nachdem er das Gespräch angenommen hatte. »Wo bist du?«

»Das ist eine längere Geschichte«, begann Clemens und berichtete ihr von seinem Abenteuer letzte Nacht, wohlweislich ohne den vermeintlichen Sex zu erwähnen. Bei dem Gedanken daran verspürte er wieder Hitze in seinen Wangen.

»Momentan bin ich bei Marie in der Wohnung«, beendete er die Erklärungen. Doch dann stutzte er, etwas an diesem Gespräch war seltsam. Dann fiel es ihm auf.

»Wieso fragst du überhaupt, wo ich bin? Ich meine, du kannst doch gar nicht gewusst haben, dass ich woanders stecke, weil ich doch eigentlich in der Wohnung sein sollte.« Am anderen Ende war es kurz still. Wobei still die falsche Umschreibung war, denn Clemens hörte deutlich einen Zug vorbeirauschen. Offenbar war Cora wieder zum Telefonieren auf die Straße gegangen.

»Du bist aufgeflogen. Ein anonymer Anrufer hat der Polizei einen Tipp gegeben, wo du dich aufhalten könntest, nämlich in der Wohnung, die Klaus dir vermittelt hat. Daraufhin sind die Nürnberger Kollegen ausgerückt, haben die Wohnung gestürmt und alles gesichert, was nicht bei drei auf dem Baum war.« Sie holte tief Luft, während im Hintergrund mehrere Autos hupten.

Clemens schnaubte. »Da meint es jemand wirklich ernst. Also sind meine Sachen alle weg.« Es war mehr eine Feststellung als eine Frage.

»Das war noch nicht das Schlimmste.« Ihre Stimme klang kleinlaut. »Sie haben auch deine Aufzeichnungen zu dem Tegernsee-Fall gefunden, genauso wie einen leeren Insulin-Pen in deinem Abfalleimer. Ohne Fingerabdrücke.«

»Das gibt es doch gar nicht! Das ist doch schon so offensichtlich, dass es schlimmer nicht mehr geht.«

»Das dachte ich auch, aber der Staatsanwalt nimmt das sehr ernst. Und die Beamten vom BLKA leider ebenso.«

Clemens schwieg einen Moment und dachte nach. »Was ich mich frage, wie ist der Kerl in die Wohnung gekommen?«

»Was meinst du?«

»Ich meine, dass ich auf jeden Fall abgeschlossen hatte. Ergo konnte der Täter nicht einfach so einbrechen, sondern brauchte entweder spezielles Werkzeug oder einen Zweitschlüssel. Vielleicht hat er Spuren am Schloss hinterlassen.«

»Das kannst du glatt vergessen, nachdem die Beamten aus Nürnberg das Schloss zerstört haben, um in die Wohnung zu kommen.« Cora seufzte so laut, dass Clemens es durch den Lautsprecher hören konnte.

»Das kann doch nicht wahr sein! Die hätten wenigstens erst einmal nachsehen können, ob das Schloss intakt ist.« Clemens sprang vom Sofa auf.

»Du weißt doch, wie das abläuft. Wenn wir die Wohnung eines potenziellen Gewaltverbrechers stürmen, kommt keiner auf die Idee, vorher noch zu überprüfen, ob der in ihren Augen Schuldige vor Kurzem einen Einbruch hatte.«

Jetzt war es Clemens, der seufzte. Sie hatte recht, er konnte und durfte den Kollegen da keinen Vorwurf machen. Er hätte genauso reagiert.

»Die BLKA-Frau war übrigens auch bei Klaus, nur dass du Bescheid weißt. Schließlich musste sie ihn fragen, ob er weiß, wo du steckst, und ihm sagen, dass er sie sofort benachrichtigen soll, wenn er etwas von dir hört.«

»Und weißt du, was dabei herausgekommen ist?«

Clemens hatte mittlerweile wieder seine Runde quer durch das Wohnzimmer aufgenommen.

»Ich bin ja nicht auf den Kopf gefallen. Sofort nachdem die Meierhuber und der Groner hier wieder aufgetaucht sind, habe ich Klaus selbst angerufen und ihm erzählt, was Sache ist. Und dass er mich jederzeit unter meiner geheimen Handynummer anrufen kann, wenn was ist. Er hat sich nach dir erkundigt und ebenfalls gefragt, wo du denn jetzt bist, wenn deine Wohnung weg ist, aber da konnte ich ihm natürlich auch keine bessere Auskunft geben. Außerdem ist die Meierhuber dann bei mir ins Büro reingeplatzt und hat gefragt, ob ich noch Infos für sie hätte, da habe ich mich dann lieber verabschiedet, bevor es aufgefallen wäre.«

»Hm. Das klingt alles nicht berauschend.«

»Nein, wirklich nicht. Ich habe übrigens Nachforschungen zu dem blonden Mann vom Tegernsee angeleiert, aber wie wir bereits vermutet haben, führt das ins Nichts. Angeblich hat ihn niemand außer deinem Freund Eschbach gesehen, oder zumindest kann sich niemand daran erinnern.«

»Ich weiß gar nicht, ob das überhaupt Sinn macht, in dieser Richtung weiterzuermitteln«, erklärte er. »Mittlerweile glaube ich nicht mehr an die Serienmörder-Theorie. Welcher Serienmörder macht denn so eine lange Pause zwischen zwei Morden?«

»Vielleicht war er im Gefängnis oder hat in einem anderen Land weitergemordet?«

»Einen Versuch wäre es wert, bei den damaligen Gefängnisinsassen nach jemandem zu suchen, auf den diese Beschreibung passt.«

»Wie stellst du dir das vor? Der könnte überall und zu jeder x-beliebigen Zeit wegen irgendwas eingesessen sein. Wo soll ich mich denn da ohne Namen erkundigen? Und vor allem ohne Befugnis?«

»Du hast recht, vergiss es. Aber genau das Gleiche gilt für die Annahme, dass er im Ausland weitergemordet hat. Du könntest höchstens bei Interpol nachfragen.« Clemens fuhr sich durch die Haare. Es gab wirklich nicht einen Anhaltspunkt für diese These.

»Alles, was ich bisher erfahren habe, ist, dass zumindest in keinem anderen Bundesland jemand in den letzten Jahren auf diese Art mehrmals getötet hat. Das wäre auch in den Medien gewesen. Irgendwie glaube ich nicht an einen gemeinsamen Serientäter.«

»Ich auch nicht, da passt einfach zu vieles nicht. Trotzdem hat der Mörder die Fälle von Hannah und Delphine mit mir in Verbindung gebracht – aktiv. Sie wurden beide auf dieselbe Art getötet, und wie es aussieht, liegt dem Täter sehr viel daran, mir die Tat in die Schuhe zu schieben.« Clemens setzte sich wieder. Plötzlich übermannte ihn große Müdigkeit. Wo führte das alles hin? »Ehrlich, ich glaube, dass das Erlebnis gestern ebenso in das Schema passt. Marie hat dunkle Haare wie Hannah und Delphine, die Größe und auch die Statur passen, und der Mörder hat sie bewusst in aller Öffentlichkeit mit mir in Verbindung gebracht«, ergänzte er seine Bedenken.

»Weil du auch immer gleich jeder Versuchung nachgeben musst!«

»Wie meinst du das?« Er hatte ihr doch gar nichts von der Nacht erzählt. Woher sollte sie das wissen?

»Das ist doch ganz logisch. Bloß weil dir jemand einen Zettel unter der Tür durchschiebt, muss man doch nicht gleich dem Folge leisten, was daraufsteht. Vor allem, wenn man schon überall in den Medien präsent ist.«

Clemens atmete erleichtert aus; *das* meinte sie. Nicht die Nacht.

»Was hättest du denn getan? Sag mir jetzt nicht, dass du brav zu Hause sitzen geblieben wärst.« Ausgerechnet Cora. Nie im Leben hätte sie sich so verhalten.

»Nein, vermutlich nicht. Aber du hättest mich zum Beispiel anrufen können, dann wären wir zu zweit dort aufgelaufen.«

Jetzt wurde es Clemens doch etwas heiß. Er wollte gar nicht daran denken, wie das Ganze abgelaufen wäre, wenn Cora dabei gewesen wäre. Vor allem, weil er sich mit Cora in keiner Weise intim vorstellen konnte. Marie war eine andere Sache, das redete er sich zumindest ein.

»Das ist doch jetzt völlig irrelevant«, versuchte er, das Thema umzuleiten. »Was geschehen ist, ist geschehen. Wichtiger ist, wie es weitergeht. Nach wem wir suchen müssen.«

»Was mich viel mehr interessiert, ist, woher der Mörder das Detail mit dem Insulin wusste.« Mehrere Autos fuhren im Hintergrund an. Wahrscheinlich war eine Ampel auf Grün gesprungen.

»Eine gute Frage. Entweder es ist etwas durchgesickert bei den Ermittlungen, bei den Tegernseer Kollegen ist jemand in die Asservatenkammer eingebrochen, oder es gibt dort einen Maulwurf. Oder hier.« In diesem Fall gab es einfach zu viele offene Fragen.

»Das klingt für mich jetzt eher nach einer Person, die einen Hass auf dich entwickelt hat. Das macht man doch nicht, wenn man nur ein bisschen sauer oder wütend auf jemanden ist.« Ein lautstark beschleunigendes Motorrad unterbrach ihr Gespräch.

»Kann das jemand sein, den du ins Gefängnis gebracht hast? Jemand, der sich zu Unrecht bestraft fühlt und dir die Schuld daran gibt? Der vielleicht sogar wünscht, dass dir das Gleiche widerfährt?« Kurz erscholl Gesang durch den Lautsprecher, der sich sofort wieder entfernte. »Sorry, Radfahrer mit Knopf im Ohr. Weißt ja, wie das hier zugeht.«

Clemens überging ihren Einwurf. »Das müsste dann jemand sein, den ich hier in Erlangen im Rahmen meiner Tätigkeit als Kriminalhauptkommissar hinter Gitter gebracht habe, also in den letzten zwölf Jahren. Weil davor war ich immer nur Mitglied im Team eines anderen Kriminalhauptkommissars und war für Verhaftungen nicht selbst verantwortlich.« Clemens seufzte. Zwölf Jahre waren eine lange Zeit, er hatte einige festgenommen, aber nur wenige, die ihm deswegen mehr als nur einen Vorwurf gemacht hatten. Doch dann kam ihm eine Idee.

»Warte mal, mir fällt da gerade etwas ein, was zu deiner Theorie passen könnte. Der geheimnisvolle Anrufer hat etwas gesagt wie, dass ich alles verlieren werde. Was, wenn ihm das selbst so ergangen ist und er mir das jetzt heimzahlen will?« Seine Stimme war immer lauter geworden.

»Das müssten Kapitalverbrechen gewesen sein, bei denen sich die Verurteilten ungerecht behandelt fühlten. Und zwar nicht vom Gericht, sondern von dir, der Person, der sie die Verhaftung verdanken. Und sie sind vermutlich schon wieder aus dem Gefängnis draußen, vielleicht auch erst seit Kurzem. Ich bin erst seit fünf Jahren hier, mir fällt da keiner ein. Hast du eine Idee?«

Clemens kratzte sich am Kopf. »Vielleicht. Das war vor ziemlich genau zehn Jahren, der Typ hieß irgendwas mit Regen, aber ich komme gerade nicht auf den vollständigen Namen. Das war eine ziemlich traurige Geschichte. Er hatte eine krebskranke Frau und konnte die auflaufenden Rechnungen nicht mehr bezahlen, da das Krankengeld aufgebraucht war, seine Frau aber nicht mehr arbeiten konnte. Um die Familie zu ernähren – sie hatten zwei Kinder –, hat er angefangen, in dem Kiosk, in dem er arbeitete, heimlich Drogen an die

Schulkinder der nahe gelegenen Realschule zu verkaufen. Ich weiß noch, dass er sie als Kaugummipäckchen getarnt hatte.« Clemens hielt kurz inne, um sich besser erinnern zu können. »Und als ob das nicht schon schlimm genug wäre, wurde er auch noch von seinem Boss erwischt. Aber anstatt dass der die Polizei gerufen oder ihm zumindest die Leviten gelesen hätte, hat er ihn erpresst, sodass das ganze Geld-Dilemma wieder von vorn begann. Bei einem Streit über die Höhe der Abgaben vom Verkauf der Drogen hat der Mann dann seinen Boss gestoßen, sodass dieser so unglücklich in ein Weinregal fiel, dass er sich das Rückgrat brach. Hätte der Mann Hilfe geholt, wäre alles halb so schlimm gewesen, aber er hat ihn dort einfach liegen und sterben lassen. Danach hat er noch versucht, das Ganze als Raubüberfall zu tarnen. Dummerweise hat er sich bei den Befragungen in immer mehr Widersprüche verstrickt, sodass eine Verhaftung unausweichlich war.« Clemens seufzte. Das war wirklich kein einfacher Fall gewesen. »Während er im Gefängnis war, ist seine Frau an ihrer Krebserkrankung gestorben, und die Kinder kamen zu Pflegeeltern.« Er hielt inne. »Regenpfeiffer! Genau, so hieß der Mann, Julian Regenpfeiffer. Er hat mir die Schuld daran gegeben, dass er die letzten Wochen seiner Frau nicht miterleben konnte und dass er dann auch noch die Kinder verloren hat.«

Es war kurz still am anderen Ende der Leitung.

»Das ist ja furchtbar. Aber er wäre sicher ein guter Kandidat, den zu überprüfen sich lohnt. Sonst noch jemand?«

Clemens überlegte. »Der Todesengel aus der Nephrologie«, meinte er schließlich.

»Bitte was? Davon habe ich ja noch nie was gehört.«

»Das war vor ungefähr acht Jahren, ein Krankenpfleger namens Egelseer, das musst du mitbekommen haben«, erwiderte Clemens. »Das ging ganz groß durch die Presse. Der hat insgesamt vier Menschen mit Hilfe von Insulingaben während der Dialyse getötet. Angeblich fühlte er sich von einer höheren Macht berufen, wobei ich nicht glaube, dass der schon wieder aus der Psychiatrie draußen ist.«

»Dann scheidet er wohl aus, aber ich werde trotzdem mal nachfragen. Noch einer?«

»Wer auch noch richtig wütend auf mich war, war Richter Andreas Fratze, den habe ich vor sechs Jahren ins Gefängnis gebracht. Er hat sich während seiner Amtszeit bestechen lassen, und ich habe ihn überführt. Das kostete ihn nicht nur das Amt, sondern auch die Freiheit.«

»Das klingt jetzt aber nicht unbedingt nach einem passenden Täter.«

»Warte ab«, unterbrach Clemens sie. »Fratze hat wirklich alles verloren, Frau, Familie, angesehenen Beruf. Im Gefängnis hat er bestimmt keine Freunde getroffen, da geht es Richtern nicht besser als Polizisten. Wichtiger ist, dass er mir im Gerichtssaal Rache geschworen hat, nicht laut natürlich, sondern ganz ohne Zeugen beim Hereinkommen. Es war eigentlich mehr so ein Zischen. Aber es hat gereicht, dass sich mir die Härchen im Nacken aufgestellt haben. Der meinte das auch so, das war nicht nur dahingesagt.«

»In Ordnung, dann überprüfe ich ihn auch. Noch irgendwelche Schockgeschichten?«

»Die Bender-Geschichte könnte noch hineinpassen«, überlegte Clemens laut. »Auch sehr beliebt bei der Presse. Bender war Lehrer an einem Gymnasium, wurde vor zehn Jahren wegen des Mordes an einer seiner Schülerinnen festgenommen.«

»Und? Wo bleibt die Pointe, weswegen er sich an dir rächen wollen sollte?« Coras Geduld schien im Moment nicht die allerbeste zu sein.

»Jetzt lass mich doch erst einmal zu Ende erzählen! Er hatte ein Verhältnis mit ihr, trotzdem soll er sie mit mehreren Messerstichen getötet und danach im Dechsendorfer Weiher versenkt haben. Erst zwei Monate später trieb sie nach oben, nackt. Die vermutliche Tatwaffe, ein ziemlich kostbares Sashimi-Messer aus Damaststahl aus Benders Küche, wurde nie gefunden, und letzten Endes konnte man Bender den Mord nie hundertprozentig nachweisen. Es wurde ein Indizienprozess, der zu seinen Ungunsten ausfiel. Er hat immer wieder beteuert, dass er es nicht gewesen sei, dennoch wurde er verurteilt, nicht zuletzt aufgrund meiner Zeugenaussage. Zu der ich auch heute noch stehe. Eindeutige Fotos und E-Mails auf einem geheimen Account zeigten, dass er Sadomaso-Spielchen mit ihr trieb, sie wurde schwanger und hat versucht, ihn zu erpressen, woraufhin er sie mehrfach bedroht hatte, dass sie ihn und seine Familie in Ruhe lassen soll. Unter den Fingernägeln des Mädchens fand sich seine DNS, Spermaspuren in ihrer Vagina und natürlich der tote Embryo in ihrem Leib, der eindeutig ihn als Vater identifizierte. Das hat dem Gericht gereicht.« Clemens hielt kurz inne. »Bender ist bei der Urteilsverkündung völlig ausgerastet, hat mich angeschrien, dass er mir das heimzahlen wird und dass ihn niemand davon abhält. Reicht das als Motiv?«

»Das hättest du auch gleich sagen können«, maulte Cora.

»Wo bleibt denn da die Spannung?« Doch eigentlich war Clemens nicht zum Scherzen zumute. Außerdem war er mit seinen Verdächtigen noch nicht am Ende. »Ich hätte da noch einen.«

»Allmählich frage ich mich, in was für einen Vorhof der Hölle ich hier geraten bin.«

»Ist auch der Letzte, ich verspreche es. Aber der könnte sich auf jeden Fall noch lohnen. Hier geht es um einen meiner ersten Fälle, Konrad Mirsberger, ein Landwirt aus Büchenbach. Er hat seinen Bruder getötet, weil der ihm im Weg stand. Mirsberger wollte das Land an einen Hotelier verkaufen, sein Bruder Alfons aber nicht. Das war ein perfider Mord. Alfons war Diabetiker, lebte in einer unglücklichen Ehe, hat seine Frau geschlagen und war deshalb bereits auffällig geworden. Wegen Übergewicht und Diabetes war er nicht mehr in der Lage, viele Arbeiten auf dem Hof zu erledigen, aber er kommandierte als der ältere der beiden Brüder alle anderen herum. Konrad hat aus lauter Frust und Wut seinen Bruder mit einer Insulinüberdosis getötet, hat aber versucht, das Alfons' Ehefrau in die Schuhe zu schieben.«

»Ein Insulinmörder, sieh mal einer an.«

»Ja, aber dummerweise hatte er nicht damit gerechnet, dass

die Ehefrau auch nicht gewillt war, den Hof zu verkaufen, sodass Konrad sie gewürgt hat«, erzählte Clemens weiter. »Glücklicherweise konnte sie im letzten Moment gerettet werden, weil der Postbote vorbeigekommen ist. Konrad Mirsberger hat die ganze Zeit versucht, mich für dumm zu verkaufen, weil er glaubte, er hätte den perfekten Mord begangen, indem er ihn jemand anderes in die Schuhe schob. Doch geglaubt habe ich ihm nie, das habe ich ihm auch deutlich zu verstehen gegeben. Und die Beweise haben ihn letzten Endes auch überführt. Das hat er mir persönlich übel genommen.«

»Ich werde die Akten von den Herren heraussuchen, mal sehen, was ich finde. Warum glaubst du eigentlich, dass es sich unbedingt um einen Mann handeln muss? Sind Giftmorde nicht eher Frauenmorde?«

»Erstens ist unser Verfolger ein Mann gewesen laut dem Inhaber des ›Worst Case‹, zweitens ist mir kein einziger Fall aus den letzten Jahren bekannt, wo ich eine Frau verhaftet habe, die es mir deswegen heimzahlen wollte. Ein dritter Grund fällt mir gerade nicht ein, denn du hast schon recht, mit Hilfe eines Insulin-Pens kann auch ein körperlich schwächerer Mensch eine große Frau überwältigen. Nur bis jetzt deutet nichts darauf hin.« Darüber hatte sich Clemens noch gar keine Gedanken gemacht. Er würde das noch mit Marie besprechen, wenn sie wieder nach Hause kam. Die Spurensicherung musste doch Hinweise diesbezüglich gesammelt haben.

»In Ordnung, das sind jetzt auch schon fünf potenzielle Verdächtige. Viel Arbeit. Mal sehen, vielleicht kriege ich die Akten heute schon, zumindest kann ich mich mal vor den Computer klemmen.« Ein Zug ratterte im Hintergrund vorbei. »Dann gehe ich mal wieder zurück, bevor die eine Vermisstenanzeige schalten und misstrauisch werden. Und du, mein Lieber, hältst dich an die Direktive deiner Forensikerin und bleibst, wo du bist.«

»Das ist nicht meine Forensikerin.«

»Du weißt genau, wie ich das meine, also lenk nicht ab.« Sie seufzte, und ihre Stimme wurde leiser. »Das ist kein Spiel,

Clemens, bei dem man einfach so mit einer Gefängnis-frei-Karte wieder rauskommt, du steckst echt mehr als knietief im Morast, und ich mache mir Sorgen um dich.«
Er schluckte hart. »Ich weiß. Danke für deine Hilfe und dein Vertrauen. Ohne dich wäre ich aufgeschmissen.«
»Könnte ich das bitte noch einmal hören, damit ich es aufnehmen kann für schlechte Tage?« Sie bemühte sich um einen lockeren Tonfall, aber er hörte am Klang ihrer Stimme, dass sie sich nur selbst ablenken wollte.
»Es ist alles gut, Cora. Wir schaffen das. Wir haben immer alles geschafft, wir werden auch diese Situation in den Griff bekommen.« Er hatte keine Ahnung, woher er diese Worte nahm, denn die Zuversicht dahinter fehlte ihm völlig.
»Dein Wort in Gottes Gehörgang, pass auf dich auf.« Dann legte Cora auf.
Wenn es stimmte, dass die beiden Morde an Hannah und Delphine nicht zusammenhingen, dann hieß das im Umkehrschluss, dass es zwei Mörder gab.
Clemens überlegte. Wie viele Jahre hatte er gebraucht, um Hannahs Tod aus seinem Leben zu verdrängen? Und mit einem Anruf war alles wieder präsent gewesen, wie in einem alten Schwarz-Weiß-Film flimmerten die Bilder vor seiner Stirn. Hier spielte jemand mit seinen Hoffnungen. Aber je mehr er darüber nachdachte, desto mehr wurde ihm bewusst, dass es keine Hoffnung gab. Er würde Hannahs Mörder nicht finden. Das war ein Köder gewesen, ein fieser, perfider Köder, der ihn aus seiner Komfortzone herauslocken sollte. Es ging gar nicht um Hannah, vielleicht noch nicht einmal um Delphine. Sondern nur um ihn.
Mit einem Mal übermannte Clemens ein Gefühl, als ob eine dunkle Hand sein Herz umklammerte und es wie in einem Schraubstock immer enger zusammenpresste. Er bekam keine Luft mehr, sein Puls begann zu rasen, und die Welt um ihn herum versank in Schwärze.

Seufzend griff Marie nach ihrem Handy und trank ihren inzwischen kalt gewordenen Kaffee. Sie wählte Sartorius' Nummer, einmal, zweimal, keine Antwort. Das Gedankenkarussell in ihrem Kopf nahm Fahrt auf. Warum ging er nicht ans Telefon? Sie versuchte es ein weiteres Mal, und er nahm endlich ab.

»Warum gehst du nicht an dein Handy? Ich habe schon zweimal angerufen.«

Er druckste herum, rückte dann aber doch mit der Sprache heraus. »Ich bin wohl umgekippt.«

»Du bist was?«

»Ich bin kurz weg gewesen, wie ohnmächtig. Aber dafür war es dann doch zu kurz, weil ich sofort wieder da gewesen bin. Vielleicht Nachwirkungen von diesem Zeugs.«

»Was ist passiert, bevor du umgekippt bist?« Marie glaubte nicht wirklich daran, dass das aufgrund des GHB passiert war.

Der Kommissar erzählte ihr von Coras Anruf, was sie besprochen hatten, und dass er danach das Gefühl hatte, keine Luft mehr zu bekommen, dass sein Herz wie verrückt pochte, bis hoch in den Kehlkopf, und dann sei alles schwarz geworden.

»Du hattest vermutlich eine Panikattacke«, stellte Marie fest.

»Aber was, wenn das ein Herzinfarkt war? Ich kann doch nicht zum Arzt. Was, wenn das Folgen hatte und meine Gefäße jetzt verletzt sind oder so? Wenn ich in den nächsten Stunden umkippe und sterbe?« Seine Stimme wirkte verzweifelt. Er hatte Angst, was ihn noch etwas sympathischer machte.

»Unsinn, das war kein Herzinfarkt. Du bist zwar momentan ziemlich im Stress und hast eine schwierige Zeit hinter dir, aber du bist nicht krank, und du bist gut trainiert.« Sie behielt für sich, dass gerade Männer in seinem Alter und in Führungspositionen dennoch eine Inzidenz für solche Vorfälle hatten. Außerdem wusste sie bisher nicht wirklich, wie er sich ernährte und wann er das letzte Mal beim Check-up gewesen war, geschweige denn, ob Vorerkrankungen oder erbliche Belastungen in der Art vorlagen. Trotzdem, sie glaubte nicht an einen Herzinfarkt. Und so würde sie das auch kommunizieren.

»Nur eine Panikattacke, die geht vorbei, und wenn das alles hier überstanden ist, suchst du dir einen guten Traumatherapeuten.«

»Traumatherapeuten. Ich hab doch kein Trauma. Und ich bin nicht psychisch krank.«

Marie seufzte leise. Es war doch immer wieder das Gleiche.

»Ich habe echt keine Ahnung, warum manche Menschen immer noch glauben, eine psychische Erkrankung oder der Gang zum Therapeuten wäre etwas Stigmatisierendes. Du hast einen massiven Verlust erlitten, das hat Spuren hinterlassen. Außerdem will dir selbst auch noch jemand ans Leder. Da verliert jeder die Nerven. Da ist nichts Schlimmes dabei. Wenn du eine Grippe hast, gehst du doch auch zum Arzt? Hoffe ich zumindest.«

Das konnte man bei diesen Hochleistungskommissaren, wie Sartorius einer war, schließlich nicht wissen. Womit sie dann doch wieder bei der potenziellen Gefahr für einen Herzinfarkt landete. Nein, Schluss damit, es war kein Herzinfarkt!

»Hm«, brummte er vor sich hin.

»Ich werte das mal als ein Ja.« Sie erzählte ihm von den Ergebnissen der Urinproben und der Untersuchung des Zettels. Er wirkte erleichtert, als er hörte, dass ihre Amnesie tatsächlich einen realen Hintergrund hatte. Und dass auf dem Zettel nur ihre eigenen Abdrücke zu finden gewesen waren, überraschte ihn auch nicht. Er fragte, wie es jetzt weitergehe. Marie erzählte ihm das Gleiche wie Elenor und konnte dann doch nicht umhin, ihm von ihren Bedenken hinsichtlich seiner Unschuld zu berichten.

»Woher weiß ich, dass ich dir trauen kann?«

»Ich kann dir keinen Beweis für meine Unschuld liefern, und es ist dein gutes Recht zu glauben, dass ich dich reinlegen will. Du kennst mich nicht, und alles, was wir gemeinsam haben, ist

eine ungewisse Nacht. Wenn du willst, dann gehe ich, und du wirst nie wieder etwas von mir hören, außer über deinen Job.«
»Ich will nicht, dass du gehst. Ich glaube dir. Ich weiß zwar nicht, warum, aber mein Gefühl sagt mir, dass es richtig ist.«
»Ich weiß nicht, was ich sagen soll.«
»Vielleicht so was wie ›Ich werde dich bestimmt nicht enttäuschen, Marie‹.«
»Ich werde dich bestimmt nicht enttäuschen, Marie. Ganz sicher nicht. Ich würde alles tun, um dich davon zu überzeugen.«

Seine Stimme brach. Maries Gedanken drehten sich wie in einem Kettenkarussell, über das gerade ein Sturm hereinbrach.
»Ich hoffe, du hältst, was du versprichst, Sartorius.« Dann legte sie auf.

Ein Blick auf die Uhr sagte ihr, dass es schon viel zu spät zum Arbeiten war. Auf der anderen Seite hatte sie jetzt das Institut fast für sich allein, da die anderen Angestellten längst gegangen waren. Marie beschloss, noch einmal in Ruhe alle Spuren vom Ablageort der Leiche durchzugehen. Wenn es etwas gab, auf das sie sich immer verlassen konnte, dann waren das ihre Spuren. Sie würden ihr den richtigen Weg weisen.

Klar war bis jetzt, dass Delphine Otto nicht am Fundort am Ufer des Alterlanger Sees getötet worden war, das bewiesen die Totenflecken. Sie musste also dort hingebracht worden sein, vermutlich mit dem Auto, denn alles andere machte keinen Sinn. Niemand trug eine Leiche quer durch die Stadt. Außer der Mörder lebte direkt in unmittelbarer Nähe zum See. Aber das war bisher noch nicht bekannt. Die Reifenspuren, die die Spurensicherung festgehalten hatte, brachten sie nicht weiter. Um gut ein Viertel des Sees erstreckte sich ein Wohngebiet, daneben lag ein Spielplatz und der Wiesengrund, eine weitläufige Grünfläche, die der Regnitz als Überschwemmungsgebiet diente. Dort gab es weit und breit keine Kameras, die zufälligerweise etwas hätten aufzeichnen können. Es führten keine Schleifspuren zum Ablageort, also musste der Täter das

Opfer getragen haben. Das schloss Personen unter einem Meter achtzig aus, ebenso eher schmächtige Menschen. Schließlich hatte Delphine Otto ein Gardemaß von einem Meter fünfundsiebzig und wog sechzig Kilogramm. Wenn sie an sich selbst dachte, mit ihren gerade einmal einem Meter zweiundsechzig Körpergröße und sechsundfünfzig Kilogramm, dann wäre es ihr sicherlich nicht möglich gewesen, Sartorius' Freundin auch nur zwei Meter weit zu tragen. Laut Protokoll betrug die kürzeste Entfernung von dem Platz, an dem das mutmaßliche Auto abgestellt worden war, bis zum See rund fünf Meter, dazu noch die Dunkelheit, allenfalls durch das Mondlicht erhellt.

Marie hielt in ihren Überlegungen inne und hackte auf ihre Computertastatur ein: In der Tatnacht war es einen Tag nach Vollmond gewesen, außerdem wolkenlos. Es sollte also kein Problem gewesen sein, genug zu sehen.

Darüber hinaus hatte die Spusi Abdrücke von Gummistiefeln in der Nähe des Ablageorts gefunden, Größe fünfundvierzig. Dem Profil nach handelte es sich um eine häufige Marke, wie man sie in fast jedem Baumarkt erhielt. Andere Spuren stammten von kleineren Füßen. Direkt am Schilfgürtel hielten sich nicht viele Leute auf, vielleicht mal ein Angler, aber zwischen dem Schilf zu stehen war bestimmt nicht so angenehm. Da gab es bessere Plätze.

In den Zwischenräumen des Profils fand sich einiges an Substanz, Dreck, Erde, pflanzliches Material. Marie entnahm mehrere Proben und untersuchte sie sowohl unter dem Binokular als auch unter dem Mikroskop. Der groben Zusammensetzung nach Erde, Kies, Sand und allem Anschein nach Gras, eventuell Brennnessel. Es roch nach feuchter Erde, der Besitzer war wohl nicht in Hundekot oder in andere Exkremente getreten. Marie hatte gelesen, dass an dem See Biber ausgewildert worden waren, deren Hinterlassenschaften das Wasser mit Parasiten verseuchten. Mit ein Grund, weswegen man dort nicht baden durfte.

Sie erstellte von den gefundenen Substanzen Proben für das Massenspektrometer, um die genaue Zusammensetzung zu bestimmen. Das konnte ihr helfen, herauszufinden, wo sich die Person, der die Gummistiefel gehörten, zuvor aufgehalten hatte, und damit vielleicht wichtige Hinweise liefern. Hoffentlich. Sie wühlte noch einmal in dem Karton mit den vor Ort gesammelten Proben. Hier fanden sich Vergleichsproben der umliegenden Uferregionen, die Marie ebenso durch das Massenspektrometer laufen ließ. Wenn die Proben vom Uferrand nicht mit den Proben aus den Rillen des Profils der Stiefel übereinstimmten, wusste sie zumindest, dass sie von einem anderen Ort stammten. Aber auch diese Analyse dauerte fünf bis sechs Stunden, morgen früh lägen hier die Ergebnisse vor.

Der Täter war vermutlich ein Mann, größer als einen Meter achtzig, mit Schuhgröße fünfundvierzig. Marie tippte wieder auf ihrem Computer herum. Mist, der Kommissar trug ebenfalls Schuhgröße fünfundvierzig. Und er war einen Meter neunzig groß bei achtzig Kilogramm Gewicht. Er passte einfach perfekt ins Profil. Das konnte doch nicht wahr sein! Seufzend las Marie sich durch die Akte. Je mehr sie versuchte, etwas zur Entlastung von Sartorius zu finden, desto mehr entdeckte sie, was ihn noch verdächtiger machte.

Ein Gedanke klickte in ihrem Kopf auf, schwach, aber dennoch nicht zu leugnen. Fast hätte sie ihn übersehen, doch etwas in den vor ihr liegenden Aufzeichnungen hinderte sie daran.

Wenn der Mörder die Tote nachts im Dunkeln an den See gebracht hatte, egal, ob er sie sich über die Schulter geworfen oder auf seinen Armen getragen hatte, das ließ sich doch nicht problemlos bewerkstelligen. So eine Leiche in Totenstarre war sperrig, sie war steif, und im Dunkeln sah man trotz Mondlicht nicht jedes Hindernis. Da waren Büsche und Bäume rund um den Fundort. Mit etwas Glück hatte der Mörder diese mit seiner schweren Last gestreift und dabei Spuren hinterlassen. Die musste Marie jetzt nur noch finden.

Rasch blätterte sie ein paar Seiten zurück, las sich durch jedes noch so kleine Detail, aber dort stand nichts von Spuren an Büschen und Bäumen, keine umgeknickten Äste oder

Ähnliches. Sicher, der Mörder hätte einen Umweg machen können, um halbwegs ohne Hindernisse bis zum Ablageort zu gelangen, aber die Leiche war verdammt schwer. Sie selbst wäre vermutlich einfach querfeldein gegangen, Hauptsache, sie würde ihre Last schnell los. Nur war sie nicht der Mörder. Und die Spurensicherung war wohl auch davon ausgegangen, dass der Täter über einen bereits ausgetretenen Sandweg gekommen war. Oder sie hatten es übersehen. Fakt war, sie musste auf jeden Fall am nächsten Morgen zum See fahren und ihre Überlegungen überprüfen.

Noch einmal schaute sie sich die Fundstücke vom Tatort an: ein Bonbonpapier, einige Kaugummis, eine Bananenschale, zwei Pflaster, ein ziemlich mitgenommenes Kuscheltier, zwei Bierflaschen, sechs Kronkorken, ein rostiges Feuerzeug, eine Zigarettenschachtel, mehrere Kippen, ein zerrissener Einkaufszettel, ein Coffee-to-go-Becher, ein Knopf, drei Fliegen aus dem Angelbedarf, genau wie einige Haken und insgesamt zwei Euro dreiunddreißig. Die Aufzählung hatte sich seit dem letzten Mal nicht geändert. Missmutig kaute Marie auf ihrer Unterlippe herum, betrachtete die Gegenstände nacheinander. Mit etwas Glück konnte sie von einigen sowohl Fingerabdrücke als auch DNS gewinnen. Vielleicht brachte sie das weiter. Sie fand Abdrücke auf dem Bonbonpapier, den Bierflaschen, dem Feuerzeug, der Zigarettenschachtel, dem Becher, dem Knopf, auf den Fliegen und dem Geld. Das würde Ewigkeiten dauern, bis sie die alle ausgewertet hätte.

Danach würde sie Proben für die DNS-Analyse vom Kaffeebecher, den Kaugummis und den Kippen anfertigen. Auch diese würden mit Sicherheit die ganze Nacht durchlaufen, bis sie zu Ergebnissen führten. Die sie dann noch in die Datenbank einpflegen müsste. Alles kein Hexenwerk, aber es kostete Zeit.

Sie rieb sich die Stirn und gähnte. Nur noch einmal durchlesen, dann war Schluss für heute. Allmählich verschwammen die Buchstaben vor ihren Augen, und sie kniff sie fest zusammen.

An der Leiche waren keine Spuren gefunden worden außer denen von Sartorius. Daraus schloss sie, dass der Täter Handschuhe getragen hatte. Wahrscheinlich hatte er sein Opfer in etwas eingewickelt, denn sonst hätten sie mit Sicherheit Spuren seiner Kleidung auf ihr gefunden. Oder Haare. Einen Teppich oder Ähnliches hatte er zumindest nicht zum Transport verwendet, das hätte ebenso Fasern hinterlassen. Am wahrscheinlichsten war eine Plastikplane. Sie würde morgen am Ablageort noch einmal genau nachsehen, ob nicht vielleicht doch Spuren beim Ablegen oder Ausrollen der Leiche verursacht worden waren. Eigentlich war es praktisch unmöglich, eine Leiche ohne Spuren an einem glitschigen Ufer abzulegen. Sie selbst war sicher, dass sie eher ins Wasser gefallen wäre, als dort schadensfrei eine Person abzulegen.

Seufzend ließ sich Marie auf ihren Stuhl sinken. Die Müdigkeit übermannte sie, an Konzentration war nicht mehr zu denken. Das »Tilt«-Zeichen in ihrem Hirn leuchtete bereits dauerhaft rot auf. Es war sowieso nichts mehr zu tun. Mehrere DNS-Proben befanden sich in der PCR und wurden dort vervielfältigt, viele Substanzen im Massenspektrometer und die Fingerabdrücke liefen auch noch durch das Programm. Die Wahrscheinlichkeit, dass sie auf all ihre Fragen heute noch eine Antwort erhielt, war gleich null. Zeit, nach Hause zu gehen, schließlich wollte sie morgen früh zum Leichen-Fundort.

Bevor sie aufbrach, warf sie einen Blick auf ihr Smartphone. Der Kommissar hatte vor zwei Minuten versucht, sie anzurufen, mehrmals. Da sie ihr Handy während der Arbeit immer auf lautlos stellte, hatte sie es nicht gehört. Aber er hatte ihr auf die Mailbox gesprochen. Nachdem sie sie abgespielt hatte, fluchte sie lauthals los. Das konnte doch nicht wahr sein, dieser verdammte Idiot! Konnte man ihn denn nicht einmal zwei Minuten allein lassen?

Clemens hatte sich gerade einen Kamillentee aufgebrüht, um seine Nerven zu beruhigen, als sein Handy erneut vibrierte.

»Ich bin so was von fleißig gewesen, das glaubst du gar nicht«, verkündete Cora, ohne sich mit einer Begrüßung aufzuhalten. Ihre Stimme klang blechern.

»Ich freue mich auch, wieder von dir zu hören.« Er sah vor sich, wie Cora ihre Augen rollte. »Wo bist du? Ich kann dich wirklich schlecht verstehen. Du klingst etwas entfernt, fast schon abgehackt.«

»Ich sitze im Auto und telefoniere über die Freisprechanlage. Wahrscheinlich ist das Netz hier nicht so gut.«

»Geht schon, ich verstehe dich zumindest. Also, was hast du herausgefunden?«

»Ich habe mich nach dem Todesengel Malte Egelseer erkundigt. Der fällt definitiv raus, der sitzt nämlich immer noch in der Psychiatrie und kommt da so schnell auch nicht wieder raus.«

»Das hatte ich ja bereits vermutet.« Clemens drückte den Teebeutel aus.

»Ja, aber das ist nicht alles. Konrad Mirsberger sitzt immer noch ein, kommt als Kandidat dementsprechend auch nicht in Frage. Moment«, unterbrach sie sich selbst, und Clemens hörte erst einmal nichts. Er suchte nach dem Biomüll, fand ihn unter der Spüle und entsorgte darin den Teebeutel. Die Motorengeräusche im Hintergrund hörten plötzlich auf.

»Ich bin auf einen Parkplatz gefahren, das war mir jetzt zu chaotisch«, erklärte Cora die Stille im Hintergrund. »Außerdem muss ich kurz nachsehen, was ich mir aufgeschrieben habe.« Sie murmelte vor sich hin, und Clemens nutzte die Gelegenheit, um vorsichtig auf den Tee zu pusten.

»Bist du noch dran? Ich hör dich gar nicht?«

»Ich bin ganz Ohr, ich warte nur darauf, dass du endlich so

weit bist.« Clemens schmunzelte. Er wusste, dass Cora solche Sprüche nicht leiden konnte.

»Ich kann auch wieder auflegen, dann erfährst du halt nicht, was es Neues gibt.«

Vielleicht sollte er es doch nicht übertreiben. »Es tut mir leid, das war nicht so gemeint.«

Sie brummte vor sich hin, aber lange hielt sie es nicht aus, ihren Wissensstand vor ihm geheim zu halten.

»Wirklich interessant ist, dass dieser Regenpfeiffer in direkter Nähe zum Alterlanger See wohnt. Er arbeitet bei der Erlanger Tafel, organisiert Jugendprojekte und eine Sportgruppe, sozusagen als Resozialisierung.« Clemens hörte im Hintergrund etwas rascheln.

»Und der Norbert Bender ist auf Bewährung draußen«, nuschelte es undeutlich durch den Lautsprecher.

»Was machst du denn, ich verstehe dich echt schlecht!«

»Sorry«, antwortete sie, jetzt wieder deutlicher hörbar. »Ich hab grad von meinem Proteinriegel abgebissen. Ich hab gleich Training, da muss ich noch etwas tanken.« Cora übte sich seit mehreren Jahren im Kickboxen und trainierte mehrmals die Woche.

»Was ist mit Bender?« Clemens probierte vorsichtig von seinem Tee. Er schmeckte widerlich.

»Bender wohnt in der Nürnberger Südstadt, gar nicht weit weg von dir, arbeitet als Lagerarbeiter am Nürnberger Hafen. Er ist wohl ziemlich abgestürzt, trinkt zu viel, ist aber bei seinen Sauftouren durch die Kneipen bisher nicht gewalttätig aufgefallen.« Clemens hörte wieder Papier rascheln.

»Kannst du mir die Adresse geben?« Endlich mal eine Spur und dann auch noch bei ihm um die Ecke.

»Den Teufel werd ich tun, mein Lieber. Du bleibst schön, wo du bist. Das ist Sache der Polizei, und so leid es mir tut, dazu gehörst du gerade nicht.«

Clemens schnaubte, auch wenn er es bis zu einem gewissen Grad verstehen konnte. Er hätte sich diese Adresse auch nicht gegeben. Er versuchte einen weiteren Schluck seines Kamillengebräus. Es wurde nicht besser, und er kippte ihn kurzerhand in den Ausguss.

»Und zu guter Letzt habe ich noch herausgefunden, dass der Ex-Richter, dieser Fratze, auch aus dem Gefängnis draußen ist. Er hat dort wohl seine Prüfung zum Steuerberater abgelegt, lebt und arbeitet freiberuflich in Herzogenaurach, sozusagen ebenfalls in der Nähe.« Sie seufzte. »Das macht drei potenzielle Verdächtige, die laut dir alle einen Groll gegen dich hegen.«

»Und wie geht es deiner Meinung nach jetzt weiter?«

»Ich werde jetzt zum Kickboxen gehen, dann nach Hause, früh ins Bett, dafür morgen früh raus, damit ich – und ich betone das gerne noch einmal: ich – die entsprechenden Personen befragen kann. Möglichst ohne dass es das BLKA mitbekommt.«

»Ich kann dir doch helfen.« Clemens spülte seine Tasse unter dem Wasserhahn aus.

»Nein, das wirst du nicht. Ich weiß nicht, wie oft ich dir das noch erklären soll, Clemens, aber du bist im Moment der Hauptverdächtige in diesem Spiel. Und mal ganz unter uns, das ist ein echt beschissenes Spiel!«

»Das ist mir bewusst. Aber du musst auch mich verstehen. Ich kann nicht einfach hier so herumsitzen und Däumchen drehen.«

»Doch, genau das wirst du tun, mein Lieber. Däumchen drehen ist eine tolle Beschäftigung, um den Kopf frei zu kriegen. Quasi Yoga für Ex-Kommissare. Und ich werde darüber nicht weiter diskutieren, hörst du? Außerdem muss ich jetzt los, sonst komme ich zu spät.«

Ohne ein weiteres Wort zu verlieren, legte sie auf, und Clemens wunderte sich wieder einmal über das Benehmen der heutigen Generation. Dabei war Cora gar nicht so viel jünger als er, gerade einmal acht Jahre. War er zu oldschool, oder war sie einfach nur schlecht erzogen? Immer noch kopfschüttelnd legte er das Handy beiseite. Er sollte also zu Hause bleiben. Aber sie hatte nichts davon gesagt, dass er nicht im Internet nach den betreffenden Personen recherchieren dürfte. Suchend blickte er sich in der Wohnung um. Neben einem Schlafzimmer mit einem Doppelbett, dessen beide Betten gemacht waren, entdeckte er ein Arbeitszimmer. Auf dem Schreibtisch stand ein aufgeklappter Laptop an einem Ladekabel, der Bildschirm war dunkel. Kurz zögerte er, dann setzte er sich an den Schreibtisch und berührte das Touchpad des Computers. Der Desktop leuchtete sofort auf. Marie schien offenbar nicht viel von einem Passwort zu halten. Das Hintergrundbild zeigte eine etwa vierzigjährige Frau mit braunen Haaren, die herzlich lachte. Ein Urlaubsbild? Eine Freundin? Wer auch immer, es interessierte Clemens momentan nicht.

Er öffnete den Internet-Browser und gab zuerst »Julian Regenpfeiffer« und »Erlangen« ein. Die Suchmaschine spuckte eine Adresse aus, die er sich auf einem Blatt Druckerpapier notierte. Danach suchte er nach Andreas Fratze in Herzogenaurach, gab zusätzlich noch »Steuerberater« ein. Sofort erschien die Geschäftsadresse, aber da Cora ja erzählt hatte, dass es sich auch um Fratzes Wohnsitz handelte, kam das auf das Gleiche heraus. Wieder schrieb er alles auf. Als Letztes suchte er Norbert Bender in Nürnberg. Er fand einen Eintrag, doch dieser Norbert Bender wohnte in Nürnberg Laufamholz, das war nicht hier in der Gegend. Entweder stand sein Norbert Bender nicht im Telefonbuch, oder er hatte keinen festen Wohnsitz, was aber bei einer Bewährungsstrafe untypisch wäre. Dann eher kein Eintrag im Telefonbuch. Alle anderen Suchergebnisse beschäftigten sich mit dem Mordfall von vor zehn Jahren, der sich nie vollständig geklärt hatte laut den Medien. Zumindest hatte er jetzt wieder ein klares Bild von Bender vor Augen, wenn auch eines in wesentlich jüngerem Zustand als heute. Aber wie sehr veränderte sich ein erwachsener Mensch schon in zehn Jahren?

Kaum, jedenfalls hatte er sich seiner Meinung nach selbst nicht wirklich verändert, Frisur, Aussehen, alles gleich. Na ja, vielleicht doch nicht, nicht im Moment. So würde er sonst bestimmt nicht herumlaufen. Clemens vermisste seine Anzüge, die frisch gebügelten Hemden, seinen Rasierapparat. Ganz zu schweigen von seinem Herrenduft. Sicher, so eine Jeans und ein T-Shirt waren bequem, aber wie sah das denn aus? Ein Mann von seinem Stand, so verlottert? Er konnte sich selbst nicht mehr im Spiegel sehen. Mühsam zwang er seine Gedanken wieder zu Bender zurück. Cora hatte erwähnt, dass Bender hier in der Südstadt wohnte, nicht weit weg von ihm. Und dass er regelmäßig auf Sauftour in den umliegenden Kneipen unterwegs war. Der konnte doch nicht so schwer zu finden sein. Sicher, Cora hatte gesagt, er solle zu Hause bleiben, aber sie hatte ihm nicht ausdrücklich verboten, etwas trinken zu gehen, oder? Und überhaupt, pro forma war sie immer noch seine Untergebene, schließlich war er nur suspendiert und nicht entlassen, sie hatte ihm gar nichts zu befehlen. Trotzdem war es besser, wenn er jemandem Bescheid gab, wo er war, oder zumindest, wo er ungefähr hinwollte. Denn wo er letztendlich landete, wusste er immerhin selbst nicht. Er würde nicht Cora anrufen, das war sicher, aber er konnte Marie Bescheid geben. Sollte er ihr einen Zettel schreiben? Nein, nichts Schriftliches, das war zu unsicher. Sollte die Polizei hier aufkreuzen, musste sie nicht sofort daraufkommen, dass er hier gewesen war. Er würde Marie einfach anrufen.

Es läutete mehrmals, aber niemand hob ab. Er versuchte es erneut, dann noch einmal. Wieder nichts. Hörte sie ihr Telefon nicht? Vielleicht konnte sie während der Arbeit nicht rangehen. Seufzend beschloss er, es zu riskieren, und ihr eine Nachricht auf der Mailbox zu hinterlassen, mit der Bitte, sie sofort nach dem Abhören wieder zu löschen. Sicher war sicher. Er wählte zum wiederholten Mal ihre Nummer und wartete, bis die Mailbox sich meldete.

»Marie, ich bin noch einmal kurz weg, da ist eine heiße Spur, der ich nachgehen muss, warte nicht auf mich, ich nehme mir einen Schlüssel mit. Handy habe ich dabei. Danke für alles, und lösche bitte diese Nachricht nach dem Abhören.« Seinen Namen nannte er bewusst nicht. Für den Fall, dass jemand anderes die Nachricht abhörte, sollte derjenige nicht wissen, von wem sie kam. Dann griff er nach seinem Basecap, der Sonnenbrille und seiner Jacke, suchte am Schlüsselbrett nach einem für die Haustür passenden Schlüssel und verließ die Wohnung.

Die ersten zwei Kneipen waren der totale Reinfall. Niemand hatte auf das Profil gepasst, und Clemens hatte sich auch nicht getraut, jemanden nach Bender zu fragen. In der Menge untergehen war seine neue Devise. Als er die zweite Bar verließ, lief er fast Sabine, der Polizistin vom See, in die Arme. Nur dass sie jetzt in Zivil war. Im letzten Moment flüchtete er in einen Hauseingang und hoffte inständig, dass sie ihn nicht entdeckt hatte. Sein Herz klopfte im Stakkato, und er verwünschte sich selbst, dass er bei Tageslicht das Haus verlassen hatte. Die Chance, dass ihn jemand erkannte, war dadurch wesentlich höher. Doch Sabine lief an ihm vorbei, tippte auf ihrem Smartphone herum. Wohnte sie etwa hier irgendwo? Oder hatte sie jemanden besucht?

Das war wirklich mehr Glück als Verstand gewesen.

Die nächste Kneipe auf seiner Liste war der »Barzirkus«, ein altes Sandsteingebäude mit gelb verglasten Sprossenfenstern. Der Burgsandstein war nicht nur typisch für die Nürnberger Südstadt, sondern in der gesamten Altstadt zu finden. Der Eingang lag direkt am Hauseck, eine davor aufgestellte Tafel verkündete, dass es heute Saure Zipfel mit Kraut gab, eine fränkische Spezialität. In Essig-Weißwein-Sud gebrühte Bratwürste. Das war absolut nicht Clemens' Geschmack. Aber er war ja auch nicht zum Essen hier. Über wenige Stufen enterte er die Kneipe und versuchte, sich mit der Sonnenbrille zu orientieren, was gar nicht so einfach war bei der Schummer-Beleuchtung. Weiter hinten entdeckte er an einem einsam gelegenen Tisch einen Mann, der entfernt Ähnlichkeit mit Bender hatte, zumindest dem Bender, den er gerade noch im Internet bewundern durfte. Diesen hier kennzeichneten zahlreiche tiefe Furchen im Gesicht, umgeben von grauen, strähnigen Zottelhaaren. Wann diese das letzte Mal einen Kamm gesehen hatten, geschweige denn einen Friseur, stand in den Sternen. Früher trug Bender ein teures Designermodell von Brille, doch dieser Mann hatte ein schwarzes Plastikfahrrad auf der Nase, das schon über mehrere Kilometer Entfernung das Wort »Kassengestell« brüllte. Nein, das konnte nicht Bender sein. Der Mann hatte immer so viel Wert auf korrekte Kleidung und ein gepflegtes Erscheinungsbild gelegt.

Die grünen Augen des Kerls am Tisch starrten aus dunklen Höhlen hervor auf das Bierglas zwischen seinen Händen. Neben ihm lag ein schmutzig grüner Parka auf der Eckbank, den Clemens nicht mit der Kneifzange anfassen wollte. Wer wusste schon, mit welchen Keimen der wohl belastet war? Besser, er ging gleich wieder. Außerdem konnte er ihn doch nicht einfach fragen, ob er Bender sei, wie sah das denn aus? Und selbst wenn er das bejahte, wie wollte Clemens dann weiter vorgehen? Er hatte sich keinerlei Gedanken darüber gemacht, wie Bender auf ihn reagieren könnte, wie er ihn dazu bewegen sollte, ein normales Gespräch mit ihm zu führen, ohne die Polizei zu rufen. Was hatte er sich überhaupt dabei gedacht?

Clemens schüttelte den Kopf und seufzte, trat von einem Fuß auf den anderen und sah sich im Raum um. Niemand beachtete ihn. Ein Fußballspiel lief auf einer Leinwand, der Nürnberger Club gegen die Bayern. Dagegen hatte selbst sein Fahndungsaufruf keine Chance. Doch den Mann, der eventuell Bender sein könnte, schien das Spiel nicht zu interessieren. Er stierte weiter auf sein Glas, beachtete Clemens nicht. Sollte er es riskieren? Vielleicht bekamen die anderen Besucher es gar nicht mit, falls Bender sich aufregte?

Clemens trat an den Tisch heran. »Darf ich mich setzen?«, fragte er den Mann.

Dieser schaute nicht einmal auf, sondern wies nur mit der Hand auf einen der zahlreichen, freien Plätze. Clemens wählte einen mit dem Rücken zur Bar und dem Gesicht zur Wand.

»Herr Bender?«, fragte er zögernd. Der Kopf des Mannes hob sich, seine Augen flackerten kurz auf, dann trübten sie wieder ein.

»Wer will das wissen? Muss ich Sie kennen?« Seine Stimme klang, als hätte er zu lange zu viele Zigaretten geraucht. Sein Blick senkte sich wieder auf das Glas, und er trank einen großen Schluck.

»Müssen nicht. Aber ich hätte Ihnen gerne ein paar Fragen gestellt«, erwiderte Clemens leise.

»Erstens will ich wissen, mit wem ich es hier zu tun habe, und zweitens rede ich mit niemandem, wenn ich nicht muss.« Dabei hob er nicht einmal den Kopf.

»Mein Name ist Clemens Sartorius –« Weiter kam er nicht. Als wäre der Blitz in ihn eingeschlagen, fuhr Benders Kopf nach oben, die Augen aufgerissen, die Pupillen geweitet.

»Der Kommissar, der mich verknackt hat?« Seine Stimme klang völlig klar und leider auch ziemlich laut. »Oder sollte ich besser sagen, der Kommissar, der überall wegen dringenden Tatverdachts gesucht wird?«

Clemens ließ die Hände sinken und versuchte so, Benders spontanen Aufschwung zu drosseln.

»Meinetwegen können Sie mich verpfeifen, aber vorher würde ich Ihnen gern noch ein paar Fragen stellen.« Was veranstaltete er hier eigentlich? Drehte er jetzt völlig durch? Clemens verstand sich selbst nicht mehr. »Außerdem habe ich meine Freundin nicht getötet.« Er musste tatsächlich lebensmüde sein, suizidgefährdet, hochgradig depressiv! Warum hatte ihn keiner darauf hingewiesen?

»Das sagen sie alle. Aber das aus Ihrem Mund zu hören ist doch mal eine Abwechslung. Der werte Herr Ex-Kommissar in der Bredouille. Da bin ich tatsächlich neugierig: Was wollen Sie wissen?« Ein Lächeln umspielte seine Lippen, von dem Clemens nicht wusste, wie er es deuten sollte.

Ja, was eigentlich? Was wollte er wissen? Ob Bender Delphine getötet hatte? Das konnte er ihn unmöglich fragen. Welche Antwort erwartete er darauf? Sicher keine ernsthafte. Wer würde hierauf schon mit Ja antworten? Und selbst wenn: Er könnte ihn nicht einmal festnehmen, und auf der Dienststelle konnte Bender seine Aussage widerrufen. Clemens hatte keine Zeugen, war selbst verdächtig, was also wollte er hier von Bender? Es war idiotisch gewesen, hierherzukommen. Kopfschüttelnd erhob sich Clemens.

»Entschuldigen Sie mich, es war eine dumme Idee, ich wollte Sie nicht stören und auch nicht in alten Wunden herumstochern. Ich gehe; wenn Sie mich anschwärzen wollen, tun Sie sich keinen Zwang an.« Er wandte sich von ihm ab, aber Bender schoss mit der Behändigkeit einer Gazelle hoch und hielt ihn am Ärmel fest.

»Hey, nicht so schnell, Sartorius.« Bender ließ sich wieder zurück auf die Bank fallen. »Wo wir uns gerade erst kennenlernen. Wär doch schade, wenn Sie tatsächlich umsonst gekommen wären. Ich bin gespannt, was sich hinter Ihrer Geschichte verbirgt. Die sind Sie mir auf alle Fälle schuldig. Also«, er klopfte auf den Stuhl neben sich, »bequemen Sie Ihren edlen Hintern hierher.«

Clemens seufzte und folgte seiner Aufforderung. Sicher, er hatte die Wahl und konnte die Bar verlassen, aber wenn Bender tatsächlich den Wirt, oder schlimmer noch, die Polizei informierte, würden sie ihn vor Ort festhalten, und er hätte nichts gewonnen, nicht einmal Antworten, die ihm weiterhalfen.

»Sophia Blanco wurde damals im Dechsendorfer Weiher treibend gefunden ...«, setzte er an, nachdem er wieder Platz genommen hatte. Im selben Moment wünschte er, er hätte sich wieder auf seinen alten Stuhl gesetzt. Eine Welle von kaltem, abgestandenem Schweiß erwischte ihn, und er kämpfte mit aufsteigender Übelkeit.

»Und da haben Sie natürlich sofort einen Zusammenhang gesehen zwischen Ihrer Freundin und meiner, ja, was war sie eigentlich? Geliebte? Affäre? Ist ja auch egal. Zumindest haben Sie einen Zusammenhang hergestellt. Klar, absolut verständlich für einen Kommissar Ihres Rangs.« Bender zog die letzten Worte betont in die Länge. Das hatte Clemens wohl verdient. Warum sollte sich Bender das auch gefallen lassen?

Der lehnte sich mit verschränkten Armen auf der Bank zurück und fixierte ihn. »Soll ich Ihnen mal was sagen, werter

Herr Sartorius? Ich genieße es wirklich, Sie in dieser Lage zu sehen, gejagt, gehetzt, gesucht, auf der Flucht. Der einsame Wolf, dem niemand glaubt. Der auf der Suche nach dem Heiligen Gral ist, nach der Wahrheit hinter allem.« Er kratzte sich am Kopf, schnippte etwas von seinen Fingern weg, sodass sich Clemens' Nackenhärchen aufstellten. »Kommt mir irgendwie bekannt vor.« Dann schlug er sich mit seiner rechten Hand an die Stirn. »Ach ja, stimmt, mir ging es ja genauso! Ich habe damals auch beteuert, dass ich es nicht gewesen bin, aber keiner wollte mir zuhören, geschweige denn glauben. Ich kann mich noch erinnern, dass so ein besonders karrieregeiler, frisch betrauter Kriminalhauptkommissar sich nicht einmal die Mühe gemacht hat, meine Version der Geschichte zu überprüfen. Zu vieles sprach angeblich gegen mich.« Bender lachte trocken auf. »Ich spreche von Ihnen, Sartorius, Sie waren dieser Drecksack!« Die letzten Worte spie er Clemens geradezu entgegen, sodass der sich, so weit es ging, nach hinten lehnte, um nicht mit Benders Speichel kontaminiert zu werden.

»Glauben Sie mir, sosehr ich mir auch wünschte, dass ich das alles eingefädelt hätte, ich war es damals nicht, und heute war ich es auch nicht. Weder die Morde noch der Vorsatz, sie Ihnen in die Schuhe zu schieben.«

Clemens kniff die Lippen zusammen. »Aber Sie haben mir damals Rache geschworen.« Jetzt war es sowieso schon egal, die Karten lagen bereits auf dem Tisch.

»Ja, weil ich es nicht gewesen bin! Mann! Haben Sie das immer noch nicht geschnallt?« Er schlug mit der Hand auf den Tisch, sodass der Wirt zu ihnen herüberblickte.

»Hey, Bender, benimm dich, oder du fliegst raus!«, rief er ihnen zu, woraufhin Bender eine entschuldigende Geste in seine Richtung sendete.

»Gerade Sie sollten das doch jetzt verstehen, Sartorius, wie das ist, wenn einem keiner glaubt.« Benders Stimme brach. Das Glas vor ihm war inzwischen fast leer. »Aber ich bin geneigt, Ihnen zu glauben, so verzweifelt, wie Sie sind. Wagen sich wegen jemandem wie mir aus Ihrer Deckung, riskieren es, erwischt zu werden. Das alles muss Sie viel kosten.« Er machte eine vage Geste mit der Hand und trank den letzten Schluck auf ex.

Es wurde Zeit zu gehen. Hier würde Clemens nichts mehr erfahren. Er rückte seinen Stuhl nach hinten und wollte sich erheben, doch wieder hielt Bender ihn am Ärmel fest.

»Sie wollen schon gehen?«

»Sie können mir nicht helfen, Bender.«

Er ließ Clemens wieder los. »Stimmt, ich will Ihnen auch gar nicht helfen.« Das hatte gesessen. »Aber Sie schulden mir was, Sartorius, und wenn es nur eine Geschichte ist. Der unheimliche, tiefe Fall des Clemens Sartorius.« Bender lachte schallend. Dann orderte er beim Wirt per Handzeichen zwei Bier, was Clemens sofort ablehnte. Keinen Moment länger wollte er in Benders Gesellschaft verbringen.

»Nichts da, hier wird getrunken, was ich bestelle, ohne Widerrede.« Er bedeutete Clemens unmissverständlich, dass er sich wieder setzen sollte, was dieser mit einem weiteren tiefen Seufzen befolgte. Zurück in die Hölle aus bakterieller Duftoffensive.

»Sie wollen hier doch heil wieder rauskommen, ohne dass ich auf Sie aufmerksam mache, oder?« Bender formulierte seine Drohung geschickt, aber dennoch blieb sie, was sie war: eine Drohung. »Erzählen Sie mir Ihr Leid, lassen Sie mich daran teilhaben.« Bender beugte sich zu Clemens vor, das Kinn auf die Hände gestützt. Clemens versuchte, unauffällig mit seinem Stuhl etwas nach hinten zu rutschen.

In diesem Moment wurden die Biergläser gebracht, und Clemens senkte instinktiv den Kopf. Als der Wirt sich entfernte, hob er ihn wieder und blickte in Benders schadenfrohes Grinsen.

»Was wollen Sie von mir hören?«, fragte Clemens, der sich bereits wie ein Häftling vor dem Richter fühlte.

»Lenken Sie nicht ab, fangen Sie lieber an.«

Bender stieß mit seinem Glas an Clemens' Glas. Sie nahmen beide einen tiefen Zug, und Clemens erzählte Bender die ganze

Geschichte, angefangen von der Suspendierung bis hin zu dem Fahndungsaufruf. Nur Marie klammerte er aus. Sollte Bender doch etwas mit der Sache zu tun haben, wollte er ihm nicht Marie ans Messer liefern.

Erneut stieß Bender mit Clemens an. »Das nenne ich mal eine wirklich gut geplottete Geschichte. Was glauben Sie, wie sie ausgehen wird?« Der ehemalige Lehrer wischte sich den Schaum aus dem Zottelbart.

Clemens schnaubte. »Im Bestfall finde ich den wahren Mörder und bringe ihn zur Strecke. Im schlechtesten Fall –« Er brach ab, wollte darüber nicht nachdenken.

»Ja, für einen Kommissar ist das Gefängnis sicher kein Zuckerschlecken.« Bender nickte. »Vor allem, wenn man so aussieht wie Sie.« Er prostete ihm zu.

»Wie haben Sie das damals überstanden?« Noch nie zuvor hatte Clemens auch nur einen Gedanken daran verschwendet, aber jetzt erschien es ihm völlig logisch, Bender das zu fragen.

Ein hartes Lächeln zeigte sich auf dessen Lippen. »Ich hatte Glück im Unglück, habe mich mit einem der Oberbosse angefreundet, weil ich ihm geholfen habe, mittels Sprachverschlüsselung Nachrichten nach draußen zu übermitteln. Was ich selbstverständlich nie wirklich getan habe, und sollten Sie mich jemals deswegen befragen, werde ich alles leugnen.«

Clemens winkte ab. »Das ist mir so was von egal, ich kann Ihnen gar nicht sagen, wie sehr.«

Bender nickte. »Sagen wir mal, diese Starthilfe gab mir Schutz. Aber durch diese Anklage habe ich alles verloren, meine Frau hat sich scheiden lassen, ist mit unserem Sohn im gemeinsamen Haus geblieben. Und ihr Anwalt hat wirklich sämtliche Register gezogen, sodass ich jetzt fast mittellos bin. Mein Sohn hat kein Interesse, mich zu sehen, mit einem Ex-Knacki will er nichts zu tun haben. Er verachtet mich, was ich ihm nicht einmal verübeln kann.« Er schwenkte den Rest Bier in seinem Glas. »Als Lehrer kann ich höchstens noch an einer Privatschule arbeiten, aber sobald die Sprache auf mein Führungszeugnis kommt, ist niemand mehr interessiert. Ein paar Gelegenheitsjobs und Sozialhilfe, das ist alles, was mir geblieben ist.«

»Sie müssen mich sehr hassen«, stellte Clemens mit ruhiger Stimme fest. Dennoch verspürte er keinerlei Furcht vor diesem Mann. Warum auch immer. Ein Schluck kaltes Bier rann seine Kehle hinunter, und mit einem Mal schmeckte es gar nicht mehr so schlecht, wie er immer befürchtet hatte.

»Ja, das habe ich tatsächlich. Bis ich verstanden habe, dass das alles nur eine Folge meines miesen Lebenswandels war. Ich hatte es verdient, auf eine gewisse Weise. Überheblich, wie ich war, habe ich das Schicksal ausgelacht, habe geglaubt, ich wäre klüger als alle anderen. Jedes Jahr habe ich mir ein Mädchen aus der Oberstufe ausgesucht, dabei zwar immer darauf geachtet, dass sie über achtzehn war, aber nichtsdestotrotz war ich ihr Lehrer gewesen.« Mit einem Seufzen strich er sich über den Kopf. »Ich war ein Arschloch, aber ich habe Sophia nicht getötet. Wer auch immer das gewesen ist, er hat es wirklich sehr geschickt angestellt, um mich als Täter dastehen zu lassen. Ähnlich wie Ihr Mörder.«

»Warum sind Sie nicht in Berufung gegangen?« Clemens kniff die Augen zusammen. Das wäre doch das Mindeste gewesen, oder nicht?

Bender zuckte mit den Schultern. »Mein Anwalt meinte, es lohne sich nicht. Ich solle ruhig bleiben, mich anständig verhalten, dann käme ich in einigen Jahren auf Bewährung raus. Da habe ich dann kapituliert.« Er orderte ein weiteres Bier, sah Clemens dabei fragend an, aber der lehnte ab.

»Und jetzt?«

»Was, und jetzt?« Bender schnaubte. »Der Fall ist tot! Die zehn Jahre gibt mir niemand wieder, und vielleicht habe ich sie auch verdient für all die Mädchen, mit deren Unglück ich gespielt habe. Das war nicht richtig, und auch wenn ich sie nicht absichtlich verletzt habe, hätte ich es nie so weit kommen lassen dürfen.« Das nächste Bier wurde vor Bender abgestellt, und er prostete Clemens zu, der immer noch ein Drittel seines Getränks vor sich stehen hatte.

Nach einem tiefen Schluck nickte Clemens. »Ich verstehe. Sie denken, Sie haben damit Abbitte geleistet«, meinte er schließlich.

»Nennen Sie es, wie Sie wollen. Ich war nie wirklich gläubig, bin nur Weihnachten mit der Familie in der Kirche gewesen, weil man das halt so macht. Aber hier habe ich gespürt, dass ich diese Strafe annehmen muss, sonst wird es noch viel schlimmer enden. Ich war auf dem besten Weg, mich zu vernichten, irgendjemand musste mich aufhalten. Falls Sie verstehen, was ich meine.« Bender schwenkte sein Bier im Glas und betrachtete den aufkeimenden Schaum.

»Aber wenn Sie mit sich im Reinen sind, weshalb leben Sie dann so?« Clemens deutete kreisförmig in Benders Richtung.

»Ich habe nie behauptet, dass ich mit mir im Reinen bin, und ich werde den Teufel tun und Ihnen die Absolution dafür erteilen, dass Sie mich unrechtmäßig in den Knast gebracht haben.« Seine Stimme wurde wieder lauter. »Da draußen läuft irgendwo ein Mörder frei herum, und das ist jetzt mal ausnahmsweise nicht der Ihrer Freundin, sondern der von Sophia. Der Kerl hat es geschafft, er ist mit seiner Tat davongekommen, während ich für ihn eingesessen bin. DAS ist nicht gerecht, Sartorius!« Seine Zunge wurde schwerer, und Clemens merkte, dass es dringend Zeit wurde aufzubrechen, bevor der Alkohol Bender zu stark enthemmte.

Clemens trank sein Bier aus und erhob sich. »Ich danke Ihnen für Ihre Offenheit, Herr Bender.« Kurz überlegte er, ihm die Hand zu geben, brachte es aber nicht über sich. Zu sehr ekelte er sich vor der offensichtlichen Verwahrlosung des Mannes. Eine Idee erhellte seine Gedanken. »Wenn ich diese Sache heil überstehe, werde ich mich dafür einsetzen, dass Ihr Fall neu aufgerollt wird. Ich werde mich persönlich darum kümmern. Bis dahin wünsche ich Ihnen alles Gute. Und es tut mir wirklich sehr leid«, fügte er an und meinte es auch so. Vielleicht hatte er die Fakten nicht genau gelesen, oder aber das System berücksichtigte nicht die Möglichkeit, dass Fakten bewusst gegen jemanden eingesetzt wurden. So wie bei ihm.

Aber deswegen war er doch Kommissar geworden. Damit er mit Hilfe von stichhaltigen Beweisen den Angehörigen von Opfern Gewissheit und Frieden schenken konnte. Jetzt wurde das alles in Frage gestellt.

»Passen Sie auf sich auf, Sartorius. Vielleicht haben Sie mehr Glück als ich, und das Schicksal steht auf Ihrer Seite.«

Elenor und Marie saßen gemeinsam am Esstisch und aßen eine Pizza, die Marie vom Italiener unten an der Ecke mitgebracht hatte. Als Marie die Nachricht von Sartorius abgehört hatte, hatte sie beschlossen, doch noch einmal Elenor anzurufen und sie zu fragen, ob sie nicht Lust habe, mit ihr zu Hause gemeinsam Abend zu essen anstatt in der Stadt. Nach längerem Schweigen hatte Elenor eingewilligt, und mittlerweile wirkte es, als ob sie sich wieder beruhigt hätte. In eineinhalb Stunden musste sie los zu ihrer Nachtschicht, da blieb ihnen wenigstens noch ein wenig gemeinsame Zeit. Und eigentlich wollte Marie nicht schon wieder im Streit auseinandergehen. Vor allem, wenn sie gerade nicht gut auf den Kommissar zu sprechen war. Darüber hinaus war Elenor hochzufrieden gewesen, als sie hörte, dass dieser nicht mehr hier war. Dass er wiederkommen würde, hatte Marie vorerst für sich behalten.

Als hätte er ihre Gedanken gelesen, hörte sie, wie die Haustür aufging.

»Wer ist das?«, fragte Elenor mit vollem Mund, sprang vom Tisch auf und griff nach dem großen Küchenmesser, das noch vom Zerteilen der Pizza auf dem Karton lag. Trotzdem behielt sie ihr Stück Margherita-Pizza fest in der anderen Hand. Das Messer wie einen Dolch mit der Spitze nach vorn gerichtet, stürmte sie mit einem Wutschrei Richtung Tür. Marie konnte sie gerade noch am Arm packen, bevor der Kommissar in den Raum trat, das Messer erblickte und nach Luft schnappte. Hoffentlich kippte er ihr nicht gleich wieder um.

»Halt, Elenor, das ist nur Clemens Sartorius. Ich hab dir doch von ihm erzählt«, versuchte sie, ihre Freundin zu beruhigen, während der Kommissar sich schwer atmend ans Herz fasste.

»Ich dachte, der ist weg?« Elenor fuchtelte wild mit dem Messer hin und her. Mit schnellem Griff nahm Marie es ihr aus der Hand, bevor sie noch irgendjemanden damit verletzte. Das fehlte gerade noch.

»Wer ist diese Irre?«, fragte Sartorius, dessen Atem sich wieder beruhigte.

»Diese Irre ist meine Partnerin Elenor Güthlein.«

Der Kommissar war sichtlich verwirrt. Offensichtlich wusste er mit Maries Aussage nichts anzufangen.

»Du arbeitest mit ihr zusammen?« Er kratzte sich am Kopf.

»Und wieso erzählst du einer Kollegin, wer ich bin? Bist du wahnsinnig?« Okay, er hatte das offensichtlich völlig falsch verstanden. Marie seufzte.

»Das ist nicht meine Arbeitskollegin, sondern meine Partnerin, das Äquivalent zu Ehefrau. Ich lebe mit einer Frau zusammen.«

Elenor kommentierte das Ganze mit verkniffenen Lippen und verschränkten Armen.

»Du bist mit einer Frau zusammen?« Jetzt schien es allmählich bei ihm anzukommen. »Mit ihr?« Na wunderbar, wenn er so weitermachte, würde er es sich noch ganz mit Elenor verscherzen.

»Was ist daran so schwer zu verstehen, Sartorius? Hast du noch nie was von gleichgeschlechtlichen Beziehungen gehört? Oder bist du etwa einer von denen, die glauben, Frauen können nur mit Männern glücklich sein?« Marie hörte Elenor hinter sich schnauben. Das konnte ja heiter werden.

»Doch, natürlich habe ich davon gehört, ich kenne auch einige Homosexuelle, ich war jetzt einfach nur nicht darauf gefasst, also, ich meine, weil –« Er verstummte.

Mit einem Mal tat er Marie leid, wie er da so stand und ganz offensichtlich die Welt nicht mehr verstand. Schließlich hatten sie gerade erst eine Nacht miteinander verbracht, und dann erklärte sie ihm, dass sie in einer lesbischen Beziehung lebe. Das kam vermutlich etwas plötzlich.

»Jetzt komm erst einmal rein, wir müssen uns schließlich nicht im Flur weiter unterhalten.«

Elenor blieb wie festgefroren stehen und warf ihr einen

Blick zu, der einem Drachen Konkurrenz hätte machen können. Während der Kommissar sich wortlos setzte, ging Marie zu ihrer Freundin zurück.

»Kommst du bitte mit?«, flüsterte sie ihr zu und wollte ihr den Arm auf die Schulter legen. Doch Elenor wehrte ihn ab und funkelte sie aus blitzenden Augen an.

»Ich setze mich doch nicht mit einem Schwerverbrecher gemeinsam an den Tisch, erst recht nicht, wenn er nicht einmal unsere Beziehung akzeptiert«, zischte sie zurück.

»Er ist kein Schwerverbrecher, und er lehnt auch nicht unsere Beziehung ab, er ist nur etwas überfordert damit, weil ich ihm vorher nichts davon erzählt hatte.« Marie bemühte sich, ihren Ton leise zu halten.

»Und wieso hast du mich ihm verschwiegen?« Elenor schien ehrlich gekränkt zu sein. Aber Marie hatte darauf auch keine Antwort.

»Es hat sich nicht ergeben.« Sie wich dem Blick ihrer Freundin aus.

Diese nickte nur. »Nicht ergeben, aha.« Dann stapfte sie zu Sartorius und setzte sich ihm gegenüber. Marie flehte mit erhobenen Armen stumm den Himmel an und folgte ihr.

»Keine Sorge, sie beißt nicht, sie sieht nur zum Fürchten aus«, stellte sie ihre Freundin noch einmal vor. Elenor zog die Nase kraus, und Sartorius hob die Augenbrauen an.

»Ich meinte damit, dass du vielleicht auf andere Menschen etwas erschreckend wirken könntest mit deinen ganzen Maori-Tattoos ...«

Marie wusste selbst, dass sie sich gerade um Kopf und Kragen redete. Wenn Elenor die Möglichkeit gehabt hätte, Feuer zu spucken, sie hätte dem Drachen von eben nicht nur Konkurrenz gemacht, sie hätte ihn sogar noch übertroffen. Dabei waren ihre Moko, wie die traditionellen Tattoos der Maori genannt wurden, sehr professionell gemacht und auch nicht im Gesicht wie bei Maori-Frauen durchaus üblich. Elenor trug ein Tattoo in Form eines sich entfaltenden Silberfarns, dem Koru, auf der Schulter und mehrere Spiralen auf den Armen.

Elenors Traum war es, eines Tages selbst nach Neuseeland zu reisen, um die Geheimnisse des Kontinents zu entdecken und den Ursprüngen ihrer Tattoos näher zu kommen.

Jetzt war Elenor zu Recht erzürnt, denn so, wie Marie sie vor dem Kommissar angepriesen hatte, musste sie sich vorkommen wie ein hässliches Ungeheuer. Dabei war sie doch ihre Frau, der Mensch, der ihr am meisten am Herzen lag.

Sartorius saß immer noch auf seinem Stuhl und hatte den Blick auf den Pizzakarton gerichtet. Kein Wort kam über seine Lippen, und Elenor starrte betont auffällig Richtung Fenster, weg von ihr.

»Es tut mir leid, so meinte ich das nicht. Ich bin ein Trampel, Elenor.« Marie versuchte, ihre Partnerin zu beschwichtigen, doch diese tat so, als würde sie sie gar nicht hören.

»Vielleicht gehe ich besser wieder«, meinte der Kommissar und machte Anstalten, sich zu erheben.

»Gute Idee«, brachte Elenor gepresst hervor.

»Nein, alles gut, bleib sitzen«, erwiderte Marie zeitgleich, woraufhin Sartorius die Augenbrauen zusammenzog.

Elenor drehte den Kopf zu Marie und sah sie mit zusammengepressten Lippen an. Marie kannte diesen Blick, er verhieß nichts Gutes. Aber sie war nicht gewillt, den Kommissar rauszuschmeißen, ohne dass Elenor ihn angehört hatte. Sonst riskierte sie, dass ihre Frau tatsächlich spätestens in der Klinik die Polizei alarmierte.

»Bitte, Elenor, hör ihn wenigstens an. Danach kann er immer noch gehen. Tu's für mich.« Marie wusste, wie unfair dieser Satz war, ein Totschlagargument, gegen das Elenor nicht ankam.

»Das ist ungerecht, Marie«, zischte sie, atmete tief durch und wandte ihren Blick Sartorius zu.

»Du hast fünf Minuten«, fauchte sie in seine Richtung.

»Okay? Was erwartet ihr jetzt von mir?«

»Erkläre Elenor, warum du hier bist.«

Elenor nickte.

»Kann ich mir vorher noch einen Kaffee holen? Ohne Zeitabzug?« Sartorius bedachte Marie mit einem Blick, den sie nicht ganz deuten konnte. Wollte er ihr etwas sagen? Allein?

Sie schaute zu Elenor, die mit den Schultern zuckte, was Marie als Zustimmung deutete.

»Ich zeig dir kurz, wie die Maschine funktioniert.« Dabei wusste Marie genau, dass der Kommissar sehr wohl imstande war, diese zu bedienen. Aber das gab ihm Gelegenheit, mit ihr allein zu reden. Sobald die beiden in der Küche verschwunden waren, legte er auch gleich los.

»Weiß sie, dass wir …« Er machte eine eindeutige Geste, die sie mit ihren Händen niederschlug.

»Nein«, flüsterte sie. »Und ich habe auch nicht vor, es ihr zu erzählen. Du kannst also diesen Part aus deiner Geschichte rauslassen.« Sie munitionierte die Kaffeemaschine mit einem Kaffeepad und stellte eine Tasse unter den Auslass.

»Was weiß sie denn? Ich meine, wie viel hast du ihr schon erzählt?« Er lehnte sich mit dem Rücken an die Arbeitsplatte.

In wenigen Worten umriss Marie, was sie Elenor heute Nachmittag im Institut mitgeteilt hatte, und dass die ihr nicht geglaubt hatte, dass Sartorius unschuldig war, sondern dass sie meinte, er wolle sie nur hereinlegen. Der Kommissar nickte.

»Und nach ihrer offensichtlichen Abneigung gegen mich soll ich jetzt die Kuh aus dem Nadelöhr zaubern und sie davon überzeugen, was für ein liebenswerter Kerl ich doch bin?«

»Jetzt werd mal nicht sarkastisch hier.«

»Ach nein? Was sollte denn das gerade eben? Wenn ich sie wäre, würde ich mich auch hassen. Du hast ihr gegenüber zu mir gehalten, einem Mann, der ihr offensichtlich auf mehreren Ebenen nicht geheuer ist. Wie soll sie sich denn da fühlen?« Der Kommissar unterbrach Marie in ihrem geschäftigen Treiben und drehte sie an den Schultern zu sich.

»Bist du jetzt auch noch Psychologe, oder was?«

Ihre Stimme sollte fest klingen, aber leider tat sie ihr den Gefallen nicht. Sie wandte den Blick von ihm ab. Ja, verdammt, sie hatte den Karren in den Dreck gefahren, und das nicht nur ein bisschen, sondern gleich derartig, dass der Matsch nur so spritzte, wenn sie aufs Gas trat. Wieso passierte ihr das immer? Sie spürte, wie Hitze in ihre Wangen stieg und sich der Wasserpegel in ihren Augen hob.

»Hey, nicht weinen.« Sartorius nahm sie fest in den Arm und strich ihr über den Rücken. In diesem Moment erschien Elenor im Türrahmen.

»Das kann ja wohl nicht wahr sein!«, schrie sie.

Bevor Marie überhaupt reagieren konnte, rauschte Elenor aus der Küche. Marie riss sich aus der Umarmung und rannte ihr hinterher, doch es war zu spät, sie hörte nur noch die Haustür ins Schloss fallen. Elenor war fort. Marie schluchzte, sodass sie am ganzen Körper zitterte. Sartorius war ihr gefolgt und hielt sie fest, sein Atem tief und gleichmäßig, sein Herz wie eine Festung, die in regelmäßigem Abstand ein Signal sendete. Langsam beruhigte sich Marie wieder, doch der Knoten in ihrem Hals wollte sich nicht lösen. Etwas war mit ihr geschehen, mit Elenor, mit Sartorius, was sich nicht einfach so wegschieben ließ. Das war nicht nur die Nacht mit Sartorius, von der ihre Freundin nichts wusste. Es waren auch die ständig schwelenden Konflikte mit ihrer Frau, die sie mürbe machten.

Und dann dieser Kommissar, der ihr Leben durcheinanderwirbelte wie ein Orkan, der sie vielleicht sogar in Gefahr brachte. Ganz klar, sie befand sich im freien Fall und hatte keine Ahnung, wie sie diesen beenden sollte, bevor sie hart auf dem Boden aufschlug. Oder war das gerade eben bereits geschehen?

Als sie sich von Sartorius löste, um sich mit einem Blatt Küchenrolle die Nase zu putzen, fühlte sich ihr Magen an, als hätte ihr jemand mit voller Wucht hineingeboxt und dabei ein Loch in der Größe eines Kinderkopfes hinterlassen. Der Kommissar legte den Kopf schief und beobachtete sie, was sie irritierte. Sie war es nicht gewohnt, dass ein Mann sie so betrachtete. Trotzdem fühlte es sich seltsam vertraut an.

»Alles klar?«, fragte er mit belegter Stimme und strich ihr unbeholfen über die Schulter.

Sie schüttelte den Kopf. »Nein, ehrlich gesagt ist sogar alles richtig beschissen.« Sie schniefte. »Elenor hasst mich. Was, wenn sie jetzt die Polizei ruft, weil sie sauer ist? Wenn sie nicht mehr mit mir reden will?«

Ihr war bewusst, dass ihre Stimme mehrere Oktaven zu schrill klang, dass sie übertrieb und völlig unangemessen reagierte, aber sie konnte nicht anders, sie fühlte sich genau so.

»Vielleicht hasst sie dich tatsächlich gerade. Aber wo Hass ist, ist auch Liebe. Sie wird sich wieder beruhigen, und sobald ich weg bin, werdet ihr euch wieder vertragen. Und wenn sie die Polizei ruft, dann ist das eben so.«

Seine Worte klangen so logisch, Marie wollte zu gerne daran glauben. Und vielleicht hatte er ja recht. Und ob Elenor tatsächlich die Polizei rufen würde? Nein, das glaubte sie nicht. Komme, was wolle, Elenor war immer direkt und offen. Sie würde nicht heimlich anrufen, ohne dass sie Marie vorher Bescheid sagte.

Wieder standen sie sich gegenüber, starrten einander an, und keiner von beiden sagte ein Wort. Es lag eine Spannung zwischen ihnen, die ein Feuer entzündete, wenn der passende Funke übersprang. Doch genau das war das Problem, dieser Funke durfte gar nicht erst entstehen. Schnell wandte sich Marie der Kaffeemaschine zu, die inzwischen die nötige Temperatur erreicht hatte. Sie drückte auf das passende Symbol, und das schwarze Gebräu ergoss sich in die Tasse. Der Duft erfüllte den Raum und legte sich beruhigend auf ihr Gemüt.

»Hat sich dein heimlicher Ausflug heute Abend wenigstens gelohnt?«, fragte sie, nachdem sie sich wieder gefangen hatte.

»Ja und nein«, meinte der Kommissar. »Bender hat meiner Meinung nach nichts mit dem Fall zu tun, womit ich zumindest ihn von der Liste streichen kann.«

»Von welcher Liste?«, fragte Marie. Sie hatte bisher nur von Bender als möglichem Verdächtigen erfahren, aber dass es da gleich mehrere geben sollte, war ihr neu.

Er erzählte ihr von Coras Nachforschungen und dass Bender eine von drei Personen war, die als potenzielle Verdächtige in Frage kamen.

»Was mich wirklich erschüttert, ist, dass Bender immer noch

darauf beharrt, die Schülerin nicht umgebracht zu haben. Der spielt das nicht, der meint das ernst.« Sartorius griff nach der Tasse, die inzwischen vollgelaufen war.

»Milch, Zucker?«, fragte Marie.

»Schwarz wie die Seele.«

»Oha.« Sie lächelte. »Das heißt, du glaubst ihm«, nahm sie das Gespräch wieder auf.

»Ich denke, ich habe einen Fehler gemacht, damals. Ich hätte seine Einwände ernst nehmen müssen, das Ganze hinterfragen und nachforschen.« Er pustete vorsichtig über den Rand, sodass die Flüssigkeit feine Wellen schlug.

»Und warum hast du es dann nicht getan?«

»Ich weiß es nicht. Ich kann es dir wirklich nicht sagen. Vielleicht habe ich mich zu sehr auf die Indizien versteift, wollte nur wahrhaben, was sich offensichtlich vor meinen Augen präsentierte. Es war mein erster großer Fall, ich wollte gut sein, Erfolg haben, zeigen, dass ich mein Handwerk beherrsche. War so sehr versteift auf das Rationale, dass ich alles andere außen vor gelassen habe. Vielleicht wäre mir sonst aufgefallen, dass seine Beteuerungen echt waren.«

Er stellte den Becher wieder auf die Arbeitsplatte. Marie musterte ihn. Das schien ihn ganz schön mitzunehmen.

»Mach dir keine Vorwürfe, du warst neu in dem Job, da ist es ganz normal, dass man eher schematisch vorgeht statt nach seinem Bauchgefühl.«

»Das sagst du so leicht. Ich hatte gar kein Bauchgefühl, oder aber mein Kopf war so laut, dass er meinen Bauch niedergeschrien hat.« Er seufzte. »Was, wenn er meinetwegen unschuldig im Gefängnis saß?«

»Er saß nicht deinetwegen unschuldig im Gefängnis. Der Typ hatte mehrere Baustellen, auf denen gewaltig was schieflief. Außerdem hast du den Fall nicht allein untersucht, da gab es die Spurensicherung, den Rechtsmediziner, Forensiker wie mich und andere Kollegen. Alle gemeinsam sind auf diesen Nenner gekommen. Der dann auch noch mit Hilfe von Zeugen vor Gericht bestätigt wurde. Wenn überhaupt, dann warst du nur ein kleines Rad in einem großen Uhrwerk. Lass dich nicht dadurch beeinflussen.« Marie wusste, dass das leichter gesagt war als getan. Selbstvorwürfe wogen immer mehr als Aufmunterung von außen.

»Aber ich hätte seinen Einwänden nachgehen müssen, den Fall neu aufrollen.«

»Hätte, könnte, müsste. Der Konjunktiv ist keine Hilfe. Das ist Vergangenheit, die kannst du nicht mehr ändern. Frag dich doch lieber, was du heute tun kannst.« Sie wusste selbst nicht, wie sie auf diese Binsenweisheit gekommen war. Anscheinend hatte sie heute ihren philosophischen Tag, allen Geschehnissen zum Trotz.

»Ich habe ihm versprochen, dass ich, wenn ich wieder ein freier Mann bin, seinen Fall erneut aufrollen werde«, murmelte Sartorius und fuhr sich mit beiden Händen durch die Haare.

»Dann wirst du das auch tun. Und ich helfe dir dabei.«

Das kam jetzt schneller aus ihrem Mund, als ihr lieb gewesen war. Aber gesagt war gesagt, sie konnte es nicht zurücknehmen. War es nicht eher so, dass sie das mit Absicht gesagt hatte? Dass ihr Unterbewusstsein nicht wollte, dass Sartorius wieder aus ihrem Leben verschwand? Auch wenn es falsch war? Ihre Finger klopften rhythmisch auf die Arbeitsplatte.

»Und wie war dein Tag heute?«, fragte Sartorius nach einer Weile des Schweigens.

Wie ein altes Ehepaar, schoss es Marie durch den Kopf. Sofort schob sie den Gedanken wieder weg und erzählte ihm stattdessen von den Ergebnissen aus dem Labor. Dass vermutlich ein Mann Delphine zum Ufer getragen hatte, der Schuhgröße fünfundvierzig hatte wie Sartorius selbst. Und dass sie unterschiedliche DNS-Profile erstellte und eine ganze Reihe von Fingerabdrücken untersuchte, deren Ergebnisse allerdings nicht vor morgen früh erwartet werden konnten.

»Ich werde morgen früh noch einmal an den See fahren, um zu sehen, welchen Weg der Täter mit Delphine genommen hat. Eventuell finde ich irgendwas, abgebrochene Äste, im Idealfall vielleicht sogar Haare oder Ähnliches. Er muss einfach irgendwelche Spuren hinterlassen haben.« Sie ballte die Hände zu Fäusten.

»Darf ich mitkommen?«

»Auf gar keinen Fall! Du kannst nicht einfach so an den Fundort marschieren, der ist abgeriegelt, da kommt regelmäßig Polizei vorbei, vergiss es!«

Sartorius murrte zwar, aber offenbar überzeugte ihn ihr Einwand mit der Polizei.

»Ich gehe jetzt duschen, danach habe ich mich schon den ganzen Tag gesehnt. Du kannst hier auf dem Sofa schlafen, ich gebe dir noch Bettzeug.« Dann fiel ihr noch etwas ein. »Ach ja, und lieb, wie ich bin, habe ich dir Socken, Unterwäsche und zwei T-Shirts mitgebracht. Auf dem Heimweg liegt ein Supermarkt, da bin ich kurz reingehuscht. Wenn wir die noch in das Kurzprogramm der Waschmaschine stecken und danach in den Trockner, kannst du sie morgen anziehen. Für heute Nacht habe ich ein altes Shirt in Übergröße von mir, falls du willst.«

Sartorius nickte und lächelte. Marie nickte ebenfalls und wandte sich zum Gehen. Im Flur schnappte sie sich die Tüte mit den Klamotten und warf den Inhalt in die Waschmaschine. Im Kurzprogramm war sie in einer knappen Viertelstunde fertig. Nur noch schnell duschen, das heiße Wasser über den Rücken laufen lassen und alles vergessen, wenigstens für zehn Minuten. Danach einen frisch gebrühten Tee und ab ins Bett. Vielleicht sogar mit einem Schuss Rum. Sie wollte einfach nichts mehr hören und sehen heute. Nur noch schlafen, tief und fest und traumlos. Morgen war ein neuer Tag. Hoffentlich mit neuen, positiven Erkenntnissen.

Die Dusche rauschte im Hintergrund, und Clemens ließ sich auf sein behelfsmäßiges Bett sinken, das er gerade bezogen hatte. Es roch nach frisch gewaschen, nach zu Hause und nach Willkommensein. Auch wenn er das nicht wirklich war. Seine Gedanken kreisten um Bender, unterbrochen durch die an Marie und Elenor. Er hatte ihr Leben gehörig aus dem Tritt gebracht. Sie seines aber auch. Immer noch war er sich nicht im Klaren darüber, ob es eine gute Idee war, hierzubleiben. Nicht nur, weil er Marie dadurch in Gefahr brachte, sondern auch, weil er ihre Beziehung zu ihrer Freundin in Frage stellte. Aber vielleicht bildete er sich das auch nur ein.

Sein Handy klingelte, und er erkannte an der Nummer auf dem Display, dass es Cora war. Schnell nahm er das Gespräch an.

»Ist etwas passiert?«, fragte er, und kurz setzte sein Herz aus. Warum sonst sollte sie so spät am Abend anrufen?

»Nein, alles gut. Ich wollte dir nur kurz erzählen, dass ich heute eigentlich noch Regenpfeiffer befragen wollte, aber er war nicht zu Hause. Das wird wohl bis morgen warten müssen. Außerdem wollte ich auch noch zu Fratze. Mal sehen, wann ich das schaffe. Vielleicht morgen oder übermorgen.« Clemens hörte sie im Hintergrund mit irgendetwas klappern, klang wie ein Topfdeckel, der auf den Topf gesetzt wurde.

»Bist du zu Hause?«

»Ja, bin vor einer halben Stunde heimgekommen und hab jetzt so was von Hunger, das kannst du dir gar nicht vorstellen. Das Training war ganz schön schweißtreibend. Aber dann hatte ich wieder genug Auftrieb, dass ich dachte, den Regenpfeiffer erledige ich heute noch. Doof nur, dass der das nicht so gesehen hat.« Es klapperte erneut, diesmal klang es nach Besteckschublade. »Wunder dich nicht über den Lärm, ich hab dich auf Lautsprecher gestellt, damit ich nebenher was kochen kann.«

Daher die Geräusche. »Du kochst jetzt noch? So spät?«

»Ja, warum nicht? Ich hab Hunger und will was Anständiges zu essen nach dem Kickboxen.«

»Aber das ist gar nicht gesund, sich so spät noch den Bauch vollzuschlagen, da schläft man doch ganz schlecht danach.« Zumindest hatte er so etwas in einer der Zeitschriften, die bei Delphine immer herumlagen, gelesen. Delphine. Er hörte ihre Stimme in seinem Kopf, wie sie ihm die Vorteile einer längeren Verdauungspause zwischen Abendessen und Frühstück schilderte. Irgendetwas mit intermittierendem Fasten, 16:8 oder so, er hatte den Sinn dahinter nicht verstanden, aber ihr zuliebe nach sechs Uhr abends nichts mehr gegessen. Zumindest meistens. Besser, er dachte erst gar nicht weiter in diese Richtung.

»So ein Unsinn. Das ist doch alles längst überholt. Jeder Mensch hat seinen eigenen Rhythmus, sowohl was das Schlafen als auch was die Nahrungsaufnahme angeht. Außerdem frühstücke ich dafür nicht. Das passt schon.«

»Wenn du meinst?«

»Ja, meine ich, mein Schatz.« Sie ließ offenbar Wasser in einen Topf laufen.

Clemens wollte das Thema nicht vertiefen, es hätte nur zur Folge, dass Cora sich wieder aufregte.

»Sag mal, hast du eigentlich überprüft, wer von unseren Verdächtigen überhaupt die Möglichkeit hat, an Insulin heranzukommen?«, fragte er und legte sich seitlich auf das frisch bezogene Sofa.

»Leider so ziemlich alle.« Er hörte ein Messer rhythmisch über ein Brett hacken. »Regenpfeiffer hat selbst Diabetes Typ 2, Fratzes demente Mutter im Altersheim braucht ebenfalls Insulin wie fast ein Drittel aller Deutschen über fünfundsiebzig. Hab ich mir zumindest von dem Arzt dort erklären lassen. Achtung, jetzt wird es kurz laut«, warnte sie, und Clemens hörte Wasser brodeln, danach das Rauschen einer Dunstabzugshaube. Kurz darauf wurde es etwas ruhiger. »So, die Nudeln sind im Wasser, die Soße köchelt vor sich hin, alles bestens. Wo war ich stehen geblieben?«

»Regenpfeiffer und Fratze haben Zugang zu Insulin«, wiederholte Clemens.

»Stimmt. Fehlt noch Bender, der fährt gelegentlich als Zweitjob für eine Apotheke Waren aus. Da hätte er zumindest die Möglichkeit, an Insulin heranzukommen.«

Clemens setzte sich wieder auf und rieb sich über das Kinn, das inzwischen einen ordentlichen Dreitagebart aufwies. Sollte er Cora von Bender erzählen? Sie wäre garantiert nicht begeistert darüber. Allerdings, wenn sie selbst Bender aufsuchte und auf diesem Wege mitbekäme, dass er bereits mit ihm gesprochen hatte, wäre sie noch viel weniger begeistert.

Besser, sie erfuhr es von ihm. Er erzählte ihr in kurzen Sätzen von seinem Gespräch mit dem ehemaligen Lehrer.

»Das kann doch einfach nicht wahr sein! Was habe ich dir gesagt? Du solltest zu Hause bleiben, oder? Du spazierst in aller Ruhe durch die Gegend, schaust dir verschiedene Kneipen der Südstadt Nürnbergs an, als gäbe es nichts Normaleres auf der Welt? Echt jetzt?«

»Aber es ist doch auch völlig normal, abends in eine Kneipe zu gehen.« Clemens war sich dessen bewusst, dass er damit in ein Hornissennest stach.

Die erste Hornisse ließ auch nicht lange auf sich warten. »Ja, genauso wie von der Polizei gesucht zu werden. Völlig easy. Da ziehe ich auch immer ganz locker mal 'ne Runde um die Häuser.«

»Siehst du, dann sind wir doch einer Meinung.« Clemens hielt die Luft an.

Hornisse Nummer zwei nahm direkten Kurs auf den Lautsprecher. »Du hast sie wohl nicht mehr alle! Für wen mache ich den ganzen Scheiß hier eigentlich? Ich riskiere hier meinen Kopf, um dich zu retten, mein Lieber, da würde dir etwas Mithilfe von deiner Seite aus ganz gut zu Gesicht stehen. Idiot«, fügte sie leise hinzu, aber doch so laut, dass Clemens es hörte.

Er hatte es übertrieben, das war ihm bewusst, aber er verspürte keinerlei Lust, sich weiterhin zu verstecken. Er hatte es so satt.

»Ich helfe dir doch, Cora. Anders, als du es dir vorstellst, aber ich helfe dir. Ich kann hier nicht einfach rumsitzen und mich verstecken. Wie lange soll das denn so gehen? Die nächsten Tage, Wochen, Monate? Am Ende sogar Jahre. Das ist doch kein Zustand. Wenn ich mein Leben wiederhaben will, dann muss ich darum kämpfen. Ich weiß deine Hilfe wirklich zu schätzen, und du darfst auch gern alles auf mich schieben, wenn ich auffliegen sollte. Mein Abtauchen, die Ermittlungen, einfach alles. Du warst offiziell an nichts beteiligt. Ich bin bestimmt der Letzte, der dich verrät, ich hoffe, das weißt du. Aber bitte gesteh mir wenigstens ein bisschen Eigeninitiative zu.«

Am anderen Ende blieb es still, aber er hörte sie atmen. Nach einer gefühlten Ewigkeit meldete sich Cora wieder zu Wort.

»Ich will nicht, dass du ins Gefängnis gehst, Clemens. Der Gedanke allein ist für mich unerträglich. Bitte, versuch wenigstens, mich zu verstehen. Ich tue wirklich alles, um dich davor zu bewahren.«

Ihre Stimme klang gepresst, fast nicht mehr hörbar. Clemens war nicht bewusst gewesen, dass ihr so viel an ihm lag. Obwohl, eigentlich wusste er es doch, er hatte es sich nur nie eingestehen wollen. Sie waren das beste Team, in dem er je gearbeitet hatte, verstanden sich oft blind und wussten genau, wie der andere tickte. Darüber hinaus verbrachten sie mehr Zeit miteinander als mit einem jeweiligen Partner, mit der Familie oder anderen Freunden. Daraus hatte sich im Laufe der Zeit eine enge Bindung ergeben, die so zugfest war wie ein Tau und so dauerhaft wie eine Plastiktüte. Er wusste, er konnte sich immer und jederzeit auf Cora verlassen, egal, wie sehr sie sich stritten oder unterschiedlicher Meinung waren. War Not am Mann, stand er parat, genauso wie sie, wenn Not an der Frau war. So wie jetzt.

»Es tut mir leid, Cora. Ich wollte dich nicht verletzen. Ich weiß, dass du Angst hast, und glaub mir, die habe ich auch. Aber wir stehen das zusammen durch. So wie immer. Ich weiß deine Loyalität zu schätzen, denn mir ist natürlich klar, dass das völliger Irrsinn ist, was du hier für mich tust. Du musst das nicht tun, das weißt du hoffentlich.«

Er hörte sie schlucken und war sich kurz nicht sicher, ob es nicht vielleicht doch ein unterdrücktes Schluchzen war.

»Ich weiß, aber ich will dir helfen. Bist du sicher, dass wir das schaffen werden?«

»Ganz sicher.« Er fragte sich, woher er diese Überzeugung nahm, denn im Grunde genommen war momentan nichts unsicherer als der Ausgang dieser Geschichte.

»Ich nehm dich beim Wort, Clemens«, meinte sie und schwieg wieder eine halbe Minute.

»Was hältst du von Bender?«, fragte sie schließlich.

»Ich kann mir nicht vorstellen, dass so ein abgewrackter Typ in der Lage ist, sich so einen perfiden Plan auszudenken.« Clemens löste seine Schnürsenkel.

»Das eine schließt das andere doch nicht aus.«

»Aber der Typ steht jeden Abend unter massiv viel Alkohol, wie soll der denn allein die Koordination hinbekommen? Der hätte nie im Leben Delphine an den See bringen, geschweige denn dorthin tragen können. So wie der aussieht, ist der ein lebendes Biotop, der hätte Tausende von Spuren hinterlassen.« Clemens schüttelte den Kopf. Er zog seine Schuhe aus und legte sich wieder auf das Sofa, die Beine angewinkelt. »Außerdem ist der auf Bewährung draußen, das heißt, er muss sich ständig bei seinem Bewährungshelfer melden.«

»Bloß weil du ihn dort in der Kneipe besoffen erlebt hast, heißt das nicht, dass er das dauernd ist. Er könnte genauso gut an diesem einen Abend nüchtern gewesen sein. Wenn jemand wirklich etwas will, dann schafft er das auch. Außerdem, woher weißt du denn, dass Delphine getragen wurde?« Ihre Stimme wurde argwöhnisch.

»Marie.«

»Ach, deine Forensik-Lady.«

»Das ist nicht meine Forensik-Lady, rede nicht so abfällig über sie. Sie ist eine von den Guten und versucht zu helfen.«

»Dafür habe ich aber noch keinen Beweis.« Cora schnaubte.

»Weißt du, wie lang sie heute im Labor war und gearbeitet hat? Abgesehen davon liegen einige Ergebnisse erst morgen vor, dann wird sie vermutlich den Bericht an die Dienststelle schicken.«

»Am Samstag?«

Clemens konnte an ihrem Tonfall hören, dass sie ehrlich überrascht war.

»Ja, am Samstag. Und sie will morgen noch einmal zum See raus, überprüfen, ob Spuren übersehen wurden.«

»Aber du gehst da hoffentlich nicht mit«, fuhr Cora dazwischen. »Der See wird regelmäßig überwacht. Für Marie kein Problem, weil sie ja ganz offiziell Spuren sucht, aber für dich sehr wohl.«

Clemens seufzte und schloss kurz die Augen. »Nein, ich bleibe schön brav zu Hause und mache meine Hausaufgaben, Mama.«

»Was steht denn noch in dem Bericht, den ich nicht erhalte, weil die Meierhuber und der Groner mich bestimmt nicht reinschauen lassen?« Cora ging gar nicht auf seine Bemerkung ein.

»Irgendwas von wegen, dass der Täter größer als einen Meter achtzig sein muss und Schuhgröße fünfundvierzig hat, gemäß den Abdrücken der Gummistiefel. Die es übrigens in jedem Baumarkt zu kaufen gibt.«

»Mehr nicht?«

»Sie hat da noch einige DNS-Nachweise am Laufen, ebenso Fingerabdrücke, aber wie gesagt, diese Ergebnisse liegen erst morgen vor. Ach ja, und sie hat den Inhalt des Rillenprofils der Gummistiefel untersucht, die Spusi hat wohl ziemlich viel eingepackt. Aber auch da wissen wir morgen mehr.« Clemens gähnte.

»Müde?« Cora gähnte ebenfalls.

»Dito?« Clemens lachte, woraufhin sie ebenfalls lachen musste.

»Siehst du, geht doch«, meinte er.

»Was meinst du?«

»Das alles mit etwas mehr Humor zu nehmen.« Er streckte

seine Beine aus. Im Hintergrund hörte er, wie Cora sich an ihren Töpfen zu schaffen machte.

»Du bist so ein seltsamer Mensch, Clemens. Dich muss man einfach lieben, Schatz.«

»Ich dich auch.« Er lächelte.

»Ja, du mich auch«, erwiderte Cora, und er hörte ihr Grinsen durch den Lautsprecher hindurch. »Wobei wir immer noch nicht geklärt haben, warum es Bender nicht gewesen sein sollte. Ich werde ihn auf jeden Fall überprüfen und auch mal bei der Apotheke, für die er arbeitet, nachfragen, ob ihnen in letzter Zeit was aufgefallen ist. Oder ob was fehlt. Nimm den nicht so auf die leichte Schulter.«

»Das tue ich nicht, versprochen.« Clemens rieb sich die Augen. Er war todmüde, und das Bier hatte ihm den Rest gegeben.

»Dann werde ich jetzt mal was essen, und wir hören uns morgen wieder, wenn es was Neues gibt. Schlaf gut, mein Lieber.«

»Du auch«, verabschiedete sich Clemens und legte auf. Er hörte, wie sich das Schloss der Badezimmertür öffnete, und kurz darauf erschien Marie um die Ecke. Sie trug ein weites kariertes Hemd, in der linken Hand hielt sie ein blaues Stoffteil.

»Die Wäsche ist übrigens durch«, sagte sie.

»Oh, danke, soll ich sie –«

Marie unterbrach ihn mit einer wegwerfenden Handbewegung. »Ist schon gut, ich kümmere mich darum. Hier hast du noch das T-Shirt.« Sie warf ihm das blaue Shirt aus ihrer Hand zu, und er fing es auf. Es war wirklich ein ziemlich großes Shirt, XXXL. Da würde er dreimal reinpassen, aber es war zumindest ein passabler Schlafanzugersatz.

»Ich geh dann mal ins Bett, Sartorius, ich bin so müde, ich könnte im Stehen einschlafen. Willst du auch noch duschen? Dein Duschgel und ein Handtuch habe ich dir auf den Badewannenrand gelegt, genauso wie eine Zahnbürste. Du kannst meine Zahnpasta verwenden, die in der roten Tube.« Sie gähnte und hob schnell die Hand vor den Mund.

»Das ist lieb von dir, danke.« Er folgte ihr ins Bad, wo sie die Wäsche in den Trockner packte und ihn einschaltete.

»Dann gute Nacht«, sagte sie und drängte sich an ihm vorbei. Als sie seinen Körper berührte, nahm er wahr, dass sie wunderbar nach Vanille und Honig duftete. Clemens spürte, wie seine Knie nachgaben. Am liebsten hätte er sie festgehalten, aber das ging nicht. Die Vernunft sprach dagegen.

»Gute Nacht«, antwortete er stattdessen heiser und blickte ihr nach, wie sie in ihr Schlafzimmer verschwand. Das Schlafzimmer, das sie mit Elenor teilte, wie er sich ins Gehirn rieb. Elenor! Nicht er! Er schüttelte den Kopf und schloss die Badezimmertür. Besser, er nahm wirklich noch eine Dusche. Am besten eine kalte.

Der Alterlanger See präsentierte sich in seiner ganzen Schönheit, und Marie war nicht die Einzige, der das auffiel. Der strahlende Sonnenschein an diesem Samstagmorgen hatte die Angler an das breite Grasufer getrieben. Dort saßen sie nun auf ihren dreibeinigen Klapphockern und hielten ihre Rute ins Wasser. Ein paar Meter weiter spielten bereits einige Kinder auf dem Spielplatz, was die Angler aber nicht aus der Ruhe zu bringen schien. Das Wasser schimmerte im Licht der Sonne, die Seerosen blühten in zartem Rosa, und der Himmel zeigte sich in einem satten Azurblau.

Gegenüber dem Parkplatz führte eine Brücke über das blinde Ende des Flusslaufs, der sich hier zu einem See formte. Die Brücke war breit genug, um mit einem Auto auf den darauffolgenden gekiesten Sandweg zu fahren. Wenn jemand hier mit seinem Wagen dem Weg noch ein Stückchen weiter folgte, verschwand er völlig aus der Sichtweite der Häuser, weil an dieser Seite das Ufer von dichtem Baumbewuchs umgeben war. Ideal, um ungestört eine Leiche abzulegen.

Marie verglich ihre Bilder aus der Akte mit der natürlichen Umgebung des Sees. Gleich zu Beginn des Miniatur-Waldes war das Opfer am Ufer gefunden worden. Der See bildete dort eine kleine Biegung nach hinten hinaus. Ein umgestürzter Baum ragte mit seinen Ästen aus dem Wasser. Hier musste sich das Opfer verhakt haben, sodass es nicht sofort untergegangen war. Oder aber es war bewusst an den Ästen drapiert worden. Der Kommissar sollte sie finden, sonst hätte das ganze Szenario keinen Sinn ergeben. Wenn Marie genau hinsah, konnte sie auch noch das Absperrband an der Stelle erkennen. Von hier aus, wo sie jetzt stand, auf dem Grünstreifen am Parkplatz, hätte man maximal einen hellen Fleck im Wasser ausmachen können, aber man hätte nicht sofort eine Leiche vermutet. Vielleicht Müll, den jemand im See entsorgt hatte. Sartorius hatte laut seinen

Erzählungen auch nur etwas Helles aufblitzen sehen, und war an die Stelle gelaufen, um es zu überprüfen. Und erlebte dann die schlimmsten Minuten seines Lebens, die sich zu einem andauernden Alptraum weiterentwickelten. Getoppt vielleicht noch durch das Erlebnis mit seiner Schwester.

Sie musste sich das aus der Nähe ansehen. Marie schulterte ihren Rucksack und stapfte über die Brücke. Ein Schild machte sie darauf aufmerksam, dass sie sich im Landschaftsschutzgebiet Regnitzgrund befand, ein weiteres, dass hier am See der Biber wieder ausgewildert worden war. Erfolgreich. In dem schmalen Flusslauf, der zum See führte, oder auch von ihm weg, da war sich Marie nicht so sicher, wuchsen ebenfalls Seerosen, die Uferseite Richtung Bäume war dicht mit Schilf bewachsen, hinter dessen Schutz der Kies-Sand-Weg entlangführte.

Definitiv breit genug für ein Auto, vor allem für ein kleines. Die Spuren der Reifen mussten irgendwo hier gesichert worden sein. Marie kramte in ihrer Akte, bis sie das passende Foto fand. Noch ein Stück weiter vorn, dort, wo das Wäldchen begann. Jetzt war davon nichts mehr zu erkennen. Der Platzregen am Mittwochabend hatte alle Spuren vernichtet. Ehrlicherweise wusste Marie selbst nicht, was sie hier noch entdecken wollte. Der Regen hatte vermutlich ganze Arbeit geleistet, aber wo sie schon einmal hier war, würde sie den Fotos der Spurensicherung folgen.

Direkt bevor der Wald anfing, führte ein platt getretener Weg durch das Schilf, Fußabdrücke waren unmöglich zu finden. Ein Absperrband kennzeichnete den Pfad, da die Spusi davon ausging, dass der Mörder diesen Weg genommen hatte, um sein Opfer an der gekennzeichneten Stelle abzulegen. Marie schlüpfte unter dem Band hindurch und folgte dem Pfad, immer darauf bedacht, rechts und links von ihr wie auch auf dem Boden keine Spur zu übersehen. Wann immer sie glaubte, etwas entdeckt zu haben, zückte sie ihre Lupe und sah sich die Stelle genauer an. Aber außer Tierexkrementen fand sie nichts.

Am Ufer stehend und zu den Anglern hinübersehend, kam

ihr ein Gedanke. Was, wenn der Mörder diesen Weg gar nicht genommen hatte? Sicher, der führte auf direktem Weg zum Fundort, aber er war von der Häuserseite und dem Parkplatz aus voll einsehbar. Es hätte ihn jemand dabei beobachten können, wie er hier mit seiner schweren Last entlangkam. Komfort hin oder her, geschickter wäre es gewesen, sich einen Weg durch die Bäume zu bahnen. Dort wäre der Täter unerkannt geblieben.

Marie lief den Pfad zurück zum Kiesweg. Konzentriert behielt sie den Waldrand im Auge. Falls der Täter sich durch die Büsche geschlagen hatte, würde sie die Spuren entdecken, denn der Bewuchs war dicht genug, dass er auf seinem Weg Äste umgeknickt oder gar abgerissen hätte. Auch dorniges Gestrüpp, vermutlich Brombeere, wuchs hier und blühte weiß.

Keine zwei Meter weiter entdeckte sie endlich etwas. Diese Brennnesseln hier waren erst vor Kurzem platt getreten worden. Sie hatten sich zwar wieder aufgerichtet, aber an ihren Stängeln waren deutlich Knicke zu erkennen. Zumindest wenn man danach suchte. Marie schoss mehrere Fotos mit der Kamera, die sie sich um den Hals gehängt hatte. Dann schlüpfte sie in einen Ganzkörperoverall und in Überzieher für ihre Schuhe, folgte dem Hinweis und trat einen Schritt in das Unterholz. Mit Hilfe einer Taschenlampe brachte sie Licht in die schattigen Bereiche und suchte gezielt nach abgebrochenen Ästen in einer Höhe von ungefähr einem Meter zehn, der Höhe, in der der Mörder Delphine getragen hatte. Am Boden lagen viele Blätter in unterschiedlichen Zersetzungsstufen, Rinde und Stöcke, dazu noch verschiedene Zapfen. Hier Abdrücke finden zu wollen war utopisch. Sie konzentrierte sich auf die höheren Bereiche und hatte Glück.

An einem abgeknickten Ast einer Weide hing ein winziges Büschel schwarzer Haare. Mit einem Maßband erfasste sie die Höhe und fotografierte alles mehrfach, bevor sie das mögliche Beweisstück mit Handschuhen in einen Asservatenbeutel packte. Ein Meter fünf, das passte in das Größenprofil des Täters. Sie war auf dem richtigen Weg, das spürte sie. Falls irgendwie möglich, konzentrierte sie sich noch mehr auf jede Kleinigkeit.

Da, ein weiterer abgebrochener Ast, die Bruchstelle war noch frisch. Und dort drüben noch einer. Als sie den Blick auf den Boden richtete, um zu sehen, ob dort noch die abgebrochenen Äste lagen, fanden ihre Augen ein kleines Stück Folie an einem Stock verhakt. Schnell zückte sie ihre Kamera, dann hob sie den Stock vorsichtig hoch. Probierte, ob er zu einer der von ihr gefundenen Bruchstellen passte. Bingo! Hatte sie es doch gewusst, das war vermutlich ein Stück der Kunststofffolie, in die das Opfer eingewickelt gewesen war. Sie würde sie im Labor untersuchen, vielleicht konnte sie herausfinden, was es für eine Folie war und wo man sie kaufen konnte.

Gleich hatte sie das Ufer erreicht. Sie wich gerade noch rechtzeitig einem Brombeergestrüpp aus, bevor es sich mit seinen wirklich gewaltigen Dornen in ihrer Hose verhaken konnte. Was, wenn der Mörder hier ebenfalls vorbeigekommen und vielleicht sogar hängen geblieben war? Es war dunkel gewesen, und selbst bei Vollmond war zwischen den Bäumen nicht zu erkennen, ob ein Busch Dornen hatte oder nicht. Sie ging in die Knie, um das Gestrüpp besser in Augenschein nehmen zu können. Drei Schmeißfliegen umschwirrten immer wieder eine Stelle; jetzt, aufgeschreckt durch ihre Anwesenheit, flogen sie ihr ins Gesicht. Sie wedelte sie weg und schaute sich die Stelle genauer an.

An einem der unteren Äste entdeckte sie auf den Blättern kleine dunkle Flecken. Die Triebe und das Laub darüber wuchsen so dicht, dass selbst heftiger Regen, der durch die Bäume bereits etwas gebremst wurde, hier nichts abwaschen konnte. Es war also durchaus möglich, dass diese Flecken eine Spur darstellten. Natürlich konnte es sich auch um Schlamm oder Exkremente handeln, aber im Bestfall hatte sich der Täter weiter oben an den Dornen aufgerissen, und das Blut war hier auf die Blätter getropft. Und dann hätte sie die DNS des Täters.

Ein aufkeimendes Feuer erfüllte Maries Magen mit Wärme. Schnell noch ein paar Fotos, dann brach sie den Teil der Brombeerrute kurzerhand ab und tütete ihn ebenfalls ein. Zwei Schritte weiter befand sie sich exakt an der Ablagestelle. Hier stieß sie wieder auf den leichteren Weg durch das Schilf, den der Kommissar laut Protokoll genommen hatte, um zu seiner Freundin zu gelangen.

Aber Marie war sich mittlerweile fast hundertprozentig sicher, dass der wahre Mörder ihren komplizierteren Weg gegangen war. Er musste gewusst haben, dass jeder vermuten würde, dass der einfachere Weg logischer gewesen wäre. Die Spusi hatte sich gar nicht die Mühe gemacht, nach einem weiteren Weg zu suchen, nachdem der erste so offensichtlich vor ihnen gelegen hatte. Doch sie hatte sich nicht hinters Licht führen lassen, sondern war durch den Schatten gegangen. Das war unlogisch, schalt eine Stimme in ihrem Inneren. Wenn man sich hinters Licht führen lässt, ist man zwangsläufig im Schatten. Marie wischte sich ungehalten die Haare aus dem Gesicht, das war doch egal, Hauptsache, sie wusste, wovon sie redete. Schlimm genug, dass sie überhaupt ständig Selbstgespräche führte. Aber wenigstens nur in ihrem Kopf und nicht in aller Öffentlichkeit.

Sie arbeitete sich den beschwerlichen Weg wieder zurück und kontrollierte noch einmal alle möglichen Stellen, aber sie fand nichts Weiteres, was auf den Täter schließen ließ. Dennoch war sie mehr als zufrieden mit ihrer Ausbeute. Sie verstaute alles in ihrem Rucksack, zog ihre Montur aus, die sie ebenfalls einpackte, und wanderte über die Brücke zurück zum Parkplatz.

Jemand tippte ihr von hinten auf die Schulter, und sie fuhr zusammen. Als sie sich umdrehte, blickte sie in ein faltiges, weißbärtiges Gesicht, dessen graue Augen sie durch eine dicke Hornbrille musterten.

»Meine Güte, haben Sie mich aber jetzt erschreckt«, sagte sie, um einen Moment Zeit zu gewinnen. Der Mann vor ihr war ein Angler, der Gummihose nach zu urteilen. Er lächelte sie an und entblößte dabei seine nicht mehr ganz vollständigen Zahnreihen. Marie wich zurück. Der Geruch, der seinem

Mund entströmte, konnte locker mit dem eines toten Fisches mithalten.

»Ich wollte Sie net erschrecken«, antwortete der Mann in breitem Fränkisch. »Ich wollte nur wissen, was Sie denn da zum Suchen haben? Des kam mir irgendwie a weng seltsam vor.«

Marie zwang sich zu einem Lächeln. »Mein Name ist Marie Mayfield, ich bin Forensikerin am Rechtsmedizinischen Institut in Erlangen und untersuche den Mordfall der Seeleiche, die hier vor Kurzem gefunden wurde.«

»Ach, die schwarzhaarige Nixe?« Der Mann lachte. »So haben wir die getauft, meine Kumpel und ich. Wir haben über den Fall in der Zeitung gelesen. Und Sie wissen bestimmt, wie schnell sich so was hier rumspricht.« Er deutete auf zwei weitere Angler in etwa dem gleichen Alter wie er, die am Ufer auf ihren Falthockern saßen und zu ihnen herüberwinkten.

»Kommen S' doch kurz mit, dann kann ich Sie vorstellen, die haben sich nämlich auch schon gewundert. Ich bin übrigens der Horst, Horst Demleitner.« Er reckte die Brust nach vorne.

Marie folgte ihm zu seinen Freunden und stellte sich erneut vor.

»Ich suche nach Beweisen und Hinweisen, die Nacht von Dienstag auf Mittwoch betreffend. Ist Ihnen da irgendwas aufgefallen?«, fragte sie die Herrenrunde.

»Naa, da weiß ich nix«, antwortete der, der sich als Herbert vorgestellt hatte. Horst und der dritte im Bunde, Detlef, schüttelten ebenfalls den Kopf.

Doch Marie wollte noch nicht aufgeben und suchte in ihrem Rucksack nach einem Foto von Delphine und zeigte es ihnen.

»Kennen Sie diese Frau? Haben Sie sie schon einmal gesehen?«

Das Trio schaute sich das Foto eingehend an.

»Die ist schon öfter hier gewesen, ein hübsches Madla, ist immer dahinten über den Weg in den Wiesengrund gejoggt«, meinte Horst.

»Die hat fei ein ordentliches Tempo draufgehabt«, ergänzte Detlef und lachte. »Da wärst du nimmer hinterhergekommen, Herbert.« Er klopfte seinem Freund auf die Schulter. Der zuckte nur abfällig mit den Schultern. »Und was hat s' etz davon? Tot is, des hat sich etz gelohnt.«

»Nach dem Joggen hat sie oft die Füße ins Wasser gehalten, das hat den Julian immer aufgeregt, weil der gemeint hat, das würde die Fische verscheuchen. A so a Gschmarri!« Horst lachte schallend, woraufhin ihm sofort mehrere andere Angler böse Blicke zuwarfen und ihn verstummen ließen. Nachdem er sich in alle Richtungen mit beschwichtigenden Handbewegungen entschuldigt hatte, fuhr er fort. »Der hat sich richtig mit ihr angelegt, weil sie dann auch noch mit Absicht herumgeplätschert hat.«

Doch Herbert schüttelte heftig den Kopf. »Na, ich glaub eher, dass der sauer war, weil die net mit ihm Kaffee trinken gehen wollt. Ausgelacht hat s' ihn, das hat ihn schon ordentlich gewurmt.«

Marie zog die Augenbrauen hoch. Das war doch mal interessant. Was man so alles von ein paar alten Herren erfuhr, wenn man nur nett und höflich fragte.

»Wer ist denn dieser Julian, und wo finde ich den?« Sie blickte suchend in die Runde der Angler.

»Der ist heute net da, keine Ahnung, warum. Sonst lässt der sich so ein Wetter net entgehen«, antwortete Detlef, während Herbert seine Angel einholte. Es zuckte verdächtig, und kurz darauf hielt er eine Forelle in den Händen. Mit einem Lineal überprüfte er die Länge.

»Zwanzig Zentimeter, viel zu kurz, die kommt wieder rein.« Er entfernte den Fisch vorsichtig vom Haken und warf ihn wieder ins Wasser.

»Aber der Julian wohnt hier gleich um die Ecke im Seeweg, das Haus mit dem offenen Hof, Julian Regenpfeiffer heißt der. Der wohnt dort in der Einliegerwohnung«, ergänzte Horst Detlefs Rede.

Marie bedankte sich bei dem Trio und wünschte ihnen noch

ein »Petri Heil«, was mit einem fröhlichen »Petri Dank« kommentiert wurde. Dann marschierte sie über den Parkplatz Richtung Alterlangen zum Seeweg.

Julian Regenpfeiffer, irgendwie kam ihr der Name bekannt vor. Doch wo hatte sie ihn gehört? Dann fiel es ihr wieder ein: die Liste mit den möglichen Tatverdächtigen, die der Kommissar ihr genannt hatte! Einer davon war Julian Regenpfeiffer. Ob das tatsächlich ein Zufall war? Wohl kaum.

Mit einem grummeligen Gefühl im Magen suchte Marie nach dem Innenhof, von dem die Herren geredet hatten. Es war nicht schwer, ihn zu finden. Und das Haus lag nur ein paar hundert Meter vom See entfernt. Das Rumoren in ihrer Magengegend nahm zu. Was sollte sie jetzt tun? Die Polizei rufen? Aber was sollte sie denen erzählen, die wussten schließlich nichts von dieser Liste, und dann hätte sie zugeben müssen, dass sie mit dem gesuchten Kommissar in Kontakt stand. Das ging gar nicht. Die Leute vom BLKA würden sie glatt von dem Fall abziehen.

Sollte sie Sartorius anrufen? Das war genauso unsinnig, denn was könnte der denn tun? Nichts, denn er war nicht hier und würde auch nicht herkommen, wie sollte er auch, ohne fahrbaren Untersatz. Sie wollte auch nicht Kommissarin Eisenstein verständigen, wie der Kommissar es ihr heute früh geraten hatte. Er vertraute ihr anscheinend und wollte sichergehen, dass sie die gleichen Infos erhielt wie die BLKA-Beamten. Aber in diesem Fall hier waren der Kommissarin doch die Hände gebunden, wenn sie dem BLKA nicht dazwischenpfuschen wollte. Und wer wusste schon, ob dann aus diesem Grund ihre Beweise vor Gericht nicht mehr zugelassen wurden. Nein, ihr blieb nur die Möglichkeit, sich selbst hier umzuschauen oder einfach wieder zu verschwinden. Ohne etwas zu erfahren.

Es kribbelte in ihren Fingerspitzen, ein untrügliches Zeichen dafür, dass sie unmöglich wieder gehen konnte, ohne sich hier umzusehen. Sie war Forensikerin, die geborene Schnüffelnase sozusagen, sie musste ganz einfach auf diesen Hof.

Sie kontrollierte den Namen auf dem Briefkasten: Eindeutig, hier wohnte Julian Regenpfeiffer. Klingeln? Nein, erst wollte sie in Ruhe die Garage anschauen. Dort stand ein Opel Corsa mit geöffnetem Kofferraum, darin war eine große Plastikplane ausgebreitet, die schon ziemlich verschlissen wirkte an mehreren Stellen. Und diese Flecken dort auf der Plane, war das Blut? Schnell zückte sie ihre Kamera und knipste einige Male. Allerdings hatte sie bei der Leiche keine blutenden Verletzungen entdeckt. Das Blut konnte also unmöglich von dem Opfer stammen. Ob sie es wagen konnte, näher an das Auto heranzugehen? Marie schaute sich mehrmals in alle Richtungen um, dann schlich sie an den Kofferraum. Da stand ein Paar Gummistiefel. Sie hob einen hoch, Größe fünfundvierzig, das Profil passte auch. Sie betrachtete die Flecken näher; doch, das konnte tatsächlich Blut sein. Sie wollte gerade ihren Rucksack herunternehmen, um ein Teststäbchen zu suchen, da brüllte sie jemand an.

»Hey, Sie da, was haben Sie an meinem Auto zu suchen? Verschwinden Sie, oder ich ruf die Polizei!«

Mit einem Satz drehte sich Marie um und stand einem hochgewachsenen, schlanken Mann mit blondem Strubbelkopf gegenüber, der sie wütend anstierte. Sofort geriet sie ins Stottern.

»Oh, ja, Entschuldigung, ich wollte nur, also ich bin …« Sie atmete tief durch und begann noch einmal von vorn. »Mein Name ist Marie Mayfield, ich bin Forensikerin und suche Hinweise zu dem Mord an der Seeleiche. Hier ist mein Ausweis.« Sie reichte ihm ihre Karte, doch die schien ihn gar nicht zu interessieren.

»Und da haben Sie geglaubt, die finden Sie in meinem Kofferraum?« Er zog die Augenbrauen hoch.

»Nein, natürlich nicht. Ich habe nur die Stiefel bewundert. Mein Freund wünscht sich solche schon länger, aber ich habe absolut keine Ahnung, wie der Hersteller heißt. Da habe ich gedacht, ich schau mal nach, ob da was drinsteht.« Sie hatte gar nicht gewusst, dass sie so spontan lügen konnte, und das auch noch, ohne rot zu werden. Zumindest hoffte sie, dass man ihr nichts ansah.

Regenpfeiffer schnaubte laut auf. »Klar. Und ich bin Jesus.« Er tippte sich an die Stirn. Offenbar war sie wohl doch nicht so überzeugend. Dann eben anders. Sie zog das Bild von Delphine hervor und zeigte es ihm.

»Haben Sie sie schon einmal gesehen?«

Sein Blick glitt achtlos über das Foto, dann schüttelte er den Kopf. Seltsam. Zu achtlos. Das hörte sich gerade eben bei seinen Anglerkollegen ganz anders an. Wieso leugnete er, Delphine zu kennen? Doch bevor sie auch nur einen weiteren Gedanken darüber verschwenden konnte, baute sich der Hüne wieder vor ihr auf.

»Ich muss nicht mit Ihnen reden, wenn ich nicht will. Verschwinden Sie von meinem Grund, aber zackig!« Das war eindeutig. Sie verabschiedete sich besser, bevor er noch unleidlicher wurde. Etwas an seinem Verhalten sagte ihr, dass dieser Typ zu Jähzorn neigte.

Erst jetzt fiel Marie auf, dass der Mann etwas in seinen Händen hielt, womit er die ganze Zeit herumspielte. Beim genaueren Hinsehen entpuppte es sich als ein Insulin-Pen. Ihr stockte kurz das Herz, was sich mit einem sofortigen Extraschlag bis hinauf in ihre Kehle rächte.

»Sind Sie Diabetiker?«, fragte sie mit belegter Stimme und deutete auf den Pen.

»Ist das jetzt etwa verboten?« Er näherte sich ihr, was Maries Puls beschleunigte. Mit jedem seiner Schritte, die er auf sie zukam, wich sie rückwärts einen zurück, bis sie den Rand des Hofs erreicht hatte und auf der Straße stehen blieb.

»Außerdem wüsste ich nicht, was Sie das angehen sollte. Und jetzt hauen Sie ab!« Er knallte mit einer schnellen Bewegung das Hoftor vor ihrer Nase zu.

Unfähig, sich zu bewegen, verharrte Marie vor dem Tor. Was war das denn jetzt gewesen? Der Typ hatte eindeutig Dreck am Stecken, so viel war klar. Darüber hinaus hatte sie etwas an seinen Augen irritiert. So dunkle Augen waren eigentlich nicht normal. Zumindest nicht bei blonden Haaren. Es ratterte in ihrem Kopf wie in einem schlecht geölten Uhrwerk, dann rastete die Information ein. Natürlich, das war nicht die Iris, das waren die Pupillen gewesen, stark vergrößert wie bei jemandem, der sich entweder Belladonna ins Lid geträufelt oder Drogen genommen hatte. Hier vermutete sie eher Zweiteres. Mit einem Mal wurde ihr ganz schlecht. Was, wenn er sie nur zwei Minuten später dabei erwischt hätte, wie sie Proben aus seinem Wagen genommen hätte? Sie wollte gar nicht daran denken. Aber jetzt musste sie handeln, bevor der Kerl Verdacht schöpfte und seine Spuren verwischte.

Sie entfernte sich ein paar Schritte Richtung Parkplatz und rief bei der Polizei an, stellte sich vor und wurde an eine Frau Meierhuber vom BLKA weitergeleitet. Sofort erzählte sie von ihren Funden am Tatort, von Regenpfeiffer, der Plane, dem Blut und dass der Verdächtige vermutlich Drogen genommen hatte. Hoffentlich reichte das aus, um Sartorius endlich zu entlasten.

Clemens tigerte in Maries Wohnung von einer Seite des Raums zur anderen, bald würde er Pfade in das Parkett fräsen wie die Raubtiere im Tiergarten. Zur Untätigkeit verdammt, der Langeweile ausgeliefert. Vor einer Stunde war Marie zum Alterlanger See gefahren, fast zeitgleich erschien Elenor in der Wohnung. Die beiden Frauen hatten sich keines Blickes gewürdigt, waren aneinander vorbeigeschlichen, fast schon einen Tick zu sehr darum bemüht, sich nicht zu berühren. Aber daran konnte und wollte Clemens nichts ändern. Letzten Endes war er der letzte Mensch, der sich hier einmischen sollte. Nicht seine Baustelle.

Elenor hatte ihn genauso wenig beachtet, wie sie zuvor Marie beachtet hatte, war, ohne ihn anzusprechen, an ihm vorbei ins Bad geeilt und hatte die Tür hinter sich verschlossen. Als sie wieder rauskam, hörte er sie ins Schlafzimmer gehen, wo sich das Spiel wiederholte, die Tür flog zu und wurde von innen verriegelt. Ob das jetzt aus dem Grund geschah, weil sie Angst vor ihm hatte oder weil sie sauer war, konnte Clemens nicht sagen. Es war ihm ehrlicherweise auch egal. Solange er deswegen keine Scherereien hatte, konnte sie so lange wütend auf ihn sein, wie sie wollte.

Dennoch fühlte er sich einsam und verlassen auf seiner Tour quer durch das Zimmer. Zu gern wäre er mit Marie nach Erlangen gefahren; was, wenn sie etwas Wichtiges übersah? Er ertappte sich dabei, wie er sich wieder wie früher nur auf seine eigenen Ergebnisse verließ, schlecht Verantwortung abgeben und einfach nur vertrauen konnte. Es hatte lange gedauert, bis er vor Jahren so weit gewesen war, dass er Cora nicht nur mit lapidaren Aufgaben beschäftigte, sondern ihr eigenständiges Arbeiten erlaubte. Mittlerweile wusste er, dass er ihr nicht mehr sagen musste, was sie tun sollte, sie war selbst in der Lage, zu erkennen, was gerade nötig war.

Eigentlich. In seiner jetzigen Situation spürte er, dass der innere Druck die alten Denkweisen wieder an die Oberfläche beförderte, und das nicht langsam, sondern mit einem satten »Plopp«. Er hatte es nicht kommen sehen, aber jetzt brachte es ihn dazu, alles zu hinterfragen, niemandem zu trauen und den Wahnsinn in dem ihm auferlegten Stillstand zu finden. So ging das nicht weiter. Außerdem spürte er, dass ihm Ruhe momentan nicht guttat. Zu schnell kehrten seine Gedanken zu Delphine zurück, ihrem Lachen, ihrer Fähigkeit, allem etwas Positives abzugewinnen. Das fehlte ihm. Ihre Zuversicht, ihre Liebe. Oder trog ihn sein Verstand, und er suchte nur nach etwas, was diese Lücke ausfüllte? Marie? Nein, er wollte nicht darüber nachdenken. Nicht jetzt. Am besten nie.

Clemens suchte in dem Stapel alter Zeitungen nach dem Zettel, auf dem er gestern aufgeschrieben hatte, wo die anderen Verdächtigen wohnten. Fratze und Regenpfeiffer blieben übrig. Cora wollte heute bei Regenpfeiffer vorbeischauen, da hielt er sich besser zurück, wenn er sie nicht noch mehr gegen sich aufbringen wollte. Blieb noch Fratze. Dem Cora zwar auch einen Besuch abstatten wollte, aber sie hatte ja bereits gemeint, dass sie das vermutlich heute nicht auch noch schaffen würde.

Aber Fratze wohnte in Herzogenaurach, das lag gute fünfundzwanzig Kilometer weit weg. Er hatte kein Auto, und öffentliche Verkehrsmittel verboten sich von selbst. Laufen funktionierte auch nicht; selbst wenn er sich bemühte, wäre es ein Halbmarathon, dafür brauchte er locker drei Stunden. Abgesehen davon, dass er weder die passende Kleidung noch einen Trinkgürtel parat hatte. Radfahren. Das wäre tatsächlich eine Alternative. Wenn auch keine praktikable, denn dafür benötigte er ein Rad. Ob Marie eines besaß, wusste er nicht. Fuhr man in Nürnberg überhaupt mit dem Fahrrad? Soweit er gesehen hatte, gab es hier nicht gerade viele Fahrradwege, sodass ihm das Radfahren hier wie ein Kamikaze-Unternehmen gegen den Straßenverkehr vorkam. Aber vielleicht hatte er ja Glück.

Clemens schnappte sich sowohl den Schlüssel mit dem Aufdruck »Keller« sowie den Hausschlüssel und schlich sich das Treppenhaus hinunter. Es war nicht schwer, das richtige Abteil zu finden, schließlich waren sie alle nummeriert. Er sperrte die Tür auf und verschloss sie sorgfältig hinter sich. Nach überraschendem Besuch stand ihm nicht der Sinn.

Nachdem er den Lichtschalter gefunden hatte, sprangen ihm sofort zwei Damenräder ins Auge. Er inspizierte sie und stellte fest, dass bei dem einen Rad weder das Licht intakt war noch die vordere Bremse richtig funktionierte. Das konnte er vergessen. Bei dem anderen funktionierte das Licht, die Bremsen waren zwar abgefahren, aber noch tauglich, nur die Reifen hatten schon bessere Tage erlebt. Platt wie eine Flunder, kaum Profil. Entweder standen die Teile hier seit Jahrzehnten unbenutzt herum, oder die beiden Damen hatten sie auf einer Fahrradversteigerung ergattert. Vermutlich, um dann festzustellen, dass doch mehr dazugehörte, als zwanzig Euro auf den Tisch zu legen, um ein funktionstüchtiges Fortbewegungsmittel zu erhalten.

Seufzend suchte Clemens nach einer Luftpumpe, aber außer einem Luftpümpchen im Regal fand er nichts. Das konnte doch nicht wahr sein, damit wäre er ewig beschäftigt! Normalerweise würde er mit so einem Rad zur nächsten Tankstelle fahren und dort Luft organisieren. In Erlangen gab es bei den Fahrradläden sogar eine Lufttankstelle, wo man sich selbst bedienen konnte. Da er aber zum einen gesucht wurde und sich zum anderen hier in der Gegend nicht auskannte und daher nicht wusste, wo der nächste Fahrradladen war, war das keine Option. Notgedrungen griff er zu der Mini-Pumpe und öffnete das erste Ventil. Eine halbe Stunde später war er schweißgebadet, aber die Räder waren mit Luft gefüllt. Er wischte sich mit einer Hand über die feuchte Stirn. Jetzt musste er nur noch Werkzeug finden, um den Sattel und den Lenker zu erhöhen. Irgendwo musste hier doch eine Zange sein, mehr verlangte er gar nicht. Clemens wühlte sich durch die einzelnen Kisten, fand Geschirr und Weihnachtsdekoration, daneben bemalte Ostereier, Skiklamotten und alte Bücher. Endlich hatte er das, was er suchte, wenn auch nicht in der exakten Version: eine Rohrzange. Damit würde es funktionieren, er musste schließlich nur eine Schraube am Lenker öffnen und wieder schließen. Natürlich war das Teil eingerostet und ließ sich nur mit viel Mühe bewegen, aber er schaffte es, den Lenker gute zehn Zentimeter höher einzurichten. Der Sattel musste ebenfalls zehn Zentimeter höher, sofern das Rohr diese Höhe hergab. Clemens zerrte mit aller Kraft an dem Schnellspanner, der sich partout nicht anheben ließ. Ebenfalls eingerostet. Mangels eines Hammers griff Clemens zu einer alten Bratpfanne, die im Regal stand, und haute sie von unten gegen den Schnellspanner. Mit einem Ruck öffnete er sich, und das Rad fiel scheppernd auf den Boden, riss unterwegs noch das andere Rad mit sich.

Clemens hielt die Luft an und hoffte, dass niemand den Lärm gehört hatte. Doch alles blieb ruhig. Vorsichtig hob er das angepasste Rad auf, atmete eine tiefe Nase Staub ein und erlitt einen Hustenanfall. Eine riesige, fette Spinne flüchtete sich unter das Regal, und er schüttelte sich. Keuchend setzte sich Clemens auf einen Karton am Boden, bis sich sein Atem wieder beruhigte. Dann stellte er das andere Rad ebenfalls wieder auf. Er prüfte noch einmal den Reifendruck bei dem instand gesetzten Rad und war zufrieden, es schien die Luft zu halten. Dafür standen seine Hände mittlerweile vor Dreck. Eigentlich hätte der Bremse etwas Öl gut zu Gesicht gestanden, aber das würde er hier mit Sicherheit vergeblich suchen. Es würde auch so funktionieren.

Im Fahrradkorb befand sich ein Nummernschloss, glorreicherweise auf die Zahlenkombination eins, zwei, drei, vier eingestellt, aber wenn er es jetzt schloss, würde er es vermutlich nie wieder aufbekommen, weil es wahrscheinlich ebenso eingerostet war wie die Schrauben. Clemens stellte das Fahrrad im Erdgeschoss in den Flur, in der Hoffnung, dass sich für die nächsten zehn Minuten niemand deswegen mokierte. Dann eilte er nach oben in die Wohnung, er musste sich dringend die Hände waschen. Er hatte keine Ahnung, ob er sich bei der

Arbeit verletzt hatte, vielleicht war Schmutz oder Fett in offene Wunden gekommen. Am Ende bekam er noch eine Blutvergiftung.

Er huschte ins Bad und wusch sich ausgiebig die Hände, untersuchte dabei jeden Quadratzentimeter seiner Haut, um ja keine potenzielle Wunde zu übersehen. Doch er entdeckte nichts, nicht einmal eine mikroskopisch kleine. Trotzdem forschte er im Putzmittelschrank nach Desinfektionsmittel, fand eine Sprühdose, die besagte, dass das darin enthaltene Ethanol und 2-Propanol nur zur Flächendesinfektion geeignet sei, aber ebenso auf Flächen, die mit Lebensmitteln in Kontakt kämen. Das ging bestimmt auch für die Hände. Er konnte sie danach ja noch einmal waschen.

Kurze Zeit später hing im gesamten Bad der Geruch nach Krankenhaus in der Luft. Ein ihm fremder Mann starrte ihm aus dem Spiegel entgegen, mit tiefen Augenringen und viel zu vielen Haaren im Gesicht. Rasch wandte er den Blick ab. Er konnte sich selbst nicht leiden, geschweige denn sehen. Was war aus seinem Leben geworden? Er vermisste seine Anzüge, seinen eigenen Bungalow, eine glatte Rasur und nicht zuletzt den treuesten Begleiter, seinen Tesla.

Mit Hilfe von Maries Computer schaute er nach, wie er am besten nach Herzogenaurach käme: unter den Bahngleisen durch bis zum Kornmarkt, am Jakobsplatz vorbei zum Westtorgraben, dann dem Verlauf der Pegnitz folgen, bis sie in die Regnitz mündete. An der Regnitz entlang bis nach Vach, danach auf der Herzogenauracher Straße an Niederndorf vorbei nach Herzogenaurach, an der Schaeffler AG vorbei links über Am Bruck in die Schwedenstraße. Im Grunde genommen nicht so schwer, aber dennoch würde er eine gute Stunde Fahrt einplanen müssen. Und hoffen, dass das Rad hielt. Clemens setzte sich sein Cap auf den Kopf, schob die Sonnenbrille auf die Nase und verließ mit einem letzten Blick zurück die Wohnung.

Wenigstens brannte die Sonne noch nicht vom Himmel, als Clemens in die Pedale trat. Trotzdem verwünschte er sich kurz darauf, weil er nichts zu trinken mitgenommen hatte. Es war doch anstrengender als gedacht, da die alte Schindmähre von einem Rad zwar eine Gangschaltung besaß, diese aber nicht funktionierte. Einfach alles an dem Drahtesel rostete vor sich hin. Marie oder Elenor – wem das Rad gehörte, wusste er nicht – hatte es offensichtlich nicht *lieb*. Zumindest nicht lieb genug, um sich darum zu kümmern. Also fuhr er konstant im zweiten Gang und strampelte sich dabei in Schweiß.

Dennoch tat ihm die Bewegung gut. Der Radweg war kaum befahren, und er entdeckte sogar eine Blindschleiche auf dem Weg, die er sorgfältig umfuhr. Eine Lerche schwebte über einer Wiese und tirilierte vor sich hin, und immer wieder begleitete ihn der Flusslauf auf seinem Weg. Tief sog er den Duft eines Rapsfeldes ein. Es hätte fast idyllisch sein können, säße ihm nicht die ganze Zeit die Angst im Nacken, dass ihn jemand erkennen könnte. Aber wer sollte ihn hier schon erkennen? Die paar Spaziergänger, meist mit Hund, oder entgegenkommende Radfahrer achteten gar nicht auf ihn. Er war einer von vielen, die an diesem sonnigen Tag unterwegs waren. Nichts Besonderes.

Als er Herzogenaurach erreichte, war er erleichtert und aufgeregt zugleich. Seine Beine schmerzten und der Hintern ebenso. Wann war er das letzte Mal so lange Fahrrad gefahren? Er konnte sich nicht erinnern. Als er Fratzes Haus erreichte, deutlich erkennbar an dem Messingschild neben der Tür, das darauf hinwies, dass hier ein Steuerberater seine Dienste anbot, stellte er sein Rad davor ab. Er wischte sich den Schweiß von der Stirn und hätte wirklich gerne etwas getrunken, aber das musste warten.

Clemens schaute sich in alle Richtungen um, nicht dass jemand ihn heimlich beobachtete oder ihm gar gefolgt war. Doch da war niemand. Er stieg die zwei Stufen zur Haustür hinauf und drückte auf den Klingelknopf. Es surrte an der Tür, und er drückte sie auf. Jetzt noch in den zweiten Stock, Clemens seufzte. Aber es dauerte keine Minute, und der ehemalige Richter stand direkt vor ihm in der Wohnungstür.

»Der Herr Kommissar, welche Ehre, kommen Sie doch

herein«, begrüßte er ihn und winkte ihn durch den Flur in einen großzügig geschnittenen Wohnraum.

Clemens stutzte, fragte sich, weshalb Fratze ihn sofort erkannt hatte. Ihre letzte Begegnung lag doch einige Jahre zurück, und mit Sonnenbrille und Cap samt Dreitagebart ähnelte er seinem einstigen Ebenbild beim besten Willen nicht. War das eine Falle? Wollte Fratze ihn deshalb in die Wohnung locken? Aber hier draußen würde er keine Antworten bekommen, das spürte er. Also ließ er sich auf den Richter ein und folgte ihm.

»Darf ich nach dem Grund Ihres Besuchs fragen?«

Immer noch ganz der höfliche Typ, dieser Richter, dachte Clemens.

»Ich dachte, ich schau mal bei Ihnen vorbei, schließlich haben wir uns länger nicht mehr gesehen«, antwortete Clemens. »Erkundige mich nach Ihrem Wohlbefinden. Sie sind ja seit einiger Zeit aus dem Gefängnis raus.« Er war sich bewusst, dass das hier eine Gratwanderung war.

»Sie wollen mir jetzt nicht ernsthaft weismachen, dass Sie mir nur einen Anstandsbesuch abstatten wollen?« Seine Stimme klang spöttisch.

»Hübsch haben Sie es hier.« Clemens schaute sich in dem kleinen Wohn-Esszimmer um. »Schlicht, aber hübsch.«

Fratze schnaubte. »Ja, zu mehr reicht's ja auch nicht mehr, seitdem Sie mich hinter Gitter gebracht haben. Das hat mich alles gekostet. Aber jetzt mal Spaß beiseite. Was wollen Sie?«

Clemens beschloss, mit der Tür ins Haus zu fallen. »Wo waren Sie am Dienstagabend gegen neunzehn Uhr?«

»Ich bin Ihnen keine Antwort schuldig. Soweit ich informiert bin, sind Sie gar kein Polizist mehr – oh Verzeihung, ich meine natürlich Kommissar.« Er lachte trocken auf. »Eher im Gegenteil. Besser, ich rufe mal bei der richtigen Polizei an.«

Er griff zum Telefon auf der Kommode im Eingangsbereich, als es draußen klingelte.

Fratze wirkte unschlüssig, so als wüsste er nicht genau, was er als Nächstes tun sollte. Schließlich wandte er sich mit erhobenem Zeigefinger an Clemens.

»Rühren Sie sich ja nicht vom Fleck!« Er drehte sich um und ging zur Tür.

Clemens wartete nicht ab, wer gekommen war, sondern sprintete quer durch den Raum Richtung Balkon.

»Schnell, er will entkommen!«, hörte er den ehemaligen Richter hinter sich rufen. Mit einem geübten Griff öffnete er die Glastür und rannte auf den Balkon, schwang sich über das Geländer und hielt inne. Zweiter Stock war doch nicht ohne. Vier Meter oder so, schätzte er. Außerdem befand sich unter ihm eine geflieste Terrasse, von der aus ihn zwei Paar Augen misstrauisch beobachteten. Kein Wunder, wenn er Anstalten machte, sich vermeintlich vom Balkon zu stürzen. Wenn er hier hinuntersprang, würde er sich möglicherweise verletzen, und die Leute dort unten könnten ebenfalls die Polizei anrufen oder ihn zumindest festhalten. Aber er musste es wagen, andernfalls hatte er gar keine Chance. Er holte tief Luft und schloss kurz die Augen.

»Wag es!«, zischte eine weibliche Stimme in seinem Rücken. Er riss die Augen wieder auf und drehte sich um, die Hände fest um das Geländer geklammert.

»Cora!«

»Komm von dem Geländer runter, Clemens, aber zackig!« Sie giftete ihn zwischen zusammengebissenen Zähnen an. Ihre Augen blitzten wie zwei Feuerwerkskörper, die gerade gezündet wurden.

Clemens ließ seine Beine über die Brüstung zurück auf den Balkon gleiten, und Cora drehte ihm sofort die Hände auf den Rücken. Er hörte die Handschellen hinter sich klicken und spürte den kalten Stahl auf seiner Haut. Nicht gerade angenehm.

»Da musst du jetzt durch, mein Lieber«, murmelte sie in seinem Nacken. Besser, er antwortete gar nicht, das würde sie nur noch wütender machen.

Als sie wieder hineingingen, hörte Clemens, wie Fratze Cora erklärte, dass Clemens widerrechtlich in seine Wohnung eingedrungen wäre und ihn bedroht hätte.

»Das ist doch gelogen!«, rief Clemens ihm entgegen.

Einen Moment lang flackerte es in Fratzes Augen, dann hatte er sich wieder im Griff.

»Er hat mich gewürgt, sobald ich die Tür geöffnet hatte, und mich in die Ecke gedrängt. Wahrscheinlich hat ihn Ihr Klingeln erschreckt, jedenfalls hat er daraufhin kurz den Griff gelockert, und ich konnte mich losreißen«, erklärte er mit erstaunlich fester Stimme.

»Das ist nicht wahr!«, schrie Clemens, aber Cora klopfte ihm mit der flachen Hand auf den Rücken.

»Halt die Klappe«, flüsterte sie kaum hörbar in sein Ohr.

Dann musterte sie Fratzes Hals. Zückte ihr Smartphone und schoss ein Foto davon.

»Was machen Sie da?«, wehrte der Ex-Richter sie ab.

»Ich überprüfe lediglich Ihre Aussage, schließlich muss ich das im Protokoll angeben. Sind Sie sich wirklich sicher, dass es sich so abgespielt hat?«

Fratze nickte heftig.

»Ich sehe keine Würgemale.« Cora fasste sich mit dem Zeigefinger an die Lippe, warf noch einmal einen genaueren Blick auf die Haut des Halses, während Fratze jede ihrer Bewegungen argwöhnisch verfolgte.

»Dann haben Sie sicher nichts dagegen, wenn Sie uns gleich auf die Dienststelle begleiten, damit ich Ihre Aussage protokollieren kann? Sie wollen doch sicher Anzeige erstatten?«

Clemens starrte sie mit weit aufgerissenen Augen an. Was machte sie denn da? Wollte sie ihm jetzt den finalen Todesstoß versetzen?

Fratze verzog das Gesicht, als hätte er in eine Zitrone gebissen.

»Ähm, nein, das ist wirklich nicht nötig. Ich werde von einer Anzeige absehen, schließlich haben Sie Ihren Mörder ja bereits dingfest gemacht.« Kurz hielt er inne. »Gibt es eigentlich eine Belohnung dafür?«

»Sind wir denn hier auf dem Viehmarkt, oder was?« Cora schnaubte. »Was wollte Herr Sartorius im Übrigen von Ihnen?«

Der Ex-Richter schüttelte den Kopf und zog die Schultern hoch.

»Bitte, dann frage ich ihn eben selbst.« Cora wirkte ziemlich genervt und stemmte die Hände in die Hüften. Sie hob die Augenbrauen und blickte Clemens direkt ins Gesicht.

»Ich wollte wissen, wo er zur Tatzeit war«, murmelte er. Cora verdrehte die Augen, dann wandte sie sich wieder an Fratze.

»Können Sie mir diese Frage beantworten, Herr Fratze?«

»Bin ich jetzt hier der Verdächtige, oder was? Wer hat denn hier seine Freundin umgebracht? Ich ganz bestimmt nicht.«

»Na, jetzt beruhigen Sie sich mal wieder; hat keiner behauptet, dass Sie verdächtigt werden, aber interessieren würde es mich trotzdem, wo Sie waren.«

»Ich muss Ihnen gar nichts sagen ohne begründeten Tatverdacht, und den haben Sie nicht.« Er verschränkte die Arme vor der Brust.

Cora schnaubte.

»Sie haben Herrn Sartorius vor sechs Jahren Rache geschworen, für jedermann deutlich hörbar.« Sie kramte einen Zettel aus ihrer Tasche und faltete ihn auf. »Ich zitiere: ›Eines Tages werden auch Sie alles verlieren, und niemand wird Ihnen dann noch helfen können. Und als Kriminalbeamter im Knast haben Sie keine Überlebenschance.‹«

Fratze zuckte mit den Schultern. »Das ist kein ausreichender Verdacht. Glauben Sie mir, ich kenne die Gesetze besser als Sie. Außerdem zeugt es nicht gerade von professionellem Verhalten, mir etwas vorzuhalten, was ich vor Jahren im Affekt herausposaunt habe.«

Seufzend wandte sich Cora von ihm ab. »Gut, dann sind wir hier fertig.«

Clemens zog es vor, zu schweigen. Alles, was er jetzt hervorbrachte, würde entweder Fratze zum Kochen bringen oder Cora. Im Moment wusste er nicht, was schlimmer war.

Ein paar Minuten später zwängte Cora Clemens' Kopf vorsichtig unter das Autodach, sodass Clemens auf der Rückbank zum Sitzen kam. Mehrere Passanten und auch Fratze oben am Fenster beobachteten das Schauspiel. Am liebsten wäre Clemens in einer Erdspalte verschwunden. Selbst einen Ameisenhaufen hätte er jetzt diesem Moment vorgezogen. Wenigstens war keine Presse vor Ort. Er spürte noch, wie Cora die Handschellen löste, dann wurde die Autotür von außen zugeschlagen. An ein Entkommen war nicht zu denken, Clemens wusste selbst, dass sich die Türen von innen nicht öffnen ließen. Aber er war Cora dankbar, dass sie die Fesseln gelöst hatte. Seine Handgelenke schmerzten von der ungewohnten Haltung und weil der Stahl sich in die Haut gedrückt hatte. Es war vorbei. Er hatte verloren. Schlimmer noch, er war selbst schuld an seiner Misere. Wäre er dort geblieben, wo er hätte sein sollen, in Maries Wohnung, wäre alles noch in bester Ordnung.

Cora stieg vorne ein und schnallte sich an. Dann legte sie einen Kavalierstart hin, der einem Rennfahrer zur Ehre gereicht hätte.

Marie begutachtete im Institut die Ergebnisse ihrer Proben, die über Nacht durchgelaufen waren. Zuerst die DNS-Analysen, wobei sie die weiblichen wahrscheinlich streichen konnte, denn den bisherigen Erkenntnissen nach handelte es sich bei dem Täter eher um einen Mann. Sie filterte die männlichen Daten heraus und schaute, wer von diesen bereits im Register verzeichnet war. Es dauerte nicht lange, da spuckte der Computer einen Namen aus: Julian Regenpfeiffer.

Bingo! Seine DNS war auf einer Zigarettenkippe gewesen, die die Kollegen am Fundort entdeckt hatten. Und das Massenspektrometer hatte zusätzlich noch ausgespuckt, dass es sich hierbei nicht um eine normale Zigarette handelte, sondern um eine selbst gedrehte Haschkippe. Das erklärte zumindest die erweiterten Pupillen.

Während die DNS-Analysen sie begeisterten, hatte sich der Fingerabdruck-Abgleich über Nacht aufgehängt. Seufzend startete Marie ihn erneut. Diese Computer müssten auch mal wieder überholt werden, dachte sie.

Es war schon fast gespenstisch ruhig hier im Institut, sie war vermutlich die Einzige, die so verrückt war, an einem Samstag freiwillig hier aufzukreuzen. Marie zog ihr Smartphone aus der Tasche, scrollte sich durch ihre Playlist, bis sie das passende Lied gefunden hatte: »Bring Me to Life« von Evanescence. Genau das Richtige für diesen sonnigen Tag. Per Bluetooth steuerte sie ihre Box an, und kurz darauf erscholl die helle Stimme der Frontfrau in voller Lautstärke durch den Raum.

Das Massenspektrometer hatte ebenfalls ganze Arbeit geleistet. Die Substanzen von dem Abdruck des Rillenprofils der Gummistiefel waren tatsächlich Sand und Kies vom Weg am See, dazu Schlamm von der Uferböschung. Sonst nichts. Entweder war der Täter nie zuvor mit den Stiefeln unterwegs gewesen, oder aber er hatte sie davor peinlichst genau geputzt. Das brachte sie nicht weiter.

Mit einem angefeuchteten Wattestäbchen tupfte Marie die braune Spur von den Brombeerblättern ab und gab es in ein Eppendorfgefäß. Dabei sang sie lauthals den Refrain mit, schließlich hörte sie ja keiner. Ein weiteres mit der Substanz versehenes Wattestäbchen beträufelte sie mit Luminol. Nachdem sie den Raum verdunkelt hatte, leuchtete die Probe blau auf: Das war es, worauf sie so sehnsüchtig gewartet hatte. Es handelte sich eindeutig um Blut. Ein weiterer Schnelltest zeigte ihr, dass es menschliches Blut war. Vielleicht hatte sich der Mörder, als er Delphine auf den Armen getragen hatte, an einem der großen Dornen der Brombeere ordentlich aufgeratscht. Ein paar Tropfen Blut waren auf die tiefer liegenden Äste und Blätter gefallen. Weil der Täter eine schwere Last getragen hatte, konnte er sich nicht um seine Verletzung kümmern und auch nicht erkennen, ob er Spuren hinterlassen hatte. Eine große Wunde konnte es nicht gewesen sein. Sie selbst hatte schon sehr genau hinsehen müssen, um die fast unscheinbaren Tropfen zu entdecken. Abgesehen davon, dass der Mörder keine Chance gehabt hatte, diese am nächsten Tag zu entfernen, denn da war die Leiche bereits entdeckt worden.

Immer vorausgesetzt, dass die Spur tatsächlich zum Täter führte. Theoretisch könnte auch ein herumstromerndes Kind oder ein anderer Erwachsener das Blut hinterlassen haben, aber Marie glaubte nicht daran. Wenn diese DNS zu Julian Regenpfeiffer passte, lag der Verdacht nahe, dass er Delphine getötet hatte. Zumindest hätten die BLKA-Beamten dann relativ gute Chancen, ihn bei der Vernehmung zu einem Geständnis zu bringen. Und nur darauf kam es an. Sicherheitshalber würde sie die Ergebnisse aber auch an Kommissarin Eisenstein übermitteln, wie Sartorius sie gebeten hatte. Marie ließ die Probe, die sie im Eppendorfgefäß gelöst hatte, durch die PCR laufen, um die DNS zu analysieren. Das dauerte zwar ein paar Stunden, aber allein das Ergebnis zählte.

Als Nächstes griff sie zu dem Fetzen Plastikfolie oder eher

Plane, die sie auf dem Weg zum See an einem Aststumpf gefunden hatte. Eine Massenspektrometer-Analyse gab mehr
Aufschluss darüber, um welche Art von Kunststoff es sich hier
handelte. Aber auch die brauchte ihre Zeit. Marie seufzte. Sie
wollte jetzt Antworten, nicht erst in ein paar Stunden. Dieses
ewige Warten in ihrem Beruf nervte sie am meisten. Immer
nur warten, warten, warten. Auch wenn das Massenspektrometer seine Ergebnisse wesentlich schneller ausspuckte als
die PCR.

Der Computer pingte, offenbar gab es bei einem der Fingerabdrücke eine Übereinstimmung. Marie setzte sich auf ihren
Drehstuhl und rollte mit Schwung einmal quer durch den
Raum. Sie liebte das Gefühl der kurzen Beschleunigung. Am
Schreibtisch bremste sie sich mit den Händen ab und starrte auf
den Bildschirm. Das wurde doch immer besser! Sie klatschte in
die Hände. Auf einem Fünfzig-Cent-Stück vom Fundort hatte
sie einen Fingerabdruck sichern können, der exakt mit dem von
Julian Regenpfeiffer übereinstimmte. Das konnte doch alles
kein Zufall sein, erst die DNS auf der Kippe, dann der Abdruck
auf dem Geldstück. Sicher, das reichte noch nicht, um ihm den
Mord nachzuweisen, aber die Polizei war bestimmt mitsamt
der Spurensicherung bereits vor Ort und nahm seine Garage
auseinander. Wenn das Blut auf der Plane mit ihren Funden
übereinstimmte, war Regenpfeiffer als Täter überführt. Außerdem hatte sie im Kofferraum noch die passenden Gummistiefel
entdeckt. Und wenn er Delphine in diesem Auto transportiert
hatte, würden sie und die Spurensicherung Hinweise dafür
finden. Niemand beging den perfekten Mord.

Voller Freude griff Marie zum Telefon und rief beim Kri-
minalkommissariat an, um von ihren neuesten Ergebnissen zu
berichten. Die Beamten vom BLKA waren momentan nicht vor
Ort, aber die Sekretärin, eine Frau Gerber, versprach ihr, sie
sofort zu informieren. Immerhin.

Marie rieb sich mit beiden Händen über die Schläfen. Sie
hatte nicht viel geschlafen letzte Nacht, ihre Gedanken waren
um Elenor gekreist wie ein losgerissener Ast um das Auge

eines Wirbelsturms. Ob sie sich inzwischen beruhigt hatte? Vermutlich nicht, es dauerte in der Regel einige Stunden, bis Elenor wieder abgekühlt war.

Bald würde Clemens Sartorius wieder ein freier Mann sein, und dann kehrte wieder Ruhe in ihrer Beziehung ein. Dennoch bemerkte Marie einen dumpfen Nachhall in ihrer Brust, als sie darüber nachdachte. Ohne Sartorius würde es auch ziemlich langweilig werden, er hatte ihr Leben ordentlich durcheinandergewirbelt. Rasch wischte sie den Gedanken beiseite. Er war schließlich nicht aus der Welt, jetzt nicht und auch nicht später. Sie konnten sich ja einmal auf einen Kaffee treffen. Eventuell.

Das Massenspektrometer zeigte ein Ergebnis für das Plastikstück: Polyethylen und Ruß, sogenanntes LD-PE, Low Density Polyethylen, der Verarbeitung nach eine hundertvierzig Gramm pro Quadratmeter schwere Qualität und durchsichtig. Leider ein gewöhnliches Modell, wie es häufig verwendet wurde. Aber trotzdem, wenn die Plane in Regenpfeiffers Auto der gleichen Art entsprach, könnte das ausreichen. Weitere Spuren waren ein Stabilisator und Vinylacetat, welches für die Dehnbarkeit und Elastizität des Materials verantwortlich war. Leider fand sich sonst nichts auf der Plane, kein Blut, keine Hautschuppen, niente. Der Täter musste Handschuhe getragen haben, und der Planenfetzen war offensichtlich nicht mit der Leiche in Kontakt gekommen, wahrscheinlich war er am Rand übergestanden und abgerissen worden, als der Mörder an dem spitzen, ähnlich einem Widerhaken geformten Astrest vorbeigelaufen war. Auch sonst fanden sich keine Verunreinigungen, was darauf hinwies, dass die Plane vermutlich neu gewesen und vorher noch nicht benutzt worden war.

Die Plane in Regenpfeiffers Auto war verschlissen und verschmutzt, unmöglich, dass Delphine darin eingewickelt gewesen war. Aber vielleicht hatte Regenpfeiffer dieselbe Plane einfach noch einmal gekauft. Darüber hinaus kannte er sich am Fundort aus, besaß die passende Kleidung in Form von Anglerhosen, um eine Leiche möglichst spurenfrei transportieren zu können. So eine Anglerhose musste man nur gründlich mit Wasser und Seife säubern, dann mit Desinfektionsmittel behandeln, und eventuelle Spuren verschwanden auf Nimmerwiedersehen. Das Opfer hatte keine blutenden Verletzungen, deren Spuren sich danach unter Umständen noch hätten nachweisen lassen. Haare und Hautschuppen wuschen sich weg, die Nähte waren im Allgemeinen verschweißt, sodass dort nichts hängen blieb.

Das war nicht gut. Marie seufzte. Es half alles nichts, sie würde sich gedulden müssen. Alles hing davon ab, was die Polizei bei Regenpfeiffer finden würde. Wenn sie nur nicht so ungeduldig wäre.

Cora fuhr einmal quer durch Herzogenaurach in Richtung der Outletcenter von Adidas, Puma und Sport Hoffmann. Die ersten Kilometer hatte sie geschwiegen, aber jetzt brach es aus ihr heraus.

»Was hast du dir eigentlich dabei gedacht, du Vollidiot?«, giftete sie Clemens an. Über den Rückspiegel konnte er ihre Augen deutlich blitzen sehen. »Du kannst doch nicht einfach so bei Fratze durch die Tür marschieren und einen auf Django machen? Ist dir eigentlich klar, in was für eine Situation du mich damit bringst?« Wenn sie jetzt noch zusätzlich Feuer gespuckt hätte, hätte es Clemens nicht gewundert.

»Ich –« Weiter kam er nicht.

»Ich will gar nichts hören! Ich brauch erst mal einen Kaffee, um mich zu beruhigen. Und danach Zeit zum Nachdenken.« Sie bog von der Schnellstraße Richtung Erlangen links in den Kreisel vor dem Adidas Outlet, neben dem sich ein Drive-in eines Schnellrestaurants befand.

»Willst du auch was?«, fragte sie und fuhr an die Speisekarte heran. Clemens schickte ein leises »Ja« in ihre Richtung. So sauer hatte er Cora noch nie zuvor erlebt.

Cora orderte einen großen Latte macchiato für sich und einen doppelten Espresso für Clemens samt einem stillen Wasser. Dazu bestellte sie zwei Burger-Menüs und zwei Apfeltaschen. Clemens lächelte unwillkürlich, weil sie trotz ihres Zorns an seinen Espresso und das stille Wasser gedacht hatte und weil sie sich wie üblich bei Fast Food nicht zurückhalten konnte. Cora bezahlte am Schalter und stellte die prall gefüllte Tüte auf den Beifahrersitz. Dann fuhr sie weiter zu einem etwas abgelegenen Industrieparkplatz und parkte dort. Am Wochenende war hier nichts los, und bis auf zwei einsame Skater war der Parkplatz menschenleer.

Cora öffnete Clemens die Tür und reichte ihm seine Getränke und ein Menü. Clemens beobachtete Cora, wie sie in den Burger biss, wobei ein Teil der Soße auf die Fußmatte des Wagens tropfte. Tiefe Falten bildeten sich auf seiner Stirn. Nie im Leben hätte er Cora oder jemand anderem gestattet, in seinem Tesla auch nur Kaugummi zu kauen. Es war ihm unmöglich, hier im Auto zu essen. Doch bevor er etwas zu diesem Dilemma sagen konnte, warf ihm Cora einen warnenden Blick zu. Mit aller Anstrengung griff er zu dem Burger. Die Konsistenz des Burgerbrötchens erinnerte ihn an Watte, das Patty schmeckte dafür gar nicht so schlecht. Schon platschte ein Stück saure Gurke in die Pappschachtel. Bereits beim Kauen merkte er, dass ihm das Brötchen auf den Magen schlagen würde. Um es schnellstmöglich dorthin zu bewegen, trank er einen Schluck Espresso. Der war wider Erwarten erstaunlich gut und versöhnte ihn ein wenig. Die salzigen Pommes waren nur noch lauwarm, aber mittlerweile hatte er solchen Hunger, dass ihm selbst das egal war. Trotzdem schwor er sich, dass ihn so schnell nichts mehr in ein Schnellrestaurant bringen würde.

»Kriminalhauptkommissar Sartorius isst einen Burger«, spottete Cora mit vollem Mund. »Dass ich das noch erleben darf.«

»Pass lieber auf, dass du nicht die Hälfte verlierst.« Clemens deutete auf die seitlich herausquellende Tomate. Grinsend schob Cora sie mit den Fingern zurück zwischen die Brötchenhälften. Noch so etwas, was Clemens nicht leiden konnte: essen mit den Fingern. Und kein Wasserhahn weit und breit, geschweige denn Desinfektionstücher. Doch er hatte nicht mit Coras Umsicht gerechnet. Sie drehte sich auf ihrem Platz Richtung Beifahrersitz und fingerte eine runde Dose aus dem Fach der Beifahrertür hervor, die sie an Clemens weiterreichte.

»Hier, mein Lieber, ich weiß doch, wie sehr du leidest.« Sie grinste erneut.

Clemens nahm die Dose entgegen. Hygienetücher für die Hände. Er biss sich auf die Lippen, Cora kannte ihn zu gut. Er rieb sich damit die Hände ab. Danach packte er die Tücher zusammen mit dem restlichen Müll in die große Papiertüte, die zwischen Cora und dem Beifahrersitz auf der Mittelkonsole stand. Die zwei Apfeltaschen lagen vor dem Lenkrad, von dem aus Cora jetzt eine an ihn weiterreichte. Noch so ein Industrieprodukt, dachte sich Clemens und öffnete vorsichtig die Pappverpackung. Blätterteig, ziemlich süß, mit Zimt, was ihn an seine Kindheit erinnerte, wenn es im Internat einmal in der Woche gedeckten Apfelkuchen mit Zimtzucker bestreut als Nachtisch gab. Klaus und er hatten sich immer darauf gestürzt und einigen Mädchen, die auf ihre Linie achten wollten, ihr Stück abgeluchst. An manchen Tagen artete das schon fast zu einer Art Wettstreit aus, wer mehr Kuchenstücke ergattern konnte. Doch, die Apfeltasche war genehmigt. Wenn auch nicht im Auto, der Blätterteig bröselte so sehr, dass er binnen kurzer Zeit voller Teigreste war. Er stieg aus dem Auto aus und klopfte sich das Shirt und die Hose ab. Cora tat es ihm gleich.

Dann ließen sie sich satt wieder auf ihre Sitze sinken.

»Es tut mir wirklich leid, Cora«, unterbrach Clemens das Schweigen. »Ich hätte mich da raushalten sollen. Ich weiß auch nicht, was mich da geritten hat.«

Es zuckte in ihren Wangen. »Ja, das hättest du, aber ehrlich gesagt habe ich mir so was schon fast gedacht. Als ob du dich jemals freiwillig an irgendwelche Anweisungen gehalten hättest.«

»Und wie siehst du das jetzt?«, fragte Clemens. »Hat der ehemalige Richter was mit der Sache zu tun oder nicht?«

»Keine Ahnung.« Cora zog die Schultern hoch. »Und er wird uns auch garantiert nichts mehr dazu sagen. Er ist schließlich vorgewarnt und kennt seine Rechte. Abgesehen davon, dass ich Meierhuber und Groner gerne da raushalten würde. Zumindest solange es geht.«

Clemens überlegte. »Aber warum hat Fratze behauptet, dass ich ihn angegriffen hätte?«

»Vielleicht hat er gehofft, dass du es tatsächlich machst«, vermutete Cora. »Am besten noch direkt vor mir. Dann hätte sich Fratze gewehrt, unter Umständen auch mal ordentlich zugeschlagen und dich so auf einfachstem Wege ins Gefängnis gebracht.«

Clemens pfiff durch die Zähne. »Da ist was dran. Das könnte sowieso sein Plan gewesen sein. Wenn er mit mir allein gewesen wäre und mich dazu gebracht hätte, dass ich auf ihn losgehe, hätte er mich ordentlich zusammenschlagen können, unter dem Vorwand, sich verteidigen zu müssen. Ich hätte keine Zeugen gehabt, und er hätte der Polizei Wunder wer weiß was aufgetischt, weswegen er so hart vorgegangen war. Angefangen von Angst bis hin zu Affekt oder so.«

Sie seufzte. »Nur war ich heute zu früh da.«

»Das klingt ja fast bedauernd«, murmelte Clemens.

»Red keinen Unsinn, du weißt genau, wie ich das meine!«

»Schon klar. Wahrscheinlich hatte der nur auf so eine Gelegenheit gewartet.« Clemens stöhnte. Es war doch wirklich verrückt.

»Und du hast ihm auch noch direkt in die Hände gespielt.« Cora schien noch nicht fertig zu sein mit ihrer Predigt, während sie den letzten Rest aus ihrem Latte-macchiato-Becher schlürfte. »Wäre ich nicht per Zufall doch heute schon aufgetaucht, wärst du bereits per Polizeistreife auf dem Weg ins Gefängnis, und er würde sich vermutlich königlich darüber amüsieren. Sei froh, dass ich mich doch umentschieden habe und Fratze statt Regenpfeiffer zuerst aufgesucht habe.«

»Ich wäre auf dem Weg? Du hast mich doch verhaftet, und Fratze hat es gesehen. Was hast du denn vor, wenn du mich nicht auf die Dienststelle bringen willst?« Clemens dämmerte allmählich, dass Cora die Essenspause tatsächlich zum Nachdenken genutzt hatte.

»Ich bringe dich zurück nach Nürnberg.« Sie putzte sich mit einer Serviette die Krümel vom Mund.

»Wie soll ich das denn jetzt verstehen?« Clemens kam sich vor wie im falschen Film.

»Nie im Leben hätte der Ex-Richter Anzeige erstattet, der hätte sich doch mit seiner Falschaussage sofort wieder ins Gefängnis manövriert. Ich hätte doch sofort nachweisen können, dass du ihm nicht an die Gurgel gegangen bist«, erklärte Cora.

Clemens schwieg. Ihm gefiel die Geschichte nicht. Er hatte das Gefühl, dass Cora sich das Ganze etwas zu leicht machte.

»Wie jetzt?«, fragte Cora. »Kein schlauer Kommentar von der Rückbank?«

Seufzend lehnte sich Clemens im Sitz zurück. »Wenn Fratze mitbekommt, dass du mich laufen lassen hast, dann meldet der sich doch garantiert bei der Polizei. Und wenn Hackebeil und die Leute vom BLKA das erfahren, bist du auch noch dran. Das will und kann ich nicht verantworten.«

Cora winkte ab. »Glaub mir, der rührt sich nicht. Dem war das viel zu wichtig, dass wir gleich wieder verschwinden, ohne Anzeige, ohne irgendwas. Mit dem stimmt was nicht. Ich wette, der hat Dreck am Stecken, vermutlich mit einer Steuersache, bei der er nicht auffliegen will. Und wenn seine Kunden mitbekommen, dass er Besuch von der Polizei hatte, kommt das vielleicht nicht so gut an.«

Clemens war sich da nicht so ganz sicher. Der ehemalige Richter hatte sich zwar seltsam verhalten, aber letzten Endes war das keine Garantie dafür, dass er sich nicht doch bei der Polizei melden würde. Außer er war selbst der Täter. Aber würde er da nicht erst recht Clemens als Mörder anschwärzen? Vielleicht wäre es besser gewesen, wenn er noch etwas Zeit mit ihm allein verbracht und mehr herausgefunden hätte.

Coras Handy swingte fröhlich vor sich hin, und sie nahm das Gespräch an. »Wiesner.« Mehr als »Aha« und »Das ist ja ein Ding« war nicht aus dem Telefonat herauszufiltern. Als sie auflegte, glitt ein Strahlen über ihr Gesicht.

»Du glaubst nicht, was ich gerade erfahren habe.« Erwartungsvoll blickte sie ihn an.

»Jetzt spann mich nicht so auf die Folter«, sagte Clemens. »Sag schon, was los ist.«

»Julian Regenpfeiffer wurde gerade von Meierhuber und Groner verhaftet.«

»Wie bitte?« Clemens wollte seinen Ohren nicht trauen.

»Seine Fingerabdrücke und seine DNS wurden am Fundort der Leiche sichergestellt, außerdem besitzt er gleich mehrere Planen wie die, in die Delphine eingewickelt gewesen war. Wobei diejenige welche vermutlich entsorgt wurde. Er hat offenbar eine ganze Marihuana-Plantage im Keller, war selbst zugedröhnt bis untern Rand. Und er besitzt genau solche Gummistiefel, wie wir sie suchen, sogar in Größe fünfundvierzig. Mit etwas Glück findet deine Forensikerfreundin seine DNS in Blutspuren, die sie ebenfalls am Fundort auf dem Weg, den der Täter aller Voraussicht nach zum Ablegen von Delphines Leiche wählte, entdeckt hat.« Sie klatschte in die Hände. »Das sieht doch ganz so aus, als hätten wir unseren Mörder gefunden! Du bist bald wieder ein freier Mann, Clemens.«

Clemens atmete tief durch. Konnte es tatsächlich so einfach sein? Ein Mord aus Rache an ihm?

»Dann würde ich mal sagen, ab mit dir nach Nürnberg und ich wieder zurück nach Erlangen, damit ich höre, was der feine Herr dazu zu sagen hat. Vielleicht kann ich im Nebenraum des Verhörzimmers lauschen.« Coras Augen leuchteten.

Clemens runzelte die Stirn. »Aber da gibt es doch noch einige offene Fragen: Woher wusste Regenpfeiffer das mit dem Insulin? Und war er am Donnerstagabend im ›Worst Case‹ und hat Marie und mir die Drogen verabreicht?« Er schüttelte den Kopf. »Was ihr habt, sind lauter Indizien, aber keinen hinreichenden Beweis. Wenn er den Mord nicht gesteht, habt ihr nichts.«

»Jetzt sei nicht so ein Spielverderber«, sagte Cora. »Der wird schon noch gestehen, außerdem haben sie ihn auf jeden Fall am Sack wegen seiner Plantage. Von wegen Eigenbedarf. Dass der nicht bereits aufgrund überhöhten Stromverbrauchs aufgeflogen ist, wundert mich schon.«

Sie bat ihn, sich anzuschnallen, und startete den Wagen. Über die Autobahn waren sie innerhalb einer halben Stunde in Nürnberg, und sie setzte Clemens an der Straßenecke vor Maries Haus ab.

»Aber bitte bewahr jetzt trotzdem erst einmal die Ruhe«,

bat Cora Clemens. »Sobald ich was Näheres bezüglich Regenpfeiffer weiß, melde ich mich, versprochen. Und keine Alleingänge!«

Clemens nickte, wusste aber selbst, dass er ihr dieses eine Versprechen nicht geben konnte. Er würde sich bemühen, sicher, aber je näher sie der Lösung des Falls kamen, desto mehr spürte er die Unruhe in seinen Beinen. Etwas in ihm sagte ihm, dass das hier noch nicht vorbei war.

»Au, verdammt, war der heiß!« Marie spuckte den ersten Mundvoll ihres frisch gezapften Kaffees spontan in das Spülbecken der Institutsküche. Dann stellte sie den Becher ab und öffnete die Kühlschranktür, holte ihre Hafermilch aus der Seitenablage und goss einen großzügigen Schluck in den Becher, bis er fast überschwappte. Um daraus zu trinken, musste sie sich zur Theke hinunterbeugen und vorsichtig über den Rand des Bechers die Flüssigkeit in ihren Mund schlürfen. Wenigstens verbrannte sie sich dabei jetzt nicht mehr die Zunge, und nach etwas Abtrinken konnte sie ihren Kaffee wieder normal stehend genießen.

Das Radio, das im Hintergrund leise vor sich hin dudelte, brachte die Nachrichten. Marie stellte es lauter: »Heute um zwölf Uhr wurde in Erlangen, Mittelfranken, der mutmaßliche Mörder der am Mittwoch im Alterlanger See gefundenen weiblichen Leiche festgenommen. Es handelt sich um einen Drogendealer aus Alterlangen. DNS-Spuren und Fingerabdrücke weisen darauf hin, dass der immer noch flüchtige suspendierte Kriminalhauptkommissar Clemens Sartorius unschuldig sein könnte. Nähere Informationen dazu folgen. In München ...«

Marie stellte den Ton leiser und seufzte. Es hatte tatsächlich funktioniert, der Kommissar würde bald wieder frei sein, und der ganze Spuk hatte ein Ende. Sie hatte recht behalten, er war unschuldig. Das musste doch jetzt selbst Elenor einsehen. Gleich heute Abend wollte sie mit ihr darüber reden und gemeinsam mit Sartorius eine Flasche Sekt köpfen. Oder vielleicht Champagner? Etwas teuer für ihren Geldbeutel. Außerdem würde Elenor sich vermutlich sofort wieder fragen, weshalb sie etwas derart Kostbares für einen ehemaligen Entflohenen springen ließ. Lieber nicht zu viel Aufhebens, eher so unkompliziert wie möglich. Außerdem musste ihr auch noch eine passende Erklärung für Sartorius' Umarmung einfallen.

Marie trank den letzten Rest ihres Kaffees und stellte den Becher in die Spülmaschine. Es wurde Zeit, endlich mit ihren Untersuchungen fertig zu werden, schließlich schob sie sowieso schon Überstunden heute, das gefiel Professor Mengler bestimmt nicht. Dennoch, Marie genoss die Ruhe im Institut, zu viele Menschen an einem Ort waren ihr zuwider. Es war wie ein Überangebot von allem: zu viel Nähe, zu viel Gerede, zu viel Gerüche, vor allem unangenehme wie Schweiß oder schlimmer noch, Mundgeruch. Manchmal fühlte sie sich wie ein Sicherungskasten, der auf jede noch so kleine Änderung der Parameter mit einem Stromausfall reagierte. Nur im »Worst Case« fiel das alles nicht ins Gewicht, im Gegenteil, dort fühlte sie sich wohl und geborgen. Bis jetzt.

Sie fragte sich, ob dieses Gefühl bliebe, wenn sie das nächste Mal den Ort betrat, an dem sie unter Drogen gesetzt worden war. Elenor akzeptierte ihr teilweise seltsames Verhalten, was den Umgang mit anderen Menschen anging, wenn sie es auch nicht immer nachvollziehen konnte. Aber ob sie ihr einen Seitensprung verzeihen konnte? Zumindest hatte sie es nicht bewusst darauf angelegt, sondern war nicht Herrin ihrer Sinne gewesen. Trotzdem plagte sie das schlechte Gewissen. Immer häufiger ertappte sie sich dabei, wie sie darüber nachdachte, ob sie Elenors Wunsch nach einem Kind nicht doch entgegenkommen sollte. Und sei es nur, um von offizieller Seite zu hören, dass eine Adoption nicht möglich sei. Zu einer künstlichen Befruchtung mittels Samenspende würde sie sich nicht überreden lassen, das stand für Marie fest.

Sie lief den Gang hinunter zu ihrem Labor und hörte schon von Weitem, wie ihr Computer sich meldete. Noch eine Übereinstimmung bei den Fingerabdrücken? Gleich würde sie mehr wissen.

Mit einem Rumoren in der Magengegend, das einem grollenden Bären nahekam, betrat Clemens Maries und Elenors Wohnung. Er war sich nicht sicher, was ihn dort erwarten würde. Schließlich war Elenor zu Hause und mittlerweile wahrscheinlich auch wieder wach nach ihrer Nachtschicht. Sie war nicht gut auf ihn zu sprechen. Und er hatte sich entgegen der Abmachung mit Marie wieder einmal aus dem Haus geschlichen. Das machte ihn in Elenors Augen nicht gerade vertrauenswürdiger. Im Wohnzimmer lag sein provisorisches Bettzeug zusammengefaltet auf einem Sessel. Keine guten Aussichten, Elenor wollte ihn offenbar so schnell wie möglich wieder loswerden. Gerade, dass sie nicht das Schloss hatte auswechseln lassen.

Sie saß draußen auf dem Balkon. Bei dem schönen Wetter kein Wunder, die Sonne zog alle Register, als wollte sie den ersten Preis als Dauerbrenner gewinnen. Clemens atmete tief durch. Was hatte er zu verlieren? Irgendwann musste er sich ihr sowieso stellen, weswegen machte er dann so einen Aufstand? Schließlich war er immer noch ein Kommissar, der jahrelang Leute befragt und unter Druck gesetzt hatte. Er würde sich doch jetzt nicht von einer einzigen Frau in die Ecke drängen lassen. Nein, nicht mit ihm, er würde ihr schon zeigen, wie man professionell mit so einer Angelegenheit umging.

Er trat auf den Balkon. Erst jetzt erkannte er das Buch in Elenors Schoß.

»Ich dachte schon, du wärst getürmt.« Sie musterte ihn von oben bis unten.

Clemens winkte ab. »Ich hatte noch etwas zu erledigen.«

Elenor nickte langsam und spitzte die Lippen, wandte ihre Aufmerksamkeit wieder ihrem Buch zu. Er konnte den Titel nicht erkennen, da es aufgeschlagen war. Wenn sie ihn ignorieren wollte, bitte, auch gut. Clemens schluckte.

»Ist noch Kaffee da?«, fragte er, um nicht völlig überflüssig herumzustehen.

Sie deutete mit einem Finger Richtung Küche, schenkte ihm dabei keinen weiteren Blick. Clemens nickte wieder, auch wenn es nur ihm selbst galt. In der Küche nahm er einen Becher aus dem Schrank, stellte ihn unter den Ausguss der Maschine, drückte aber nicht auf den Startknopf. Die Säure in seinem Magen schlug bereits Purzelbäume, das musste er nicht noch forcieren. Stattdessen angelte er sich ein Glas aus dem Schrank und füllte es mit Leitungswasser. Jetzt noch eine Schmerztablette, und das Leben konnte weitergehen. Aber dazu müsste er Elenor erst fragen, wo sie die Arzneimittel versteckten, was zur Folge hätte, dass sie bestimmt wissen wollte, warum er das fragte, und er verspürte keine Lust, mit ihr zu diskutieren. Hätte, wollte, könnte, mein Leben in Konjunktiven, dachte er bei sich, während er ins Bad schlenderte. Die meisten Menschen bewahrten Medikamente im Badezimmerschrank auf. Er öffnete ihn und scannte den Inhalt. Keine Tabletten. Wieso musste bei Marie auch alles anders sein als bei anderen? Er hielt inne. War das tatsächlich so? Oder fühlte es sich nur so an? Marie war anders als alle anderen. Anders als Delphine, anders als Cora, anders als Susanne, eine lang Verflossene aus vergangenen Tagen. Marie war ihm ein Rätsel. Nicht im Traum wäre er auf die Idee gekommen, dass sie mit einer Frau zusammenlebte oder gar dass sie als Forensikerin arbeitete. Sie wirkte zerbrechlich, fast schon filigran, und diese Narben auf ihrer Haut gingen ihm auch nicht mehr aus dem Kopf. Dennoch erschien sie stark, rational und überaus diszipliniert. Was ihm Bewunderung abrang, schließlich waren das Werte, die er selbst gerne für sich beanspruchte. Sie faszinierte ihn, obwohl er nicht genau definieren konnte, weshalb.

Er konnte sich nicht ewig vor Elenor im Badezimmer verstecken. Mit seinem Wasserglas in der Hand schlurfte er auf den beschatteten Balkon, um Elenor herum und ließ sich auf den Stuhl an der anderen Seite des kleinen Klapptisches fallen.

»Fürchtest du dich vor mir?«

Die Frage traf ihn völlig unerwartet, prompt kippte er einen guten Teil des Wassers über seine Hose. Elenor brach in schallendes Gelächter aus. Clemens war so überrumpelt, dass er unwillkürlich mitlachen musste. Es wirkte befreiend, und ihm fiel auf, dass er bestimmt seit Tagen nicht mehr gelacht hatte.

»Das beantwortet wohl die Frage.«

»Nein, ich fürchte mich nicht vor dir, ich war nur … überrascht«, antwortete er.

»Liegt es daran, dass Marie und ich ein Paar sind, oder eher daran, dass du ein Problem mit mir speziell hast?«

Er schnappte nach Luft. »Gehst du immer so direkt vor?«

»Nur, wenn ich das Gefühl habe, dass es nötig ist.« Sie klappte das Buch vor sich zu und legte es auf den Tisch. Jetzt konnte er den Titel lesen: »Schöner Sterben in Franken«. Sah aus wie ein Regionalkrimi, die hatte er noch nie leiden können.

Clemens nickte. »Und jetzt glaubst du, dass es nötig ist?«

»Ich traue dir nicht. Auch wenn Marie gegenteiliger Meinung ist. Also will ich klare Antworten ohne falsches Drumherum.«

»Ich habe kein Problem mit dir. Ich traue dir nur auch nicht.« Elenor lachte auf. »Na, zumindest haben wir eine Gemeinsamkeit.«

Clemens verzog das Gesicht. »Ich habe auch kein Problem damit, dass ihr beide zusammen seid.«

Wirklich nicht? Er glaubte sich selbst kein Wort.

Elenor legte den Kopf schief und betrachtete ihn. »Tatsächlich?«

Seufzend strich er sich mit beiden Händen durch die Haare. »Was willst du denn hören, Elenor?«

»Die Wahrheit.«

»Die Wahrheit ist, dass ich kein Problem mit gleichgeschlechtlichen Beziehungen habe. Ich war nur nicht darauf vorbereitet, dass Marie in einer lebt. Ich bin … ich war … Ach, verdammt, keine Ahnung, was, ich war einfach nicht darauf vorbereitet. Punkt.«

»Du bist in sie verliebt.«

Clemens starrte Elenor an.

»Jetzt schau mich nicht so an. Das sieht doch ein Blinder. Nicht, dass mir das gefallen würde, vor allem dann nicht, wenn ich mir nicht sicher bin, ob das auf Gegenseitigkeit beruht, aber warum sollen wir ein Geheimnis darum machen?«

»Weil ... weil es so nicht ganz stimmt«, erklärte Clemens. »Ich habe gerade meine Freundin verloren und denke nicht im Traum daran, nach einer neuen zu suchen. Vielleicht wirkt es auf dich so, als ob ich verliebt wäre, weil ich mich mit Marie gut verstehe. Aber wir sind auch auf eine höchst dramatische Weise zusammengebracht worden, unter Drogen gesetzt, wahrscheinlich mit dem Vorsatz, uns etwas anzutun. Das schweißt natürlich zusammen, notgedrungen. Aber ich will sie dir bestimmt nicht wegnehmen.«

Er war sich nicht sicher, ob sie ihm das abnehmen würde. Er war sich ja nicht einmal selbst sicher, ob er glaubte, was er da sagte. Bisher hatte er nicht darüber nachgedacht, ob er sich eventuell in Marie verliebt hatte. Delphine war gerade einmal vier Tage tot, und selbst wenn es zwischen ihnen nicht mehr so gut gelaufen war, trauerte er dennoch um sie. Clemens trank einen Schluck Wasser. Tat er das wirklich? Trauerte er? Andersherum gefragt: Wann hätte er denn trauern sollen bei dem ganzen Chaos? Er hatte genug damit zu tun, seine Haut zu retten, da war Trauer das Letzte, woran er dachte. Wenn das alles hier vorbei war und Delphine beerdigt wurde, dann war die Zeit, ihren Tod zu bedauern. Und wie er sich kannte, würde er alle Hilfe seiner Freunde in Anspruch nehmen müssen, um aus diesem Loch wieder heil herauszukrabbeln.

Elenor zog die Augenbrauen hoch. »Ich würde ja zu gern wissen, was hinter deiner Stirn vor sich geht, dein Mienenspiel ist wirklich ausgesprochen vielfältig.«

»Glaub mir, das willst du nicht wissen.« Im gleichen Moment wurde ihm bewusst, dass sie das wahrscheinlich wieder falsch verstehen würde.

»Du bist also nicht in sie verliebt. Aber was hast du denn dann gedacht, als sie dich mit nach Hause genommen hat?«

»Ich war froh, dass mir endlich jemand glaubt und darüber hinaus auch noch bereit war, mir zu helfen. Ehrlich gesagt habe ich gar nicht darüber nachgedacht, ob sie mit jemandem zusammenlebt. Und ja, wahrscheinlich bin ich erst einmal davon ausgegangen, dass es sich, wenn, dann um einen Mann handelt. Zufrieden?«

Sie schmunzelte. »Das klassische Problem also, Schubladendenken. Du siehst eine hübsche Frau und gehst erst einmal davon aus, dass sie bestimmt an Männern interessiert ist. Außer du bist selbst homosexuell, da ist das Denken meist offener, was das angeht. Aber das ist bei dir ja nicht der Fall.«

»Okay, schuldig im Sinne der Anklage. Ich bin nun mal ein typischer Hetero-Mann, der bei einer Frau erst mal im Beuteschema-Modus denkt. Und jetzt?«

»Ich nehme dir das nicht übel, das ist völlig normal. Aber ich rede lieber darüber, statt so zu tun, als existiere das Problem gar nicht.«

Clemens atmete tief aus. »Weißt du, Elenor, ich finde es nicht gerade sehr ermutigend, als Idiot vorgeführt zu werden.«

»Was heißt Idiot? Ich will einfach nur Klarheit. Und ich denke, es ist besser, über Berührungsängste zu reden. Die du ja ganz offensichtlich hast.«

Hatte er die? Clemens erinnerte sich an einen vergangenen Fall, in dem es um ein männliches, homosexuelles Paar gegangen war. Damals war er von der damaligen Tatverdächtigen auch gefragt worden, ob er noch nie einem schwulen Mann begegnet wäre. Weil er ihn angeblich seltsam angesehen hätte. Aber doch nur, weil dieser Kerl sich absolut auffällig benommen hatte! Etwas planlos setzte er zu einer Antwort an, aber Elenor machte eine abwehrende Handbewegung.

»Nein, ich will gar nichts darauf hören. Du musst dich nicht entschuldigen. Ich habe dich überrumpelt und dir keine Chance gegeben, dich zu verteidigen. Außerdem konntest du nicht wissen, mit wem Marie zusammen ist, geschweige denn, dass sie überhaupt mit jemandem zusammen ist. Vermutlich wäre es auch mit einem männlichen Partner an ihrer Seite zu einer grotesken Situation gekommen.«

Clemens nickte. Wohl wahr. Und diese wäre keinen Deut einfacher gewesen als die jetzige.

»Ich habe in den Nachrichten gehört, dass sie jemanden verhaftet haben. Und dass das dich als Mörder ausschließen könnte.« Sie machte eine kurze Pause. »Hast du deine Freundin umgebracht?«

Mit einem Seufzen schüttelte Clemens den Kopf. »Nein, das habe ich nicht. Ich schwöre dir das auf alles, was mir heilig ist.«

Sie betrachtete ihn eine ganze Weile schweigend. »Ich glaube dir«, antwortete sie schließlich und faltete die Hände vor ihrem Bauch.

»Das ist alles? Ich glaube dir, und damit ist die Sache für dich erledigt?« Clemens zog die Augenbrauen zusammen.

»Ich habe dich mit meinen Fragen in die Enge getrieben, aber du bist mir nicht ausgewichen, sondern hast zugegeben, dass du ein Problem mit mir hast. Das sagt mir, dass du ein ehrlicher Mensch bist. Außerdem traut Marie dir, und was wäre ich für eine Partnerin, wenn ich mich nicht auf meine Frau verlassen würde? Also ja, ich glaube dir.«

Clemens strich sich nachdenklich über seinen Bart. Mittlerweile war er ziemlich dicht. Für einen Dreitagebart. Stirnrunzelnd ließ er den Blick über den Rand des Balkongeländers schweifen.

»Was ist los? Hab ich was Falsches gesagt?«, fragte Elenor und beugte sich in seine Richtung.

»Nein, alles gut, mir ist nur gerade wieder etwas eingefallen. Etwas, was mir früher hätte einfallen sollen.«

»Ich verstehe nicht.«

»Das kannst du auch nicht, weil du heute Morgen nicht dabei warst.« Er umriss kurz, was sich am Vormittag ereignet hatte. Elenors Augen wurden kugelrund wie zwei große Murmeln.

»Das Interessante daran ist aber, dass mich der Ex-Richter sofort erkannt hat, obwohl ich mit Bart, Cap und Sonnenbrille vor ihm stand. Als er mich das letzte Mal gesehen hatte, trug ich nichts von alldem, sondern war wie üblich im teuren maßgeschneiderten Anzug unterwegs, ohne Bart oder Brille, frisch geduscht und frisiert. Nie im Leben hätte er mich in dieser Verkleidung sofort zuordnen können, vor allem weil ich zu dem Zeitpunkt auch noch nichts gesagt hatte. Er konnte mich demnach nicht am Klang meiner Stimme erkennen. Wieso hat er mich aber trotzdem mit meinem Namen angesprochen?« Clemens erhob sich und lehnte sich rücklings an den Rand der Brüstung, das Kinn auf eine Hand gestützt.

»Vielleicht hat er das Fahndungsfoto gesehen?«

»Das Foto zeigt mich noch viel jünger, als ich es jetzt bin, und ebenfalls in Anzug und rasiert. Nein, das kann es nicht sein.« Er schüttelte den Kopf.

»Das ist wirklich seltsam. Aber eventuell hat er nur ein gutes Personengedächtnis, kann sich Merkmale leicht einprägen und wieder abrufen.« Elenor kratzte sich an der Stirn.

Clemens nickte. »Das ist ein Argument, wobei ich nach einem Fall immer froh bin, wenn ich die Gesichter schnell wieder vergessen kann, die Namen behalte ich eher und bringe sie mit dem jeweiligen Fall in Verbindung. Ich bin eben ein rationaler Faktenmensch.«

Elenor lachte. »Wie Marie, die beharrt auch immer auf ihren Fakten. Die Spuren lügen nicht, sagt sie immer. Aber es kann jemand lügen, indem er falsche Spuren legt, antworte ich dann, was sie gar nicht lustig findet.«

»Das kann ich mir bildlich vorstellen.« Clemens grinste. Seine anfängliche Befangenheit gegenüber Elenor war völlig verschwunden. Trotzdem wollte er nicht wissen, was sie sagte, sollte sie erfahren, dass er mit Marie geschlafen hatte. Besser, sie erfuhr es nie.

Clemens' Handy klingelte, und er sah nach der Nummer, aber sie wurde nicht angezeigt. Seltsam. Nur Cora und Marie hatten die Nummer, und deren Nummern erkannte er bei einem Anruf auf dem Display.

»Willst du nicht rangehen?«, fragte Elenor.

Clemens nickte, drängte sich an Elenor vorbei ins Wohnzimmer und nahm das Gespräch an.

Eine hohe Frauenstimme schrie in sein Ohr.

»Marie?« Mit einem Schlag war Clemens hellwach und konzentriert. »Was ist passiert?«

»Du musst sofort herkommen, Sartorius«, antwortete sie eine Spur zu schnell. »Aber bitte, sag Elenor nicht, wohin du gehst oder zu wem, hörst du?« Ihre Stimme klang schrill.

»Natürlich.« Clemens entfernte sich so weit wie möglich von der Balkontür. »Wohin soll ich denn kommen?«

»Zum Pfadfinderhaus in Tennenlohe, am Turmberg. Weißt du, wo das ist?«

Clemens hatte keine Ahnung.

»Das sind die Royal Rangers«, ergänzte Marie hastig. »Du musst vom Turmberg-Parkplatz aus die Straße Am Turmberg entlanglaufen in den Sebalder Reichswald, dann die erste rechts und gleich wieder links, dann bist du da.« Schluchzte sie? »Bitte beeil dich.« Dann war das Gespräch tot.

Wie in einem Strudel bewegten sich Clemens' Gedanken immer wieder im Kreis. Was sollte er tun? Er hatte kein Auto, um mal eben schnell nach Tennenlohe zu fahren, das Fahrrad stand noch bei Fratze vor der Tür. Dennoch war ihm klar, dass es wichtig war, sich sofort auf den Weg zu machen, koste es, was es wolle. Maries Stimme hatte gehetzt geklungen, so als wäre sie in Gefahr, geradezu verängstigt. Sie musste etwas herausgefunden haben. Etwas, was sie in Gefahr brachte. Keine Frage, er musste ihr helfen. Doch dazu musste er erst einmal zu ihr gelangen. Maries Computer brachte Aufschluss: Wenn er mit der Straßenbahn bis zum Wegfeld und dann mit dem Bus nach Tennenlohe zum Walderlebniszentrum fuhr, schaffte er die letzten Meter bis zum Parkplatz Turmberg zu Fuß. Er hatte keine Wahl, er musste mit den öffentlichen Verkehrsmitteln fahren. In der Hoffnung, dass ihn niemand erkannte. An den Hauptbahnhof in Nürnberg brachten ihn keine zehn Pferde. Schnell sah er nach, wo er am besten in die Straßenbahn einstieg.

Er griff nach Cap und Sonnenbrille und rief ein »Muss noch mal weg!« in Elenors Richtung. Ihre Antwort hörte er nicht mehr, da sprintete er bereits die Treppen hinunter.

An der Station Kohlenhof kaufte er sich ein Ticket. Nur ein weiterer Passagier stand an der Haltestelle. Die Bahn ließ nicht lange auf sich warten, und er stieg zu, drehte sich mit dem Rücken zu den anderen Menschen und starrte angestrengt zu Boden, immer die Kameras im Auge behaltend, sodass er nicht von ihnen wahrgenommen wurde. Glücklicherweise war kein Kontrolleur unterwegs. Am Wegfeld, der Endhaltestelle der Straßenbahn und Umsteigemöglichkeit zu den Buslinien zwischen Nürnberg und Erlangen, wartete ein leeres Polizeidienstfahrzeug. Clemens suchte nach den Insassen und fand sie in der Filiale des Brezen Kolb, die sie soeben mit einer großen Tüte und zwei Pappbechern verließen. Schnell versteckte er sich hinter einem Wartehäuschen. War das nicht Sabine, die da gerade mit einem Kollegen auf Streife unterwegs war? Das war doch gar nicht ihr Revier? Obwohl, auch er war schon einmal extra mit Cora hierhergefahren wegen der phantastischen Brezeln. Die waren wirklich kaum zu überbieten. Als die beiden endlich weg waren, wagte sich Clemens wieder aus seiner Deckung und schaffte es gerade noch, in den bereits wartenden 20er-Bus zu huschen. Der Andrang war groß, sodass er unauffällig über die Hintertür zusteigen konnte. Niemand beachtete ihn, die meisten waren mit ihren Handys beschäftigt, viele mit Bluetooth-Kopfhörern im Ohr. Am Walderlebniszentrum stieg er aus, zusammen mit mehreren Familien und deren Kindern, die sofort Richtung Eingang stürmten. Er hätte sich auch lieber die Entwicklung und Geschichte des Reichswaldes angesehen, die Ökosysteme erforscht und das Waldlabor erkundet. Aber jetzt war nicht der passende Zeitpunkt. Stattdessen wandte er sich über die Brücke bis hin zum Parkplatz Turmberg. Wie üblich war der voll besetzt. Mehrere Lkw nutzten den Platz als Ruhestation, außerdem spazierten viele von hier aus zu dem Wildpferdegehege im Sebalder Reichswald.

Clemens eilte über den Parkplatz und bog rechts in den Waldweg ein, wo ein Holzschild bereits auf die Royal Rangers hinwies. Er hastete ein kurzes Stück den schmalen Kiesweg entlang und erreichte die mehrere Meter lange Zufahrt zum Pfadfinderhaus. Das Tor am Ende der Zufahrt war verschlossen, der Parkplatz auf der linken Seite leer. Kein Wunder, das Schild am Tor besagte, dass hier nur freitags geöffnet war. Doch wo war Marie? Was für ein seltsamer Ort für ein Treffen, menschenleer und weit weg von jeglichen Wohnhäusern. Ein Geräusch ließ ihn zusammenfahren, und Clemens versteckte sich rasch im Gebüsch.

Jemand näherte sich dem Pfadfinderhaus, Marie hörte es deutlich. Feste Schritte, die über den Kiesweg eilten. Ein Ast knackte unter ihren Füßen. Irgendwo im Wald raschelte es im Gebüsch, dann wurde alles wieder still.

Ein heftiger Stoß in ihren Rücken ließ sie fast zu Boden stürzen, doch im letzten Moment hielt sie ein Arm, der sich fest um ihren Hals legte und sie würgte. Als er wieder etwas locker ließ, erkannte sie, dass der Arm in einem Ganzkörper-Schutzvliesanzug steckte, wie sie die Kollegen von der Spurensicherung trugen, an den Händen trug ihr Peiniger Einmalhandschuhe aus Latex. Die Person wollte wohl keine Spuren hinterlassen, was auch immer sie vorhatte. Marie schluckte. Ihr Herz klopfte so wild, dass sie befürchtete, es könnte jeden Moment aus ihr herausspringen und wie ein scheues Reh in den Wald flüchten. Noch war ihr nicht klar, was hier genau vor sich ging, aber es war bestimmt nichts Gutes.

»Marie!«, rief jemand aus dem Dickicht gegenüber. Sartorius, endlich. Lange genug hatte es gedauert, bis er hier war, eine gute Stunde.

»Ja, sie ist hier!«, antwortete statt ihr die Stimme in ihrem Rücken, die sie nicht kannte. Der Unbekannte hatte sie auf dem Parkplatz betäubt, als sie gerade nach Hause fahren wollte. Dem stechenden Geruch nach musste es Chloroform gewesen sein. Sie war erst wieder aufgewacht, als sie sich bereits im Wald befanden. Das Handy hatte er ihr abgenommen und sie gezwungen, Sartorius' Nummer herauszusuchen, die er dann in sein Smartphone eingegeben hatte. Sie musste Sartorius hierherbeordern, an einen Ort, den sie selbst nicht kannte. Danach war es wieder Nacht geworden um sie, bis sie vor wenigen Minuten ihr Bewusstsein wiedererlangte. Ihr Peiniger drängte sie ein Stück weiter nach vorne auf den Parkplatz. Niemand war zu sehen.

Sartorius trat aus dem Gebüsch hervor, die Augen weit aufgerissen, als er sie im Griff ihres Entführers sah. Jegliche Farbe war aus seinem Gesicht gewichen.

Marie wurde schlecht.

»Es tut mir leid, Sartorius.« Sie schluchzte. »Aber er hat mich gezwungen, dich anzurufen.« Sofort wurde sie mit einem kurzen, festeren Griff um ihren Hals bestraft, was einen gurgelnden Ton in ihrer Kehle hervorrief, bevor sie wieder atmen konnte. Etwas drückte gegen die Haut ihres Halses, doch sie konnte nicht sehen, was es war, aber es fühlte sich unangenehm an. Eine Waffe vielleicht?

Wenn Sartorius nicht bald eine Lösung fand, dann würde sie Elenor nie wiedersehen. Dabei wollte sie sich doch noch bei ihr entschuldigen. Sie hatte ihr nicht einmal mehr sagen können, dass sie sie liebte. Tränen stiegen ihr in die Augen.

Sartorius bedeutete ihr, still zu sein. »Was wollen Sie von ihr, Fratze? Sie hat mit alldem nichts zu tun.«

Er kannte ihn also. Marie schniefte. Wieso? Fratze, den Namen hatte sie doch schon einmal gehört. Ja, sicher, der hatte auch auf dieser ominösen Liste mit Verdächtigen gestanden. Und noch etwas. Es fiel ihr bestimmt wieder ein. Später. Wenn es zu spät war?

Sartorius hatte also recht behalten, jemand wollte sich an ihm rächen. Kalter Schweiß trat ihr auf die Stirn, und die feinen Härchen in ihrem Nacken stellten sich auf. Dieser Mann hinter ihr würde nicht zögern, sie zu töten. So wie er vermutlich auch Delphine getötet hatte.

»Ich möchte Sie im Gefängnis sehen, Sartorius«, entgegnete Fratze kalt.

Sartorius schnaubte. »Das hätten Sie heute früh einfacher haben können.«

Wie, heute früh? Marie verstand nicht, was Sartorius damit meinte. Hatte er ihn heute schon gesehen? Und wenn ja, warum?

»Damit Sie wieder mit halbwegs heiler Haut davongekommen wären, weil mir ja die Beweise fehlten? Nein. Außerdem haben die Deppen ja jetzt Regenpfeiffer verhaftet. Dabei war alles so gut geplant. Sie sollten ins Gefängnis, nicht dieser halbseidene Kleinganove. Jetzt passiert alles ein bisschen anders als geplant.«

»Aber warum ziehen Sie Marie da mit rein? Sie hat doch mit alldem nichts zu tun.«

Ihr Entführer lachte schallend. »Das fragen Sie doch nicht ernsthaft, oder? Schauen Sie sie doch einmal an: Sie passt exakt ins Profil, gleicher Typ wie Ihre Schwester und Ihre tote Freundin. Schwarze, lange Haare, blasse Haut, grazile Gestalt. Perfekt für einen Serientäter, nicht wahr?«

Der Kerl wollte, dass es so wirkte, als hätte Sartorius sie getötet. Deswegen trug er diesen Ganzkörperanzug, um keine Spuren von sich zu hinterlassen. Allmählich wurde ihr alles klar. Die Fingerabdrücke! Auf dem Feuerzeug direkt am Fundort der Leiche, das letzte Ergebnis von heute Mittag. Hatte sie es noch an die Kommissarin Eisenstein weitergeleitet? Hoffentlich.

»Außerdem wollte ich nicht warten, bis Miss Neunmalklug hier eventuell doch noch etwas gegen mich findet mit ihrer unablässigen Neugier«, redete Fratze weiter und bewegte sich dabei ein Stück zur Seite. Weil Marie nicht gleich verstand, dass sie sich mit ihm bewegen musste, bohrte sich das runde Teil noch stärker in ihren Hals, und ihr entfuhr ein spitzer Schrei. Sofort stieß er mit seinem Fuß gegen ihre Wade, und sie stöhnte auf.

»Geht es dir gut?«, fragte Sartorius sie heiser. Bevor sie antworten konnte, entfernte ihr Entführer das runde Ding von ihrem Hals, der Druck löste sich, und er drückte das Teil unter ihr Schlüsselbein.

»Wag es zu reden«, zischte er ihr zu, und jetzt erkannte sie, was er in seiner behandschuhten Hand hielt. Einen Insulin-Pen. Er würde ihr eine Überdosis verpassen, genau wie den anderen Frauen. Das würde sie nicht überleben, jedenfalls nicht ohne ärztliche Hilfe. Ihr Schicksal war besiegelt. Und das von Sartorius ebenso. Hier draußen war niemand. Keiner hörte sie.

»Was haben Sie vor?«, fragte Sartorius mit belegter Stimme und trat einen Schritt Richtung Fratze.

Sofort verstärkte sich der Druck des Pens auf ihrer Haut. »Keinen Schritt näher«, warnte Fratze. »Was ich vorhabe? Das kann ich Ihnen sagen. Sie werden heute sie hier ermorden. Und zwar mit diesem Insulin-Pen. Direkt danach werden Sie von der Polizei auf frischer Tat ertappt und verhaftet werden. Da Regenpfeiffer in U-Haft sitzt, kommt er als Täter nicht mehr in Frage. Und Ihre Freundin hier kann Ihnen auch nicht mehr helfen, weil die dann bereits die Engelein singen hören wird.« Ein boshaftes Lachen drang an Maries Ohr, und sie hätte ihm am liebsten eine reingehauen. Tränen liefen ihr über die Wangen. Noch nie hatte sie sich so hilflos gefühlt wie jetzt.

Sartorius atmete aus. »Ich werde sie nicht töten.«

Ach, Sartorius, dachte sie, du bist so naiv. Der wird dich nicht fragen, ob du willst oder nicht. Das übernimmt der schon für dich, das ist gratis im Paket »Serientäter« inbegriffen. Oder wollte er nur Zeit schinden? Nur wofür? Hier war niemand, und es würde auch keiner kommen, der ihnen helfen konnte.

»Damit habe ich bereits gerechnet, Commissario Sartorius. Aber keine Sorge, ich habe da was vorbereitet.«

Marie sah Sartorius in die Augen, sein Blick war ein einziges Flehen. Wollte er ihr damit etwas sagen? Dass sie durchhalten sollte? Oder doch etwas anderes? Sie verstand ihn nicht.

»Woher haben Sie gewusst, dass meine Schwester mit Insulin getötet wurde? Das Detail ist nie öffentlich bekannt geworden.« Sartorius hielt inne. »Oder haben Sie etwa auch meine Schwester –«

»Habe ich nicht. Aber ein Mann muss seine Geheimnisse haben. Abgesehen davon, dass Ihnen das sowieso nicht weiterhelfen wird. Aber vielleicht haben Sie ja im Gefängnis Zeit, ausgiebig darüber nachzudenken. Falls Sie da überhaupt lange leben werden.«

Marie stockte der Atem, als sie das hörte. Bisher war ihr nicht bewusst gewesen, was es für Sartorius bedeutete, wenn er ins Gefängnis käme. Er würde dort auf viele von ihm verhaftete Sträflinge treffen. Sie schluckte heftig. Irgendjemand musste ihnen doch helfen können …

Weit weg glaubte Marie Sirenen zu hören. Bitte, bitte, kommt hierher und helft uns, flehte sie im Stillen, obwohl ihr klar war, dass das völlig unrealistisch war. Ihr Herz pochte wie wild. Elenor, dachte sie, was sie wohl gerade machte? Ob sie ihr verziehen hatte? Bestimmt weinte sie bei ihrer Beerdigung. Gleich würde alles vorüber sein. Zog dann das ganze Leben an ihr vorbei, so, wie es immer in den Büchern stand? Aber eigentlich hatte Marie viel mehr Angst vor dem, was danach geschah. Sie war Atheistin, an was sollte sie da glauben? An Wiedergeburt, an den Himmel oder an das große Nichts? Nein, sie wollte noch nicht gehen, dazu war sie einfach nicht bereit.

»Ich muss Sie enttäuschen, Commissario, Ihre Zeit ist leider um.« Ohne ein weiteres Wort zu verlieren, stach Fratze den Pen in Maries Hals und entleerte ihn, ohne dass Marie auch nur den Hauch einer Chance hatte, ihn daran zu hindern. Er ließ den Pen fallen und flüchtete an dem Pfadfinderhaus vorbei Richtung Wald.

Marie ging keuchend auf die Knie. Sie erkannte gerade noch, dass Fratze zwischen den Bäumen verschwand, da wurde ihr schwindlig, und sie fiel zu Boden. Sie fühlte sich unendlich müde, ihre Lider wollten sich nur noch schließen. Die Sirenen. Lasst mich doch einfach nur schlafen, bettelte sie tonlos. Jemand rüttelte sie an der Schulter. Sie öffnete die Augen. Es war Sartorius. Was machte der denn noch hier?

»Schnapp ihn dir«, hauchte sie fast tonlos, dann legte sich Dunkelheit über sie.

Die Sirenen wurden lauter, nahmen direkten Kurs auf den Parkplatz beim Pfadfinderhaus, und Clemens kniete immer noch wie hypnotisiert neben Marie. Was sollte er tun? Der ehemalige Richter hatte schon einen großen Vorsprung, aber wenn er tat, was sie verlangte, und Fratze folgte, würde Marie hier vor seinen Augen sterben. Wenn er bliebe, würden ihn die Kollegen wegen Mordes festnehmen. Damit half er weder sich noch Marie.

Die ersten Streifenwagen fuhren vor, bremsten scharf ab. Kies knirschte. Autotüren klappten auf und schlugen wieder zu, Schritte näherten sich rasch. »Stehen Sie auf und nehmen Sie die Hände hoch!«, ertönte eine Stimme hinter ihm. Langsam erhob sich Clemens.

Er deutete auf Marie, die leblos auf dem Boden lag. »Sie braucht dringend Hilfe, rufen Sie den Notarzt! Sie hat eine Überdosis Insulin gespritzt bekommen. Schnell!«, rief er dem Beamten in Blau zu. Reiß dich zusammen, herrschte er sich selbst an. Noch während er sprach, ging er langsam zurück Richtung Wald.

»Bleiben Sie stehen!«, schrie der Polizist und zielte mit einer Waffe auf ihn. Clemens kannte das Modell, sie lag gut in der Hand.

Weitere Polizisten erschienen auf dem Gelände und griffen zu ihren SFP9. Einige von ihnen kannte er persönlich, hatte bereits mit ihnen zusammengearbeitet. Jetzt wendeten sie sich gegen ihn.

Mit einer schnellen Bewegung drehte er sich um und rannte in den Wald. Mittlerweile hatte Fratze einen ordentlichen Vorsprung, aber er war in dem hinderlichen Overall samt Überziehschuhen unterwegs, und Clemens war gut trainiert. Da musste er doch Strecke wettmachen können. Knapp neben seinem Ohr pfiff etwas mit hoher Geschwindigkeit vorbei und krachte in einen dicken Baumstamm ein paar Meter vor ihm. Schoss da etwa jemand auf ihn?

»Bist du wahnsinnig?«, hörte er in seinem Rücken jemanden den Schützen zusammenstauchen. Den Rest bekam er nicht mehr mit, weil er rannte, was seine Lungen hergaben. Weiter vorne erkannte er die weiße Silhouette des ehemaligen Richters, die sich von dem dunklen Grünbraun des Waldes abhob. An dieser Stelle ging es ein gutes Stück bergauf, und Fratze kämpfte sichtlich, um mit seinen Füßen nicht auszurutschen, die in den Überziehschuhen keinen Halt auf dem Waldboden fanden. Clemens konnte schwören, ihn bis zu sich keuchen zu hören.

Seine Lunge brannte, alle Muskeln signalisierten ihm, stehen zu bleiben, aber daran war nicht zu denken. Clemens mobilisierte alle Kräfte, die ihm zur Verfügung standen, und zwang seinen Körper zu Höchstleistungen. Nur noch ein paar Meter! Äste knackten unter seinen Schuhen, als er wie mechanisch zwischen den Bäumen entlangrannte. Einzelne Zweige fegten ihm ins Gesicht, aber es kümmerte ihn nicht. Er musste durchhalten, nein, er musste schneller sein. Schneller als Fratze.

»Bleiben Sie stehen!«, rief Clemens und hechtete auf ihn zu. Fast hätte er Fratze erwischt, da packte ihn eine Hand von hinten an der Schulter.

»Hab ich dich!« Der junge Beamte war wohl doch fitter, als Clemens ihn eingeschätzt hatte.

Sofort rappelte sich Fratze wieder auf, riss sich die Überschuhe von den Füßen und kraxelte den Hügel hinauf.

»Hören Sie«, versuchte Clemens, den Beamten zu überzeugen. »Da läuft der wahre Mörder, den müssen Sie sich schnappen, sonst entkommt er!« Schweiß stand ihm auf der Stirn.

»Nichts da, Sie kommen jetzt mit.« Der Beamte zückte die Handschellen. Im Hintergrund sah Clemens, wie sich weitere Polizisten zwischen den Bäumen hindurchkämpften, unter ihnen auch zwei ohne Uniform. Vermutlich die Leute vom BLKA. Lange brauchten sie nicht mehr, bis sie ihn erreichten. Wut stieg wie kochende Lava in ihm auf. Der Polizist hatte doch genau gesehen, dass Fratze vor Clemens geflüchtet war, und das auch noch in einem Ganzkörperoverall. Wie viel verdächtiger sollte man sich denn noch verhalten?

Ohne auch nur eine Sekunde darüber nachzudenken, holte Clemens aus und schlug dem jungen Beamten mit der Faust ins Gesicht, sodass dieser mit einem röchelnden Laut zu Boden ging. Er rannte weiter hinter Fratze her, der mittlerweile oben am Hügel angekommen war. Er schien ziemlich aus der Puste zu sein. Kurz schoss ihm der Gedanke an Körperverletzung und unterlassene Hilfeleistung durch den Kopf, aber er wischte ihn beiseite. Momentan zählte nur, den ehemaligen Richter einzuholen, der gerade hinter den nächsten Bäumen verschwand.

Clemens hastete den Hügel hinauf, nahm beide Hände zu Hilfe, zog sich an Ästen empor und schaffte es tatsächlich, ohne auszurutschen, den Kamm des Hügels zu erreichen. Weiter vorn erkannte er einen Parkplatz und ein Haus, das musste das Anwesen am Turmberg sein. Fratze eilte gerade um den Zaun herum, der das Grundstück vom Wald abgrenzte, und rutschte die kleine Böschung Richtung Parkplatz hinab. Ein einsames Auto stand dort. Hatte Fratze hier geparkt, um möglichst unauffällig fliehen zu können, während alle Polizeibeamten der näheren Umgebung mit ihm und Marie ein paar Meter weiter beschäftigt waren? Zuzutrauen war es ihm. Clemens schlitterte den Abhang hinunter, Fratze dicht auf den Fersen.

Der öffnete bereits die Fahrertür des blauen Corsa, als Clemens ihn einholte. Diesmal entkommst du mir nicht, dachte er, holte aus und schlug zu. Fratze taumelte nach hinten, seine Nase blutete, aber er war nicht k.o. Dafür schmerzte Clemens' Faust wie die Hölle. Fratze stürmte mit einem Wutschrei auf Clemens zu und verpasste ihm einen Schlag in den Magen. Keuchend ging Clemens in die Knie und unterdrückte einen Schrei. Fratze machte Anstalten, sich in das Auto zu setzen.

Mit all seiner Selbstdisziplin zwang Clemens sich in die Höhe, zerrte ihn aus dem Wagen und nahm ihn in den Schwitzkasten. Fratze schlug wild um sich. Mit Wucht rammte er Cle-

mens rücklings gegen das Fahrzeug. Clemens stöhnte laut auf, aber er ließ nicht los. Zwei Beamte rannten auf die beiden zu, eine war Sabine Ulrich, der andere ihr Kollege, den Clemens bereits am Fundort der Leiche kennengelernt hatte. Sabine starrte ihn an, als hätte er ein Kaninchen bei lebendigem Leib in zwei Hälften gerissen. Ihr Kollege schien wesentlich gelassener zu sein. Er zückte seine Waffe und deutete damit auf Clemens.
»Herr Sartorius, lassen Sie den Mann los! Das bringt doch nichts, was Sie da machen. Sie verschlimmern die Lage nur noch!«

Der Name des Beamten fiel Clemens nicht mehr ein. Aber das war ihm momentan auch herzlich egal. Keuchend starrte er die Polizisten an, versuchte, in seinem Kopf einen Überblick über die Situation zu bekommen.

Fratze lachte heiser auf und spuckte etwas Blut auf den Boden. »Ja, genau, Sartorius, tun Sie, was der Mann sagt. Sie wollen doch sicher irgendwann wieder aus dem Gefängnis rauskommen, oder reichen Ihnen drei Morde noch nicht?«

Clemens drückte seine Kehle noch ein Stück weiter zu, und Fratze röchelte, die Hände immer noch in Clemens' Arme gekrallt. Doch Clemens spürte den Schmerz gar nicht. Er war der Gute hier, nicht Fratze. Und der musste dafür büßen, komme, was wolle. Er durfte ihn nicht davonkommen lassen.

»Clemens, bitte«, flehte ihn Sabine an. »Mach es nicht noch schlimmer. Denk an deine Schwester.«

Ein Ton, der an ein verwundetes Tier in der Schlinge erinnerte, drang aus Clemens' Kehle. Wie konnte sie jetzt, in diesem Augenblick, mit so einem Satz kommen? Er würde Fratze nicht freigeben, da mussten sie ihn schon erschießen. »Er hat Delphine getötet. Und es bei Marie ebenfalls versucht. Wenn sie überlebt, kann sie dir das bestätigen«, erklärte er zwischen zusammengepressten Zähnen.

»Wenn sie überlebt«, krächzte Fratze und lachte. Clemens brachte ihn mit einem kurzen Anziehen seines Arms zum Schweigen. Und zum Husten.

Sabine schüttelte den Kopf und fasste sich an die Stirn. Ihr

Kollege angelte mit der linken Hand sein Handy aus der Hosentasche, gab etwas durch und wandte sich nach einem kurzen Wortwechsel wieder an Clemens.

»Der Notarzt ist inzwischen da, aber er weiß nicht, ob Frau Mayfield überleben wird. Im Moment wird sie für den Transport in die Klinik vorbereitet.« Er seufzte, die Waffe immer noch im Anschlag. »Es steht also Ihr Wort gegen seines. Am besten, Sie kommen beide freiwillig mit auf die Dienststelle, dann sehen wir weiter. Das funktioniert aber nur, wenn Sie den Mann endlich loslassen, Sartorius.«

Clemens keuchte. Wenn er Fratze losließ, würde der vermutlich versuchen zu fliehen. Wobei das gar nicht nötig war. Denn wenn Marie sterben würde, stünden alle Zeichen gegen Clemens. Und so wie er den ehemaligen Richter einschätzte, würde der auch noch eine plausible Erklärung für den Overall aus dem Hut zaubern. Nein, er konnte ihn unmöglich loslassen.

Mit quietschenden Bremsen, sodass der Kies spritzte, hielt ein Audi vor der Versammlung, die mittlerweile Verstärkung bekommen hatte, da drei weitere Polizisten und zwei Beamte in Zivil, eine Frau und ein Mann – vermutlich vom BLKA –, sich bis zu ihnen vorgearbeitet hatten. Die Türen des Wagens flogen auf, und Cora stürmte mit Cento heraus. Cora hob ihren Ausweis für die Kollegen sichtbar in die Höhe und deutete mit der Hand auf die Waffe des Beamten.

»Nehmen Sie die Waffe herunter, Kollege, ich regle das. Ich bin Kriminaloberkommissarin Eisenstein.«

Der Polizist ließ die Waffe sinken.

Die Beamtin in Zivil runzelte die Stirn. »Was wird das denn jetzt?«, fragte sie. »Seit wann übernehmen Sie denn hier die Leitung? Das ist unser Fall, Sie halten sich zurück. Wir entscheiden, was zu tun ist. Und der Kollege wird die Waffe nicht herunternehmen.« Sie warf dem jungen Polizisten einen strengen Blick zu, sodass dieser sofort wieder seine SFP9 erhob.

»Ich habe neue Informationen erhalten, Frau Meierhuber, die alle bisherigen Kenntnisse außer Kraft setzen. Bitte, geben Sie mir eine Chance. Ich werde Sie nicht enttäuschen.«

Meierhuber wechselte einen Blick mit ihrem Kollegen, der sich stirnrunzelnd mit der Hand an den Kopf griff. Dann nickte er und deutete auf Cora.

»Diese Informationen interessieren mich allerdings. Meinetwegen können Sie fortfahren, aber ich gehe davon aus, dass Sie sich über die Folgen im Klaren sind, wenn das hier schiefläuft.«

Clemens war Cora zwar dankbar, dass sie eingriff, aber momentan war er noch unschlüssig, wie es weiterlaufen sollte. Fratze durfte nicht davonkommen, auch nicht für Cora.

Diese wechselte einen schnellen Blick mit Cento, deutete dem anderen Polizisten mit einer Geste an, die Waffe zu senken, dann richtete sie ihre auf den ehemaligen Richter.

»Du kannst ihn jetzt loslassen, Clemens. Ich habe ihn im Visier«, sagte sie. »Cento, leg dem Richter Handschellen an.«

Erleichtert senkte Clemens seine Arme, die schmerzten, als hätte er gerade den Weltrekord im Plankhalten durchgeführt.

Cento legte Fratze die Handschellen an, der lautstark protestierte. »Ist das jetzt die neue Vetternwirtschaft der Polizei? Dieser Mann«, er deutete mit dem Kopf auf Clemens, »hat mich angegriffen. Ihn müssen Sie verhaften, nicht mich. Sie sind alle meine Zeugen.« Er wies mit dem Kinn in die Runde der Polizisten. Meierhuber wollte gerade etwas erwidern, als ihr Clemens zuvorkam.

»Von wegen ohne Grund, du hast Delphine und Marie auf dem Gewissen!« Clemens riss ihn mit beiden Händen am Overall hoch. Sofort ging Cento dazwischen.

»Ruhig, Clemens, alles gut.«

Clemens biss die Zähne so fest aufeinander, dass ihm der Kiefer schmerzte, und sein Atem kam stoßweise. Er war früher nie gewalttätig gewesen, hatte es im Gegenteil scharf verurteilt, wenn andere sich nicht im Griff hatten. So wollte er nicht sein – nein, er war zivilisiert, hatte Moral und Anstand, jemand wie er ließ sich nicht von seinen niederen Gefühlen leiten. Niemals.

Und doch war dies gerade eben geschehen. Er musste der Tatsache ins Auge sehen, dass er meilenweit von dem perfekten Kriminalbeamten entfernt war. Mit einem Mal fühlte er, wie jegliche Kraft aus seinem Körper wich und er sich einfach nur noch unendlich müde fühlte.

»Das ist Willkür, ich bin unschuldig«, rief Fratze. »Sie können mir gar nichts beweisen.«

»Doch, das können wir«, entgegnete Cora ruhig, und Clemens horchte auf. Wirklich? Aber wie …?

»Frau Mayfield hat mir, bevor sie heute das Institut verlassen hat, noch ihre letzten Ergebnisse gemailt«, begann sie zu erzählen, wurde jedoch durch ein Räuspern Groners unterbrochen.

»Ihnen hat sie natürlich auch geschrieben, aber sie dachte sich wohl, doppelt hält besser. Darf ich fortfahren?« Groner nickte.

»Frau Mayfield hat Ihr Feuerzeug direkt neben der Fundstelle der Leiche gefunden, zusammen mit Ihren Fingerabdrücken«, erklärte Cora Fratze. »Sie hat mir von der Blutuntersuchung geschrieben. Blut, das Sie an einer Brombeerhecke zwischen den Bäumen hinterließen, als Sie die Leiche quer durch das Unterholz geschleppt haben. War es nicht so?«

Clemens drehte sich zu Fratze und fixierte ihn. Er war deutlich blasser um die Nase geworden und presste die Lippen zusammen.

»Die passende Wunde dazu werden wir bestimmt noch finden, wenn wir Sie gleich untersuchen lassen. Außerdem würde es mich interessieren, warum Sie hier im Ganzkörperoverall rumstehen.«

Clemens ergänzte: »Vielleicht hatte er den gleichen Overall schon an, als er Delphine im See abgelegt hat. Die Spuren sind sicherlich noch darauf zu finden.«

Fratze wand sich in seinen Handschellen und schaute in Richtung Sabine. Diese schüttelte zu Clemens' Überraschung heftig den Kopf.

»Ich geh dafür nicht allein ins Gefängnis«, brach es aus dem ehemaligen Richter heraus, der seine Sprache wiedergefunden hatte. »Ich habe Delphine Otto im Alterlanger See abgelegt, aber ich habe sie nicht umgebracht. Ich habe danach die Polizei informiert, damit Kommissar Sartorius der Tat verdächtigt

würde. Und auch das mit Marie Mayfield war eine Auftrags-
sache.«

Clemens traute seinen Ohren nicht. Was sollte denn das
jetzt werden? Wer sonst hatte Delphine umgebracht? Dieser
Kerl versuchte, sich um jeden Preis herauszureden. Die Aufmerksamkeit war ganz auf seiner Seite. Keiner sagte ein Wort,
Sabine stand der Mund offen.

Doch so leicht ließ sich Clemens nicht verunsichern. »Wie,
Sie haben im Auftrag gehandelt? In wessen Auftrag?« Er wollte
und konnte nicht glauben, dass das nicht alles Fratzes Plan
gewesen war. Wer sonst würde ihm, Delphine und Marie das
antun wollen?

Fratze hob das Kinn an und öffnete den Mund, aber er kam
nicht mehr dazu, etwas zu sagen. Das Wort blieb ihm buchstäb-
lich im Hals stecken, als ihn zuerst ein Projektil mitten in die
Brust traf, ein weiteres knapp daneben. Er brach zusammen,
und Blut sickerte aus den Einschusslöchern.

Clemens' Kopf fuhr herum, Sabine stand zitternd mit er-
hobener Waffe da und atmete schwer.

»Sabine!«, rief Clemens. »Was hast du getan?« Er verstand
nicht. Warum hatte sie ihn erschossen?

»Er … er hatte eine Waffe«, stotterte sie. »Zumindest dachte
ich das. Also habe ich geschossen.«

»Nein, er hatte keine Waffe«, entgegnete Frau Meierhuber,
während zwei Beamte an ihr vorbei in Fratzes Richtung stürmten und den Notarzt riefen. »Das konnten wir alle sehen. Wo
hätte er die denn außen am Overall verstecken sollen? Und
selbst wenn: Wie hätte er diese mit Handschellen abfeuern
sollen?« Ihre Augen verengten sich. »Warum haben Sie geschossen?«

Sabine warf Clemens einen Blick zu, den er nicht ganz deuten konnte. Dann sprudelte es aus ihr heraus.

»Sag bloß, du verstehst das nicht, Clemens. Damals, als deine
Schwester getötet wurde, da habe ich dich getröstet, war immer
für dich da. Ich habe dir so oft geschrieben, aber du hast nicht
ein einziges Mal geantwortet. Dabei habe ich dich geliebt. So

lange hatte ich darauf gewartet, dass du mich wahrnimmst, dann hast du es endlich getan und lässt mich dann doch wieder fallen. Weißt du eigentlich, wie weh das tut? Ich habe auf dich gewartet, im kommenden Jahr, als ich mit meinen Eltern wieder am Tegernsee war, aber du bist nicht gekommen. Du warst wie vom Erdboden verschluckt. Ich bin zu dir nach Hause gefahren, bin direkt am Tor über eine Stimme aus dem Lautsprecher abgewiesen worden, die behauptet hat, du lebst da gar nicht. Wahrscheinlich hast du deine Eltern angewiesen, dass sie mich vertreiben sollen. Ich bin Polizistin geworden und vor drei Monaten hierher versetzt worden. Da habe ich dich wiedergesehen. Aber du hast mich gar nicht bemerkt. Stattdessen hast du mit deiner Freundin rumgeturtelt, in aller Öffentlichkeit. Ich bin ihr gefolgt. Sie hat dich betrogen, wusstest du das? Sie hat dich gar nicht geliebt, nicht so wie ich. Sie hatte dich gar nicht verdient!«

Darum ging es also. Clemens war sprachlos.

»Sie war nur hinter deinem Geld her. Aber du bist ihr blind gefolgt. Ich habe Fratze engagiert, nachdem ich herausgefunden hatte, dass er dich über alle Maßen hasst. Ich habe meine Hausaufgaben gemacht, alles vorbereitet. Ich wusste genau, wann Delphine laufen geht und wo. Es war ein Leichtes, sie hinter dem See abzupassen und mich als Joggerin mit Wadenkrampf auszugeben. Fast schon zu einfach. Ich hab Delphine einfach den Insulin-Pen an den Hals gesetzt, als sie mir die Wade gestreckt hat. Es ging ganz schnell, sie hat mich nur noch kurz seltsam angeschaut, dann war sie weg.« Sie hob entschuldigend die Hände, als gäbe es auch nur die geringste Möglichkeit für eine Absolution.

»Fratze und ich haben sie in sein Auto verfrachtet, dann hat er sie nachts im See abgelegt, nicht zu auffällig, aber doch so, dass du sie finden solltest. Dann hat er dich von deinem Garten aus beobachtet und bei dir mit einem Stimmverzerrer angerufen, um dich auf die richtige Spur zu bringen. Nur das mit der Bar, das hat er total versaut.« Sie schnaubte unwillig. »Ich wollte nicht, dass du mich dann doch erkennst, also musste Fratze euch das GBL unterjubeln. Warum seid ihr eigentlich nicht herausgekommen aus der Kneipe?« Sie warf Clemens einen wütenden Blick zu. »Ich habe Fratze extra die genaue Dosierung für jeden von euch aufgeschrieben, damit da nichts schiefgeht. Und er sollte euch das Zeug erst kurz vor der Sperrstunde verabreichen, damit ihr mit dem ganzen Pulk nach draußen getrieben werdet. Wo wart ihr da?«

»Sabine –«, begann er, aber sie unterbrach ihn sofort.

»Ich will es gar nicht mehr wissen, es ist sowieso scheißegal. Wahrscheinlich hast du die Forensikerin gevögelt, nicht wahr? Passt ja voll in dein Beuteschema.« Sie wischte sich mit der Hand unter ihrer Nase entlang. »Ich hatte Fratze eingebläut, dass er sich von dir fernhalten soll, aber du musstest ja unbedingt bei ihm auftauchen und für Ärger sorgen. Und diese Mayfield meinte dann auch noch, in Regenpfeiffer den passenden Täter gefunden zu haben. Also war ich gezwungen, Fratze zu beauftragen, doch noch einen Mord zu begehen, um dich endlich als Täter zu überführen. Dabei wollte ich dir nur helfen. Wenn du verhaftet worden wärst, hätte ich Fratze getötet und es als Selbstmord dargestellt. In seinem Abschiedsbrief hätte er alle Morde gestanden, und du wärst freigekommen. Ich hätte mich darum bemüht, den wahren Schuldigen zu finden, nur um dich vor dem Gefängnis zu retten, wenn kein anderer mehr an dich geglaubt hätte. Dann wärst du dankbar zu mir zurückgekommen, und wir wären glücklich gewesen. Doch du«, sie deutete mit ihrer Waffe auf Clemens, »du musstest ja alles zunichtemachen. Meine ganzen Bemühungen, völlig umsonst. Aber wenn ich dich nicht haben kann, soll dich auch keine andere haben.«

Sie zielte auf ihn, und Clemens ließ sich instinktiv auf den Boden fallen. Es zischte, und kurz darauf hörte er ein Stöhnen in seinem Rücken. Er drehte sich um und sah, dass sich Cento den Arm hielt. Unter seinen Fingern rann Blut aus der Wunde. Sofort kam Leben in die Beamten. Cora, Meierhuber und Groner rannten auf Sabine zu, die sofort mit der Waffe auf sie zielte, während die zwei Beamten neben Fratze Cento zu Hilfe eilten. Sabine entfernte sich rückwärts mit der SFP9 im Anschlag von Cora und den BLKA-Beamten.

»Bleibt stehen! Keinen Schritt näher, oder ich bringe euch alle um!«

»Aber Sabine, das ist doch keine Lösung!«, versuchte Clemens, sie zu beruhigen.

»Doch, das ist es«, erwiderte sie und forderte den Funkschlüssel von Cora, die ihn zähneknirschend herausrückte. Mit gezückter Waffe stieg Sabine in Coras Wagen, startete ihn, schloss mit einem Ruck die Tür und verließ den Parkplatz mit quietschenden Reifen.

Clemens fühlte sich unfähig, seine Arme und Beine zu bewegen. Mit geöffnetem Mund starrte er Sabine hinterher. Auch die anderen Beamten schienen sich nicht sicher zu sein, was sie tun sollten, es herrschte eine fast schon gespenstische Stille.

Doch Cora zeigte sich wesentlich resoluter. Sie sprintete an Clemens vorbei und zog ihn am Ärmel zu Fratze. Während sie in seinen Taschen wühlte, gab sie weitere Anordnungen.

»Kümmern Sie sich um einen Krankenwagen und einen Notarzt!«, wies sie die Polizisten an.

»Was haben Sie vor?«, fragte Groner. Seine Kollegin organisierte bereits die Fahndung nach dem Audi.

»Wonach sieht's denn aus?«, antwortete Cora und glitt mit der Hand in Fratzes Hosentasche. Dann hielt sie triumphierend etwas Glänzendes in die Höhe: den Autoschlüssel des Corsa. Groner nickte wissend.

»Clemens, schwing deinen Hintern hier rein!«

Clemens erwachte aus seiner Starre, kletterte auf den Beifahrersitz und schloss die Tür.

Sofort startete Cora durch und verließ in halsbrecherischem Tempo den Parkplatz, fuhr hupend die Straße den Hügel hinunter, um Fußgänger zu warnen. Schlitternd rauschten sie um die Kurve und den Rest des Hügels hinab Richtung Großparkplatz am Turmberg. Ohne die Hand von der Hupe zu nehmen, raste Cora an all den Menschen vorbei, die sich hektisch zur Seite drängten. Weit vorn, am Ende des Parkplatzes, erkannten sie den Audi, der, ohne abzubremsen, auf die Kurt-Schumacher-Straße bretterte. In der nächsten Sekunde sahen sie, wie ein Lkw von links den Audi an der Seite erwischte. Der Wagen überschlug sich und krachte an der gegenüberliegenden Fahrbahn in einen Baum. Cora trat so heftig auf die Bremse, dass Clemens in seinem Gurt nach vorn geschleudert wurde. Sekundenlang herrschte Stille, so als hätte jemand die Zeit angehalten. Alle Menschen, alle Autos, selbst das Vogelgezwitscher war verstummt. Dann öffnete sich die Tür zum Führerhaus des Lkws, und der Fahrer sprang heraus, rannte zu dem rauchenden Haufen Schrott, der einmal ein Auto gewesen war, und versuchte die Tür aufzureißen. Sie klemmte. Clemens löste den Sicherheitsgurt, öffnete die Tür und rannte ebenfalls zu dem Wrack. Sein Herz klopfte bis in die Kehle hinein. Der Audi war kaum noch als solcher zu erkennen, die Vorderseite komplett eingedrückt, die Fahrerseite ebenso und die Gestalt dahinter blutüberströmt.

»Ich hab sie nicht kommen sehen.« Der Lkw-Fahrer wirkte verzweifelt. »Haben Sie das beobachtet?«

Clemens nickte nur, er hatte jetzt keine Zeit zu antworten. Die verdammte Tür klemmte immer noch.

»Ich hab den Krankenwagen und den Notarzt gerufen!«, rief Cora in seinem Rücken. Keuchend erreichte sie den Unfallort. »Ich riegele alles ab. Haben Sie ein Warndreieck?«, fragte sie den Lkw-Fahrer, der sich mit ihr entfernte.

Clemens musste jetzt diese elendige Tür aufkriegen. Ein Passant kam ihm zu Hilfe, und gemeinsam zogen sie mittels eines als Hebel eingesetzten Wagenhebers die Tür einige Zentimeter weit auf, sodass Clemens an Sabine herankam.

Der Airbag hatte ausgelöst, und Clemens musste ihn mühsam zurückdrücken, um an Sabine heranzukommen. Zitternd legte er zwei Zeigefinger an ihre Halsschlagader. Der Puls war schwach, aber er konnte ihn fühlen, sie lebte. Er wollte den Gurt öffnen, bemerkte dann aber, dass sie sich offenbar nicht angeschnallt hatte. Kopfschüttelnd schloss er kurz die Augen, dann zog er sie vorsichtig aus dem Wagen und brachte sie in die stabile Seitenlage, immer darauf bedacht, möglichst ihre Wirbelsäule zu stützen. Sein Mund war trocken wie der sandige Exerzierplatz ein paar Meter weiter, trotzdem schluckte er, als er sie da liegen sah. Ihr gesamter Körper war blutüberströmt, ein Knochen schaute am Oberarm hervor, und ihm wurde schlecht. Am Kopf blutete sie aus einer großen Wunde an der Stirn.

»Clemens«, flüsterte Sabine, die die Augen aufgeschlagen hatte. Ein verzerrtes Lächeln umspielte ihre Lippen.

Instinktiv nahm er ihre Hand und drückte sie. Ihre Hand war eiskalt, und sie zitterte. Irgendwo musste doch eine Wärmedecke aufzutreiben sein. Er wollte aufstehen, um eine zu suchen, aber sie hielt ihn fest.

»Was hast du dir nur dabei gedacht, Sabine?«, fragte er mehr sich selbst als sie und starrte sie an.

»Ich liebe dich«, flüsterte sie so leise, dass er sie kaum noch verstehen konnte.

Der Notarzt eilte zu ihm und schickte ihn weg, zwei Rettungssanitäter rannten mit ihrer Ausrüstung zu Sabine. Clemens blieb wie benebelt ein paar Meter daneben stehen, unfähig, auch nur einen Fuß vor den anderen zu setzen.

»Der Puls ist weg, wir müssen reanimieren!«, schrie der Notarzt, und die Sanitäter bereiteten alles vor.

»Weg vom Körper!« Der erste Stromschlag schoss durch Sabine hindurch, und sie bäumte sich auf. Doch sonst geschah nichts.

»Noch einmal!«

Der Körper bewegte sich. Nichts.

»Noch einmal!«

Nichts.

Wie oft das Team versuchte, sie wiederzubeleben, konnte Clemens im Nachhinein nicht mehr sagen. Alles, was er mitbekommen hatte, war, dass sie es nicht geschafft hatten. Sabine starb an diesem Tag, einsam und allein. Und er war schuld.

Als Marie erwachte, wusste sie nicht, wo sie war. Sie lag in einem Bett, das sie nicht kannte, und irgendwie roch es nach Krankenhaus. Hinter ihr tutete etwas in regelmäßigen Abständen, was sie wahnsinnig machte. Außerdem schmerzte ihr rechter Unterarm. Als sie einen Blick darauf warf, entdeckte sie, dass darin ein Butterfly steckte, der mit einem Infusionsbeutel an einem fahrbaren Ständer verbunden war.

Es roch nicht nur nach Krankenhaus, sie befand sich in einem! Mühsam versuchte sie, die Schrift auf dem Beutel zu entziffern, doch es gelang ihr nicht. Aufgrund der Größe und der klaren Flüssigkeit tippte sie auf Kochsalzlösung, eventuell noch mit Glucose versetzt. An ihrem Zeigefinger war ein Pulsoximeter befestigt, das den Sauerstoffgehalt ihres Blutes überprüfte. Mit Elektroden an ihrem Körper wurde ihr Herz überwacht, weswegen der Monitor hinter ihr ein konstantes Geräusch von sich gab.

Ihr Blick fiel auf Elenor, die zusammengekauert auf einem Stuhl vor sich hin döste. Ein Lächeln schwebte über Maries Gesicht, und ein tiefes Gefühl der Wärme breitete sich in ihr aus.

»Elenor«, flüsterte sie.

Mit einem Ruck fuhr diese in die Höhe.

»Marie!« Schon war sie an ihrem Bett, umarmte und küsste sie auf die Wangen und den Mund.

»Stopp«, murmelte Marie. »Du tust mir weh.« Sie deutete auf den Zugang in ihrem Arm. »Außerdem bekomme ich keine Luft, wenn du mich so erdrückst. Ich bin so froh, dich zu sehen, das glaubst du gar nicht.«

»Ich auch, vor allem, dass du lebst und dass es dir gut geht, nach all dem, was dir passiert ist.« Eine Träne kullerte über Elenors Wange. »Ich hab mir solche Sorgen gemacht. Die ganze Nacht bin ich an deinem Bett gesessen, während eine Infusion nach der anderen in dich hineingelaufen ist.«

Langsam dämmerte es Marie. Der Wald, der verrückte Typ in dem weißen Overall, Sartorius. Sie griff sich an den Hals und fühlte ein Pflaster an der Stelle, wo ihr Fratze die Injektion Insulin verpasst hatte. Es war also doch kein Traum gewesen, sondern Realität.

»Wie…«, sie schluckte, »wieso lebe ich noch?«

»Der Notarzt hat dir Glucose in hohen Dosen verpasst, dazu Adrenalin«, erklärte Elenor. »Im Krankenhaus hast du dann so lange weiter Glucose bekommen, bis sich dein Kreislauf wieder gefangen hat. Das war verdammt knapp. Eine Minute später, und der Notarzt hätte gleich mit dem Leichenwagen kommen können.« Sie schluchzte laut auf und nahm Marie wieder in die Arme, zog sie dabei etwas in die Höhe. Tröstend strich Marie ihr über den Rücken.

Fratze wollte sie töten, damit Sartorius als ihr Mörder hingestellt wurde. Sie selbst hatte kurz zuvor im Labor noch Fratzes Fingerabdrücke auf dem Feuerzeug entdeckt, das direkt neben dem Ablageort von Delphines Leiche gefunden worden war. Vermutlich war es ihm unbemerkt aus der Hosentasche gefallen. Oder aber er hatte es versehentlich neben statt in die Tasche gesteckt. Vielleicht hatte er noch eine geraucht, nachdem er Delphine abgelegt hatte. Aber eine Kippe mit seiner DNS hatte die Spusi nicht finden können – zumindest nicht am Fundort. Die hatte er in dem Fall wohl geistesgegenwärtig anderweitig entsorgt. Ob das Blut inzwischen analysiert worden war? Sie musste sofort ins Institut, schließlich ging es um Sartorius' Zukunft. Sartorius. Wo war er überhaupt? War er festgenommen worden? Wenn ja, dann musste sie das richtigstellen, immerhin war sie die einzige Zeugin. Marie setzte sich auf.

»Was ist mit Sartorius passiert?«, fragte sie Elenor.

Die zuckte mit den Schultern. »Ich weiß nicht.«

»Wie, du weißt nicht?« Maries Stimme wurde unwillkürlich lauter.

»Ich weiß doch noch nicht einmal genau, was mit dir passiert ist. Außer dass du wegen einer Insulinüberdosis fast ums

Leben gekommen wärst. Keiner hält es hier für nötig, mich zu informieren, nicht einmal diese Kommissarin Frau Meierhuber vom BLKA. Die meinte, sie hätte momentan Wichtigeres zu tun, sie würde später vorbeikommen oder jemanden schicken. Ich hatte eine Scheißangst, aber kein Schwein war da, um mir zu helfen, geschweige denn zu erklären, was los ist.« Ihre Unterlippe zitterte.

»Es tut mir leid.«

»Da kannst du doch nichts dafür.«

»Aber ich hätte dich nicht so anfahren sollen.«

Marie erzählte Elenor die ganze Geschichte, angefangen von den Fingerabdrücken über ihre Entführung bis zu dem Punkt, als sie erst an dem Parkplatz des Pfadfinderhauses im Wald wieder aufgewacht war. Dass Fratze sie gezwungen hatte, den Kommissar anzurufen und herzubeordern, und dass sie selbst überhaupt keine Ahnung hatte, mit wem sie es zu tun hatte. Von ihrer Angst, ihrer Panik, dass dies der letzte Tag in ihrem Leben sein könnte, wie sie gespürt hatte, dass dieser Kerl im weißen Overall der wahre Mörder war, denn wer sonst würde so herumlaufen und sie entführen, um an Sartorius heranzukommen?

»Deswegen ist Sartorius so plötzlich verschwunden gestern«, bemerkte Elenor nickend.

»Er war bei uns zu Hause?«

»Ja, er erschien gegen halb drei, war ziemlich durch den Wind. Wir haben uns unterhalten, so von Frau zu Mann.«

»Wie, von Frau zu Mann? Was meinst du damit?«

»Ich wollte nur wissen, ob er etwas gegen homosexuelle Beziehungen hat, speziell gegen unsere.«

»Und was hat er darauf geantwortet?«

»Das dem nicht so wäre. Und dann habe ich ihn gefragt, ob er nur deswegen ein Problem mit unserer Beziehung hat, weil er in dich verliebt ist.« Ihre Stimme wurde immer leiser.

»Das hast du nicht gemacht!« Marie konnte es nicht fassen. Wie peinlich. Wie sollte sie Sartorius jemals wieder in die Augen sehen?

»Jetzt reg dich nicht auf«, versuchte Elenor, sie zu beruhigen.
»Er hat mich angestarrt, als hätte ich gerade eine Bombe platzen lassen, wobei ich meinte, das sähe doch ein Blinder, dass er in dich verliebt sei.«

Marie schüttelte nur noch den Kopf. Wenn Elenor wüsste. Sartorius hatte sich wahrscheinlich in diesem Moment ziemlich ertappt gefühlt, nur aus einem ganz anderen Grund, als Elenor vermutete.

»Aber er sagte, dass das nicht korrekt ist«, fuhr Elenor fort.

»Was ist nicht korrekt?« Marie stöhnte. Musste sie ihrer Freundin alles aus der Nase ziehen?

»Na ja, dass ihr nur auf eine dramatische Art und Weise zusammengeschweißt worden wärt, was euch beide notgedrungen verbindet. Und dass ihr euch gut versteht. Aber dass er gerade erst seine Freundin verloren hat und nicht auf der Suche nach einer neuen Beziehung sei.«

»Aha.« Marie wusste nicht, was sie sonst antworten sollte. Mit einem Mal fühlte sie sich leer. Sie waren also notgedrungen miteinander verbunden. War das alles? Wahrscheinlich schon. Trotzdem fühlte es sich seltsam an. Waren sie nicht mehr? Eine tiefe Traurigkeit überfiel sie, so als wäre etwas in ihr zerbrochen. Dabei gab es gar keinen Grund. Ihre letzten Gedanken hatten Elenor gegolten, hier war ihre Zukunft. Warum hielt sie dann an diesem Kerl fest, der ihr nichts zu bieten hatte? Sie wusste es nicht.

»Weißt du, woran ich gedacht habe, kurz bevor ich weg war?«

Elenor schaute sie mit großen Augen an.

»Dass ich nicht sterben will, ohne dich noch einmal zu sehen. Ohne dir zu sagen, wie sehr ich dich liebe. Und dass ich deinem Wunsch nach einem eigenen Kind eine Chance geben werde.« Die letzten Worte stockten in ihrem Hals. Sie wusste, das würde Elenor glücklich machen, aber für sie war es die größte Bürde ihres Lebens.

Elenor drückte Marie einen festen Kuss auf den Mund, sodass diese kaum noch Luft bekam. Doch das war nur ein Teil der Geschichte. Marie hatte mit Absicht das Zugeständnis zuerst gebeichtet, um Elenor wohlwollend zu stimmen.

Aber Marie wusste, dass sie eine Entscheidung treffen musste, vielleicht die schwerste in ihrem Leben. Während Elenor ihr nichts ahnend gegenübersaß, begann Marie ihr zu erzählen, was sich wirklich in besagter Nacht in der Kneipe zugetragen hatte. Sie wählte die einfachsten Worte, blieb sachlich und neutral, doch sie konnte ein gewisses Beben in ihrer Stimme nicht unterdrücken.

Elenor wurde blass und schlug die Hand vor den Mund. »Du hast mit ihm geschlafen?« Vorbei war ihre Freude, und Marie war sich sicher, dass sie ihr das nicht so schnell verzeihen würde.

»Aber doch nur, weil wir beide unter Drogen gestanden haben.«

Elenor schüttelte heftig den Kopf. »Das ist doch nur die halbe Wahrheit, Marie.« Sie stand auf und ging zum Fenster, schaute hinaus. »Diese Art von Drogen können einen enthemmen, lockerer machen, sodass man sich nicht wehrt und nichts mitbekommt, wenn ein anderer, der nüchtern bleibt, sich an einem vergeht. Aber ihr habt beide unter Drogen gestanden«, fuhr sie mit dem Rücken zu Marie fort. Dann drehte sie sich wieder zu ihr herum und schaute sie direkt an. »Ihr hättet einfach rausgehen können aus der Kneipe, wie alle anderen Menschen auch. Oder einschlafen. Jeder für sich. Aber die Tatsache, dass ihr trotzdem miteinander geschlafen habt, zeigt doch, dass ihr es beide in eurem Unterbewusstsein wolltet. Ihr wart nicht abgeneigt, habt es dem Anschein nach freiwillig getan, weil keiner von euch beiden in der Lage gewesen wäre, den anderen dazu zu zwingen. Das hättest du als Forensikerin schließlich als Erste bemerkt. Also verkauf mich hier nicht für dumm!«

Marie schwieg. Was hätte sie auch sagen sollen? Jede Antwort darauf wäre falsch gewesen und hätte Elenor nur noch mehr gegen sie aufgebracht. Wahrscheinlich hatte sie recht, denn warum sonst fühlte Marie dieses Rumoren in ihrem

Bauch, wenn sie an Sartorius dachte? Aber sie war doch nicht verliebt. Konnte man sich überhaupt verlieben, wenn man jemand anderen liebte? Sie hasste diese psychologischen Fragen. Was, wenn Elenor sie jetzt verließ? Sie hätte alles zerstört. Mit einer einzigen Nacht. Vielleicht hätte sie es nie erzählen sollen. Je mehr sie darüber nachdachte, desto mehr krallten sich ihre Finger in ihren Unterarm, kratzten die Haut auf, bis blutige Striemen entstanden.

»Hör auf damit, Marie!«, herrschte Elenor sie an und war mit wenigen Schritten bei ihr, griff nach ihren Händen und hielt sie fest.

Dann ließ sie sie los und presste ein Taschentuch auf die Wunden.

»Es gibt keinen Grund, dich selbst zu bestrafen«, murmelte Elenor. »Ja, dein Verhalten verletzt mich, und ja, das muss ich loswerden dürfen. Aber ich weiß, dass du auch nur ein Mensch bist. Und ja, du bist nicht du selbst gewesen in diesem Moment. Das kann ich nicht ändern. Doch ich habe das Recht, sauer zu sein, mehr noch, wütend. Du hast mich betrogen. Das ist das, was du akzeptieren musst.«

»Du verlässt mich, stimmt's?« Maries Lippen zitterten.

Elenor seufzte und schaute sie mit Augen an, die lange keinen Schlaf gefunden hatten. Tiefe Ringe schattierten ihre unteren Lider. Dann nahm sie Marie in die Arme und drückte sie fest an sich, strich ihr immer wieder über den Rücken.

»Ich wollte dich nicht verletzen«, brachte Marie unter Tränen hervor.

»Ich weiß.« Dann hielt sie Marie ein Stück von sich weg und reichte ihr ein Taschentuch. »Ich werde dich nicht verlassen, Marie, weil ich weiß, dass du mich liebst und ich dich auch. Aber ich werde Zeit brauchen, um das zu verarbeiten.« Sie blickte ihr fest in die Augen. »Hast du das verstanden, Marie?«

Marie nickte und schniefte mehrmals in ihr Taschentuch. So ganz wollte der Gedanke, dass Elenor bei ihr bleiben würde, noch nicht bei ihr einsickern, aber etwas in ihrem Inneren sagte ihr, dass der Sturm vorbei war und die dicken Wolken sich verzogen.

Eine Schwester klopfte an und trat sofort in den Raum. Auf dem Tablett in ihren Händen war Maries Frühstück.

»Ist alles in Ordnung mit Ihnen?«, fragte sie, als sie Maries aufgelösten Zustand bemerkte. »Haben Sie Schmerzen?«

Marie winkte ab. »Nein, alles gut, nur eine private Angelegenheit.«

Die Schwester zog die Stirn kraus, ging dann aber, ohne ein weiteres Wort zu verlieren, nachdem sie den Tropf und den Blutdruck kontrolliert hatte.

»Komm, iss was, Marie. Und trink vor allem was.« Elenor strich ihr eine Haarsträhne hinter das Ohr.

Marie verzog das Gesicht, als sie das Teekännchen öffnete. Das war ja Kräutertee. Widerlich! Die meinten doch nicht im Ernst, dass sie das trank?

»Du bist echt wie ein kleines Kind, dir kann man schon zehn Meilen gegen den Wind ansehen, wenn dir was nicht passt.« Elenor schmunzelte. »Weißt du was, ich geh jetzt mal kurz in die Cafeteria und organisiere uns einen richtigen Kaffee nebst etwas zu essen für mich. Einverstanden?«

Marie nickte und lächelte. Elenor kannte sie doch zu gut. Und mit etwas Zeit und Mühe ließ sich bestimmt alles wieder einrenken. Sie strich ihr zum Abschied über den Arm, und Elenor verließ den Raum.

Marie belegte gerade ein Brötchen mit Käse, als ihr Sartorius wieder durch das Hirn spukte. Irgendwo musste doch ihr Handy liegen. Da fiel ihr ein, dass Fratze es ihr abgenommen hatte. Sie seufzte. Warum hatte sie seine Nummer nirgendwo aufgeschrieben? Die Kommissarin erreichte sie auch erst wieder, wenn sie zu Hause oder besser noch im Institut war. Dort war ihre Nummer im Festnetzapparat eingespeichert. Aber über das Internet würde sie sicher auch ihre Dienstnummer herausfinden können. Hoffentlich ging es Sartorius gut. Wenn er erfuhr, dass sie lebte, würde er sie sicher als Zeugin aufrufen, und dann würde sich alles klären. Und Fratze würde endlich hinter Gitter wandern. Es klopfte, aber niemand trat ein.

»Herein!«, rief Marie, und die Tür öffnete sich. Dieses Mal war es Sartorius, frisch rasiert, in einem perfekt sitzenden Anzug. Er hätte glatt als Model über den Laufsteg laufen können. Herrenmode für den Mann im besten Alter. Marie lächelte bei dem Gedanken. Er sah wirklich ziemlich ungewohnt aus. In diesem Aufzug konnte sie sich vorstellen, wie er als Kriminalhauptkommissar den Raum allein mit seiner Präsenz mit Leben erfüllte. Er könnte doch an jeder Hand zehn haben. Sie hätte sich am liebsten geohrfeigt für diesen Gedanken. Als ob ihr etwas an ihm läge.

Hatte Elenor recht? Apropos Elenor, sie würde bestimmt gleich wieder hier sein, und sie wäre sicher nicht erfreut, dass ausgerechnet Sartorius an Maries Bett stand. Schnell ließ sie ihren Blick über ihren Ausschnitt gleiten, nein, da war alles gut verdeckt.

»Hey«, murmelte Sartorius, holte sich einen Stuhl an ihr Bett und setzte sich.

»Hey zurück.« Sie strich sich die Haare aus dem Gesicht. Wie sah sie eigentlich aus? Nein, nein, nein, nicht schon wieder. Sie musste aufhören, so etwas zu denken.

»Manchmal würde mich schon interessieren, was in deinem Kopf so vor sich geht.« Er grinste. »Ist Elenor nicht hier?«

»Sie ist gerade in der Cafeteria.«

»Und wie geht es dir?«, fragte er und musterte sie.

»Ich lebe, das ist alles, was zählt.« Was war denn das für ein blöder Spruch?

Er zog die Augenbrauen hoch.

»Mir geht's den Umständen entsprechend gut. Ich hab keine Schmerzen oder so. Und solange der Apparat dahinten regelmäßig piept, scheint mein Herz keinen Schaden genommen zu haben.« Ein schiefes Grinsen machte sich auf ihren Lippen breit. Dann holte sie tief Luft und erzählte ihm von der Diskussion mit Elenor wegen ihrer gemeinsamen Nacht.

»Okay«, war alles, was er dazu sagte. Sein Blick ging an ihr vorbei aus dem Fenster.

Elenor kehrte mit zwei Pappbechern Kaffee zurück und stockte, als sie den Kommissar an Maries Bett sitzen sah. Als er sie bemerkte, hob er kurz die Hände.

»Ich gehe besser wieder. Ich möchte wirklich keinen Unfrieden stiften«, erklärte er und erhob sich. Maries Magen regte sich.

Elenor winkte ab. »Was geschehen ist, ist geschehen.« Sie ließ sich auf einen der Stühle am Tisch fallen und beobachtete die beiden. Der Kommissar setzte sich wieder, aber Marie sah ihm an, wie unwohl er sich fühlte.

»Du bist also nicht mehr auf der Flucht, wie es aussieht?«, versuchte Marie, ihn aus seinen Gedanken zu reißen.

Ein schwaches Lächeln huschte über sein Gesicht. »Gut erkannt.«

»Kannst du mir erzählen, was passiert ist, oder ist das geheim?«

»Nein, das ist nicht geheim. Außerdem bist du ja schließlich eine der Hauptzeugen.« Er erzählte Marie und Elenor die Geschichte von Fratze und Sabine, ebenso von Sabines Tod nach dem schicksalhaften Autounfall.

»Dann sind alle tot, und ihr könnt keinem etwas nachweisen?« Marie war enttäuscht.

»Nein, so schlimm ist es nicht. Sabine hat noch einiges zugegeben, bevor sie sich in das Auto gesetzt hat. Darüber hinaus haben wir in ihrer Wohnung eine Art Schrein gefunden, bestückt mit Bildern von mir, von früher, von heute, dazu Zeitungsausschnitte, Bilder von meiner Schwester, von mir und Delphine, eins von Delphine allein, auf dem sie mit einem Kugelschreiber durchgestrichen worden war. Dazu noch Sabines Tagebuch, wo sie jeden Schritt minutiös festgehalten hatte. Unter anderem auch, wann und wo sie Delphine, dich und mich beobachtet haben. Dein Verfolgungswahn war real, das war Fratze gewesen.«

Marie stockte kurz der Atem. Hatte sie es doch gewusst!

»Und mich hat sie beschattet, sodass sie meinen Aufenthaltsort in Nürnberg anonym mitteilen konnte. Ich hatte sie mal in Nürnberg gesehen und mich gefragt, was sie da zu suchen hatte.« Er seufzte. »Wahrscheinlich war sie da gerade auf dem Weg zu deiner Wohnung, jedenfalls hat sie mich nicht entdeckt, weil ich mich versteckt hatte.« Er hielt inne. »Wie auch immer, all die Beweise reichten, um mich sofort freizusprechen.«

»Hat jemand die Blutuntersuchung gecheckt?«, fragte Marie, die es immer noch nicht fassen konnte.

Sartorius griff zu seinem Handy, führte ein kurzes Gespräch mit Herrn Professor Mengler und wandte sich wieder den beiden zu.

»Das Blut aus der Analyse gehört zu Fratze. Das bestätigt, dass er Delphine im See abgelegt hat. Und bei der Autopsie hat Mengler auch die passenden, schon fast verheilten Schürfwunden gefunden. Alles fügt sich zusammen.« Sartorius nickte versonnen. »Aber der Overall, den er bei dir getragen hatte, war nicht der gleiche wie bei Delphine. Da hat er offenbar mitgedacht und keine zusätzlichen Spuren hinterlassen.« Er verzog den Mund. »Bei der Durchsuchung seiner Wohnung und seiner Garage haben wir leider weder den alten Overall noch eine Plastikplane finden können. Vermutlich hat er beides nach der Tat entsorgt. Allerdings haben wir ein Prepaidhandy gefunden, genauso wie bei Sabine, über die sie miteinander kommuniziert haben, allerdings nie schriftlich. Laut Sabines Tagebuch wollte sie Fratze selbst töten und es als Selbstmord darstellen, ihm dabei das Handy abnehmen und mehrere Bilder von mir und Delphine in seiner Wohnung hinterlassen. Sie selbst wollte ihn dann per Zufall tot in seiner Wohnung auffinden und so aufdecken, dass in Wahrheit der ehemalige Richter der Mörder war und nicht ich. Sie glaubte tatsächlich, dass sie mich auf diese Art und Weise zurückgewinnen könnte. Dass ich mich vor lauter Dankbarkeit in sie verlieben würde.«

»Das hat Potenzial für einen Psychothriller«, meinte Elenor trocken.

»Zumindest bin ich jetzt wieder ein freier Mann«, sagte Sartorius.

»Und woher hat Sabine das mit dem Insulin gewusst?« Marie zog die Nase kraus. Das war doch die ganze Zeit die große Frage gewesen?

Sartorius verzog das Gesicht. »Das war allein meine Schuld. Damals, als Hannah gestorben war, habe ich das nicht verkraftet, habe mir tagelang Vorwürfe gemacht, dass ich sie niemals hätte allein an den See gehen lassen dürfen. An einem Abend habe ich mich derartig mit Alkohol volllaufen lassen, dass ich kaum noch geradeaus laufen konnte. Sabine war die ganze Zeit bei mir, hat mich gestützt und aufgepasst, dass ich keine Dummheiten mache. Dafür bin ich ihr auch immer noch dankbar. Aber ich habe ihr damals in diesem Zustand verraten, dass Hannah mit Insulin getötet worden war.« Er kratzte sich am Kopf. »Ehrlich gesagt konnte ich mich selbst nicht mehr daran erinnern, Filmriss. Aber Sabines Tagebuch war genauer, was das angeht. Und damit hatte sie alle Informationen, die sie gebraucht hat. Ich mache mir deswegen große Vorwürfe.«

»Warum?«, fragte Marie. Er hatte sich doch nichts vorzuwerfen.

»Wenn ich sie damals nicht so rüde abgewiesen hätte oder zumindest erkannt hätte, wie sehr sie an mir hing, hätte ich das alles vielleicht verhindern können.«

»Das ist doch Unsinn!« Marie schüttelte den Kopf.

»Marie hat recht«, meldete sich Elenor zu Wort. »Du warst jung, hattest gerade den schlimmsten Verlust deines Lebens erlitten, warst also völlig mit dir beschäftigt und vermutlich auch überfordert. Du hast ihre Versuche, dich zu trösten, dankbar angenommen, aber letzten Endes konnten sie nicht lindern, was passiert war, weil es gar nicht wirklich zu dir durchdrang. Deswegen hast du dich danach auch nicht mehr daran erinnert. Sabine hat keine bleibenden Erinnerungen hinterlassen, weil alles überschattet wurde durch den Tod deiner Schwester. Es ist nicht deine Schuld. Du konntest nicht auf Sabine eingehen. Und selbst wenn, diese Frau ist psychisch gestört gewesen, hat sich wahrscheinlich nie Hilfe gesucht, denn sonst wäre das vermutlich auch nicht passiert. Aber ob sich ein Mensch Hilfe sucht oder nicht, steht allein in seiner Macht, nicht in deiner. Nur für den Fall, dass dir das was hilft.«

»Danke«, antwortete der Kommissar. »Wirklich. Es hat mich im Nachhinein auch gewundert, dass es niemandem aufgefallen ist, dass sie solche psychischen Probleme hatte. Aber angeblich hat sie alle Tests bestanden, zwar knapp, aber bestanden. Vermutlich haben wir sie alle unterschätzt.«

»Und was wirst du jetzt tun?«, fragte Marie. Ihr graute vor der Antwort. Das Abenteuer war zu Ende, und der Held kehrte wieder heim. Nur nicht zu ihr, sondern irgendwo nach Erlangen. Wo wohnte er nur?

Er zuckte mit den Schultern. »Ich weiß es nicht. Der Polizeichef wird am Montag mitteilen, ob ich wieder als Kommissar arbeiten darf. Wobei das weniger mit dem jetzigen als mit dem letzten Fall zusammenhängt. Ich weiß gar nicht, ob ich da wieder hinwill.«

Marie sah ihn fragend an.

»Es ist doch so«, fuhr er fort. »Mein Leben lang habe ich immer daran geglaubt, dass, wenn wir uns an die Fakten halten, an das Gesetz, alles automatisch richtig läuft. Daran hatte ich nie einen Zweifel. Bis ich am eigenen Leib erfahren musste, dass dem nicht so ist. Dass Fakten gegen einen sprechen können, egal, ob man unschuldig ist oder nicht. Es ist nicht alles schwarz oder weiß. Und wer ahnt schon, wie viele von meiner Art draußen herumlaufen oder im Gefängnis sitzen, die unter Umständen zu Unrecht verdächtigt werden. Wer gibt ihnen eine Stimme? Wer setzt sich für sie ein und rollt tatsächlich ihre Fälle noch einmal auf? Wer gibt sich die Mühe, den wahren Täter zu finden?« Seine Stimme war lauter geworden, und Marie konnte an seinen Augen sehen, wie nahe ihm das ging.

»Und was bedeutet das jetzt?«

»Wie gesagt, ich weiß es nicht, ich muss nachdenken, eine Entscheidung treffen, von der ich noch nicht sicher bin, was sie für mich bedeuten wird. Aber wenn es so weit ist, werde ich dich benachrichtigen«, sagte er mit einem Seitenblick auf Elenor.

Und wenn der Weg bedeutete, dass sie, Marie, Sartorius nicht mehr wiedersähe? Sie schluckte.

»So sieht's wohl aus«, erklärte der Kommissar und erhob sich. Er schüttelte erst Elenor die Hand, dann ging er zurück zu Marie und drückte ihre Hand. Sie hielt seine fest und sah ihm dabei tief in die Augen. Elenor räusperte sich, und beide ließen die Hände fallen wie eine heiße Kartoffel. Mit einem letzten Winken verließ der Kommissar den Raum.

Marie warf einen vorsichtigen Blick zu Elenor und presste die Lippen aufeinander.

»Sag nicht schon wieder, dass es dir leidtut.« Elenor schüttelte den Kopf und trat an Maries Bett. »Ich weiß das schon. Soll ich dir mal was sagen?«

Marie wusste nicht, ob sie es hören wollte.

»Du bist verliebt, Marie. Und er ist es auch. Und tief im Herzen wisst ihr das beide.«

»Nein, das stimmt nicht! Ich liebe nur dich.«

»Das glaube ich dir sogar, dass du mich liebst.« Elenor stockte. »Ich weiß es. Aber es ändert nichts daran, wie du den Kerl ansiehst.« Sie hielt kurz inne. »Und soll ich dir was sagen? Es ist nicht schlimm. Jeder verliebt sich hin und wieder einmal. Jedenfalls glaube ich das. Die Frage ist nur, wohin das dann führt? Weg von mir, hin zu ihm? Oder bleibst du, und er verschwindet für immer aus deinem Leben?« Ihre Stimme war dünner geworden und ihre Augen matt.

»Elenor«, murmelte Marie und streckte ihr die Hand entgegen.

»Diese Entscheidung musst du ganz alleine treffen, meine Süße, da führt nichts dran vorbei. Ich weiß, dass das nicht leicht ist, aber du musst dich entscheiden. Doch dazu musst du dir selbst erst einmal eingestehen, dass es so ist. Ich kann dir dabei nicht helfen, so gern ich das auch möchte, denn meine Entscheidung ist klar. Verstehst du, was ich meine?« Ihre Stimme brach.

»Du bist einfach zu gut für diese Welt, Elenor …« Maries Augen füllten sich mit Tränen.

»Schön, dass du das auch endlich erkennst.« Elenor lächelte, aber die Tränen machten auch vor ihren Augen nicht halt.

»Ich liebe dich mehr als alles andere auf dieser Welt. Ich will dich nicht verlieren«, sagte Marie fast tonlos.

Elenor umarmte sie. »Darauf baue ich.«

Sie würde Sartorius vergessen. Er war raus aus ihrem Leben. Für immer. Das konnte doch nicht so schwer sein. Oder?

Der Kellner brachte den Espresso für Clemens und den Latte macchiato für Cora. Die beiden hatten es sich draußen an einem der Cafés am Marktplatz bequem gemacht, die um diese Uhrzeit bereits geöffnet hatten. Die ersten Sonnenstrahlen wärmten die Haut, und Clemens setzte sich seine Sonnenbrille auf die Nase. Es roch nach frisch aufgebrühten Kaffeebohnen und nach Coras Parfum, einem vanillelastigen Ton.

Der Duft nach Freiheit, schoss es Clemens durch den Kopf. Er fühlte sich frisch, ausgeruht, und vor allem war er endlich wieder einmal so gekleidet, wie er sich am liebsten sah, im anthrazitfarbenen Anzug, der ihm wie angegossen passte, und in einem weißen Hemd samt bordeauxfarbener Krawatte. Er sog tief die Luft ein. Alles war perfekt, bis auf die Tatsache, dass zu Hause keiner mehr auf ihn warten würde. In zwei Tagen war Delphines Beerdigung, und bis jetzt hatte er nicht wirklich die Zeit gefunden, sich mit ihrem Tod auseinanderzusetzen, geschweige denn zu trauern. Jedes Mal wenn er von ihr träumte, verschwand sie wie in einer Art Nebel. Manchmal winkte sie ihm zu, doch wenn er ihr folgen wollte, war da niemand mehr, nur eine weiße, kalte Wolke voller Tropfen, die sich rot verfärbten, wenn sie zu Boden fielen. Immer dann, wenn er sich dessen bewusst wurde, worin er mit seinen seltsamerweise nackten Füßen stand, wachte er auf, schweißgebadet und mit klopfendem Herzen.

Was das wohl über seine Psyche aussagte? Bisher hatte er mit niemandem darüber geredet. Aber vielleicht sollte er das. Wenigstens mit Klaus. Er hatte ihn gestern Abend noch angerufen, um ihn und Cordula in der kommenden Woche zum Essen ins »Muskat« einzuladen, als Dankeschön für ihre selbstlose Hilfe. Das war das Mindeste, was er für die beiden tun konnte. Allerdings war das der denkbar schlechteste Augenblick, um mit Klaus in Ruhe über seine Ängste zu reden. Im Hintergrund hörte er, wie seine Kinder mit Cordula über das abendliche Fernsehprogramm diskutierten. Abgesehen davon war er viel zu müde nach den ganzen Ereignissen, er brachte gerade noch die Kraft auf, Klaus die Geschichte in halbwegs richtiger Reihenfolge zu schildern. Dieser verstummte daraufhin, nur um wenige Augenblicke später zu versichern, dass das doch alles einfach nicht wahr sein könnte. Aber leider war alles Realität. Die Clemens erst einmal in Ruhe verdauen musste. Vielleicht ergab sich die Möglichkeit, sich nach Delphines Beerdigung mit Klaus alleine zu treffen. Er wusste, er konnte sich auch in dieser Hinsicht voll und ganz auf seinen besten Freund verlassen.

Doch was ihn fast noch mehr mitnahm als seine Alpträume, war die Tatsache, dass er wohl nie herausfinden würde, wer Hannahs Mörder war. Delphine war gerächt worden, aber Hannah würde vermutlich nie Gerechtigkeit erfahren. Clemens wusste nicht, ob es ihm noch einmal gelingen würde, all diese schmerzlichen Erinnerungen zu verdrängen. Vor allem nach dem, was Sabine ihm vorgeworfen hatte. Ob er es doch mit einer Therapie versuchen sollte?

»Dein Espresso wird kalt«, ermahnte ihn Cora.

Clemens zuckte zusammen. Er hatte gar nicht bemerkt, dass schon so viel Zeit vergangen war. Schnell griff er nach seiner Tasse und trank den Inhalt in einem Schluck herunter. Lauwarm. Es gab Schlimmeres.

»Ich war vorhin bei Marie in der Klinik«, erzählte er Cora, weniger um des Redens willen, als um sich selbst abzulenken.

»Ist sie wieder auf dem Damm?«

»Ja, sie wirkte schon wieder ganz stabil, wird sicher demnächst auch vorbeikommen und ihre Zeugenaussage abliefern, falls Meierhuber und Groner ihr nicht mit einem Besuch in der Klinik zuvorkommen.« Clemens rief den Kellner herbei und orderte einen weiteren Espresso. Und ein Croissant, schließlich konnte etwas feste Nahrung am Morgen nicht schaden, vor allem bei der ganzen Säure. Besser, er pufferte sie gleich einmal ab. Cora schloss sich bei dem Croissant an.

»Aber?«, fragte Cora und schlürfte einen Teil ihres Milchschaums ab.

»Was aber?«

»So wie du das ausgedrückt hast, folgt im Normalfall immer ein Aber hinterher.«

»Ich habe mich von ihr verabschiedet.«

Clemens schwieg und starrte in die Ferne. Weiter hinten auf dem Schlossplatz rannten zwei kleine Kinder um das Denkmal des Markgrafen herum und johlten dabei vor Freude. Eigentlich sollte er sich auch so fühlen, glücklich darüber, ein freier Mensch zu sein, dass Marie nicht nur überlebt hatte, sondern dass sie gesund war. Aber irgendetwas hinderte ihn daran.

»Huhu, Erde an Clemens, bist du noch anwesend?«, unterbrach ihn Cora und musterte ihn eindringlich.

Clemens riss sich zusammen und zwang sich zu einem Lächeln.

»Du warst schon mal besser darin, mir was vorzumachen.« Cora deutete mit ihrem Löffel auf ihn. »Sag mal, war da was zwischen dir und Marie? Ich dachte immer, sie wäre lesbisch?«

»Kennst du sie?«

Der Kellner brachte die beiden Croissants und den Espresso. Sie zuckte mit den Schultern. »Flüchtig. Ich bin ja meist immer der Depp gewesen, der auch mal im Rechtsmedizinischen Institut gewesen ist, um was abzugeben oder abzuholen. Jetzt lasse ich das Cento erledigen. Dem geht's übrigens schon wieder prächtig, trägt stolz seinen Arm in der Schlinge spazieren.« Sie grinste. »Maries Beziehung zu der Krankenschwester war ein offenes Geheimnis im Institut. Kennst ja die Leute; wann immer etwas nicht in die Norm passt, hagelt es Vorurteile. Vor allem, da ›Miss Cool‹, wie sie von den Kollegen genannt wird, sich sonst immer eher abweisend gegenüber anderen verhalten hat.« Sie trank einen weiteren Schluck. »Außerdem ist mir Marie schon allein deswegen aufgefallen, weil sie auf Gothic steht. Dass du allerdings auf so was stehst, war mir neu. Bis jetzt bin ich immer davon ausgegangen, dass es bei dir eher edel und strukturiert abläuft.«

»Moment!« Clemens hob den Zeigefinger in die Höhe. »Du hast so was von keine Ahnung. Erstens ist Marie extrem schlau und gebildet, zweitens bin ich nicht so oberflächlich, wie du glaubst, und drittens ist Marie wirklich in jeglicher Hinsicht ein wunderbarer Mensch.« Coras Mundwinkel zogen sich immer mehr nach oben, bis sie in schallendes Gelächter ausbrach.

»Clemens ist verliebt«, sang sie leise vor sich hin.

»Blödsinn.« Er rollte mit den Augen. Aber sein Magen sagte etwas anderes. Außerdem flatterte er jedes Mal, wenn er Marie begegnete, und seine Knie wollten ihn kaum mehr tragen. Vielleicht auch nur ein spontaner Anfall von Trägheit.

»Ich hab doch Augen im Kopf.« Cora legte den Kopf schief und beobachtete ihn. »Hör mal, Clemens, Marie lebt in einer festen Beziehung mit einer Frau, die auch noch ziemlich glücklich erscheint, jedenfalls, was man so hört. Willst du ihr und vor allem dir das antun?«

Clemens seufzte und zerbröselte einen Teil der blättrigen Schicht seines Gebäcks.

»Vielleicht ist das ganz richtig so, dass du dich verabschiedet hast und der Fall abgeschlossen ist. Das Leben geht weiter, auch ohne sie. Gib dir doch erst einmal die Zeit, um Delphine zu trauern. Das hast du übersprungen. Oder aber es war eine Übersprunghandlung.« Cora biss in ihr Croissant.

Clemens nickte versonnen und spielte weiter mit seinem Croissant herum. Wahrscheinlich hatte Cora recht, das wäre sowieso nie etwas geworden. Bloß weil man einmal eine heiße Nacht im Drogenrausch verbracht hatte, an die er sich noch nicht einmal wirklich erinnern konnte, hieß das nicht, dass eine Basis für eine Beziehung geschaffen werden konnte. Vor allem, wenn Marie noch in einer steckte. Es war naiv, das zu glauben.

Und wieder der Gedanke an Delphine. Warum war er so unfähig, um sie zu trauern? Hatte er sie erfolgreich verdrängt? Er würde noch heute zum Alterlanger See hinauslaufen und – ja, was eigentlich? Eine Gedenkminute einlegen? Ihren Geist suchen? Er wusste es nicht. Nur, dass er dorthin musste, er spürte es in jeder Faser seines Körpers. Wenn er sich von Delphine verabschieden wollte, dann nur dort.

»Ich habe übrigens aus sicherer Quelle gehört, dass der Polizeichef dich wieder aufnehmen wird. Deine Suspendierung wird aufgehoben.«

»Jetzt ist es wohl an mir, nach dem Aber zu fragen«, meinte Clemens und trank seinen zweiten Espresso. Dieses Mal einen Tick wärmer.

Cora wand sich sichtlich. »Du hättest nicht mehr denselben Dienstgrad wie vorher. Was so viel heißt wie, du wirst zum Kriminaloberkommissar degradiert.« Sie schob das letzte Stück ihres Croissants in den Mund.

Clemens hatte sich das bereits gedacht. Überhaupt hatte er in der letzten Nacht viel darüber spekuliert, wie es in Zukunft weiterginge. Das war alles nicht so einfach.

»Freust du dich denn nicht wenigstens ein bisschen?«, fragte Cora.

»Nein«, antwortete er knapp. »Ich werde nicht mehr zurückkommen.«

»Hat dieser Fall deine Gehirnzellen getrübt, oder bist du jetzt völlig durchgeknallt?«

»Langsam, meine Liebe. Ich habe mir das lange überlegt.« Er seufzte. »Und ehrlich gesagt bin ich immer noch nicht sicher, ob das die richtige Entscheidung war. Aber es fühlt sich besser in meinem Herzen an. Weißt du, ich habe immer an Recht und Gesetz geglaubt, dass alles seine Richtigkeit hat und dass ich nicht an dem zweifle, was mir die Daten und Beweise oder auch Hinweise liefern. Aber mittlerweile bin ich mir da nicht mehr so sicher. Nach dem, was mir passiert ist, weiß ich, wie schnell man Opfer von fingierten Beweisen werden kann. Wenn Marie nicht überlebt hätte, was wäre dann geschehen? Hättest du mich dann noch rausboxen können?«

Cora schaute ihn mit einem Ausdruck an, der an Hilflosigkeit nicht mehr zu überbieten war.

»Weißt du, wenn das in der Kneipe anders gelaufen wäre,

säße ich jetzt schon im Gefängnis, und Marie wäre tot. Zu dem Zeitpunkt gab es keinerlei Hinweise, dass es Fratze oder Sabine sein könnten. Und niemand hätte danach gesucht, denn es wäre alles eindeutig gewesen. Wie soll ich weiter meinen Job machen, wenn ich nicht einmal weiß, wie oft ich schon einem solchen Fehler aufgesessen bin?« Mit einem Mal fühlte er sich leer.

»Weißt du, ich habe mich während meiner Flucht mit Bender unterhalten, du weißt schon, dem Lehrer, der angeblich seine Schülerin getötet hat. Er schwört immer noch, selbst nach so langer Zeit und nach dem Gefängnisaufenthalt, dass er es nicht gewesen ist. Dass ihm das jemand untergeschoben hat. Aber er hat kein Interesse mehr, das Ganze aufzurollen, weil ihm sein Anwalt davon abgeraten hat.« Clemens schüttelte den Kopf. »Aber ich habe ihn ins Gefängnis gebracht, obwohl die Tatwaffe nie gefunden wurde. Der Richter hat ihn verurteilt. Und ich war mir sicher, dass er es war. Weil die Hinweise dafürsprachen.« Er seufzte. »Wenn Bender wirklich unschuldig ist, muss ich diesen Fall neu untersuchen.«

»Aber das geht nicht. Der Fall ist abgeschlossen. Den rollt niemand mehr auf.«

»Genau das ist das Problem. Und deshalb muss ich das auf eigene Faust erledigen.«

Cora nickte langsam. »Hast du dir das wirklich gut überlegt? Du weißt, was du damit aufgibst, einen sicheren Job.«

»Geld war nie der ausschlaggebende Faktor für mich.« Er drehte den Teller von sich weg.

»Stimmt, der Herr Diplomatensohn leidet ja nicht gerade unter akutem Geldmangel«, murmelte Cora. »Aber Marie hat nichts mit deiner Entscheidung zu tun, oder?«

Clemens lachte trocken auf. »Nein, da liegst du dieses Mal wirklich gründlich daneben. Ich möchte einfach nur frei entscheiden, wie ich ermittle. Ich will mein eigener Herr sein.«

»Dann gehst du also unter die Privatermittler? Soll ich dich zukünftig Clemens Marlowe nennen?«

»Wenn du unbedingt willst?« Clemens lächelte. Dann

beugte er sich spontan zu Cora hinüber und drückte ihr einen Kuss auf die Wange. »Danke für deine Hilfe. Und überhaupt für alles, für deine Unterstützung, deine Freundschaft.« Er spürte, wie sich Wasser in seinen Augen sammelte, und er schluckte heftig. »Werd jetzt bloß nicht komisch auf deine alten Tage.« Cora wischte sich schnell über die Augen. »Gern geschehen, mein Schatz, du weißt doch, für die wahre Liebe tut man alles.« Sie knuffte ihn in die Seite. »Apropos wahre Liebe, isst du das nicht mehr?« Sie deutete auf das Croissant. Clemens schüttelte lächelnd den Kopf, und sie griff hinüber und nahm es von seinem Teller.

»Trotzdem finde ich es ziemlich mies, dass du mich einfach so sitzen lässt«, sagte sie kurze Zeit später, nachdem sie das zweite Croissant verschlungen und mit ihrem Latte macchiato nachgespült hatte.

»Ich bin doch nicht aus der Welt; wenn du mich brauchst, weißt du, wo du mich finden kannst.« Er grinste und hob kurz die Sonnenbrille an, um sie besser sehen zu können. »Außerdem habe ich dir alles beigebracht, was du wissen musst, um in dieser bösen Welt zu überleben.«

»Ich bin kein Baby mehr«, beschwerte sich Cora und verschränkte die Arme vor der Brust. »Und ich weiß jetzt schon, wer angehauen wird, damit Insiderinfos rüberwachsen. Das werde ich mir dann aber ganz genau überlegen, ob ich die weitergebe.«

»Ich weiß nicht, wovon du redest.« Clemens starrte demonstrativ in die Ferne.

Cora stupste ihn in die Seite. »Ich werde dich vermissen, du alter Griesgram.«

»Ich dich auch, liebste Kollegin.« Er lächelte, erhob sich und schob einen Schein unter seine Tasse. Sie erhob sich ebenfalls und umarmte ihn.

Clemens atmete tief durch und küsste sie noch einmal auf die Wange. Noch nie zuvor waren sie sich so nah gewesen, aber er war sich auch noch nie so sicher gewesen, dass das hier nur eine platonische Freundschaft war. Es fühlte sich richtig an, so wie es war.

Ohne sich noch einmal umzusehen, lief er federnden Schrittes quer über den Schlossplatz in eine ungewisse Zukunft, aber in eine, um die es sich zu kämpfen lohnte.

Danksagung

Clemens Sartorius ermittelt jetzt bereits in seinem dritten Fall – eine Tatsache, die nicht selbstverständlich ist. Viele liebe Menschen haben mich dabei unterstützt, Clemens auf eigene Füße zu stellen.

Allen voran meine Familie: mein Ehemann und meine drei wunderbaren Töchter, die viel Geduld bewiesen haben, wenn ich mit ihnen meine Einfälle diskutiert habe.

Dann möchte ich meinen Testleser:innen danken, darunter zwei Kolleginnen, die ich nicht mehr missen möchte: Anja Behn und Anja Mäderer. Wenn ich selbst den Wald vor lauter Bäumen nicht mehr sehe, zeigen sie mir den Weg hindurch.

Ein großer Dank gilt meiner Agentin Monika Hofko von der Scripta Literaturagentur, die mich während des Projekts so phantastisch unterstützt hat und immer ein offenes Ohr für mich hatte.

Und last, but not least danke ich allen Mitarbeiter/-innen des Emons Verlags, die meinen Krimi auf den Weg gebracht haben.

Es gibt noch viele mehr, denen ich danken möchte, zum Beispiel meinen Quellen bezüglich Kriminalistik und Psychologie des Menschen. Sollte ich jemanden vergessen haben, dann bitte ich das zu entschuldigen.

Eines noch: Sollte sich jetzt jemand auf die Suche nach dem »Worst Case« in Nürnberg machen – es existiert allein in meiner Phantasie, ebenso wie der »Barzirkus«, in dem sich Sartorius mit Bender trifft.

Katharina Drüppel/Heike Heinlein
FRANKENSTICH
Broschur, 320 Seiten
ISBN 978-3-7408-0620-0

Die Szene könnte aus einem seiner Regionalkrimis stammen, nur ist Georg Neuner selbst der Tote: Der Starautor liegt erstochen in einer Erlanger Buchhandlung. Für Hauptkommissar Clemens Sartorius gestalten sich die Ermittlungen schwierig: Die fränkische Lebensart liegt ihm nicht, seine Kollegin will mehr als nur Kollegin sein, und dann beginnt auch noch die hauptverdächtige Buchhändlerin Felicitas Reichelsdörfer, auf eigene Faust zu ermitteln …

www.emons-verlag.de

Katharina Drüppel/Heike Heinlein
SCHÖNER STERBEN IN FRANKEN
Broschur, 288 Seiten
ISBN 978-3-7408-1116-7

Schock auf dem Erlanger Schlossgartenfest! In der Skulptur des Hugenottenbrunnens liegt eine markgräflich gewandete Frau – erdrosselt. Die Suche nach dem Täter führt Kommissar Clemens Sartorius ins Umfeld der Universität und zu Missgunst und Neid hinter verschlossenen Türen. Zu allem Überfluss mischt sich auch noch seine alte Bekannte, Buchhändlerin Felicitas Reichelsdörfer, in die Ermittlungen ein und stellt die Nerven des Kommissars auf eine harte Probe.

www.emons-verlag.de